Ralph Llewellyn

Alex Brandt

Das Höllentor

Ralph Llewellyn

ALEX BRANDT

Das Höllentor

Roman – Band 2

RavenPort
Verlag

RavenPort
Verlag

1. Auflage

Autor: Ralph Llewellyn
Umschlagdesign: Ralph Llewellyn
Lektorat/Korrektorat: Lauren Hegemann | Lektorat Schattenseiten
Satz/Layout/E-Book: Helmut Schaffer, Hofheim a. Ts.
Druck: Custom Printing

Print: ISBN 978-3-69061-102-2
E-Book Epub: ISBN 978-3-69061-103-9

Bibliografische Information der Deutschen Nationalbibliothek:
Die Deutsche Nationalbibliothek verzeichnet diese Publikation in der Deutschen Nationalbibliografie; detaillierte bibliografische Daten sind im Internet über http://dnb.dnb.de abrufbar.

Erst in der Dunkelheit tiefster Verzweiflung
findet das Licht den Menschen.

© Ralph Llewellyn

Kapitel 1

Zurück in der Hölle

I

Der Raum lag in erstickender Stille, gefüllt mit einer beklemmenden Atmosphäre, als würde die Luft darin gefangen sein. Jeder Atemzug schien mühsam und flach, während sich der dumpfe Geruch von Angst in den Nasenlöchern festsetzte. Das geschlossene Fenster und die zugezogenen schweren Vorhänge, einst ein Tor zur Außenwelt, waren nun ein starres Hindernis.

Ein spärlich flackerndes Licht über einem alten, abgenutzten Holztisch war der einzige Retter vor der völligen Dunkelheit. Es war ein kühler Schein, deren müde Strahlen gerade genug Kraft hatten, um die Umgebung zu durchdringen und schattenhafte Konturen auf den staubigen Boden zu werfen.

Die stickige Luft hing wie ein unheimlicher Schleier im Raum. Kein Hauch von frischer Brise zog hindurch, keine Möglichkeit, die Lungen mit neuer Energie zu füllen. Die erdrückende Hitze schien jeden Quadratzentimeter des Zimmers zu durchdringen, als ob sie sich dort festgesetzt hätte, um sich an den Insassen zu laben.

»Bitte, bitte nicht«, flehte Sven mit weinerlicher Stimme in das kalt grinsende Gesicht eines Fremden. Tränen rannen an seinen geröteten Wangen herab, Schweiß stand auf seiner Stirn. Seine Beine zuckten spasmisch, wollten rennen, ihn aus der Ausweglosigkeit tragen.

Noch vor einem Tag hatte er geglaubt, sich auf der Siegerstraße des Lebens zu bewegen. Er und seine Kommilitonen hatten etwas gefunden, das ihn glauben ließ, dass sein Name in den Geschichtsbüchern eingraviert werden würde. Es war ein Geheimnis, so kostbar und fesselnd, dass er in seinem Ehrgeiz verzweifelt danach gegriffen hatte. Er träumte von Ruhm und Anerkennung, von den Schlagzeilen der Zeitungen, die ihm gewidmet wären. Doch nun, an diesem düsteren Ort, glichen all seine Träume zerplatzten Seifenblasen. Diese vier Wände waren zu einem Raum ohne Hoffnung, ohne Ausweg geworden.

»Pst, kleiner Junge. Noch lebst du.« Ein Mann, Mitte vierzig, kantige Gesichtszüge, grinste ihn hämisch an. Er trug schwarze, glänzend polierte Schuhe, schwarze Hosen und eine ebenso schwarze Lederjacke. »Ich liebe meine Arbeit, Kleiner. Hm …« Seine Nase näherte sich Sven bis auf wenige Zentimeter. Dabei wedelte er Luft herbei, als wolle er so einen besonderen Duft wahrnehmen. »Das ist der Geruch der Angst. Schweiß, angereichert mit Adrenalin. Nicht viele können diesen Duft wahrnehmen, ich schon!« Er stöhnte voller Genuss, verharrte einige Sekunden und zog sich mit einem Seufzer wieder zurück. »Kennst du die Geschichten vom *Schwarzen Mann*?«

Im Gegensatz zu dessen kräftiger, durchtrainierter Statur mit über einen Meter neunzig hörte sich die Stimme wie die einer unscheinbaren Maus an. Piepsig vibrierend und aalglatt. Seine grauen Augen, die hinter einer dicken Hornbrille überdimensioniert herabglotzten, versprachen kein Mitleid und kein

Erbarmen, sondern waren kalt und leer. In seiner Präsenz lag eine bedrückende Aura des Bösen, die den Raum erfüllte und den Studenten erzittern ließ.

»Nein? Nun, *ich* bin der Schwarze Mann.« Er zog eine kleine Schatulle aus der Tasche, legte sie behutsam auf den Tisch und strich sanft über sie, als würde sie ein Eigenleben haben. Ein hintergründig grausames Lächeln huschte über seine Lippen. Er schnalzte mit der Zunge und schmatzte einige Male, als habe er eine Köstlichkeit verschlungen. »Siehst du das hier?«, fragte er mit einem euphorischen Glucksen.

Sven verstand die Welt nicht mehr. Seine Gedanken wirbelten wild durcheinander. Wie hatte es so weit kommen können? Wie hatte ein einziger Fund sein Schicksal so dramatisch verändert? Er wollte doch nur derjenige sein, der die Welt zum Staunen bringen würde, derjenige, der die Wahrheit enthüllte. Doch jetzt, gefesselt an diesen Stuhl, wurde ihm schmerzlich bewusst, dass er ein Spielball des Schicksals geworden war, gefangen in den tödlichen Händen eines Mörders, dessen Worte ein düsteres Bild von Verzweiflung und Hoffnungslosigkeit malten.

Die Zeit schien stillzustehen, während Sven seinem unausweichlichen Schicksal ins Auge blickte. Er verstand, dass der Fremde jeden Augenblick seines Leidens genoss. Schluchzend begann er zu weinen und sein Körper hilflos zu beben. »Bitte, ich tue alles, was Sie wollen.«

»Das weiß ich, mein Junge, das weiß ich. Aber nun zu meinem kleinen Freund.« Mit einem Nicken wies er auf die Schatulle. »Kennst du dich mit Spinnen aus?«

Svens Blick fiel auf das streichholzkästchengroße Gefäß. Der Raum schien sich zu verengen, während sich sein Herzschlag beschleunigte und der Atem in seinen Lungen stockte. Lauerte eine tödliche Spinne in dieser verhängnisvollen Box?

Ein Schauer des Ekels kroch seinen Rücken hinab, als sich sein Verstand mit den furchterregenden Bildern der kleinen Krabbeltierchen füllte. Er konnte förmlich ihre haarigen Beine spüren, die über seine Haut krochen, und den Gedanken an ihre furchteinflößende Präsenz nicht abschütteln. Es war ein Gefühl der Ohnmacht, das ihn ergriff, während er unfähig war, seinen Blick von dieser Kiste des Schreckens abzuwenden.

»Hier drin befindet sich eine Brasilianische Wanderspinne. Sie ist noch jung, aber alt genug, um dich zur Vernunft zu bringen, mein *Freund*.« Der Fremde beugte sich zu ihm herab, und seine Stimme wurde leise und eindringlich, als würde er nun etwas offenbaren wollen, das nicht jeder hören sollte. Ein Geheimnis, in das auch Sven nicht eingeweiht werden wollte.

»Toxisch für das Nervensystem. *Klingt* schlimm, mein Lieber, ist es auch! Doch hat es auch Gutes: Bevor dein jämmerliches Studentenherz zu schlagen aufhört, wirst du schmerzhafte Erektionen erleben, die alles – *wirklich alles* –, was du je gefühlt hast, in den Schatten stellen werden.«

Sven verzerrte sein Gesicht von der Pein seiner Sinne erfüllt. »Bitte, ich –« Er schnappte nach Luft, hyperventilierte und würgte. Panik und Angst tilgten jeden vernünftigen Gedanken wie ein gefräßiges Tier. *Warum?*, schrie etwas in seinem Inneren. Er würde alles tun, nur um dem Tod zu entgehen. Doch er fühlte bereits, wie ihn der Hauch fauliger Verderbnis umgab.

»Pst.« Der Fremde klopfte väterlich auf Svens Rücken. »Kotz ruhig, wenn es dir hilft. Aber erst, nachdem du getan hast, was ich von dir wünsche.«

»Ich will nicht sterben, bitte …« Sven sah die Schachtel nur noch verschwommen durch den Schleier seiner Tränen.

»Lass das Winseln! Sei ein *Mann* und schau mich an, wenn ich mit dir rede!«

Widerwillig folgte Sven der Anweisung und schaute auf.

»Na also, geht doch.« Der Fremde zwinkerte ihm zufrieden zu. Er griff nach einer braunen, abgewetzten Ledertasche und entnahm ihr einen weißen Kugelschreiber mit blauen Symbolen und ein leeres Platt Papier. Beides legte er auf den Tisch und schob es vor Sven zurecht. Danach öffnete er die Handschellen, die seine Hände am Stuhl gefangen gehalten hatten.

Sven saß gekrümmt, die Hände ineinander verkrallt. Sein Magen verkrampfte sich, und er würgte abermals. Ein harter Klaps traf ihn am Hinterkopf.

»Wage es ja nicht, dich jetzt zu übergeben!« Die helle Stimme hatte diesmal etwas Bedrohliches, Schneidendes.

Sven schluckte und hielt sich die linke Hand vor den Mund.

»Und jetzt schreibe!«, befahl der Fremde und stellte sich neben seinen Stuhl.

Sven fühlte, wie sich das kalte Leder von Handschuhen in seinen Nacken bohrte. Vor ihm lag das jungfräuliche Stück Papier, daneben der Kuli und dahinter die Schatulle, in der der Wahnsinn hauste.

»Schreib: *Ich habe sie alle getötet!*«

»Oh Gott, steh mir bei, ich …«

»Gott? Ja, rufe ihn, denn du hast ihn nötig. Doch bedenke, auch *er* hat seine Hände in diesem Spiel.« Ein krächzendes, abgehacktes Lachen ergoss sich über Sven wie eine Schüssel voll rostiger Nägel. »Schreib jetzt oder ich lasse meinen kleinen Helfer in deinem Mund ein Nest *göttlicher* Liebe bauen! Ich sorge dann dafür, dass dein Tod sich lange hinstreckt. Wir haben Zeit, *viel* Zeit. Ich werde dir die Sünden deines erbärmlichen Lebens vor Augen führen, bis jeder Atemzug zur Qual wird und du um Erlösung flehst!«

Mit dem Ärmel wischte sich Sven die Tränen aus den Augen, damit er klarer sehen konnte. Seine zitternde Hand griff nach dem Kugelschreiber. Zögerlich setzte er die Spitze auf das Blatt Papier und schrieb.

II

Ich bin wieder da. Nicht geheilt, nicht bekehrt. Nur wieder ich. Shit happens.

Alex starrte verwirrt auf den grauen Boden, auf dem er so manchen Kilometer gewandert war. Obwohl ihm die engen Wände in den letzten Monaten nur ein Lebensfeld von etwa zwölf Quadratmeter gelassen hatten, boten sie ihm dennoch genug Platz für seine ziellose Wanderschaft. Er hatte sie jedoch nicht als die Grenzen seiner Gefängniszelle verflucht, sondern als Schutz vor der Außenwelt willkommen geheißen. Das Gefängnis war da draußen, außerhalb dieser Mauern; in einer Welt voller Schmerzen.

Seit einigen Tagen hatte er zunehmend wieder zu denken begonnen. Dort, wohin sich seine verletzte Seele in ein Reich der Isolation zurückgezogen hatte, quoll nun langsam wieder das Verlangen nach Leben, auch wenn es nur in die Fortsetzung des gnadenlosen Kampfes münden würde. Dennoch brachte es ihn zunehmend heraus aus der Unmündigkeit seiner Gedanken; heraus aus dem selbst gewählten Paradies der Selbstaufgabe.

»Zurück in der Hölle, Herr Brandt«, fluchte Alex verbissen in seinen Bart, den er sich seit jenem Tag hatte stehen lassen, an dem er alles verloren geglaubt hatte, was er jemals liebte. Seine Hand, die sich wie ein taubes, fremdes Stück Fleisch aus seiner Vergangenheit anfühlte, strich müde über sein Gesicht. Er wusste, dass auf ihn außerhalb dieser Mauern der Wahnsinn der Unmenschlichkeit lauerte, und dennoch wollte er wieder genau in diese Welt hinausgehen. Warum? »Weil ich ein verrückter Arsch bin«, gab er sich die Antwort und stand von seinem harten Bett auf. Diesmal jedoch setzte er nicht mehr zu einer seiner planlosen Begehungen an, sondern zur Reise zurück in das Hier und Jetzt. Wie dumm konnte ein Mensch doch sein.

III

Sabine Rohn stand am Fenster und zupfte unablässig an ihrem engen, mausgrauen Kostüm, während ihr verbissener Blick unruhig umherschweifte. Seitdem sie Bürgermeisterin von Frankfurt am Main geworden war, hatte sie schon oft Situationen erlebt, die all ihre Kampfeslust herausgefordert hatten. Ihre kantigen Gesichtszüge und ihre graublauen Augen mahnten jeden zur Vorsicht. Ihre vordergründig nette und gespielt mütterliche Art war nur Fassade. Dahinter verbarg sich eine knallharte Frau, die genau wusste, was sie wollte und wie sie es bekam. Sie strotzte geradezu vor Selbstsicherheit und Kraft, doch diesmal war es anders.

Als es endlich erlösend an der Tür klopfte, fuhr sie hastig herum und zog noch einmal gewohnheitsgemäß an ihrer Kleidung. »Ja, verdammt.«

Die Tür öffnete sich zaghaft, und ihr Sekretär lugte herein. Er hüstelte nervös, und ein leichtes Zucken durchfuhr sein noch junges Gesicht. »Herr Marsalek ist angekommen. Soll ich ihn –«

»Ja, klar! Denken Sie, ich habe ihn nur zum Spaß hierher bestellt?« Sie rümpfte ihre Nase, drückte ihr Kreuz durch und stemmte die Hände in die Hüften. Obwohl sie von schlanker Statur war und lediglich einen Meter sechzig maß, wusste sie über ihre Ausstrahlung einer unüberwindlichen Kämpferin. Sie besaß zwar kein wohlgeschmiedetes Schwert, dafür aber eine umso schärfere Zunge.

Ihr Sekretär drehte sich mit hochgezogenen Augenbrauen von ihr ab und gab dem Gast ein flapsiges Zeichen einzutreten.

»Frau Rohn erwartet Sie.« Was sie nicht hörte, war ein zischendes »Viel Spaß mit der Klapperschlange«, bevor sich die Tür schloss.

Klaus war eine unscheinbare, schmächtige Person, die man leicht übersah. Sein blasses Gesicht wirkte kränklich und sein zögerlicher Gang ließ vermuten, dass er unsicher durch die Welt tapste. Dennoch hatte er etwas, das die Menschen, sofern sie ihn überhaupt wahrnahmen, aufmerksam werden ließ.

Jeder Schritt von ihm war bedacht und vorsichtig, als würde er durch ein Minenfeld potenzieller Gefahren navigieren. Steif blieb er stehen und griff nach einem Taschentuch, als würde er jede potenzielle Berührung damit abschirmen wollen. Sein ungewöhnliches Verhalten zog die Aufmerksamkeit der Bürgermeisterin auf sich. Mit leicht geneigtem Kopf verfolgte sie seine Bewegungen mit scharfen Augen. Sie erkannte seine Unbeholfenheit. Ihr Gesicht blieb regungslos, doch ihre Gedanken schienen wie eisige Winde um sie herumzuwirbeln.

Unschlüssig suchte sie nach einem Begriff, um ihn in eine passende Schublade zu packen. Ihr Sekretär war der *Bückling*, den Stadtrat betrachtete sie als *Saftschupsen*, und der Polizeipräsident war der *Oberbulle*. Aber ihr angeborener Instinkt schien sie diesmal bei ihrem Besucher im Stich zu lassen. So entstand eine ungewollte, wenn auch spannende Stille im Raum, die sie mittels hilfloser Armbewegungen zu überbrücken suchte.

Klaus hingegen schien sich schnell zu entspannen und ließ seine Augen unbekümmert durch das große Besprechungszimmer der Bürgermeisterin schweifen. So war es auch er, der die ersten Worte fand. »Schönes Zimmer, Frau Rohn. Hell, großzügig, aufgeräumt und … sauber.« Er nickte anerkennend. »Darf ich mich vorstellen? Mein Name ist Klaus Marsalek, und ich bin sehr gespannt, warum sie mich haben rufen lassen.«

»Marsalek, aha. Ist das ein ausländischer Name?«

»Der Name ja, aber –«

Sie winkte ab. »Ich will gleich zur Sache kommen. Ich habe ein kleines Problem, und Sie wurden mir als die richtige Person angeraten. Akribisch, klug, *diskret.*« Das letzte Wort betonte sie lang gezogen und deutlich. Sie neigte ihren Kopf und musterte ihn abermals. Dabei faltete sie ihre Hände mit ausgestreckten Zeigefingern.

Marsalek wie Maus? Nein, passt nicht.

Die Hände schnellten auseinander, sie zuckte die Schultern und wies ihrem Gast einen Platz an dem sieben Meter langen, glänzend polierten Mahagonitisch, an dessen Ende sie sich setzte. Ihr fiel auf, wie ihr Gast nur zögerlich nach der Lehne griff – ohne das Taschentuch wegzustecken –, um den Stuhl zurückzuziehen und sich hinzusetzen. Dabei verzog dieser unsicher sein Gesicht.

»Ist alles in Ordnung?«

»Ja, alles in Ordnung.« Klaus atmete tief durch und nickte eifrig.

»Nun gut. Es geht um meine Tochter. Sie … ist vor etwa einer Woche verschwunden, ohne dass jemand weiß, wo sie sein könnte.« Sie warf ihren Blick kurz zur Decke. »Ich hasse solche Situationen, und das weiß sie ganz genau. Das dürfen Sie mir glauben!« Sie ballte die Hände zu Fäusten und legte sie auf die Tischplatte, ihr Oberkörper verspannt nach vorn gebeugt. »Es muss etwas passiert sein. Sie hätte sich *hundert* Prozent bei mir gemeldet. Ich habe sie bestimmt tausend Mal angerufen, aber es geht niemand ans Telefon. Ich kenne Liana! Sie hat zwar den Dickkopf eines Esels, aber sie ist gewissenhaft und zuverlässig.«

Während Sabine sprach, beobachtete sie Klaus aufmerksam, wie er sich unbehaglich in seinem Stuhl hin und her bewegte.

Als Bürgermeisterin hatte sie gelernt, ihre eigenen Gefühle hinter einer Fassade der Kontrolle zu verbergen, und nun analysierte sie Klaus' nervöse Gesten mit einem kühlen Blick.

Sie beobachtete, wie er sein Taschentuch wegsteckte und seine Hand unruhig am Hosenbein rieb. Es war, als ob er versuchte, eine vermeintliche Verschmutzung abzuwischen.

Plötzlich fesselte etwas auf der Tischplatte die Aufmerksamkeit des Ermittlers. Sein Blick wanderte zwischen ihr und dem unbekannten Etwas hin und her, während seine Nervosität zunahm. Sabine verfolgte seine Reaktion mit Interesse, ihre Miene unbewegt und ihre Gedanken für sich behaltend.

»Können Sie mir bis jetzt folgen?«, hakte Sabine Rohn nach. »Langweile ich Sie etwa?«

»Nein, in Gottes Namen. Ich versichere Ihnen, dass ich genau zugehört habe. Erzählen Sie einfach weiter.«

Sabine hob eine Augenbraue und streckte sich. »Nun denn.« Sie atmete tief durch. »Ich habe hier eine Akte für Sie anlegen lassen. In ihr finden Sie Bilder meiner Tochter, einen Schlüssel zu ihrer Wohnung nebst Adresse, die Namen einiger ihrer Freunde und das Projekt, an dem sie an der Uni gearbeitet hat.« Es entging ihr nicht, wie ihr Gegenüber nun mit gekräuselter Nase auf eine Stelle des Tischs starrte. Sie bedachte ihn mit einem argwöhnischen Blick und räusperte sich laut. »Sollten Sie weitere Informationen oder Hilfe benötigen, dann bitte ich Sie darum, sich bei mir zu melden. Sicherlich werden wir eine Lösung finden.«

Marsalek nickte und schaute wieder auf. Schweigend betrachtete er die Bürgermeisterin.

»Ist etwas Interessantes an mir?«, fragte sie ihn nach einigen Sekunden schwerer Stille.

»Nein, bestimmt nicht. Das heißt … ich wollte nicht unhöflich sein.« Er lächelte verlegen. »Ich habe mir nur Gedanken über den von Ihnen beschriebenen Charakter ihrer Tochter gemacht.

Sie scheint viel von Ihnen zu haben. Zielorientiert, strebsam, ehrgeizig, weiß, was sie will und wird von Ihnen als zuverlässig beschrieben. Kann es nicht sein, dass sie einfach nur für eine kurze Zeit untergetaucht ist? Vielleicht mit einem … Freund?«

Sabine ließ sich hart in die Lehne fallen und lachte gehässig. Als sie sich wieder aufsetzte, lag eine kalte Bosheit in ihren Gesichtszügen. »Würden *Sie* für ein paar Tage untertauchen, wenn Sie damit *rechnen* müssten, von der halben Welt *gesucht*, um danach von der Mutter gevierteilt und geröstet zu werden?«

»Hm. Durchaus ein interessanter Aspekt. Zumindest würde ich es mir unter diesen Umständen gut überlegen. Warum geben Sie nicht einfach eine Vermisstenanzeige auf? Ich könnte mir vorstellen, dass die öffentlichen Polizeiorgane in Ihrem Fall sehr gewissenhaft recherchieren würden.«

»Die Polizei? Die finden ja noch nicht einmal etwas, wenn man es ihnen vor die Füße legt. Sie würden wie eine wilde Horde Bisons die Stadt umkrempeln und eventuelle Entführer hochschrecken. Davon abgesehen …« Ihre Stimme gewann da Deutlichkeit und Schärfe. »… würde man mir nur liebend gerne vorwerfen, ich hätte die öffentlichen Stellen für einen privaten Fall über die Maßen beansprucht.«

»Ist es denn nicht so?«

»Ja, verdammt. Aber das muss doch nicht gleich die ganze Welt wissen. Also … trauen Sie es sich zu, diesen Fall diskret zu übernehmen?« Sie kreuzte die Arme vor der Brust. Die Stimmung im Raum entsprach der Temperatur: kühl bis frostig.

»Habe ich ein Team, auf das ich bei meinen Ermittlungen zurückgreifen kann?«

»Ein Team? Wozu?«

»Sicherlich haben Sie bereits versucht, ihre Tochter auf herkömmliche Weise zu finden. Ich kann mir nicht vorstellen, dass ich der Erste sein soll, mit dem Sie *vertraulich* über das

Verschwinden Ihrer Tochter gesprochen haben. Und wie es aussieht …« Er zog die Augenbrauen hoch, und ein süffisantes Grinsen lag in seinem Gesicht. »… war die bisherige Suche nicht mit Erfolg gekrönt. Oder?«

Mit offenem Mund starrte sie ihn an und überlegte, wie sie auf diese Frechheit reagieren sollte. Natürlich war er nicht der Erste gewesen, den sie um Hilfe gebeten hatte. Resigniert stieß sie die angestaute Luft aus und schüttelte den Kopf. »Also gut. Man hat Sie mir als einen der besten Ermittler beschrieben, und ich hoffe, dass Sie das auch wirklich sind. Wenn Sie jemanden benötigen, dann lassen Sie es mich einfach wissen. Ich werde mich darum kümmern.«

Marsalek zog die Akte mit einem Finger zu sich. Als wäre sie mit Strychnin bepudert, wischte er danach sofort den betreffenden Finger am Hosenbein ab. Sabine Rohn beobachtete, wie er einen Kugelschreiber aus der Innentasche seines Sakkos zog, und mit diesem den Aktendeckel aufschlug.

»Wann hatten Sie das letzte Mal mit ihr Kontakt?«

»Letzten Samstag haben wir telefoniert. Also genau vor vier Tagen. Sie erzählte mir von ihrer Studienarbeit, die sie mit einigen Kommilitonen bearbeiten würde. Sie sagte, sie wären ein super Team.«

»Ein super Team?«

»Ja! So hatte sie sich ausgedrückt. Sie meinte, sie wären dabei auf etwas Hochinteressantes gestoßen. Mehr hat sie mir darüber jedoch nicht erzählt.«

»Wissen Sie etwas über die Kommilitonen, mit denen sie an dieser Studie arbeitete?«

»Nein, aber Sie finden ihre Namen in dem kurzen Bericht, der in der Akte liegt. Auch finden Sie den Namen der Professorin, die sie betreute. Sie kann Ihnen dann auch sicherlich alles zu der Studienarbeit erzählen, an der sie arbeitet. Ich kann mir jedoch nicht vorstellen, dass das alles etwas mit dem Verschwinden zu tun hat.«

»Sondern?«

»Pah.« Sabine hob die Hände und ließ sie auf ihre Stuhllehnen fallen. »Ich vermute, dass sie jemand entführt hat, um mich zu *erpressen*!« Es kam zischend über ihre Lippen. Ihre Kaumuskeln arbeiteten und ihre zusammengekniffenen Augen versprachen den- oder diejenigen zu töten, die sich so etwas wagten. »Nicht jeder in der Stadt liebt mich, müssen Sie wissen.«

Marsalek quittierte die letzte Aussage mit einem milden Lächeln, schloss den Aktendeckel mit dem Kugelschreiber und stand auf. »Ich werde mir ein Bild von der Angelegenheit machen. Gibt es noch etwas, das ich wissen sollte?«, fragte er sie nachdrücklich.

»Ich habe Ihnen alles gesagt, was mir dazu wichtig erscheint. Ich will wissen, wo sich meine Tochter befindet. Und das schnell! Setzen Sie Himmel und Hölle in Bewegung, wenn es sein muss!« In ihrer Stimme lag diesmal nicht nur die von ihr gewohnte Härte, sondern eine Spur verunsicherten, ja, sogar verzweifelnden Flehens. Sie schluckte schwer, als es ihr auffiel.

Wortlos stand Marsalek auf, nestelte in seiner Tasche nach seinem Taschentuch und griff mit diesem nach der Akte. An der Tür blieb er kurz stehen und wandte sich zur Bürgermeisterin. »Ich werde mein Möglichstes tun, aber …« Er wies mit seinem Blick zur Tischplatte. »… Sie sollten unbedingt den Tisch reinigen lassen.«

IV

Johann Spohl saß in seinem Büro und wühlte die Berichte der vergangenen Woche durch, um sie in den entsprechenden Ablagen einzuordnen. Er hasste diese Arbeit wie die Pest, und sein mit Papieren, Akten und sonstigen Mitteilungen überladener Schreibtisch war ein stummer Zeuge davon. Es waren die leidigen Dinge des Arbeitslebens des Leiters einer Spezialeinheit für Gewaltverbrechen. Was sich hier ansammelte, waren Geschichten, die niemand hören oder sehen wollte, und an denen Blut, Schmerz und Tod klebten.

Mit seinen dreiundfünfzig Jahren hatte er eine steile Karriere hinter sich gebracht, von der er hoffte, dass sie nicht irgendwann durch einen Fehler abbrechen würde. Und Stolpersteine gab es in diesem Beruf beileibe viele. Einer von ihnen hieß Sabine Rohn, die Oberbürgermeisterin.

Seine Mitarbeiter fürchteten ihn wegen seiner cholerischen Ausfälle, schätzten ihn hingegen für den Schutz, den er ihnen bot. Er war der Prellbock, der ihnen den Rücken freihielt. Mit seiner Größe von einem Meter dreiundachtzig und vierundneunzig Kilo Lebendgewicht wirkte er wie ein Bär, an dem keiner so schnell vorbeikam.

Johann brummte laut, warf sich in die Lehne seines Stuhls und rieb sich die müden Augen. »Scheißkram!« Am liebsten hätte er alles in den Mülleimer geworfen, wo es seiner Meinung nach auch hingehörte.

Er stand schwerfällig auf, stampfte zum Fenster, steckte seine Hände in die Taschen und schaute in die Weite des Betondschungels.

Eigentlich hatte er nie bei der Polizei arbeiten wollen. Aufgewachsen in einem Viertel, in dem an jeder Ecke zum Frühstück Koks und käufliche Liebe angeboten wurden, hatte er schnell lernen müssen, sich zu behaupten. Nicht mit Worten, netten Gesten oder friedvollem Gehabe, sondern mit Fäusten und Ellbogen. Er hatte es einer zufälligen Begegnung mit einem Pfarrer zu verdanken, dass er nicht in diesem Sumpf von Gewalt, Missbrauch und Dummheit untergegangen war.

Mit seinen Eltern lebte er in einer heruntergekommenen Zweizimmerwohnung über einem Nachtclub in der Nähe des Frankfurter Hauptbahnhofs. Nacht für Nacht hörte er den dumpfen Rhythmus der Musik, das Gejohle betrunkener Gäste, die nach Hause wankten, und Frauen, die von Männern verprügelt wurden. Meist fand er nur spät Schlaf, der ihn am Morgen nicht erholt, sondern angekratzt aufstehen ließ. Sein Vater war ein Arsch. Alkoholiker von Beruf, der nur dann erschien, wenn er nicht mehr richtig stehen konnte. Dank des deutschen Wohlfahrtsstaats, der glaubte, jeden Nichtsnutz durchfüttern zu müssen, musste dieser nicht arbeiten und hatte dennoch genug Fusel. Hasste er seinen Vater? Ja. Aber nicht wegen seiner Alkoholsucht, sondern dafür, dass er verantwortlich dafür war, dass sich seine Mutter das Leben nahm. Sie hatte sich einfach von der Untermainbrücke fallen lassen. Und er selbst? Er blieb wie ein Stück Dreck, den niemand haben wollte, zurück. Und so schaukelte seine Kindheit zwischen Jugendamt und Gosse. Auf und ab, auf und ab.

Eines Tages – ein Märchen, an das man kaum glauben mag – suchte ihn Pfarrer Kolb in der Wohnung auf. »Dein Vater liegt im Krankenhaus. Er wird vielleicht sterben«, hatte er ihm mit mitleidiger Miene offenbart. Tröstend mild betonte dieser jedes einzelne Wort, als wären sie zerbrechlich wie Glas, und als würden sie seine reine Kinderseele belasten. Johann hatte gelacht und der Pfarrer saß ihm mit geweiteten Augen sprachlos gegenüber. Ja, er hatte einfach nur laut in die beschissene Welt hinausgelacht.

Geweint hatte er erst, als Pfarrer Kolb wieder gegangen war. Nicht, weil er seinen Vater vermissen würde, sondern weil er nun noch *mehr* allein war. Kotzerbärmlich allein!

Johann kam in eine Pflegefamilie. Sie war nett, aber Johann nicht. Wozu auch. Pfarrer Kolb kam immer wieder auf Besuch, gab sich Mühe, ihm Halt und eine Richtung zu geben, doch es dauerte Jahre, bis Johann innerlich bereit war, seine helfende Hand anzunehmen. Kolb sagte stets, dass er zur Polizei oder sich in Gottes Hand begeben solle. Irgendetwas tun, um anderen zu helfen.

Und so begann er auch tatsächlich regelmäßig zur Kirche zu gehen, sich zu engagieren und von der stumpfen Gewalt der Straße abzusagen. Alles schien sich in die richtigen Bahnen zu bewegen. Weg von dem, was ihm seine Eltern vorgelebt hatten. Aber das Leben findet immer wieder eine Möglichkeit, einem eine auszuwischen. Irgendein versoffener Dreckarsch hatte Pfarrer Kolb auf der Straße überfallen. Und als Dank für die paar Euro, die er ihm entwinden konnte, schlug er dem Pfarrer die Flasche über den Kopf. Da sich dieser noch regte, trat er noch einige Male zu. Immer auf den Schädel. Kolb starb an Gehirnblutungen. Den Hurensohn, der das getan hatte, konnte man nie finden.

Lange tändelte Johann umher, ohne zu wissen, wie sein Leben weitergehen konnte. Er war verbittert gewesen, desillusioniert, zutiefst traurig und unendlich wütend zugleich. Doch die Worte des Pfarrers waren unvergessen geblieben. Zu seinem Glück. In Gottes Hand geben, kam nicht infrage, und so war nur noch die Polizei geblieben.

Johann fuhr mit der Hand über das Gesicht. Er fühlte sich ausgelaugt. Er befand sich ständig zwischen Fronten geklemmt. Je älter er wurde, umso mehr war ihm klar geworden, dass er irgendwann einmal stolpern könnte. Immer wieder musste er selbst nach Halt suchen, sich wieder aufrichten und sagen, dass es der richtige Weg sei. Aber die Versuchung wuchs, dem allem aus dem Weg zu gehen. Einfach abtauchen.

Seit jenen Tagen, als er in der Gosse aufwuchs, hatte sich nicht viel geändert. Frankfurt am Main hatte seine schönen Seiten, aber auch noch immer Ecken, um die man nicht arglos streifen sollte, wenn einem an der Unversehrtheit von Leib und Seele gelegen war. Hier tummelten sich Drogenabhängige auf der Suche nach Geld – eine Suche, die oft mit dem Tod eines Fremden einherging –, Prostituierte, deren Träume zerplatzt waren und sich kein Ausweg mehr bot, Zuhälter ohne jegliche Empathie, brutale Räuber, die sich das holten, was sie wollten und organisiertes Verbrechen mit Strippen in die höchsten Etagen. Ja, mit Geld konnte man sich alles kaufen: die selbstherrlichen Richter, die schmierigen Politiker und … auch die Polizei.

Es war nicht verwunderlich, dass er leicht zwischen die Fronten geriet, als Spielball unterschiedlichster Kräfte. Landete ein brisanter Fall auf seinem Tisch, der nicht sofort gelöst werden konnte, stürzten sie von allen Seiten auf ihn ein. In vorderster Reihe stichelte die Presse, Schandmäuler, die damit ihr jämmerliches Geld verdienten. Und wenn sie nur laut genug schrien, schloss sich auch die Bürgermeisterin an, bevor es *ihr* an den Kragen ging. Es blieb ein Fass ohne Boden.

»Verdammt, ich bin zu müde für den ganzen Mist«, brummte Johann, machte verdrossen kehrt und setzte sich wieder an den Tisch. Der Stapel hatte kaum abgenommen, und der Wille, ihn weiter abzubauen, war gegen Null gesunken. Er wandte sich an den PC und begann die Neueingänge durchzublättern. Unzählige ungelesener Nachrichten, die er noch zu lesen und beantworten hatte.

Als sein Blick auf eine E-Mail von Sabine Rohn fiel, zog er verdrossen die Stirn. Das Letzte, das er jetzt benötigte, war eine Schelte oder eine weitere Aufgabe, die jemand auf seinen Schultern auflasten wollte. Im Betreff-Feld stand der Name *Klaus Marsalek*.

»Was will Sabine jetzt schon wieder?« Johann seufzte. Noch nie hatte sie ihm eine Nachricht mit positivem Inhalt gesendet. Er schnaufte tief durch, bevor er sie öffnete.

Sabine hatte ihn mal als einen »harten Brocken in der Landschaft« betitelt, und damit hatte sie auch recht. Aber er konnte sich auch kaum Schwächen erlauben, da er seinen Stuhl sonst schneller verlieren würde als ein Kaninchen sein Leben, auf das zeitgleich zehn abschussbereite Flinten gerichtet waren. Es waren sein zäher Ehrgeiz und die langjährige Erfahrung, die ihm zugutekamen. Aber er hatte noch etwas ganz Besonderes in den vielen Jahren seiner Tätigkeit verstanden – wie es Alex Brandt einmal auf den Punkt gebracht hatte –, er wusste, wem er welche Fälle anvertrauen konnte, und wie er ihnen Freiräume schuf, in denen sie sich relativ frei bewegen konnten.

»Klaus Marsalek, hm«, murmelte er. Ein Name, der bereits zahlreiche Geschichten und Gerüchte hervorgerufen hatte. Johann hatte einiges über diesen seltsamen Ermittler gehört, der mit seinen ungewöhnlichen Eigenschaften die Menschen sowohl zum Wahnsinn trieb, aber auch in Staunen versetzte. Ein Mann, bekannt für seine zahlreichen Phobien, die ihn auf den ersten Blick wie ein gebrechliches Wesen erscheinen ließen. Es hieß, er habe Angst vor Spinnen, Höhen, geschlossenen Räumen und sogar vor der Dunkelheit. Doch trotz dieser scheinbaren Schwächen behauptete er sich als Meister seines Fachs.

Besonders faszinierte Johann die Tatsache, dass Klaus Marsalek ein regelrechter Sauberkeitsfanatiker war. Es hieß, er trage an Tatorten stets sterile Handschuhe und desinfiziere seine Hände penibel, um sich vor jeglicher Art von Bakterien zu schützen. Sein Büro in Berlin glich angeblich einer klinisch reinen Umgebung, in der jeder Stift und jeder Gegenstand seinen festen Platz hatte. Es wurde erzählt, dass Marsalek sogar eine eigene Abteilung im Polizeirevier eingerichtet hatte, die sich ausschließlich mit der Reinigung und Desinfektion der Räumlichkeiten beschäftigte, was natürlich Blödsinn war. Aber Menschen übertrieben gern.

Es gab wenige Ermittler seines Kalibers, wobei ihm dabei nur ein Name in den Sinn kam: Alexander Brandt. Doch Alex war bereits vor einigen Monaten aus dem Verkehr gezogen worden, nachdem dieser apathisch in einer leergeräumten Penthouse Wohnung auf dem Boden sitzend gefunden wurde. Sein Verstand hatte sich wohl in eine Ecke verkrochen, in der er sich rosaroten Blümchen verschrieb, um so dem Schrecken dieser Welt zu entfliehen. »Ach Alex«, seufzte Johann wehmütig.

Alex war ein eiskaltes, menschliches Wrack, dem man besser aus dem Weg ging, aber er war dennoch sein bester Mann in der Abteilung gewesen. *Wenn* er sich auf jemanden verlassen konnte, *dann* war es dieser menschenverabscheuende *Lonely Bastard*.

Als es plötzlich an der Tür klopfte, schrak er aus seinen Gedanken auf. »Ja«, brummte er.

Es klopfte abermals, diesmal noch deutlicher.

»Verdammt! Ich hatte Ja gesagt oder soll ich die Tür aufhalten?«

Es dauerte einige Sekunden, bis die Türklinke gedrückt wurde und diese, mit dem Fuß leicht gestoßen, aufschwang.

»Herr Spohl?« Ein Mann kam einen Schritt in den Raum.

»Haben Sie hier die Putzfrau erwartet? Wer verdammt sind Sie?«

»Mein Name ist Klaus Marsalek. Frau Rohn bat mich, einen ihr am Herzen liegenden Fall zu übernehmen, so es denn einer ist. Nun wäre ich Ihnen sehr verbunden, wenn Sie ein wenig Zeit für mich aufbringen könnten.«

Johann schäumte vor Wut, aber er hatte sich noch im Griff. Er mochte es nicht, wenn ihm jemand einen fremden Ermittler vor die Nase setzen wollte, ohne dass er darüber rechtzeitig in

Kenntnis gesetzt wurde. Und eine E-Mail vom gleichen Tag konnte man wohl kaum als rechtzeitig bezeichnen. »Nehmen Sie Platz.« Er wandte sich wieder seinem PC zu, um die Nachricht der Bürgermeisterin ganz durchzulesen:

Hallo Herr Spohl,

ich habe ein persönliches Problem, das sehr diskret gelöst werden muss. Man hat mir einen Ermittler genannt, der außergewöhnlich ist, aber anscheinend sehr erfolgreich seine Fälle lösen soll. Er heißt Klaus Marsalek und er wird sich bei Ihnen melden. Stellen Sie ihm alle erdenklichen Hilfen zur Verfügung.

Sabine Rohn
IHRE Bürgermeisterin!

PS: Ich werde mir in den kommenden Tagen nochmals den von mir abgelehnten Antrag vornehmen, in dem Sie um zusätzliche Mittel gebeten haben. Mal sehen, was sich da machen lässt.

»Ha«, rutschte es ihm laut heraus, als er den letzten Satz las. »Typisch!« Sie wusste genau, wie sie ihre Leute bei der Stange hielt. Zuckerbrot und Peitsche, nur dass sie die Peitsche bevorzugte.

»Sie sind also Herr Marsalek. *Meine* Bürgermeisterin hat Sie soeben angekündigt. Nun denn. Um was geht es denn bei dieser Angelegenheit?« Johann lehnte sich zurück und wippte in seinem Stuhl. Er war neugierig. Zugegebenermaßen.

»Hat sie es Ihnen nicht geschrieben?«

»Nein.«

»Dann möchte ich es der Bürgermeisterin überlassen, Sie davon in Kenntnis zu setzen. Ich bin hier, da ich einige Leute benötige, die mir bei meinen Recherchen behilflich sind. Wen könnten Sie einige Tage entbehren?«

Spohl runzelte die Stirn und beugte sich nach vorn, ohne die Arme zu entflechten. »Herr Marsalek, ich wiederhole mich ungern. Um was geht es? Wenn Sie von mir Unterstützung benötigen, dann möchte ich auch verdammt noch mal wissen, worum es sich bei der ganzen Scheiße dreht!« Seine Stimme hatte an Lautstärke gewonnen, und Marsalek wich unwillkürlich zurück.

Es entstand eine belastende Stille zwischen beiden. Spohl, angespannt, die Arme überkreuzt, und Klaus, leicht zurückgelehnt, die Hände in den Schoß gelegt.

Kurzentschlossen griff Spohl wütend nach dem Telefon. »Gib mir die Bürgermeisterin an den Apparat«, schnauzte er in den Hörer und knallte ihn wieder auf die Gabel. »Dann warten wir eben, bis ich meine Informationen habe!«

Klaus schien sich zu entspannen. Ungeniert schaute er sich im Büro um. Spohl beobachtete ihn irritiert und schüttelte den Kopf. Es dauerte keine Minute, bis das Telefon klingelte.

»Donnerwetter, das ging schnell.« Johann blickte kurz auf das Display, schob die Unterlippe vor, nickte und nahm den Hörer ab. »Hallo, Frau Rohn. Wie geht es Ihnen?« Seine Stimme klang tief und rau. Er versuchte erst gar nicht, freundlich zu sein, vielmehr wollte er Antworten.

»Seit wann interessiert Sie mein Befinden?«, kam es ebenso forsch zurück. »Ich denke, es geht Ihnen um diesen Ermittler Marsalek. Oder?«

»Ja.«

»Geben Sie ihm, um was er Sie bittet!«

»Aber –«

»Nichts aber! Er hat mein volles Vertrauen. Verstehen wir uns?«

Johann brummte im Bass. Ein Grizzlybär hätte nicht bedrohlicher klingen können.

»Also gut. Liana, meine Tochter, ist verschwunden, und er soll sie wiederfinden. Vielleicht ist sie entführt worden, vielleicht auch nicht. Ich kann und will das Ganze noch nicht an die große Glocke hängen. Verstanden?«

»Ihre Tochter?«

»Ja, bitte stellen Sie sich nicht quer!«

»Okay!« Resigniert legte er den Hörer auf.

V

Das Besprechungszimmer in der Irrenanstalt hatte das Flair einer kargen Gefängniszelle mit sonnigen Farbtönen. Aufgeräumt, mit vielen Stühlen im Kreis aufgestellt und einem Tisch in der Mitte. Die Wände waren in einem frühmorgendlichen Orange gehalten, die Stühle gelb und beige und der Boden weiß. Der Raum war frei von jeglichen Fenstern, und das künstliche Licht, das von den Deckenlampen herabströmte, wirkte steril und unnatürlich.

Wie oft schon hatte man Alex hierhergebracht, auf ihn eingeredet und seiner Wortlosigkeit gelauscht? Gruppensitzungen musste er über sich ergehen lassen, die nichts brachten, außer dass er mit den Irren hier zusammensitzen durfte. Oft füllte dieser Raum eine undurchdringliche Stille, die nur von gedämpften Geräuschen durchbrochen wurde: das Rascheln von Papieren, leises Husten oder das Klacken eines Stiftes gegen die Holzlehne. Die Anwesenden, deren Blicke von Melancholie und innerem Schmerz gezeichnet waren, vermieden Augenkontakt und flüsterten nur selten miteinander. Die Last der Vergangenheit und die Verzweiflung der Gegenwart schienen auf ihren Schultern zu liegen. Jeder Einzelne hatte seine eigenen Dämonen und kämpfte gegen die Dunkelheit in sich an. Die Worte, die in diesem Raum gesprochen wurden, waren Worte des Schmerzes, der Hoffnungslosigkeit und der Verlorenheit. Nur selten öffnete sich jemand und erzählte von den Nöten der verwundeten Seele, während einige lediglich vor und zurück wippten, als wären sie der Kolben in einem kranken Getriebe.

»Scheiße, ich muss hier raus«, fluchte Alex gepresst.

Der Geruch von Desinfektionsmitteln und Reinigungsmitteln drängte sich ihm in die Nase. Es war ein penetranter Duft, der nach chemischen Substanzen roch und keinen Platz für Frische oder Natürlichkeit ließ. Das schlichte Mobiliar verstärkte die Kühle des Raums.

Alex nahm auf einem der Stühle Platz und spürte, wie die Kälte des Raums seinen Körper durchdrang. Die Dunkelheit, die ihn in den Nervenzusammenbruch geführt hatte, schien auch hier gegenwärtig zu sein. Doch tief in seinem Inneren war ein Funke aufgelodert, ein verzweifelter Wunsch nach Erlösung und Veränderung.

Ja, es war ein sonniges Zimmer mit ebensolchen Themen. Halleluja.

Die Tür öffnete sich, und Dr. Kamberger kam schwitzend und schwer schnaufend herein. Alex blieb sitzen.

»Hallo, Herr Brandt, schön, dass Sie mich sprechen wollen. Ich war wirklich überrascht, als ich diese Nachricht erhielt.«

Alex lächelte freundlich. *Kann ich mir lebhaft vorstellen, dass du überrascht warst.* »Hallo, Dr. Kamberger. Ja, ich bin froh, dass Sie so viel Geduld mit mir hatten«, log Alex.

Er wusste, dass er sich anders als bisher verhalten musste, wollte er wieder aus dieser Anstalt entlassen werden. Er musste zeigen, dass er wieder imstande war, ein normales Leben zu führen. Als Ermittler war er ein Meister der Manipulation, doch diesmal musste er sich selbst manipulieren. Er musste seinen inneren Zynismus, seine Abgestumpftheit abschütteln und eine Fassade aufbauen, welche die Ärzte und Therapeuten dazu bringen würde, an seine Genesung zu glauben. Dazu gehörten die Kontrolle seiner Emotionen, Offenheit und einsichtiges Verstehen zeigen, sich bemühen, eine positive Einstellung zu reflektieren, auch wenn es nur eine Maske war.

»Ähm … ja. Das ist erstaunlich.« Der Therapeut setzte sich im Kreis gegenüber, legte einen Schreibblock auf den Schoß, und tippte mit einem Stift darauf. »Warum, Herr Brandt, glauben Sie, wieder in die Welt hinausgehen zu dürfen? Was ist passiert? Geht es Ihnen wirklich wieder besser?«

Dr. Kamberger hatte ein lieblich unerträgliches Lächeln im Gesicht, gedacht für Insassen, die nicht mehr bei Verstand waren. Doch zu denen zählte sich Alex nicht. Woche für Woche hatte er diese Sitzungen über sich ergehen lassen müssen, um Fragen zu beantworten, die einfach nur dämlich waren und keine Antwort verdienten. In Alex' Augen war dieser Arzt ein ekelhaftes, kleines, quiekendes und vor Schweiß triefendes Aas, das Gefallen darin fand, in fremden Hirnen zu bohren, und sich selbst für etwas Besseres hielt.

Alex lächelte freundlich.

Wie konnte es so eine Mülltonne wagen, seinen Verstand anzuzweifeln? Bisher hatte er sich den Gesprächen verweigert, hatte stur zu Boden geschaut und alles um ihn herum ignoriert. Jetzt aber, nachdem ihn seine Schwester besucht hatte, fühlte er sich von einer Last befreit, die ihn zu zermalmen gedroht hatte. Aufmerksam hatte er danach begonnen, nicht nur seine eigene Situation, sondern zunehmend auch die Ärzte und Betreuer in der Anstalt zu analysieren. Berufskrankheit, könnte man sagen. So hatte er sich auch mit Dr. Kamberger befasst, der hinter vorgehaltener Hand Dr. Doolittle genannt wurde. »*Er kann mit den Tieren sprechen*«, hatte ihm einer der Irren anvertraut und ihm eine tote Kakerlake vor die Nase gehalten. »*Sie hat es mir verraten.*« Danach steckte der Irre die Kakerlake in den Mund und verspeiste sie. Alex konnte sich noch genau an das Knacksen erinnern, als der Idiot zubiss.

Zugegeben, es war eine Information, die nicht viel Wahrheitsgehalt beinhaltete, aber was sollte er schon von solch verblödeten und sinnlosen Äußerungen halten, die aus den Mündern von geistig instabilen Menschen kamen? Nicht mehr, als die Ärzte von ihm selbst hielten, vermutlich, nachdem er sich so lange verweigert hatte und die selbstgewählte geistige Isolation als sein neues Zuhause betrachtete. Nichts!

Doolittle musterte ihn aufmerksam und wartete auf eine Antwort. Schweißperlen rannen über seine rote Stirn, als befänden sie sich in einem Wettstreit darum, wer als Erste das Doppelkinn erreichen könnte. Den schweren Kopf geneigt, beobachtete er Alex eindringlich.

Alex nickte. »Ja, es geht mir gut! Ich habe eine schwere Depression durchgemacht, wie Sie ja wissen. Jetzt aber möchte ich wieder am Leben teilnehmen.« Es war im Grunde eine demütige Lüge, die versöhnlich klingen sollte. Er wollte und konnte nicht gestehen, dass ihn das Leben da draußen einen Scheiß interessierte. Der Grund war einfach, dass er aus seinem beschützenden Traum erwacht war und er nun ebenso gut wieder in diese beschissene Welt hinausgehen konnte.

»Was ist damals passiert? Warum haben Sie sich … zurückgezogen?«

Warum wohl? Weil ich glaubte, meine Schwester getötet zu haben, du Dreckarsch, dachte er mit Wut im Bauch. Hatte er dies denn nicht? Zumindest hatte er es versucht, und lange Zeit war er auch davon überzeugt gewesen, bis er Besuch erhielt, bei dem sie plötzlich wieder in sein Leben trat. Einfach so, wie ein Regenguss, den man nicht erwartet.

»Ich hatte einen schweren Kriminalfall, der mich innerlich einfach überforderte. Ich erlebte einen totalen Zusammenbruch. Vielleicht habe ich einfach zu viel Schlimmes gesehen und brauchte diese Ruhe vor der Realität.« Trotz der Erniedrigung, die er empfand, da er einem Mann Rechenschaft abgeben musste, der nichts von dem Mist auf den Straßen verstand, blieb seine Stimme ruhig, mit einem Unterton voller Reue und Verstehen. Alex wusste, dass sie ihn nicht so einfach wieder würden gehen lassen, aber sie konnten ihn auch nicht in diesen Mauern behalten, wenn er sich geschickt verhielt. Die Antworten, die von ihm erwartet wurden, kannte er, und genau diese würden sie von ihm auch erhalten.

»Wir werden Sie in den kommenden Wochen genau beobachten, und wir werden uns intensiv miteinander unterhalten müssen. Wenn ich *wirklich* den Eindruck habe, dass Sie uns verlassen können, dann werde ich Ihnen einen Betreuer für Ihre ersten Schritte zurück in die Welt zur Seite stellen. Nach und nach werden Sie dann wieder ein ganz normaler Mensch werden, der auch Spaß am Leben haben kann.«

Wow. Alex nickte abermals und quittierte den Vorschlag mit einem milden Lächeln. *Er* sollte ein ganz normaler Mensch werden und auch noch Spaß am Leben haben? Was für ein Trottel saß ihm da gegenüber? Hatte er in all seinen Analysen nicht erkennen können, was für ein menschliches Wrack hier einsaß? Nein, wahrscheinlich nicht. Alex hatte nichts von sich erzählt; nichts von seinen Gedanken preisgegeben. Dieser Kloß wusste rein gar nichts von ihm, und so sollte es auch bleiben.

»Ja! Ich freue mich wieder darauf, das Leben genießen zu dürfen«, antwortete er leise. »Es gibt so viel Schönes da draußen, dem ich mich verschlossen habe und in das ich wieder eintauchen möchte.« Alex war überrascht, wie geschickt er lügen konnte. Ein kaltes Lächeln huschte über sein bleiches

Gesicht, das schon so lange keine Sonne mehr abbekommen hatte.

»Nun, dann begrüße ich Sie zurück im Leben.« Der Psychologe lachte.

Alex auch.

Lach nur, dachte Alex und lehnte sich entspannt zurück. Freuden suchte er nicht in dieser Lebensschmiede, die mit ihrem grausamen Hammer genau wusste, wo sie draufschmettern musste, um möglichst viel zerstören zu können. Was *er* suchte, war Absolution.

VI

Es war dunkel geworden, und der herbstliche Wind fegte kalt durch die Straßen. Bald schon würden die bunt belaubten Bäume ihr Blätterkleid ablegen und ihre kahlen Finger gespenstisch in die Höhe strecken.

Klaus liebte den Herbst und den Winter. Was er als eine entlastende Wohltat wahrnahm, empfanden die meisten Menschen als einen tristen, depressiven Gefühlshemmer, dem sie am liebsten entfliehen würden. Endlich musste er sich nicht mehr so oft vor den verschwitzten Menschen ekeln, wenn sie stinkend und alles antastend um ihn herumschwirrten. Seine Umwelt konnte nicht einmal im Ansatz ahnen, wie sehr er unter diesen Dingen litt, die den meisten Menschen nicht einmal auffielen.

Sein Zuhause in einem Berliner Vorort hatte er sich so hergerichtet, wie er es sich wünschte: helle, geräumige Zimmer, ein vom Staubroboter täglich gereinigter Parkettboden, weißes, glänzend poliertes Mobiliar, eine Filteranlage, die nicht nur Keime und Rußpartikel vertilgte, sondern die Luft von allen denkbaren Gerüchen befreite. Ein kleines behütetes Paradies, das sich der schmutzigen Außenwelt verschloss.

Hier in Frankfurt sah es anders aus. Nur mit Mühe und vehementer Intervention, hatte man ihm erlaubt, in einem Hotelzimmer unterzukommen, das über dem normalen Budget lag. Die von ihm erwünschte Reinheit war erwartungsgemäß nicht gegeben. Doch hierfür hatte er sich gewappnet. Für seine Geschäftsreisen hielt er stets einen speziellen Koffer parat, in den alles passte, was er für eine Grundreinigung und ein einigermaßen behagliches Leben benötigte: sein eigenes Kissen – nie würde er seinen Kopf auf eine ihm unvertraute Unterlage betten –, Reinigungsmittel, Desinfektionsgele, die er beim Eingang, neben dem Bett, am Schreibtisch und auch im Bad aufstellen konnte, sowie Decken, um damit die Sitzmöglichkeiten abzudecken. Als er am Morgen seine neue Heimat bezog, hatte er somit die ersten Stunden damit verbracht, alles in *Ordnung* zu bringen, bevor er den Termin mit der Bürgermeisterin wahrnahm.

Trotz dieser immensen Vorarbeiten betrat er am Abend griesgrämig sein Zimmer. Seine Unterlippe hochgezogen, ließ er seinen tieftraurigen Blick umherschweifen. Es würde einige Tage benötigen, bis er sich an seine neue Bleibe würde gewöhnen können.

Er zog seine Schuhe aus, ging ins Badezimmer und legte die Akte, die ihm Sabine Rohn überreicht hatte, neben das Waschbecken auf einen kleinen Schemel. Blatt für Blatt, Bild für Bild, wischte er mit leicht angefeuchteten Tüchern ab und steckte jedes in eine durchsichtige Folie. Durch die Grundreinigung dieser Oberflächen konnte er sich am Abend wenigstens den Ekel ersparen.

Er wusch sich intensiv die Hände, desinfizierte sie und legte das Paket auf einen kleinen Schreibtisch, der sich im Schlafraum neben dem Fenster befand. Erst jetzt setzte er sich steif auf den Stuhl, den er am Morgen mit einem Laken überzogen hatte.

»Ach, je«, kam es angekratzt aus seiner Kehle. »Also gut, dann wollen wir mal nachsehen, was wir hier alles haben.« Zuerst holte er die Bilder aus der Mappe und stapelte sie fein säuberlich übereinander.

Er hatte sie bereits überflogen und wollte sie sich für den Schluss aufheben. Interessant erschien ihm die zu Protokoll gegebenen Informationen zu sein. Hier erhoffte er sich die ersten wichtigen Aufschlüsse über den Verbleib der jungen Frau. Ihr Name war Liana Rohn. Aus den Daten konnte er entnehmen, dass sie einen Meter sechsundsiebzig groß und, den Bildern nach zu urteilen, von schlanker Statur war. Er schätzte ihr Gewicht auf etwa fünfundfünfzig bis sechzig Kilo, was zu diesem Zeitpunkt jedoch keine Bedeutung hatte. Vielmehr war ihm das vorstehende Kinn der jungen Dame aufgefallen, was auf eine resolute und fest im Leben stehende Person schließen ließ.

Liana studierte an der Kunsthistorischen Fakultät in Frankfurt am Main, hatte sehr gute Noten und schien auch sonst ein strebsamer und wohlstrukturierter Mensch zu sein. *Der Apfel fällt nicht weit vom Stamm.* An Gewissenhaftigkeit schien es ihr in der Tat nicht zu mangeln, und auch er konnte sich auf den ersten Blick kaum vorstellen, dass sie absichtlich untergetaucht sein könnte.

Die restlichen Unterlagen gaben nicht sehr viele Informationen preis, außer dass sie zusammen mit drei Kommilitonen ein Studienprojekt mit dem Arbeitstitel »Rodins Höllentor« bearbeitete und sie dabei von einer Professorin namens Dorothea Charlston betreut wurde. Nachdem er sich nochmals die Bilder angesehen hatte, legte er alles wieder ordentlich in die Mappe zurück.

Dieser Fall schien oberflächlich betrachtet nicht sehr kompliziert zu sein, und dennoch schwang eine ihm unbehagliche

Komponente mit. »Die Gefahr lauert im Unbekannten und ist der Preis der Neugierde«, flüsterte er eine vage Ahnung.

VII

Klaus hatte einen festen Ablauf in seinem allmorgendlichen Wachwerden. Von diesem, wie von vielen anderen inzwischen liebgewonnenen Gewohnheiten, kam er nur dann ab, wenn es auch wirklich unumgänglich war. Es kostete ihn unendlich viel Mühe, bestimmte Muster zu verlassen und sich neuen Gegebenheiten anzupassen. Doch leider ließ es sich nicht immer vermeiden.

Stets nach Klingeln des Weckers, blieb er exakt fünf Minuten mit hochgezogener Decke auf dem Rücken liegen, den Kopf sanft in das eigene Kissen gebettet. Diese Zeit half ihm, den Tag einzuteilen und die Eckpunkte zu definieren. An diesem Morgen jedoch blickte er aus dem Fenster und beobachtete das tosende Schauspiel der Natur, wie ein Baum vor seinem Fenster im Wind tanzte und sich dem stürmischen Atem der Jahreszeit beugte. Die Äste bogen sich bedrohlich, als würden sie dem Sturm trotzen wollen, doch einer von ihnen konnte dieser Gewalt nicht länger standhalten. Ein dumpfer Knall drang an Klaus' Ohren, als ein Ast unter der Wucht einer Böe abbrach und mit lautem Getöse auf den Boden krachte.

Ein jäher Schreck durchzuckte Klaus und ließ sein Herz für einen Moment aussetzen. In seiner Welt gab es kaum Raum für unvorhergesehene Ereignisse oder Unordnung. Jede Form von Chaos war ein Störfaktor, der ihn aus der Bahn werfen und seine fragile Welt ins Wanken bringen konnte. Sauberkeit und Ästhetik waren für ihn von essenzieller Bedeutung, denn sie vermittelten ihm Sicherheit und Kontrolle.

Ein vager Schatten der Paranoia legte sich über Klaus' Gedanken, als er sich fragte, ob dieser Zwischenfall ein böses

Omen sein könnte, ein düsteres Vorzeichen für das, was ihm bevorstand. Vier – nein inzwischen fünf – Tage war Liana Rohn inzwischen untergetaucht. Für einen jungen Menschen in ihrem Alter durchaus keine Seltenheit. Und doch stimmte etwas nicht.

Ihre Spur war frisch und konnte noch nicht erkaltet sein. Umso mehr wunderte es ihn, dass die Bürgermeisterin nicht bereits alles hatte ermitteln können und seine Hilfe nötig hatte.

Beunruhigt setzte er sich auf, ohne das Bettlaken aus seiner Umklammerung zu entlassen, als hinge er an einem Drahtseil über dem tödlichen Abgrund. Nur widerwillig löste er seine verkrampften Finger und faltete es ordentlich zurück, bevor er seine Beine seitlich über den Bettrand schwang.

Noch durften die Füße den Boden nicht berühren. Er schloss die Augen und atmete einige Male tief durch – Bauchatmung, einatmen, ausatmen, Stress abbauen und Blutdruck senken, einatmen, ausatmen.

Es kostete ihn Überwindung, sich in den neuen Tag zu begeben, der ihn mit Gestank und Schmutz konfrontieren würde. Immer wieder von Neuem. Tag für Tag. Nach einem kurzen Nicken öffnete er die Augen und setzte seine Füße auf den kalten Boden, den er am Vortag nass gewischt hatte. Er seufzte. »Ach je.« Dies war ein Kampf, der ihn wohl bis an sein Lebensende begleiten würde, seit jenem Tag, der sich tief in sein Inneres gefräst hatte.

Am Abend zuvor hatte er sich eine Liste angefertigt, die er nun Punkt für Punkt akribisch abarbeiten würde. Sein erstes Ziel war die Professorin Dorothea Charlston, die das Projekt der vier Studenten leitete. Klaus wusste nicht, ob die gegenwärtige Arbeit an der Universität etwas mit dem Verschwinden zu tun hatte, aber es bot sich zumindest an, in diese Richtung die ersten Recherchen zu starten. Danach würde er Lianas Zimmer inspizieren und zum Schluss die Kommilitonen, die mit ihr an diesem Projekt arbeiteten, befragen.

Wie verabredet, stand Klaus pünktlich um 7:30 Uhr vor dem eleganten Hotel, während die Regentropfen unerbittlich auf ihn herniederprasselten. Inmitten des stürmischen Wetters wirkte er wie ein exzentrischer Vogel, der sich verirrt hatte und nun seinem Federnkleid Tribut zollte.

Angezogen war Klaus mit einem akkurat geschnittenen Anzug von vornehmer Eleganz, dessen Farbe einst ein tadelloser Anthrazitton gewesen sein mochte, nun jedoch vom Regen zu einem trüben Grau verkam. Seine schwarz-gelb gestreifte Krawatte, penibel gebunden, schien dem Wetter trotzen zu wollen und verzweifelt nach jedem Lufthauch zu flattern. Doch Klaus gab nicht nach, nein, er hielt unbeirrt an seinem Faible für formelle Kleidung fest, selbst wenn sie nun von den Elementen in einen Zustand der Unordnung versetzt wurde.

Seine Schuhe, einst blitzend poliert und tadellos, hatten den Kampf gegen die nasse Pflasterung längst verloren. Klaus konnte es nicht ertragen, seine Füße in solch einem Zustand zu wissen. Wie kleine Schiffbrüchige in einer See aus Regenwasser mussten sie ausharren und auf Rettung hoffen.

Doch der eigentliche Sturm wütete nicht nur in der Natur, sondern auch in Klaus' Innerem. Sein Kollege, der ihn abholen sollte, ließ ihn im Regen stehen – im wahrsten Sinne des Wortes. Eine Stunde verging, und die Tropfen formten mittlerweile kleine Rinnsale auf seinem sorgfältig frisierten Haar, das nun anfing, ungeahnte Wellen zu schlagen. Klaus' Geduld, ohnehin dünn wie die Fäden einer Spinne, wurde mehr und mehr strapaziert.

Schließlich, als sein Ärger und seine Durchnässung den Höhepunkt erreichten, rollte eine blaue Limousine vor und hielt vor ihm. Das Seitenfenster fuhr herunter, und ein fahles Gesicht grinste ihm entgegen.

»Nass geworden? Sind Sie Herr Marsalek?«

»Ja, das ist mein Name, und ja, ich bin hier dem Regen ausgesetzt gewesen. Und warum? Weil Sie sich über eine Stunde verspätet haben, Herr …«

»Thomas Horn. Hallo, Klaus, du kannst mich gerne einfach nur Tom nennen.«

Klaus zog seine Augenbrauen hoch. »Verzeihen Sie, *Herr Horn*, ich lehne solche Vertraulichkeiten grundsätzlich mit Menschen, mit denen ich zusammenarbeite, ab. Besonders, wenn sie mich so despektierlich behandeln. Es wäre mir lieb, Sie würden mich Herr Marsalek nennen. Ein Zuviel an Nähe schadet einer möglichst objektiven Betrachtung eines Falls.« Was er nicht sagte, war, dass er Menschen sowieso auf Distanz hielt; körperlich wie auch menschlich.

»So? Wusste ich gar nicht. Aber okay.« Herr Horn zuckte die Schulter. »Dann steigen Sie ein.« Mit einem Kopfnicken wies er auf die Tür, vor der Klaus noch immer leicht zum Fenster gebeugt stand.

Klaus schaute zum Türgriff herab und rollte die Augen. Wieder begann dieser innere Kampf, der seine Hand regelrecht lähmte. »Wären Sie so freundlich, mir die Tür zu öffnen?«

Herr Horn schaute ihn einige Sekunden entgeistert an, bis er sich zur Tür streckte und sie von innen aufschob.

»Sehr nett, danke.« Klaus stieg ein und schüttelte seine Krawatte. Mit einem Finger zog er die Tür wieder zu und rieb ihn danach einige Male an seiner durchnässten Hose. Er griff in die Innentasche seines Sakkos, zog ein Blatt mit Adressen heraus, das wie durch ein Wunder trocken geblieben war, und reichte dieses dem Kollegen. »Diese Adressen werden wir heute anfahren. Bitte halten Sie die Reihenfolge ein«, erklärte Klaus knapp.

Es hörte auf zu regnen.

»Die alle?« Thomas' Stimme überschlug sich. »Das sind ja fünf Adressen! Allein die Fahrt zwischen diesen ganzen Orten wird uns Stunden kosten. Genügt es nicht, wenn wir uns erst einmal nur eine oder zwei herauspicken? Ich habe heute Abend Karten für den FC Victoria. Wird ein knallhartes Fußballspiel«, protestierte Thomas mit weit aufgerissenen Augen.

»Ja es sind fünf Adressen. Und ja, wir werden sie heute alle besuchen. Wir haben bereits über eine halbe Stunde vertan, in der ich auf Sie wartend auf der Straße stand. Sie haben die Wahl: Entweder wir fahren jetzt los und werden dann sehen, wie lange wir brauchen, oder wir bleiben hier stehen und unterhalten uns über die Widrigkeiten unserer Arbeitszeit. Vergessen Sie dabei jedoch bitte nicht, dass wir dieses Pensum heute so oder so abfahren müssen.«

Hilflos schien Thomas nach den rechten Worten zu suchen, da er mehrmals den Mund öffnete, ihn dann aber wortlos wieder schloss, während seine Gesichtsfarbe von blassweiß zu tiefrot anlief.

»Herr Horn, falls Sie es wünschen, benachrichtige ich heute Abend, nach getaner Arbeit wohlgemerkt, Ihren Vorgesetzten. Sicherlich wird Herr Spohl Verständnis dafür aufbringen, dass Sie nicht gern mit mir an diesem Fall weiterarbeiten möchten und er mir jemand anderes mit mehr Eifer und Zuverlässigkeit bereitstellt. Für heute jedoch wurden *Sie* mir zugewiesen, und ich bestehe darauf, dass wir nun losfahren.«

Thomas wandte seinen Blick zurück auf die Straße und ergriff das Lenkrad. »Wie Sie wollen«, antwortete er gepresst. Er startete das Fahrzeug und fuhr los.

Wo immer sie fuhren, kämpften sie sich durch ein Dickicht von endlos erscheinenden Blechlawinen. Immer wieder blieb sie trotz Thomas' bester Ortskenntnisse gefangen in stockendem oder zähfließendem Verkehr, aus dem es kein Entrinnen gab. Erst eine Stunde später hatten sie das Universitätsgelände erreicht, wo sich Klaus mit der Professorin verabredet hatte. Die Universität befand sich an der B8, einer vielbefahrenen Bundesstraße. Zielstrebig passierten sie den Eingang zum Senckenberg Naturmuseum, als Thomas plötzlich stehen blieb und mit ausgestrecktem Arm auf eine riesige Statue wies.

»Ein Tyrannosaurus Rex. Ach, waren das noch Zeiten, als sie die Herren unserer Erde waren.«

Klaus bedachte die Skulptur nur mit einem abfälligen Blick. Ja, sie waren groß gewesen, und ja, sie hatten hier auf diesem Planeten grausam geherrscht. Doch mangelte es ihnen an Sauberkeit, was in seinen Augen Grund genug war, die Daseinsberechtigung zu verlieren. »Könnten wir nun weitergehen? Wir haben hier eine Verabredung.«

Thomas rollte die Augen und folgte Klaus in ein Verwaltungsgebäude zum Büro der Professorin Dorothea Charlston, die sie freundlich distanziert empfing.

»Guten Morgen, Herr …« Sie reichte Klaus die Hand.

»Marsalek. Ich bin Ihnen sehr dankbar, dass Sie Zeit für uns gefunden haben.« Klaus verneigte sich, behielt seine Hände jedoch hinter seinem Rücken.

Die Professorin lächelte verlegen und zog ihre Hand wieder zurück.

»Dies ist Inspektor Horn.« Klaus wies mit einer Kopfbewegung in dessen Richtung, ohne ihn eines Blickes zu würdigen. Vielmehr schaute er sich interessiert im Büro der Professorin um. Es war ein kleiner, schlicht eingerichteter Raum, eingerahmt von wohlsortierten Regalen und geschlossenen

Wandschränken. Am Fenster stand ein aufgeräumter Schreibtisch mit Stühlen. Für Klaus' Geschmack hätte der Raum größer sein dürfen, aber zumindest passte der Rest für ihn.

»Nehmen Sie doch bitte Platz. Zugegeben, ich bin neugierig darauf, womit ich Ihren Besuch zu verdanken habe. Jedoch habe ich leider nicht sehr viel Zeit. Es wäre mir also sehr daran gelegen, wenn wir gleich zur Sache kämen.«

Klaus nickte zufrieden. Dorothea Charlston war direkt, verfügte über eine klare und gehobene Ausdrucksweise und sah überdies nicht schlecht aus. Hinter einer modernen Brille blickten ihm hübsche grünblaue Augen entgegen. Sie war eine gepflegte Erscheinung und höchstwahrscheinlich intelligent, sonst hätte sie auch keinen Lehrstuhl. Vermutlich.

»Ich möchte Ihre geschätzte Zeit nicht übermäßig strapazieren. Wie bereits telefonisch angedeutet, handelt es sich um das Verschwinden von Liana Rohn. Ich bin beauftragt worden, mich darum zu kümmern. Aus mir zur Verfügung gestellten Unterlagen konnte ich entnehmen, dass Sie ihre Mentorin sind und ihr eine Aufgabe gegeben haben. Haben Sie womöglich eine Vermutung, wo sie sich befinden könnte?« Neben sich hörte er Thomas *»Ihre geschätzte Zeit, pah«* nuscheln und einen Notizblock aus der Jackentasche ziehen. Zum Glück schien es die Professorin nicht gehört zu haben.

»Ich fürchte, dass ich Ihnen da nicht weiterhelfen kann. Ich betreue zeitweise über dreißig Studenten und Studentinnen, und es ist mir wirklich unmöglich, mir darüber Gedanken zu machen, wo sich jeder Einzelne von ihnen aufhält. Ich hoffe, dass Sie hierfür Verständnis haben.«

Klaus versuchte einzuschätzen, was zwischen den Zeilen stand. Die Worte waren deutlich gewählt. Aber es schwang auch eine ablehnende Missbilligung mit, sich dieser Frage überhaupt stellen zu sollen. »Liana arbeitet mit drei Kommilitonen an dem

Lebenswerk von Rodin. Es handelt sich hierbei um das allseits bekannte *Höllentor*, das Rodin entwarf und gestaltete.« Als die Professorin Thomas fragendes Gesicht bemerkte, verdrehte sie die Augen zur Decke. »Tja.«

Aus dem Augenwinkel sah Klaus, wie Thomas Achsel zuckte und er danach in seinen Taschen vergeblich nach etwas kramte. Plötzlich stand er auf, beugte sich über den Schreibtisch und nahm einen dort liegenden Kugelschreiber.

»Darf ich mir den kurz ausleihen?«, fragte er mit flapsigem Unterton, ohne die Professorin dabei zu betrachten oder ihre Antwort abzuwarten.

Klaus erkannte in den Augen der Professorin ein gefährliches Funkeln, das so viel wie »Nein« bedeutete. Verständlicherweise. Sie schwieg dazu, wandte sich dann aber Thomas zu. »Dann notieren Sie: Auguste Rodin gilt als einer der bedeutendsten Wegbereiter der Moderne, wenn Sie wissen, was das bedeutet. Er war ein Künstler, Herr Horn. Und zwar einer der besten. Er erhielt 1880 vom französischen Staat den Auftrag, ein Bronzeportal zu entwerfen. Es war für das neue *Musée des Arts Décoratifs* in Paris gedacht und sollte dort den Eingang schmücken. Na ja, Rodin brauchte einige Jahre bis zur Fertigstellung. Dafür wurde jedoch ein Werk der Superlative erschaffen, das seinesgleichen vergeblich sucht.« Sie zog verdrossen die Stirn. »Nun, der Entwurf gelangte leider nicht rechtzeitig zur eigentlich geplanten Ausführung, aber Rodin war ein ausdauernder Schaffer, und so wurde dieses Tor sein Lebenswerk, an dem er siebenunddreißig Jahre arbeitete. Alles schön notiert?« Sie legte eine kurze Pause ein und wandte sich wieder an Klaus, der schmunzeln dasaß und die Situation genoss.

»Welche Aufgabe hatten die Studenten?«

»Sie sollten das Tor genau analysieren und die einzelnen Figuren im Kontext der damaligen Zeit interpretieren. Rodin hat ein Meisterwerk kreiert, das immer wieder zu Spekulationen führte und so in einer weiten Interpretationsvielfalt mündete.«

Klaus beobachtete, wie sich ihre Augen verengten. Die anfängliche Kühle machte einem energischen Forschergeist Platz. Sie befand sich in ihrem Element.

»Es war eine ebenso ausufernde Aufgabe wie seinerzeit der Auftrag an Michelangelo, der die *Entstehungsgeschichte der Menschheit* auf die über fünfhundert Quadratmeter großen Decke der Sixtinischen Kapelle entwerfen und malen sollte. Wahnsinn.« Sie beugte sich leicht vor und legte eine Hand auf den Tisch. »Vier Jahre hat er auf dem Rücken liegend auf einem zwanzig Meter hohen Gerüst gearbeitet. Und dabei wurde er von dem Papst Julius II höchstpersönlich überwacht. Aber Michelangelo war schlau.« Sie legte ihre zweite Hand daneben. Ihre gespannte Körperhaltung glich einem Panther in Angriffsstellung. »Unter dessen Augen schuf er statt eines gottesfürchtigen Werkes, eine für alle Welt sichtbare Kritik an der Kirche, indem er verborgene Hinweise auf wissenschaftliche Erkenntnisse einarbeitete. Der Glaube wurde auf diese Weise infrage gestellt. Tja, hätte das der damalige Papst erkannt, hätte er Michelangelo sicherlich auf dem Scheiterhaufen brennen lassen. So aber blieb es für die Nachwelt verborgen und ziert die Decke bis heute. Sie verstehen?«

»Ja, das ist die Welt hinter dem sichtbaren Schleier«, kommentierte Klaus. »Seit wann haben sie die Studenten mit dieser Aufgabe betreut?«

»Das ist gut vier Wochen her. Wenn Sie es genau wissen müssen, kann ich Ihnen die konkreten Daten nachreichen.«

»Soviel ich weiß, starb Rodin 1917 in Frankreich. Kann es sein, dass sich die Gruppe dorthin begeben hat?«

»Na endlich jemand Gescheites. Stimmt, Auguste Rodin starb tatsächlich 1917 in Frankreich. Um genau zu sein, in Meudon, etwa ein halbes Jahr, nachdem seine Lebensgefährtin verstorben war. Ob Liana dorthin gereist ist, weiß ich nicht. Sicherlich wäre es eine kluge Entscheidung, das Objekt, um das es geht, nicht nur von Bildern her zu kennen. Haben Sie dieses Kunstwerk jemals in Natura gesehen?«

»Leider nein.«

Sie rümpfte die Nase. »Die Skulpturen auf dem Höllentor sind von einer beispiellosen Detailgenauigkeit und Ausdruckskraft geprägt. Jede Figur, jede Miene und jede Bewegung ist sorgfältig gemeißelt und vermittelt eine unglaubliche Intensität der Emotionen.« Während sie dieses Werk beschrieb, untermalten die weit ausladenden Bewegungen ihrer Arme ihre Worte, als würde sie ein Orchester anleiten. »Man kann förmlich die Qualen der Dargestellten *spüren* und ihre Schreie der Pein *hören*. Die Komposition des Höllentors ist beeindruckend. Rodin schaffte eine dynamische und sich bewegende Szene, in der die Figuren aufeinanderprallen, sich verstricken und verzweifelt versuchen, aus ihrem schrecklichen Schicksal zu entkommen.« Sie war eindeutig in ihrem Element. »Die scheinbar chaotische Anordnung der Figuren wird durch Rodins meisterhaftes Können zu einer harmonischen Einheit zusammengefügt. Oh ja!« Entzückt schnalzte sie mit der Zunge. »Jedes Detail des Höllentors ist von großer Symbolkraft, *jedes*! Von den verkrümmten Körpern und den verzerrten Gesichtern, bis hin zu den surrealen Elementen. Alles trägt zur Darstellung der menschlichen Qualen und der moralischen Verderbtheit bei. Das Höllentor ist eine ergreifende Allegorie auf die menschliche Natur und die Abgründe, zu denen wir fähig sind.« Sie zeigte auf Thomas. »Rodins Höllentor ist nicht nur ein Kunstwerk von außergewöhnlicher Schönheit, sondern auch eine tiefgründige Reflexion über die menschliche Existenz und die Seele. Es ist eine Einladung, uns mit unseren eigenen Ängsten, Abgründen und Dämonen auseinanderzusetzen und gleichzeitig ein Zeugnis für die zeitlose Relevanz von Rodins künstlerischem Schaffen.« Sie schürzte die Lippen und schaute auf die Uhr. »Kann ich Ihnen weiter behilflich sein?«

Klaus schüttelte den Kopf. Er griff in die Seitentasche seines Sakkos, zog ein kleines, silbern schimmerndes Etui heraus, entnahm eine Karte und legte sie behutsam auf den Schreibtisch. »Ich bedanke mich bei Ihnen. Sie waren uns eine große Hilfe. Sollten Sie etwas von den Studenten erfahren oder Ihnen noch etwas einfallen, das uns weiterhelfen könnte, bitte ich Sie, mich zu informieren.«

Nachdem sie sich verabschiedet hatten und wieder im Auto saßen, wandte sich Klaus verärgert an Thomas, dessen Verhalten gegenüber der Professorin er missbilligte. »Können Sie mir später Ihre Aufzeichnungen geben?«

»Aufzeichnungen?«

»Ja, Aufzeichnungen. Sie haben doch Protokoll geführt.«

»Ich?«

»Sie schrieben doch alles eifrig auf oder etwa nicht?«, fragte Klaus fassungslos.

Thomas hingegen glänzte mit absoluter Seelenruhe. »Nein. Aber ich habe genau zugehört. Wenn ich mich konzentriere, dann male ich nebenbei alles Mögliche. Das ist alles.«

Klaus wollte darauf etwas Bissiges erwidern, schluckte es aber herunter wie einen widerlichen Kloß. Zumindest wusste er nun, dass ihm Spohl keinen Gefallen getan hatte. Im Gegenteil, er hatte ihm einen selbstgefälligen, unpünktlichen Nichtsnutz zur Seite gestellt, den er selbst nicht benötigte. Eine Erkenntnis, die er so nicht auf sich sitzen lassen würde, für den heutigen Tag jedoch, musste er es ertragen.

Als sie zu ihrem nächsten Ziel fuhren, nutzte Klaus die Zeit, Lianas Kommilitonen nacheinander anzurufen. Doch es meldete sich nur unter einer der drei hinterlegten Telefonnummern eine junge Stimme, die, wie es sich im Nachhinein herausstellte, die Schwester einer der drei Studierenden war. Sie erzählte, dass ihr Bruder, Jan Loritz, bereits über zehn Tage nicht mehr zu Hause erschienen war, was jedoch keine Seltenheit darstellte. Weiter berichtete sie redselig, dass er eine Europatour geplant und sich von den Eltern Geld dafür geliehen hatte. Angeblich sei es für eine Studienarbeit erforderlich gewesen, was sie ihm jedoch nicht wirklich geglaubt hatte. Viel Neues konnte Klaus leider nicht erfahren, aber sie vereinbarten für den kommenden Tag ein Treffen in ihrem Elternhaus.

»Hm.« Klaus schaute aus dem Seitenfenster, ohne die Fahrzeuge, an denen Sie vorbeifuhren, die Passanten, die auf den Gehwegen entlanghuschten oder andere Dinge wahrzunehmen. »Vielleicht ist ja auch Liana verreist, ohne dass sie es ihrer Mutter anvertraut hat. Auch wenn es nicht zu ihrer Beschreibung passt, ist es dennoch möglich.«

»So sind diese jungen Dinger eben. Haben nur eines im Kopf. Bestimmt haben sich die vier in eine europäische Haschecke verkrochen, um Gras zu rauchen und … na Sie wissen schon.« Thomas zwinkerte Klaus mehrmals vielsagend zu.

Als Klaus nur mit einem verstörten Gesichtsausdruck reagierte, setzte Thomas nach. »Sex, Orgien –«

»Ja, ja, schon gut. Ich dachte mir bereits, dass Sie dies meinten«, erwiderte Klaus energisch und hob abweisend die Hände. »Mehr möchte ich dazu nicht hören.« Für solch einen Unsinn war die Tochter der Bürgermeisterin nicht der Typ Frau. Oder etwa doch? Angestrengt dachte er über ihren beschriebenen Charakter nach. Würde sie wirklich gegen den Willen ihrer Mutter handeln? Wissend, dass sie die Welt in Bewegung setzen würde? Wohl kaum! Der von dem Idioten Thomas angedeutete Grund war bei den Haaren herbeigezogen. Davon abgesehen, musste man sicherlich keine Exkursion im Ausland antreten, um sich miteinander zu vergnügen. Dies könnte sie ebenso gut hier in Frankfurt haben. Punkt.

Liana Rohn wohnte nicht mehr im Elternhaus, sondern in einem möblierten Einzimmerappartement am Beethovenplatz, keinen Steinwurf entfernt vom Universitätsgelände.

»Noble Gegend für eine Studentin.« Thomas hob den rechten Daumen und pfiff anerkennend.

Sie parkten in der Dantestraße und blieben vor dem sechsstöckigen Gebäude stehen, das sich gegenüber einer von hohen Bäumen umringten Kirche befand.

Klaus musste Thomas ausnahmsweise recht geben. Es war eine feine Gegend, mit wahrscheinlich ebenso noblen Mietpreisen. In der von Sabine Rohn übergebenen Akte befand sich ein Zweitschlüssel, den er bereits einer Grundreinigung in Seifenwasser unterzogen hatte.

»Unzweifelhaft behält die Bürgermeisterin gern die Kontrolle«, murmelte Klaus und schloss auf. »Könnten Sie bitte noch an der Tür stehen bleiben?«, bat er Thomas, der dies mit einem Achselzucken bestätigte. Klaus wollte die Wohnung als Erster betreten, um sowohl die Stimmung zu erfassen als auch Auffälligkeiten zu entdecken, die durch unsachgemäße Handlungen verloren gehen konnten.

Klaus blieb in der Mitte des Zimmers stehen, streifte sich einen sterilen Latexhandschuh über die rechte Hand und schaute sich um.

Das einzige Fenster, das zum Innenhof schaute, war fest verschlossen und ließ keinen Hauch von frischer Luft herein. Ein unangenehmer, abgestandener Geruch durchzog den Raum und verriet, dass dieser seit Tagen nicht mehr durchlüftet worden war. Die Dunkelheit im Wohnraum wurde nur durch das spärliche Licht einer einsamen Lampe durchbrochen. Ein Schreibtisch thronte in der Mitte, neben ihm eine zusammengeklappte Schlafcouch, ein Kleiderschrank und eine kleine Pantryküche, die gerade das Notwendigste bereithielt. Alles wirkte akribisch aufgeräumt und ordentlich, ganz so, wie er es vermutet hatte.

Auf einem Regal, das sich direkt neben dem Schreibtisch erstreckte, waren beschriftete Ordner fein säuberlich aufgereiht. Daneben stapelten sich Bücher in verschiedenen Farben, als würden sie darauf warten, endlich gelesen zu werden. Das Badezimmer entpuppte sich als winziger Raum mit einer engen Dusche, deren geblümter Duschvorhang beinahe erdrückend auf den Raum wirkte. Ein einfaches Waschbecken und eine Toilette vervollständigten die spärliche Einrichtung.

Nun begann Klaus damit, Schubladen und den Kleiderschrank zu untersuchen. Er fand weder eine Tasche noch einen Koffer. Einige der Fächer waren leer, genau wie im Badezimmer. Es herrschte ein unnatürlicher Mangel an Kleidungsstücken und Wäsche. Es schien, als hätte jemand vorgehabt, für eine längere Zeit zu verreisen. War Liana etwa doch auf einem Ausflug?

Als Klaus sich einen ersten Überblick verschafft hatte, ließ er sich schließlich am Schreibtisch nieder. Hier hoffte er die wahre Antwort zu finden, falls es überhaupt eine gab.

Die Schubladen enthielten einige Notizen, verschiedene Schreibutensilien und belanglose Kleinigkeiten. Nichts, was besonders von Bedeutung war. Er öffnete die Ordner nacheinander, durchblätterte sie aufmerksam und legte sie anschließend ordentlich zurück. Doch erst als er eine Mappe mit der Aufschrift *Das Tor zur Hölle* öffnete und ihm ein Briefumschlag mit der Beschriftung *Alexander Brandt* entgegenflatterte, spürte er, dass er der Lösung des Rätsels näher kam.

Das beschriftete Register barg womöglich das Geheimnis der aktuellen Projektarbeit, weshalb er bereits die Professorin aufgesucht hatte. Die einzelnen Kategorien waren akribisch aufgeführt: *Hintergrundmaterial Rodin*, *Interpretationen zum Höllentor*, *Recherchematerial und Unbekanntes*, *Aufbau-Einleitung/Historie/These/Ergebnis* und *Sonstiges*. Neugierig blätterte er die Unterlagen durch. Die abgehefteten Informationen in *Sonstiges* machten den Löwenanteil aus, während der Abschnitt Ergebnis noch leer war. Die Gruppe war offenbar noch inmitten der Recherche und hatte sich bislang nicht mit der Auswertung und Umsetzung beschäftigt. Klaus schloss den Ordner und legte ihn beiseite. Später würde er sich genauer damit befassen. Doch im Moment ruhte sein Blick auf dem verschlossenen Brief, der ihm Rätsel aufgab.

Klaus schaute kurz über die Schulter. »Sie können jetzt hereinkommen, Herr Horn.«

»Oh, danke«, erwiderte Thomas mit Sarkasmus in der Stimme, aber Klaus überhörte es beflissentlich.

»Sagt Ihnen der Name Alexander Brandt etwas?«

»Was wollen Sie denn von dem Idioten?«, blökte es dumpf aus dem Badezimmer.

Überrascht von Thomas' aufgebrachten Antwort, schaute Klaus zur angelehnten Tür vom Bad. »Sie kennen diesen Herren?«

»Und ob ich ihn kenne! Er war in unserer Abteilung der leitende Ermittler in dem Fall *Schatten*. Er hat es richtig versiebt und ist dann in die Klapse gekommen. Der hat einen richtigen Schuss in der Rübe, das dürfen Sie mir glauben. Ein eiskalter, arroganter *Mistarsch*!« Das letzte Schimpfwort hallte nachdrücklich. Die Spülung rauschte, und Thomas stampfte aus der Toilette. Ein unangenehmer Geruch haftete an ihm, und Klaus rümpfte die Nase.

»Herr Horn, wenn ich Sie etwas frage, wäre es mir recht, wenn Sie auf Kraftausdrücke dieser Art verzichten könnten.

Davon abgesehen, würde ich mich auch sehr darüber freuen, wenn Sie die Güte hätten, die Tür zum Bad zu schließen, wenn Sie schon die Dreistigkeit besitzen, es für Ihre Notdurft zu benutzen!«

»Was meinen Sie mit Dreistigkeit? Soll ich mir vielleicht in die Hosen machen?«

»Dies hier könnte sich als ein Tatort herausstellen, und es ist wichtig, dass alles so bleibt, wie wir es vorgefunden haben.« Klaus verstand im selben Augenblick, dass er sich seine Worte auch hätte sparen können. »Was haben Sie gegen Herrn Brandt? Mir dämmert nur sehr schwach gehört zu haben, dass er ein hervorragender Ermittler sei. Was ist denn mit ihm passiert?«

»Er arbeitete damals an einer Mordserie, die sich jedoch nie aufklären ließ. Was genau passiert ist, weiß ich nicht, aber man fand ihn in einem leeren Penthouse auf dem Boden sitzend; leer wie eine Strohpuppe. Blöd war er ja schon immer, aber ab diesem Zeitpunkt wurde er zu einem hirnlosen Zombie.« Thomas ließ seinen Mund offen stehen, hob die Arme auf Schulterhöhe, schaukelte mit dem Oberkörper einige Male vor und zurück, und mimte einen besonders blöden Ausdruck. »Sie verstehen?« Er richtete sich wieder auf. »Man fand dort Blut auf dem Boden verspritzt, das ihm und seiner Schwester zugeordnet werden konnte. Was seine Schwester damit zu tun hatte, wurde nie herausgefunden.« Thomas kam zu Klaus und blieb neben ihm stehen. Abgestandene Luft, war schlimm genug, der Gestank, der sich nun direkt neben ihm auftürmte, war zu viel. Klaus stand auf, packte Ordner und Brief und wich einige Schritte zurück.

»Ist alles okay?«, fragte Thomas.

Klaus würgte. »Ja, erzählen Sie weiter.«

»Nun, anfangs glaubte man, dass ihr etwas zugestoßen wäre und Alex damit zu tun haben könnte, war aber anscheinend doch nicht so. Jedenfalls tauchte seine Schwester einige Tage später putzmunter aus der Versenkung auf und entlastete Alex von dieser Verdächtigung. Zu sich gekommen ist dieser Idiot zum Glück aber nicht mehr.«

Aus jedem Wort hörte Klaus den unverhohlen aggressiven Ton, der Verletztheit zum Ausdruck brachte. Es musste etwas zwischen Thomas und diesem Alex passiert sein. Wirklich verwundernd, war es jedoch nicht. Es fiel Klaus leicht, sich vorzustellen, dass es Menschen gab, die mit Thomas' Eigenarten nicht zurechtkamen.

Klaus zuckte die Achseln und betrachtete wieder das Couvert. Den Brief öffnen wollte er nicht, da er privater Natur war. Wenn überhaupt, dann musste er zuerst Alexander Brandt einen Besuch abstatten und diesen um Erlaubnis fragen. Respekt hatte jeder Ermittler verdient.

Er verstaute den Brief in eine Klarsichthülle und heftete diese im Ordner ab. Bis auf den Brief, würden diese Unterlagen nach gründlicher Reinigung seine Nachtlektüre sein. »Nun gut. Versiegeln Sie die Wohnung und benachrichtigen Sie Herrn Spohl. Ich warte auf sie beim Auto.« Jetzt benötigte er frische Luft.

VIII

Der Tag hatte mit düsteren Wolken am Himmel begonnen, die das Unheil förmlich heraufbeschworen hatten. Glücklicherweise hatte der Regen aufgehört, sodass Klaus' Anzug zwar trocken, aber bedauerlicherweise völlig verknittert war. Mit einem leicht verzerrten Gesichtsausdruck betrachtete er sein zerzaustes Erscheinungsbild im Spiegel. Die Falten in seinem Anzug schienen ein Eigenleben zu führen, als hätten sie beschlossen, eine eigene Karriere als Hochgebirge zu starten. Seine Phobien brachten ihn oft an den Rand des Wahnsinns, aber dieser unordentliche Anblick trieb ihn nun zur Verzweiflung.

Zumindest befand sich Klaus jetzt allein in seinem Zimmer, ein kleiner Fortschritt in seinen Augen. Normalerweise sehnte er sich nur selten nach Gesellschaft, außer in Situationen wie der, als er am letzten Wochenende vor einer öffentlichen Toilette gestanden und einfach nicht den Mut aufgebracht hatte, die Türklinke zu berühren. Verzweifelt suchte er nach einem Gegenstand, einem Tuch oder irgendetwas anderem, um diese widerliche Klinke zu betätigen. Doch all seine Bemühungen erwiesen sich als vergeblich. Die Tränen stiegen ihm bereits in die Augen, als die Tür plötzlich aufsprang und ein Mann herausstürmte. Hastig schlüpfte Klaus an ihm vorbei und erledigte sein dringendes Geschäft, ohne etwas berühren zu müssen. Aber damit war das Martyrium noch nicht vorbei. Es waren weitere qualvolle fünfzehn Minuten vergangen, bis endlich jemand aufgetaucht war und die Tür erneut geöffnet hatte, sodass er seinem Gefängnis entkommen konnte.

Kurz schweiften seine Gedanken zum morgigen Tag ab, für den er noch einiges planen musste. Ob Herr Horn ihn nochmals begleiten würde, stand in den Sternen. Sicherlich würde Klaus gern auf seine Anwesenheit verzichten. Die beiden waren einfach zu unterschiedlich. Bei ihrer Verabschiedung hatte Klaus ihn noch einmal ermahnt, darüber nachzudenken, ob er weiterhin mit ihm zusammenarbeiten wollte oder nicht. Falls die Antwort »Ja« lauten sollte, müsste dieser sich auf zwei Dinge einstellen: Pünktlichkeit – und das zu jeder erdenklichen Uhrzeit – sowie Zurückhaltung.

Klaus hatte geglaubt, ein gequältes Brummen zu vernehmen.

Die Ermittlungen an diesem Tag hatten nicht viel Neues zu Tage gefördert. Sowohl Liana Rohn als auch ihre drei Kommilitonen schienen vom Erdboden verschluckt worden zu sein.

Vielleicht würde er am nächsten Morgen im Elternhaus von Jan Loritz, demjenigen, der am längsten verschwunden war, weitere Informationen erhalten.

Obwohl er die beiden verbleibenden Studenten nicht angetroffen hatte, konnte er immerhin mit ihren Verwandten und Freunden telefonieren.

Tatjanas Eltern beschrieben sie als sehr selbstständig, was soviel bedeutete, als dass sie gelegentlich über längere Zeiträume nichts von sich hören ließ. Ihr letzter Kontakt mit den Eltern lag genau zwei Wochen zurück, als sie ihnen einen kurzen Besuch abstattete, um ihre finanziellen Mittel aufzustocken. Ein Ritual, wie ihre Mutter meinte, das sich in letzter Zeit leider häufte. Über die Studienarbeit wussten sie nichts, aber sie hatten bemerkt, dass Tatjana sehr aufgeregt schien, so wie ihre Mutter es ausdrückte. Mehr konnte Klaus jedoch nicht in Erfahrung bringen.

Das Gespräch mit Svens Eltern, dem vierten Mitglied der Gruppe, ergab, dass er vor zehn Tagen aufgeregt bei ihnen angerufen hatte. Seine Stimme schien sich regelrecht überschlagen zu haben, als er ihnen mitteilte, dass er und seine Kommilitonen etwas Großartiges entdeckt hätten. Genaueres wollte er jedoch noch nicht verraten. »Naja, er neigt immer zu solchen Übertreibungen«, hatte seine Mutter Klaus anvertraut. Sie gaben ihm die Adresse der Wohnung, die er sich mit einer Mitstudentin teilte, und versprachen, sich sofort zu melden, falls sie etwas Neues erfahren sollten.

Noch am selben Abend fuhren sie zu der Wohnung, die sich in einem typischen Studentenviertel unweit der Universität befand. Doch leider trafen sie auch dort niemanden an und hinterließen eine kurze Nachricht mit der Bitte um Rückruf.

Klaus faltete seine Hände, schloss die Augen und atmete tief durch. Er versuchte, den Alltag und die damit verbundenen Einflüsse auszublenden. Ein zufriedenes Lächeln spielte um seine Lippen. Als er nach einigen Minuten die Augen wieder öffnete, fiel sein Blick auf den Tisch vor ihm. Dort lag der Ordner aus Lianas Zimmer und daneben der verschlossene Brief. Klaus tippte nachdenklich mit dem Finger an die Nasenspitze.

»Was mag Liana von einem Ermittler, der auf Mordfälle spezialisiert ist, wollen?«, fragte er sich leise. Es war ungewöhnlich. Sie hätte jeden anderen Kommissar fragen können, aber warum ausgerechnet jemanden, der in einer Nervenheilanstalt einsaß?

Nach einiger Zeit begann er intensiv den Ordner zu durchzublättern, auf der Suche nach Anhaltspunkten, die ihm Hinweise auf den Verbleib der Gruppe geben konnten. Er stieß auf eine Vielzahl handschriftlicher Notizen, wie "Wow, bombastisch" neben dem Entstehungsdatum des Tores, "Durchbruch" unter einem Bild des Vatikans, "Note 1+" am Rand des Themas und andere Bemerkungen in unterschiedlichen Farben. Doch aufschlussreich waren sie nicht.

Was wusste er nun? Lediglich, dass die Gruppe glaubte, etwas Außergewöhnliches entdeckt zu haben. Normalerweise würde er der Bürgermeisterin raten, noch ein oder zwei Wochen abzuwarten, aber eine Tatsache war verdächtig: Nicht nur Liana Rohn war verschwunden, sondern alle vier Kommilitonen.

Eine Entführung schien vorerst unwahrscheinlich. Niemand würde freiwillig vier Studenten auf einmal entführen wollen. Klaus legte behutsam den Ordner zurück, und stand auf.

Immer wieder wurde sein Blick von dem unscheinbaren Brief angezogen, der vor ihm auf dem Tisch lag. Unruhig marschierte er im Wohnzimmer auf und ab, blieb stehen, schaute auf das Couvert und setzte dann seine Wanderung fort. Seine Gedanken fanden keine Ruhe.

Am nächsten Tag musste er unbedingt diesen Alexander Brandt kennenlernen. Hoffentlich war er noch genug bei Verstand, um den Brief zu lesen und Fragen zu beantworten.

»Tja.« Klaus blieb vor dem Handy stehen. Zögernd nahm er es auf. *Wieviel Uhr war es doch gleich? Egal!* Er gab sich einen Ruck und wählte Spohls Nummer.

Es dauerte nicht lange, bis ein knappes »Ja, zum Teufel« aus dem Hörer schallte.

Klaus räusperte sich. »Hier ist Klaus Marsalek. Verzeihen Sie die späte Störung, aber es ist dringend.«

»Um 22:34 Uhr?«

»Ja«, antwortete Klaus mit fester Stimme. Er hörte Spohl fluchen – unterdrückt, aber dennoch klar und deutlich.

»Dann machen Sie es kurz. Ich sitze hier in der Wanne und habe keine Lust, meinen Hintern zu erfrieren.«

Spohl hatte Klaus am Morgen seine private Nummer gegeben. Wahrscheinlich auch nur deshalb, weil er mit der Bürgermeisterin keine Probleme haben wollte. Höchstwahrscheinlich würde er es jetzt bereuen.

»Ja natürlich. Können Sie mir etwas über den Ermittler Alexander Brandt erzählen?«

Stille.

Im Hintergrund hörte Klaus ein Platschen, als wäre etwas in das Wasser geplumpst.

»Alex? Sie sind heute der Zweite, der nach ihm fragt. Was wollen Sie von ihm?«

»In den Unterlagen von Liana Rohn habe ich einen an ihn adressierten Brief gefunden.«

»Ach.«

»Nun?«

»Alex ist … oder war mein bestes Pferd im Stall. Was er in die Hand nahm, führte er auch zum Erfolg. *Ein richtiger Jäger.*«

Die letzten Worte klangen euphorisch. »Der letzte Fall jedoch hat ihn irgendwie mitgenommen. Warum, weiß ich nicht. Jedenfalls sitzt er seitdem in der Psychiatrischen Anstalt. Abwesend, in sich gekehrt, *eingefroren*, einfach nicht mehr hier, verdammt!«

»Sie sagten, es hätte sich heute noch jemand nach ihm erkundigt?«

»Ja, ein Dr. Kamberger hat sich heute bei mir gemeldet. Er ist Alex' behandelnder Arzt, glaube ich jedenfalls. Er sagte, Alex scheint ein wenig aufgetaut zu sein. Ich weiß ja nicht, was das alles zu bedeuten hat, aber irgendwie habe ich den Eindruck, dass gequirlte Scheiße hochgespült kommt und wir alle bald bis zum Hals darin stecken werden. An verdammte Zufälle glaube ich genauso wie an den Weihnachtsmann. Verstehen Sie, was ich meine?« Wieder hörte er im Hintergrund lautes Platschen. Klaus vermutete, Spohl habe wohl mit der Faust ins Wasser gehämmert, in Ermangelung einer Schreibtischplatte.

Klaus hasste Fäkalausdrücke gewaltig. Allein der Gedanke an das, was Spohl soeben ausgesprochen hatte, drehte ihm den Magen. »Ähm, ja.« Er holte tief Luft, die er langsam wieder entweichen ließ. Dies wirkte beruhigend.

»Ja, genau! Dreck, verdammter.«

»Noch eines. Der mir von Ihnen zugewiesene Herr Horn ist keine große Hilfe.« Klaus rümpfte die Nase. »Ich habe eine durchaus *zurückhaltende* Meinung über ihn.«

Aus dem Hörer ertönte ein gehässiges Lachen. »Ha, er ist der Einzige, den ich zurzeit entbehren kann. Arbeiten Sie mit ihm oder lassen Sie es!«

»Danke für die überbordende Unterstützung, Herr Spohl. Ich melde mich morgen wieder.« Klaus legte auf, ohne eine Erwiderung abzuwarten.

Kapitel 2

Die Hölle hat einen Namen

I

Dunkle Wolken zogen bedrohlich über den morgendlichen Himmel, und heftige Windstöße peitschten durch die Straßen, als wäre eine Meute wildgewordener Friseure mit Haartrocknern unterwegs. Stoßweise prasselten Regenschauer herab und verwandelten die Gehwege in improvisierte Aquaparks. Es war ein Wetter, bei dem man nicht einmal einen Hund vor die Tür schicken würde – außer vielleicht, um ihn schwimmend zum nächsten Trockenfutterladen zu schicken. Und so fühlte sich Klaus nun: vergessen und verloren, wie ein verlorener Socken in der Waschmaschine des Schicksals. Es war offensichtlich, Frankfurt mochte ihn nicht!

Er stand unter einer kleinen Überdachung gegenüber dem Eingang seines Hotels, die nur wenig Schutz vor den Wassermassen bot. Das Dach war so schmal, dass selbst eine Ameise mit Regenschirm darunter Platzangst bekommen hätte. Klaus wartete abermals geduldig auf Herrn Horn, während er seine Hände tief in die kaum wärmenden Taschen seiner Jacke gesteckt und die Schultern bis zu den Ohren hochgezogen hatte –

als ob er versuchen würde, sich in seine eigene Jacke hineinzudrücken wie eine Schnecke in ihr Gehäuse.

Nach einer halben Stunde gab Klaus auf. Er konnte es nicht fassen, dass sich Herr Horn nicht wenigstens abgemeldet hatte. Ein kurzes Wort des Bedauerns hätte genügt. Wie konnte ein Mensch nur so respektlos sein?

»Das gibt es nicht!«, zischte er zornig. Seinem Impuls, Horn anzurufen und ihm seinen Unmut in gehöriger Form kundzutun, widerstand er nur mit aller Willenskraft. Nein, dieser Mensch war es einfach nicht wert, dass er auch nur einen Gedanken an ihn verschwendete.

Nachdem er seine nassen Schuhe gewechselt hatte – er wollte nicht riskieren, dass seine Füße in ihnen zu runzeligen Rosinen wurden –, beschloss Klaus, ein Taxi zu rufen und auf eigene Faust loszuziehen, so wie er es von Anfang an hätte tun sollen. Nicht nur konnte er so relativ zuverlässig von einem Punkt zum anderen gelangen – vorausgesetzt, der Taxifahrer hatte nicht den Orientierungssinn einer betrunkenen Schildkröte. Viel wichtiger war ihm, dass die Fahrer gegen ein geringes Trinkgeld auch gern die Fahrzeugtür für ihn öffneten, ohne Fragen zu stellen.

Eine Stunde später stand er vor dem Elternhaus von Jan Loritz. Den Schirm aufgespannt, eilte er über die Straße zur Eingangstür eines feudalen Anwesens. Die prachtvollen Verzierungen am schmiedeeisernen Einfahrttor, das von zwei mannsgroßen Granitlöwen flankiert wurde, zeugten von einem gehobenen Lebensstandard. In seiner ihm eigenen Art, streifte Klaus seinen Ärmel über die Hand, bevor er den Klingelknopf betätigte.

Es ertönte ein surrendes Geräusch, und das Tor schwang gleitend auf. Vergeblich wartete er einige Sekunden auf einladende Worte, bis er sich entschloss, den gepflegten Garten unaufgefordert zu betreten. Ein breiter Kiesweg führte über das parkähnliche Grundstück direkt zum Haus. Am Eingang blieb er stehen und ließ seinen Blick über das beachtliche Anwesen gleiten. Der Rasen war kurz geschnitten, um die Bäume lag kein herabgefallenes Laub und ein ordentlicher Staudengarten schmiegte sich an den Weg. So musste es sein und nicht anders!

Die Tür öffnete sich, und ein Mädchen im Teenageralter schaute ihn mit verschmitztem Gesichtsausdruck an.

»Mein Name ist Klaus Marsalek. Ich hatte meinen Besuch –«

»Ja ich hatte es mir schon gedacht«, unterbrach sie. »So sieht also ein Inspektor aus. Naja, ich hatte Sie mir irgendwie anders vorgestellt.« Ihre schmalen Augenbrauen hochgezogen, wirkte ihr jugendliches Gesicht streng und erfahren. »Na dann kommen Sie doch rein.«

Sie führte Klaus in eine weite, hellbeleuchtete Diele zu einer gläsernen Garderobe. »Ihren Mantel können Sie hier aufhängen. Meine Mutter kommt gleich.« Das Mädchen ließ ihn keine Sekunde aus den Augen. »Ist jemand ermordet worden?«

»Nein. Das heißt, ich hoffe nicht.«

»Sie sind sich also noch nicht sicher. Hm. Mutter meinte, sie würden wegen meines Bruders kommen. Hat er etwas ausgefressen? Jemanden ausgeraubt, überfahren, entführt oder etwas in dieser Richtung?«

Klaus runzelte die Stirn und stöhnte, antwortete aber nicht. In diesem Moment kam zu seiner Erleichterung eine Frau auf sie zu. Sie war in den Vierzigern, schlank, äußerst gepflegt, hatte streng nach hinten gebundene braune Haare, trug ein knielanges graues Kostüm, eine hellbeige Weste und weiße Turnschuhe. Adrett und … augenfällig sauber.

»Einen wunderschönen guten Morgen.« Ein eloquentes Lächeln untermalte ihre angenehme Stimme.

Klaus verbeugte sich knapp und verzog sein Gesicht. Eigentlich wollte er ihr mit einer ebenso sonnigen Geste begegnen, aber es misslang. Er räusperte sich verlegen. »Guten Morgen, mein Name ist Klaus Marsalek. Ich hatte mich angemeldet.«

»Verzeihen Sie, wenn Sie meine Tochter gelöchert hat, aber sie ist ganz aufgeregt.« Sie blinzelte ihm zu, und Klaus schmolz wie ein Parfait in der glühenden Sonne. »Aber auch ich bin nun neugierig. Hat mein Sohn etwas ausgefressen?«

Klaus hob beschwichtigend die Hände. »Grundgütiger nein. Die Tochter –« Er unterbrach seine Worte für einen Augenblick und bedachte beide mit einem nachdenklichen Blick, als wäre er unsicher geworden, was er sagen oder verschweigen sollte. »Nun, Frau Rohn, die Bürgermeisterin der Stadt, Sie wissen?«

»Natürlich, fahren Sie fort.«

»Nun, ihre Tochter wird vermisst. Womöglich hat sie lediglich versäumt, sich bei ihrer Mutter zu melden, aber dennoch ist Frau Rohn besorgt.«

»Verstehe. Sie ist eine resolute Person.« Frau Loritz hob streng ihre Augenbraue, und Klaus hatte für einen kurzen Augenblick das Gefühl, dass sie die Bürgermeisterin nicht sehr schätzte. »Sie denken, dass mein Sohn etwas beitragen kann?«

»Genau. Da sie mit ihrem Sohn und zwei weiteren Studienkollegen eine gemeinsame Studienarbeit bearbeitet, lag es nahe, erst einmal in diesem Kreis Nachforschungen anzustellen. Wie ich aber gestern bereits erfuhr, ist ihr Sohn ebenfalls nicht auffindbar, stimmt das?«

Der Mimik der Mutter konnte Klaus sofort entnehmen, dass dies nicht außergewöhnlich war. Sie zuckte nur mit den Achseln.

»Ach wissen Sie, mit Kindern hat man es nicht immer leicht«. Haben Sie Kinder?«, fragte sie dann mit leidgeprüfter Stimme.

Nein. Er hatte weder Kinder noch eine Frau, mit der er sie eventuell haben könnte. Wer wollte sich schon mit einem Mann voller *Eigenarten* abgeben? Er schüttelte den Kopf.

»Dann seien Sie froh. Da ist Ihnen viel erspart geblieben. Jan taucht ständig für einige Tage oder gar Wochen unter.« Sie setzte ein breites Grinsen auf. »Aber er ist *absolut* verlässlich, wenn es um Geld geht. Wenn er welches braucht, taucht er immer wieder aus der Versenkung auf. Vor etwa drei Wochen habe ich ihm Geld für eine Frankreichreise gegeben. Er meinte, er müsse dort etwas für seine Studienarbeit recherchieren. Vielleicht stimmt es, vielleicht auch nicht. Ich habe keine Lust, mich ständig mit ihm zu streiten und mich aufzuregen.«

»Weiß vielleicht jemand seiner Freunde, wo er sich aufhalten könnte? Oder eventuell Ihr Mann?«

»Mein Mann? Das glaube ich kaum.« Ihr Blick wurde ernst, und es lag Trauer in ihren blaugrünen Augen. »Er ist aktuell sehr beschäftigt.«

»Mit seinem Beruf?«

Sie schaute ihn einige Sekunden nachdenklich an, bevor sie zögerlich antwortete. »Ich würde es eher als *Berufung* betiteln. Er ist mit seiner Sekretärin nach Hamburg geflogen, um dort *ganz wichtigen* Angelegenheiten nachzugehen.« Die Betonung dieser Aussage sprach Bände, und es fiel Klaus nicht schwer, zwischen ihren Worten zu lesen und zu verstehen.

Er nickte. Wie konnte ein Mann eine so aparte Frau zurücklassen? Ihr Schmerzen zufügen? »Also hat er auch keine Verbindung mit Ihrem Sohn?«

»Nein. Er und Jan sind wie zwei Wetterfronten. Erst knistert es zwischen ihnen, dann kommt ein grollender Donner, und zum krönenden Abschluss beschießen sie sich mit Blitzen. Beantwortet das Ihre Frage?«

Ihre Tochter, die aufmerksam lauschend neben ihr stand, lachte. »Mama, das hast du trefflich formuliert! Ich hätte es nicht besser sagen können.«

»Danke, mein Schatz.«

Klaus verstand, dass er hier nicht mehr erfahren würde. In dieser Familie schien einiges im Argen zu sein. Er bedankte sich höflich für die Auskunft, blickte noch einmal in die inzwischen wieder strahlenden Augen der Hausdame und verabschiedete sich mit einem Seufzer.

II

Voller Neugierde begab sich Klaus auf den Weg zur Nervenheilanstalt, in der Alexander Brandt untergebracht war. Gewöhnlich fühlte sich Klaus aufgrund seiner reichhaltigen Erfahrungen stets gut vorbereitet, doch dieses Mal sollte ihn Freundlichkeit regelrecht überrollen.

»Einen wahrhaft *wunderschönen* guten Morgen«, erklang die überschwängliche Begrüßung von Dr. Callers, als Klaus das Wartezimmer betrat. Mit beiden Armen ausgebreitet, stürzte er förmlich auf ihn zu, ergriff Klaus' Hände und schüttelte sie kräftig. Klaus hätte schneller reagieren müssen, doch er hatte nicht im Geringsten mit der Wucht eines heranrasenden Dampfwalzenzugs gerechnet. Ein schauerlicher Schweißgriff umgab unerbittlich seine zarten, makellosen Finger und nahm von diesen Besitz. Wie gebannt starrte er auf die ungewollte Vereinigung der Glieder, die sich zu einem formlosen, klebrigen Klumpen verschmolzen. Ekel durchflutete ihn, während er den Atem anhielt. Selbst nachdem sich Dr. Callers endlich von ihm löste, konnte Klaus seinen Blick nicht von seinen eigenen geschundenen Händen abwenden.

»Wo ist … hier die … Toilette?«, stammelte er fassungslos.

Breit grinsend wies Dr. Callers mit ausgestrecktem Arm zum Gang. »Ganz am Ende finden sie den Ort der Erlösung« Er zwinkerte Klaus zu. »Ich werde hier auf Sie warten oder soll ich Sie dorthin begleiten?«

Klaus schüttelte heftig den Kopf und eilte davon. Als er zurückkam, hatte er wieder einmal etwas dazugelernt. Er verwahrte seine Hände demonstrativ in den Hosentaschen, bevor der Arzt abermals auf die Idee kommen würde, sie ergreifen zu wollen.

»Geht es Ihnen jetzt wieder besser? Erleichtert?« Dr. Callers lächelte ihn an, doch Klaus war es nicht zum Lachen zumute.

»Dr. Callers, ich möchte mich bei Ihnen zuerst einmal für Ihre Zeit bedanken. Ich würde mich gern mit Herrn Alexander Brandt unterhalten. Es geht dabei um einen aktuellen Fall, bei dem er mir vielleicht behilflich sein kann. Wie ist sein Zustand? Meinen Sie, er kann mir geistig folgen?« Klaus hatte sich bereits ein Bild von dem Ermittler gemacht. Er musste dem ersten Anschein nach ein hochsensibler Mensch sein, der über alle Maße unter seinem letzten Fall gelitten hatte. Aber auch Gewissenhaftigkeit und Zielstrebigkeit mussten Teile dessen Persönlichkeit sein, sonst wäre er nicht so erfolgreich gewesen. Dass es Menschen gab, die solche herausragenden Eigenschaften als kalt und menschenabweisend betitelten – er erinnerte sich an Herrn Horns Worte –, war zwar verständlich, aber nicht anständig. Irgendwie tat ihm dieser Alexander Brandt leid, da auch er selbst eine sehr schwierige Zeit hatte durchleben müssen. Auch Klaus sagten viele *eine hochsensible und zurückweisende Art* nach, doch es stimmte nur oberflächlich betrachtet. Urteile wurden schnell gefällt, und so landete man in einer Schublade, in die man nicht gehörte.

»Tja, was soll ich sagen?« Dr. Callers verschränkte die Arme. »Es ist schon seltsam! Wären Sie vor einer Woche gekommen, um sich nach seinem geistigen Zustand zu erkundigen, dann hätte ich sie wohl wieder unverrichteter Dinge nach Hause senden müssen. Gefangen in seiner eigenen unzugänglichen Welt, hätten Sie sicherlich kein Wort aus ihm herausbekommen. Herr

Dr. Kamberger ist der behandelnde Arzt, und er hatte nicht geglaubt, dass Herr Brandt wieder so schnell –«

»Oh, ich dachte, *Sie* hätten diese Aufgabe, Herr Dr. Callers«, unterbrach ihn Klaus. Unvorsichtigerweise zog er seine Hand aus der Hosentasche und tippte mit dem Zeigefinger auf die Nase. Als er dies bemerkte, steckte er sie schnell wieder zurück. Dr. Callers' prüfender Blick entging ihm dabei nicht.

»Ich leite diese Abteilung, und natürlich bin ich für alle meine Patienten verantwortlich, aber wir haben sehr gute Psychologen, die eng mit den Patienten arbeiten. Dr. Kamberger ist eine Kapazität und ein hervorragender Arzt, das dürfen Sie mir glauben.« Er stockte und beugte sich leicht nach vorn. »Es ist jedoch seltsam.«

»Seltsam?«

»Ja. Kaum hat dieser Patient einen Schritt aus seiner selbstgewählten Isolation getan, interessieren sich plötzlich alle möglichen Leute für ihn. So, als habe er ein Signal in die Welt gesendet. Ein mentales Feuerwerk oder etwas in dieser Richtung.«

Klaus runzelte die Stirn. »Wer hat sich außer mir noch nach Herrn Brandt erkundigt?«

»Nun, innerhalb von nur zwei Wochen hatten wir hier zwei Besuche und *dreizehn* Anrufe.« Als er die Zahl nannte, überschlug sich seine Stimme. »Die Anrufe mussten wir wegen seines Zustands zurückweisen. Die Besucher jedoch, haben wir zu ihm geführt. Zuerst kam eine junge Dame und wollte ihn unbedingt sprechen. Normalerweise, müssen Sie wissen, lassen wir in solchen Fällen nur Familienmitglieder vor, in diesem Fall jedoch machten wir eine Ausnahme.« Sein Auge zuckte, was Klaus als ein verräterisches Zeichen dafür interpretierte, dass Dr. Callers nicht froh über diese Entscheidung war. »Sie schien irgendwie verzweifelt. Naja. Und vor drei Tagen besuchte ihn noch seine Schwester. Bingo. Seitdem begann er sich zu öffnen. Auf einen Schlag. Das ist doch nicht normal. Oder?«

»Ja, es ist ungewöhnlich. Wissen Sie zufällig, worüber die Schwester von Herrn Brandt mit ihm geredet hat?«

Dr. Callers' Stimme wurde leise. »Nun, natürlich ließen wir die beiden nicht allein. Das muss so sein. Dr. Kamberger saß dabei und berichtete, dass kaum ein Wort gesprochen wurde. Vielmehr war es ein Austausch von … Blicken. Verstehen Sie? Es passierte eigentlich nichts! Und trotzdem fand in Herrn Brandt eine kolossale Wandlung statt. Sie war sozusagen ein Trigger. Um meinen Kollegen zu zitieren: Es sah aus, als würde ein Schlüssel gesteckt und gedreht werden. Perfekt passend.«

»Hm.« Klaus dachte über die Worte des Arztes nach. In der Tat häuften sich eigenartige Vorkommnisse. »Wissen Sie, wer die erste Dame war, die ihn besucht hatte?«

»Natürlich. Jeder, der einen Patienten besuchen möchte, muss sich ausweisen. Es war Liana Rohn. Die –«

»Die Tochter der Frankfurter Bürgermeisterin. War das der Grund, warum Sie dem Wunsch der Dame nachkamen?«

Dr. Callers schwieg. Sein Auge zuckte abermals.

»Was wollte sie?«

»Dr. Kamberger hat mir berichtet, dass sie unentwegt auf Herrn Brandt eingeredet hatte, dieser jedoch nicht reagierte. Fragen Sie Dr. Kamberger gern nochmals selbst. Er wartet bereits auf Sie.« Er wandte sich ab und hüstelte in die Hand. »Gern können sie sich dann auch noch mit Herrn Brandt unterhalten, falls Sie das wirklich wünschen.«

Klaus folgte Dr. Callers gemächlichen Schrittes, der ihn durch einen langen, hell erleuchteten, kahlen Gang leitete – klinisch karg. An der Decke blinkte nervös eine der Neonröhren. An einer der abgehenden Türen blieb Dr. Callers abrupt stehen. Er legte seine Hand auf Klaus' Schulter und schob ihn in den

Raum. Wie Säure brannten sich seine Finger durch das Sakko. Klaus stöhnte voller Verzweiflung. Zwei zu Null.

»Herr Marsalek, das ist Dr. Kamberger. Dr. Kamberger, das ist der Inspektor. Ich wünsche eine vergnügliche Unterhaltung.« Die Finger entließen Klaus vom seelischen Leid. Er atmete tief durch.

»Guten Tag, Dr. Kamberger, Sie sind der behandelnde Arzt von Herrn Brandt?«

»Ja. Genauso ist es.« Trotz seiner Leibesfülle, sprang Dr. Kamberger wie eine Sprungfeder auf und kam freudestrahlend mit ausgestreckter Hand auf Klaus zu.

Ist wohl die Standardbegrüßung in der Anstalt, dachte Klaus. Doch diesmal war er vorbereitet. Die begrüßenden Grabscher blieben einige Sekunden in der Schwebe. Unangetastet. »Gut. Nun, dürfte ich Ihnen Fragen stellen?«

Dr. Kamberger nickte, die Hand senkte sich und ebenso seine Mundwinkel.

Inmitten des Raumes waren acht Stühle im perfekten Kreis angeordnet. Eine harmonische Symmetrie, die das Auge erfreute und Klaus' Ordnungssinn befriedigte. Doch dann geschah das Unvorstellbare: Der Arzt wählte einen der Sitze und ließ sich achtlos in diesen fallen. Dabei rutschte der gepeinigte Stuhl einige Zentimeter nach hinten und hinterließ eine unheilvolle Beule im sonst so makellosen Kreis.

Klaus blickte wortlos auf das verhängnisvolle Mobiliar und spürte, wie sein Herz einen Schlag aussetzte. Ein Schauer des Entsetzens lief ihm über den Rücken, als er die entstellende Form betrachtete. Es war, als ob das Universum höhnisch mit seiner perfektionistischen Natur spielte und ihn herausforderte.

Ein innerer Kampf tobte in Klaus. Er wollte sich ebenfalls setzen, aber wie konnte er das inmitten dieser unsäglichen Asymmetrie tun? Der Schwindel der Unordnung überwältigte ihn, und er fühlte sich wie ein Seiltänzer, der versuchte, über eine Schlucht zu balancieren.

»Herr Dr. Kamberger, wären Sie so freundlich aufzustehen?« Der Arzt blickte ihn verwundert an, tat aber, was Klaus verlangte.

»Danke. Könnten Sie nun den Stuhl wieder in den Kreis einpassen und vorsichtig Platz nehmen?«

Ein Lächeln des Verstehens huschte über Dr. Kambergers Gesicht. »Natürlich.«

Ein leises Knarren begleitete die Korrektur.

»Ich danke Ihnen.« Nun, da die Ordnung wiederhergestellt war, konnte Klaus endlich den Moment der Erlösung erleben. Auch er nahm Platz. »Ich habe gehört, dass Herr Brandt in den letzten Wochen zweimal Besuch erhielt. Einmal seine Schwester und einmal Frau Liana Rohn, die Tochter der –«

»Bürgermeisterin. Ich weiß.«

»Bitte unterbrechen Sie mich nicht.«

Dr. Kambergers Augen weiteten sich, und sein Mund blieb offen stehen.

»Danke. Was wollte Frau Rohn von Herrn Brandt?«

Dr. Kamberger rang sichtlich nach Fassung. Eine Schweißperle rann über seine Stirn, die er mit dem Ärmel wegwischte. »Ich darf eigentlich nicht darüber reden, was bei solchen Sitzungen gesprochen wird.«

»Nun, Frau Rohn ist spurlos verschwunden, und Ihre Mutter bat mich, sie zu finden. Dieser Umstand entbindet Sie sicherlich von der Schweigepflicht.«

Stille.

»Ich könnte natürlich auch Frau Rohn anrufen und sie bitten, sich mit Ihnen hierzu auszutauschen.«

Dr. Kamberger räusperte sich. »Ähm, tja. Nein, nicht nötig. Nun, die junge Dame stellte viele Fragen. Um was es genau ging, kann ich Ihnen nicht sagen. Aber es hatte irgendetwas mit Unsterblichkeit oder so etwas zu tun. Keine Ahnung. Herr Brandt hatte die ganze Zeit über still hier gesessen und nichts geantwortet. Also ging sie wieder.«

»Unsterblichkeit?«

»Ja. Immer wieder fragte sie nach irgendwelchen mystischen Erfahrungen, die er gehabt haben soll. Aber ich denke einfach, dass die junge Dame ein wenig überspannt war. Wir erleben hier täglich außergewöhnliche Dinge, und so habe ich mir dazu keine Gedanken gemacht. Sie fragte ihn nach seiner Schwester, dann erzählte sie ihm von einem … ach was war es denn wieder?« Er schaute zur Decke auf. »Ich glaube es war irgendein Werk von einem französischen Künstler.«

»Sie meinen Rodin?«

Dr. Kramberger nickte heftig. »Ja, genau! Der war es. Sehr verwirrend, glauben Sie mir. Mehr weiß ich ehrlich nicht.«

»Nun gut. Und dann kam auch tatsächlich seine Schwester zu Besuch?«

»Ja, sie war vor zwei Tagen hier. Sie ist eine hübsche junge Frau um die dreißig, aber …«

Klaus beobachtete den Arzt genau. Irgendetwas musste ihn irritiert haben. Unentwegt spielten seine Finger miteinander. Ein süßlich durchdringender Geruch ging von ihm aus. Schweiß. Die leicht gerötete Stirn lag in Falten. Unsicherheit. »Aber?«

»Wie soll ich das erklären? Ihre Augen waren so … anders. Nicht blau und strahlend, sondern aufsaugend und tief. Irgendwie ungewöhnlich. Verstehen Sie, was ich meine?«

Klaus musterte ihn, ohne zu antworten. War es denn zu verstehen? Es ging ihm nicht um die Augenfarbe an sich, sondern um irgendetwas anderes.

»Naja, egal. Jedenfalls lief mir ein Schaudern über den Rücken, als sie mir in die Augen blickte und nach ihrem Bruder verlangte. Und dann, als Herr Brandt die Stimme seiner

Schwester hörte, blickte er sie mit einem Gesichtsausdruck an, als hätte er ein Gespenst vor sich. Zum ersten Mal erkannte ich Gefühlsregungen in seiner Mimik. Sie wechselten keine zehn Worte, und dennoch flossen Informationen hin und her, die nur die beiden interpretieren konnten.«

»Was genau sagten sie?«

»Ich weiß es nicht mehr. Ehrlich! Als sie die Klinik verlassen hatte, war Alex nicht mehr der Gleiche. Er war … wie aufgewacht. Gestern hatten wir zum ersten Mal eine intensive Unterhaltung, und ich muss zugeben, dass ich einen sehr guten Eindruck vermittelt bekam.«

»Vermittelt bekam?«

»Ja. Manche Patienten spielen ein Spiel, um diese Mauern verlassen zu können. Einige sind hochgradig intelligent und manipulativ. Da ist Vorsicht geboten.«

»Und bei Herrn Brandt?«

»Schwer zu sagen. Zumindest *noch.* Wenn die folgenden Gespräche meinen Eindruck bestätigen, dann könnte er vielleicht sogar Ende nächster Woche hier heraus spazieren. Wer weiß?« Dr. Kambergers Körperhaltung entspannte sich leicht. Er lehnte sich zurück, und der Stuhl protestierte mit einem lauten Knarren. Doch die Symmetrie hielt.

Klaus hatte wohlausgebildete Sensoren für Wahrheit und Lüge. Der Arzt erschien ihm ein aufrichtiger und offener Mensch zu sein, wenngleich er sicherlich auch bequeme und phlegmatische Wesenszüge aufbot.

»Konnten sie bei den therapeutischen Sitzungen mit Herrn Brandt herausfinden, was ihn in diesen isolierten Zustand versetzt hatte?« Klaus wollte verstehen, was mit dem Ermittler, dessen Brief er in der Jacke stecken hatte, geschehen war. Diese Ursache erschien ihm der Schlüssel zu sein, womöglich sogar zu dem aktuellen Fall.

Dr. Kamberger schüttelte nachdenklich den Kopf und verzog sein Gesicht. »Wir hatten unzählige Sitzungen, doch sie verliefen alle nach dem gleichen Schema: Ich holte Herrn Brandt ab, wir setzten uns in ein Besprechungszimmer, ich redete und er schwieg. Dann brachte ich ihn wieder zurück. Immer das Gleiche. Ich kann nur vermuten, dass etwas überaus Schmerzhaftes geschehen sein musste. Es musste seine Welt erschüttert haben. Ein mentaler Schock. In einigen Fällen kann es zu einer sogenannten posttraumatischen Belastungsstörung kommen, wenn die Symptome länger als einen Monat anhalten und das alltägliche Leben beeinträchtigen. Es resultieren emotionale Taubheit, sozialer Rückzug, depressive Verstimmungen und das Vermeiden von Situationen, die an das traumatische Ereignis erinnern. Die unbewusste Entscheidung, nicht mehr sprechen zu wollen und sich der Außenwelt zu verschließen, kann eine Art Schutzmechanismus sein. Herr Brandt versuchte möglicherweise, sich vor weiteren potenziellen traumatischen Ereignissen abzuschirmen, indem er sich emotional und sozial zurückzog.« Er zuckte mit den Schultern. »Wir werden in den kommenden Tagen viele Gespräche führen, und vielleicht kommt dann *Licht in das Dunkel seiner Seele*.« Er lachte gequält.

Klaus' Mimik blieb versteinert.

»Naja, sagt man eben so, wenn sich ein Patient in der eigenen Welt verkapselt. Dann sitzt er in der Dunkelheit. Meine Aufgabe ist es, die Läden zu öffnen und Licht einzulassen. Bildhaft gesprochen.«

»Ich danke Ihnen. Dürfte ich mich nun mit Herrn Brandt unterhalten?« Klaus hatte im Moment keine weiteren Fragen mehr an den Arzt. Die Neugierde jedoch, diesen Ermittler kennenzulernen, der nicht unbedingt der beliebteste aller war, brannte inzwischen lichterloh.

»Ähm, ja … klar.« Schwerfällig stützte er sich an den Lehnen auf und verließ watschelnd das Zimmer.

Klaus schaute ihm nach, wie er sich durch die Tür zwängte und im Gang verschwand. Zu viel Speck auf den Rippen. Aber es war nicht weiter verwunderlich. Was man hier tagein, tagaus zu hören und sehen bekam, war sicherlich keine leichte Kost. Eine Seelenlast, die kompensiert werden musste. Entweder mit Familie, Sport, Alkohol oder Essen. Jeder hatte seine eigenen Muster, und Dr. Kamberger wählte eindeutig Nahrung.

Als er mit seinem Patienten im Schlepptau den Raum betrat, stand Klaus hastig auf, blieb aber mit den Händen in den Taschen an seinem Platz stehen.

»Tadaaa«, posaunte der Arzt laut heraus. »Darf ich vorstellen? Herr Alexander Brandt.« Mit ausgestreckter Hand wies er auf seinen Patienten, als wäre dieser ein außergewöhnliches Exponat, das er vorführte. »Ich habe ihn auf dem Weg hierher bereits darüber aufgeklärt, dass Sie einige Fragen haben.«

Stille.

Klaus betrachtete den Patienten eingehend. Er war drahtig, einen Kopf größer als er selbst, hatte eine kantige, schmale Nase und stechend blaue Augen. Nicht alt, nicht jung. Erfahren. Klaus spürte den abtastenden Blick seines Gegenübers. Klug und scharfsinnig. Ein Lächeln umspielte seine Lippen, das Klaus als spöttische Überheblichkeit einstufte. Ja, es passte zu dem, was man über ihn redete. Es war kein Wunder, dass Herr Horn mit ihm nicht klarkam.

»Guten Tag, Herr Brandt.«

Alex' Blick schweifte abfällig zu Dr. Kamberger. Er schob sich an ihm vorbei und blieb vor Klaus stehen. »Nun?«

III

Alex saß gegenüber von Marsalek, Dr. Kamberger seitlich im Rund der Stühle. Dieser hatte sich ein Klemmbrett auf die

Schenkel gelegt und fuchtelte wild mit einem Bleistift herum. Sicherlich würde er alles über seinen Seelenzustand notieren. Doch das ließ Alex kalt. Kaum war er wieder in der realen Welt der Absurdität gelandet, interessierte man sich für ihn. Seltsam. Der Name Klaus Marsalek war ihm nicht unbekannt. Ein erfahrener und erfolgreicher Ermittler aus Berlin, wenn auch verschroben und eigenartig. Sein guter Ruf eilte ihm voraus. Alex hatte es also nicht mit einer Nullnummer zu tun.

»Ich freue mich, dass es Ihnen wieder besser geht«, bemerkte Marsalek.

Ja, es ist nicht einfach, den richtigen Einstieg zu finden. Alex genoss es, seinen Verstand wieder zu nutzen, der sich viele Wochen in eine Mülltonne verkrochen hatte. Ging es ihm besser? Nein. Nur weil er wieder denken konnte, bedeutete es noch lange nicht, dass er gesund war. *Gesund*, was auch immer dieser überbewertete Begriff zu bedeuten hatte. In der Anstalt gab es viele Irre, aber die waren nicht kränker als die Idioten außerhalb dieser Mauern. Von *besser gehen* konnte also keine Rede sein.

Alex lehnte sich entspannt zurück und überschlug seine Beine. »Also, schießen Sie los. Was haben Sie auf dem Herzen?«

»Ich ermittle in einem Fall, in dem eine junge Frau vermisst wird. Ich habe erst gestern mit den Recherchen begonnen und tappe dementsprechend noch im Dunkeln. Vielleicht erweist sich der ganze Fall nur als ein Missverständnis, aber solange wir kein Lebenszeichen von ihr haben, müssen wir vom Schlimmsten ausgehen.«

Alex brummte. Der Tod und das Verbrechen waren die Quintessenz seines Lebens. Es lag ihm auf der Zunge zu sagen, dass es doch nicht so *schlimm* sein könne, solange die Dame noch im Besitz ihres Herzens sei, doch er schwieg. Im Augenwinkel bemerkte er den prüfenden Blick von Doolittle. Jeder dumme Kommentar würde ihm nur noch mehr Tage in dieser Anstalt einbringen. »Was hat dies mit mir zu tun?«

»Genau diese Frage stelle ich mir auch.«

Gute Antwort, dachte Alex. »Um wen handelt es sich?«

»Liana Rohn, die –«

»Verstehe.«

»Ich habe das Zimmer der Vermissten durchsucht und einen an *Sie* adressierten Brief gefunden. Ich wollte ihn nicht ohne Ihr Einverständnis öffnen.«

»Haben Sie ihn dabei?«

Klaus stand auf, kam zu Alex und blieb mit gepressten Lippen vor ihm stehen, die Hände tief in den Taschen seines Sakkos verborgen.

Alex schaute zu ihm empor. Er sah in dessen Augen Unsicherheit aufblitzen, die er nicht verstand. Ein Zögern, das sich ihm wahrscheinlich zu einem späteren Zeitpunkt erschließen würde. »Nun?«

Marsalek zog einen Brief aus der Innentasche des Sakkos, den er mit Daumen und Zeigefinger am äußersten Rand festhielt. Alex nahm ihn entgegen. Marsaleks Hand zuckte blitzschnell zurück und verschwand wieder in der Tasche. Mit einem entspannten Lächeln ging er zurück und setzte sich.

Alex hatte mit vielem gerechnet, nicht jedoch so schnell in einen neuen Fall verwickelt zu werden. Ob er nun wirklich etwas damit zu tun hatte, wusste er natürlich noch nicht, aber er hatte ein grummelndes Bauchgefühl. Verräterisch grummelnd. Es war nicht die Art von Warnung, die ihn in seinem letzten Fall hatte zurückhalten wollen, sondern eine unterschwellige Ahnung von *Jetzt sitzt du wieder mitten im Dreck, Alex.* Aber wo sollte er auch sonst sitzen? Er wendete den Brief einige Male und betrachtete ihn eingehend. Es fiel ihm nichts Außergewöhnliches auf, also öffnete er ihn vorsichtig.

Sehr geehrter Herr Brandt,

wenn Sie diesen Brief lesen, dann gehe ich davon aus, dass es Ihnen wieder besser geht. Meine Kommilitonen und ich sind bei unserer Studienarbeit auf etwas sehr Interessantes gestoßen. Es handelt sich dabei um ein Tor, das beinahe ein Jahrhundert verschollen war. Der Künstler Rodin selbst hatte es erschaffen. Welch ein Meisterwerk! Aber das ist nicht der Grund meines Schreibens.

Dieses Tor birgt ein Rätsel, das wir unbedingt lösen wollen, nein, lösen müssen. Zum einen stellt sich die Frage, warum es versteckt wurde und zum anderen, warum es die Konturen von noch lebenden Menschen trägt. Unter anderem auch von mir und Ihnen! Ich kenne Sie sehr gut von den Berichten aus der Zeitung und habe Sie sofort erkannt. Es ist beängstigend und doch spannend zugleich. Ich brauche Ihre Hilfe und besonders brauche ich Antworten zu diesem Phänomen. Mit meiner Mutter kann ich darüber nicht reden, da sie mich danach wohl sofort dorthin stecken würde, wo Sie sich gerade befinden.

Bitte melden Sie sich, so schnell es Ihnen möglich ist!

LG Liana Rohn

Alex konnte sich ein breites Grinsen nicht verkneifen, als er den Brief zusammenfaltete und in das Couvert zurückschob. Hier in seiner Hand hielt er sein *Rehabilitationsdokument*. Es war eine Du-kommst-aus-dem-Gefängnis-frei-Karte. »Liana Rohn«, murmelte er leise und blickte Marsalek an. Sicherlich war seinem Gegenüber inzwischen bewusst, was er ihm gegeben hatte, und bestimmt würde er bald verstehen, was es für ihn bedeutete: Er hatte einen neuen Partner. Ob er sich darüber freuen würde? Wohl kaum! Ob er *wirklich* damit gerechnet hatte, den Brief wieder ausgehändigt zu bekommen? Falls ja, wäre er ein Narr und für den hielt ihn Alex nicht.

»Herr Marsalek, ich schlage Ihnen etwas vor.« Alex setzte sich auf und beugte sich ihm entgegen, die Arme auf den Schenkeln aufgestützt. Sein kantiges Kinn streckte sich herausfordernd empor. Alex blickte in das verkniffene Gesicht des Ermittlers, der sicherlich bereits ahnte, was er zu sagen hatte. »Wir kennen uns noch nicht, und bestimmt haben sie in diesem Augenblick überhaupt keine Lust, mich näher kennenzulernen, aber ich fürchte, dass Sie sich damit abfinden müssen, dass Sie nun einen Partner im Boot sitzen haben. Und es gehört einfach dazu, dass man einen Partner nicht allein in einer Nussschale des Irrsinns sitzen lässt. Sie verstehen, was ich meine?«

Marsalek rümpfte die Nase. Seine Lippen verzogen sich, als wäre der Sauerstoff ausgegangen. Es fehlte nur noch ein Japsen nach Luft. »Was Sie da von mir fordern, ist absolut unmöglich, Herr Brandt. Sie werden sicherlich bald entlassen, und ich habe beim besten Willen nicht die Zeit, darauf zu warten. Das, was Sie wollen, kann ich weder erzwingen, noch kann ich es beschleunigen. Aber ich verspreche Ihnen, ein gutes Wort für sie einzulegen und Ihnen soweit es geht bei der Wiedereingliederung zu helfen.«

Alex lächelte und schwieg.

»Ehrlich, was soll ich denn tun?«

»Wenn Sie Zeit haben, meine Entlassung abzuwarten … meinetwegen. Auf eine Woche mehr oder weniger kommt es für *mich* nicht an. Was die verbleibende Lebenszeit der Tochter unserer allseits beliebten Bürgermeisterin angeht, nun …«

IV

Manche Dinge kann man umgehen, manche nicht.

Klaus betrat das Dezernat mit einem Druck im Magen, den er nur allzu gut kannte. Er erinnerte sich an den Spruch: *Gib mir die Kraft, Dinge, die ich nicht ändern kann, mit Gelassenheit hinzunehmen. Gib mir den Mut, zu ändern, was geändert werden kann. Und gib mir die Weisheit, das eine vom anderen zu unterscheiden.* Er klang tröstend, doch für Klaus kam es einem Diktat gleich, dem er sich nicht entziehen konnte. Er musste erfahren, was Liana niedergeschrieben hatte, und das hatte einen Preis: Alexander Brandt.

Er stand am Fenster und starrte hinaus. Die letzten Sonnenstrahlen fraßen sich zwischen den Hochhäusern hindurch auf die Blechlawinen, die sich durch die überfüllten Straßen quälten. Steinquader mit gläsernen Fassaden verdrängten alles Natürliche. Klaus zog verdrossen die Stirn zusammen und schnaubte durch die Nase wie ein erschöpfter Gaul.

Als er die Bürgermeisterin aus der Anstalt heraus angerufen hatte und sie von der neuen Lage informierte, musste er den Telefonhörer weit von seinem Ohr entfernt halten, damit ihm nicht das Trommelfell platzte. Die Erwähnung des Namens Alexander Brandt hatte eine erstaunlich explosive Wirkung. Eine Tirade von Flüchen hämmerten ihm staccatoartig entgegen, unüberhörbar für den Arzt und seinen Patienten. Während Dr. Kambergers Mund aufklappte und er entsetzt nach Luft schnappte, spiegelte Alexander Brandts Gesichtsausdruck eher eine gelangweilt provokative Gelassenheit wider. Es war ein beschämender Augenblick gewesen, den Klaus hoffte, schnell wieder vergessen zu können.

Die Bürgermeisterin sprach mit dem Direktor der Anstalt, und eine Stunde später saß er mit dem entlassenen Patienten in einem Taxi, das sie zum Dezernat verfrachtete. So einfach ging das.

Jetzt stand er hier in einem der Besprechungszimmer. Es war schlicht eingerichtet, aber absolut sauber. Immerhin.

Johann Spohl fiel die Kinnlade beinahe auf die Tischplatte, als er mit Alexander Brandt im Schlepptau dessen Zimmer betrat. »Ich glaube es nicht!«, trötete er ihnen entgegen und ließ sich schwer in die Lehne zurückfallen. Sicherlich entging ihm nicht, dass dies eine eher unfreiwillig zustande gekommene Allianz sein musste, aber irgendwie freute es ihn, seinen einstigen Schützling wieder zu sehen. »Hallo, Alex, willkommen zurück an Bord«, hatte er ihn begrüßt, woraufhin Alexander Brandt sich mit einem ebenso flachen Spruch »Danke, Johann, der Landausflug wurde mit der Zeit zu langweilig« revanchierte. Klaus mochte abgedroschene Sprüche nicht sehr, aber er hatte heute sowieso schon einiges akzeptieren müssen. Also kam es darauf auch nicht mehr an.

»Ach je.« Klaus schaute auf die Uhr. Gleich würde ein Meeting stattfinden, auf das er nicht im Geringsten Lust empfand. Er straffte seine eingesunkene Gestalt, atmete einige Male tief durch, zückte eine Serviette, die er aus der Anstalt hatte mitgehen lassen, öffnete die Tür und verließ seine freiwillig aufgesuchte Einsamkeit.

V

Einmal Hölle und zurück. Alex' schneller Eintritt in sein altes, abgedroschenes Leben hatte er einer Kette von mehr oder weniger glücklichen Umständen zu verdanken, an dessen Tauende Sabine Rohn stand. Sie konnte ihm das Leben schwermachen und sich zu einem günstigen Zeitpunkt an ihm rächen wollen, jetzt aber brauchte sie ihn. Sicherlich ätzte diese Gewissheit wie Säure an ihrer schwarzen Seele. Aber Alex wusste, dass sie persönliche Niederlagen emotionslos einzustecken wusste, wenn sie dadurch zu einem späteren Zeitpunkt einen Nutzen daraus ziehen konnte. Irgendwie spürte er zumindest in diesem Punkt eine gewisse Seelenverwandtschaft mit ihr.

Als es an der Tür klopfte und Marsalek eintrat, stierte er ihn interessiert an. Er sah den Ärger in dessen zerknirschtem Gesicht. Wie konnte ein Ermittler mit einem prallen Sack voller Phobien und Eigenarten so erfolgreich sein? Eine Frage, auf die er sicherlich bald eine Erklärung finden würde. Jetzt aber galt es den neuen Fall gemeinsam zu lösen, wenn es denn überhaupt einer war.

»Hallo, Partner.« Alex konnte sich diesen kleinen Seitenhieb nicht verkneifen. »Setzen Sie sich zu uns. Ich habe das Team ein wenig umgebaut. Eine erste Amtshandlung, sozusagen.«

Klaus steckte seine Hände in die Taschen und setzte sich, ohne den Stuhl anzufassen.

»Nat Chambers.« Mit einer Kopfbewegung zeigte er auf ihn. »Gewissenhafter Vernehmungsspezialist, hat ein gutes Auge für verborgene Auffälligkeiten und weiß genau, worauf es ankommt. Er ersetzt Thomas. Den brauchen wir nicht.«

Klaus nickte.

»Auf Julia und Abraham können wir zurückgreifen, wenn erforderlich. Solange jedoch die kleine Bürgermeisterprinzessin nicht tot vor uns liegt, gibt es keinen Grund, die Forensik und Pathologie einzuschalten. Obwohl, wenn ich es so richtig bedenke, könnte man der alten Hexe sicherlich einen gehörigen Schrecken einjagen, wenn man sie darum bäte.« Alex schmunzelte und zwinkerte Nat zu.

Klaus' Miene blieb starr.

»Nicht lustig? Womöglich finden Sie meine Bemerkung geschmacklos, aber irgendwann verstehen Sie, dass man in dieser Stadt nur mit einer gehörigen Portion Sarkasmus überleben kann.«

»Sie ist eine Mutter, die ihr Kind liebt!«

»Ha!« Alex lachte laut aus. »Eine Mutter? Dass ich nicht lache.« Alex winkte ab. Damit hatte sich Marsalek in seinen Augen die ersten Minuspunkte eingehandelt.

»Ja, eine *Mutter*, die sich berechtigte Sorgen wegen ihrer eventuell entführten Tochter macht. Sie deswegen Hexe zu nennen, empfinde ich als höchst befremdlich!«

»Hm.« Alex rückte mit dem Stuhl näher an den Tisch. Sein Grinsen wich einer eisernen Strenge. »Wir starten hier auf dem falschen Fuß. Ich akzeptiere Ihre Meinung, also akzeptieren Sie auch meine Sicht der Dinge. Ein Wort noch zu Sabine Rohn. Diese Frau ist so hart wie ein hundertmal gehärtetes Stück Stahl. Wahrscheinlich hat sie sich ihre Kleine in der Mittagspause selbst aus dem Bauch geholt und die Nabelschnur zerrissen, damit sie am Nachmittag wieder fit ist. Unterschätzen Sie Frau Rohn nicht.« Er kannte die Bürgermeisterin schon zu lange, um sich naiven Illusionen hinzugeben.

»*Partner*«, erwiderte Klaus mit einer Bissigkeit, die ihm Alex nicht zugetraut hatte. »Wir haben einen Fall, also erwarte ich Professionalität. In Ordnung, ich akzeptiere Ihr pöbelhaftes Verhalten, dafür zügeln Sie im Rahmen Ihrer Möglichkeiten Ihre Sprache. Können wir uns darauf einigen?«

Alex bedachte Klaus mit einem skeptischen Blick, nickte dann aber. »Nun gut. Also zu unserem Fall. Was wissen wir bisher?«

Klaus erzählte von seiner bisherigen Ermittlung. »Wir tappen also noch im Dunklen, aber ich hoffe, dass uns das Schreiben, dessen Inhalt ich noch immer nicht kenne, weiterhelfen kann.«

Alex zog das Couvert aus der Tasche, entnahm den Brief und reichte ihn Marsalek, der ihn laut vorlas. Danach gab ihn dieser mit der Bitte, ihm später eine Kopie zukommen zu lassen, zurück.

Alex hatte seit seiner Entlassung aus der Klinik nur wenig Zeit gehabt, sich über den Inhalt des Briefes Gedanken zu machen, aber er musste zugeben, dass er tiefere Analysen des Inhaltes bisher absichtlich vermieden hatte. Sein letzter Fall hatte ihn bereits in eine mystische, ihm völlig fremde Welt katapultiert, die er nur mit knapper Not überleben konnte. Und dann besuchte ihn plötzlich seine todgeglaubte Schwester. Ja, zuerst hatte er eine Erleichterung gefühlt, die seine Isolation sprengte. Diese kleine Freude jedoch hatte einen Geschmack nach bitterer Galle an ihr haften. Es gab keinen Grund für ein Hochgefühl, denn das, was sie nun hatte, konnte man *Leben* kaum nennen.

Nat schüttelte den Kopf. »Sei mir nicht böse, aber ich denke, dass das Mädchen auf Koks war. Nicht mehr und nicht weniger.« Da Alex nicht reagierte, schob er ein leises »Oder?« nach.

»Vielleicht«, antwortete Alex bedächtig. »Fassen wir zusammen: Studenten erhalten die Aufgabe, Rodins Tor zu analysieren. Sie glauben, etwas Sensationelles gefunden zu haben. Sie verschwinden. Zumindest vorerst. Zufall? Kann sein.«

Wenn er etwas aus dem letzten Fall gelernt hatte, dann war es, zu verstehen, dass sich einige Dinge der Logik entzogen. Geschehnisse, die außerhalb einer analytischen Ratio schwelten und dennoch existierten. Dass Liana Rohn glaubte, ihn und sich auf einem Tor wiedererkannt zu haben, hatte noch nicht viel zu sagen. Stress oder Euphorie konnten zu eingeschränkter Urteilskraft führen. Sollte es aber *stimmen*, dann saß er wieder mitten in einem mystischen Wirrwarr. Mist! Was war nur aus dieser Welt geworden? Die bisherigen Fälle, mit Ausnahme des letzten, waren klar, verständlich und nach einiger Zeit der Recherche nachvollziehbar gewesen. Ohne Humbug und Simsalabim. Sie führten immer auf den menschlichen Abschaum der Gesellschaft zurück. Jetzt aber, war es anders. Alex spürte, dass der Zwiespalt, in den ihn die letzte Geschichte geführt hatte, noch nicht verheilt war, wenn er überhaupt jemals heilen konnte.

Marsalek fixierte Alex. »Der Schlüssel ist dieses *Tor*. Wenn wir es finden, sind wir einen großen Schritt weiter. Frau Rohn ist eine kluge junge Frau, und wenn sie etwas von ihrer Mutter hat, dann bestimmt nicht den Hang zur Phantasterei. Vielleicht spielten tatsächlich Drogen eine Rolle oder womöglich war sie überarbeitet, übermüdet und stand unter Stress. Glaubte Dinge zu erkennen, die nur Ähnlichkeiten aufwiesen. Alles ist möglich. Letztendlich jedoch glaube ich *nicht*, dass uns das zum jetzigen Zeitpunkt weiterbringt. Wir müssen das Tor finden!«

Amen, dachte Alex. Natürlich hatten Marsalek und Nat recht mit der Annahme, Liana könnte sich irren. Aber was, wenn nicht? Ja, sie mussten das Tor finden. Alles andere konnte warten. Tief in seinem Innern flüsterte ihm eine raue, dunkle Stimme etwas zu, was er nicht hören wollte. *»Alex, ich begrüße dich zurück in der Hölle. Renn um dein Leben! Renn, sonst bist du ein für alle Mal dort, wo du bestimmt nicht sein möchtest.«*

VI

Der Himmel war blau, und ein milder Herbstwind blies sanft durch die Stadt. Klaus stand mit seinem kleinen Regenschirm vor dem Hotel. Nur für den Fall, sollte sich das Wetter später wieder gegen ihn verschwören. Wider Erwarten hielt Nats Wagen auf die Minute genau direkt vor Klaus. Nat stieg aus, begrüßte Klaus, öffnete ihm die Tür und stieg wieder ein. Alles war perfekt.

»Das war wirklich sehr höflich von Ihnen, Herr Chambers.« Klaus strahlte über das ganze Gesicht.

»Gern geschehen, Herr Marsalek. Ich hatte bereits von Thomas erfahren, dass sie nicht gern Türklinken in die Hand nehmen. Er hatte so seine eigene Ausdrucksform dafür«

»So? Was meinte er denn?«

»Das erzähle ich Ihnen besser nicht. Wenn Sie wollen, können Sie mich gern Nat nennen.«

Klaus winkte eifrig ab. »Sehr nett gemeint, aber ich glaube, dass es besser ist, wenn wir beim förmlichen Sie bleiben.«

Nat schaute ihn kurz von der Seite an, zuckte dann aber mit den Schultern. Er startete den Wagen. »Darf ich Sie etwas Vertrauliches fragen?«

»Fragen Sie. Aber bestehen Sie nicht unbedingt auf eine Antwort«, erwiderte Klaus steif, ohne die Miene zu verziehen.

»Hm, ekeln Sie sich wirklich vor Türklinken?«

Klaus wandte sich mit einem entgeisterten Blick Nat zu. »Was für eine Frage. Natürlich!« Eiligst steckte er seine Hände in die Manteltasche. »Wo ist eigentlich Herr Brandt? Wollte er heute Morgen nicht dabei sein?«

»Nein. Er hat mich vor etwa einer Stunde angerufen und gemeint, er müsse bei seinen Eltern vorbeischauen. Aber er wird heute Mittag zu uns stoßen.«

Nat hatte einen einschläfernden Fahrstil. Für Klaus genau richtig. Er mochte es nicht, wenn jemand raste oder ständig schnell anfuhr, um dann abrupt abbremsen zu müssen. Meist waren es junge und entsprechend unerfahrene Fahrer, die sich unangemessen im Verkehrsfluss bewegten, als gehöre ihnen die Straße allein.

»Ich nehme an, dass Herr Brandt ein sehr gutes Verhältnis zu seinen Eltern hat. Es ist also absolut vernünftig, dass er sie gleich besuchen geht«

Nat grinste. »Gut ist anders. Mit seiner Mutter kommt er einigermaßen zurecht, aber er hasst seinen Vater. Wahrscheinlich will er nur überprüfen, ob er noch lebt.«

Es waren solche Aussagen, die Klaus immer wieder irritierten. Bisher hatte er keinen einzigen Menschen kennengelernt, der gut über Brandt gesprochen hatte. »Hm, nun denn.« Er würde mit ihm in diesem Fall arbeiten und ihn dann wahrscheinlich nie wiedersehen müssen. Es gab also keinen Grund, sich zu viele Gedanken über ihn zu machen. »Haben Sie schon etwas von der Flugbehörde oder der Bahn bezüglich unserer Studenten erfahren können?«

»Oh ja.« Nat saß konzentriert am Steuer, ohne sich zu Klaus umzudrehen. »Am zweiten September flog Jan Loritz allein nach Paris. Bereits einen Tag danach folgten ihm Sven Bombad und Liana Rohn mit der TGV.«

»Bereits einen Tag danach? Ist das nicht seltsam in so einem kurzen Abstand?«

»Ja. Es gibt tatsächlich einige Ungereimtheiten. Warum sie nicht zusammen dorthin reisten, weiß ich nicht. Jedenfalls kam Liana Rohn am neunten September früh morgens wieder nach Frankfurt und reiste noch am selben Abend mit der Bahn nach Heidelberg. Das war der Tag, an dem sie Alex besucht hatte.«

»Sie blieb in Heidelberg?«

»Anzunehmen.«

»Und was ist mit Tatjana Coon?«

»Keine Ahnung. Zumindest ist sie weder geflogen noch hat sie Bahntickets gekauft.«

»Dann sollten wir nochmals bei der jungen Dame vorbeischauen. Ich rufe Herrn Brandt an und bitte ihn, uns einen Durchsuchungsbefehl zu besorgen. Nur für den Fall, dass wir dort niemanden antreffen.«

Nat stieß einen Pfiff aus. Seine Stirn in Falten gelegt, schaute er zum ersten Mal seit der Fahrt kurz zu Klaus, der bereits sein Handy gezückt hatte und wählte.

Klaus musste nicht lange warten. Bereits nach dem zweiten Klingelton hatte er Brandt an der Leitung. Nüchtern erklärte er ihm, was und warum er es benötigte.

»Wollen Sie mich verschaukeln? Wie soll ich auf die Schnelle einen Durchsuchungsbefehl herbeizaubern.«

»Sprechen Sie doch mit der Bürgermeisterin.«

»Klar.« Es folgte ein verächtliches Grunzen.

»Herr Brandt?« Es kam keine Antwort. Die Verbindung war tot.

»Und? Macht er es?«, fragte Nat.

»Ich nehme es an.«

Es dauerte keine fünf Minuten, bis sich Alex zurückmeldete. »Hab es abgeklärt. Sie können rein!«

Zufrieden nickte Klaus. »Wir haben einen Durchsuchungsbefehl.«

»Tatsächlich?«

Tatjana Coon wohnte im Mertonviertel, unweit der Goethe-Universität in Frankfurt am Main. Dort hatte sie sich in einem Wohnblock eingemietet, der sich direkt neben den Bahngleisen befand. Nat hatte mehrmals vergeblich geklingelt. Also versuchte er es bei den Nachbarn, bis eine freundliche, ältere Stimme antwortete und sie ins Treppenhaus ließ. Vor der Tür zur Wohnung blieben sie stehen. Ihre Blicke trafen sich. Die Tür stand einen Spalt offen, was zahlreiche Möglichkeiten bot: ein kurzer Gang zur Mülltonne, zum Waschraum oder in den Keller. Doch angesichts der Situation vermuteten beide, dass etwas nicht stimmte. Nat öffnete seinen Mantel und zog seine Dienstpistole, während Klaus einen Schritt zurücktrat und Nat nickte.

Nat gab der Tür einen leichten Stoß mit dem Fuß. Sie glitt lautlos auf und enthüllte ein abgedunkeltes Zimmer, in dem keine Details erkennbar waren. Mit der schussbereiten Waffe vor sich, betrat er vorsichtig die Wohnung und wartete. Kein Geräusch. Er tastete nach dem Lichtschalter und betätigte ihn, doch es blieb dunkel. »Frau Coon?« Keine Antwort. Es roch modrig und …

Nat entsicherte seine Pistole und warf einen Blick auf Klaus, der sich die Nase zwischen die Finger geklemmt hatte. Einige Schritte führten sie an der Garderobe vorbei und brachten sie ins Wohnzimmer. Klaus trat neben Nat und schaute sich um. Der Rollladen war heruntergelassen, und nur spärliches Licht drang durch die schmalen Schlitze. Der Raum war karg eingerichtet und bestand lediglich aus einem Bett, zwei Stühlen, einem Schrank und einem überfüllten Schreibtisch. Bücher, lose Blätter und Stifte lagen verstreut auf dem Boden. Offensichtlich hatte jemand hier etwas gesucht und Chaos hinterlassen.

Klaus' Augen richteten sich fasziniert auf eine angelehnte Tür, die ins Badezimmer oder in die Küche führte. Der Geruch des Todes durchzog die Luft. Eine süßlich-beißende Note, die an Benzin oder Nagellackentferner erinnerte. Für einige Sekunden schloss er die Augen, denn er ahnte bereits, was sie vorfinden würden. Keinen Einbrecher, keine Gäste, sondern eine tote Studentin.

Geräuschlos schob er die Tür auf, blieb jedoch an der Türschwelle stehen. Übelkeit überkam ihn. »Rufen Sie die Polizei. Einen Krankenwagen werden wir nicht benötigen.«

Auf dem Boden des Badezimmers lag eine junge Frau – Tatjana Coon, wie sie später identifiziert werden sollte. Ihre langen braunen Haare waren zu einem Zopf gebunden, der sich wie eine Schlinge um ihren Hals legte. Ihr Kopf war unnatürlich verdreht, und ihre Arme waren hinter ihrem Körper gefesselt.

Klaus wollte sie nicht berühren, um den Forensikexperten keine Schwierigkeiten zu bereiten, legte jedoch den Rücken seines Zeigefingers an ihre Hauptschlagader, um zu spüren, ob noch ein Puls des Lebens in ihr pochte. Doch sie waren zu spät gekommen, wie der üble Gestank bereits verriet. Klaus vermutete, dass die junge Frau schon einige Tage in dieser Position verharren musste. Die Leichenstarre, die durch die eingestellten Stoffwechselfunktionen bedingt war, hatte sich bereits gelöst. Der Tod musste also vor mehr als vierundzwanzig Stunden eingetreten sein. Ihre Haut war bläulich-violett gefärbt. Ein erfahrener Arzt könnte anhand der Totenflecken erste Rückschlüsse auf den Zeitpunkt des Todes ziehen. Am Nacken waren Hämatome zu sehen.

»Sie kommen gleich«, berichtete Nat mit belegter Stimme. »Ist sie die Studentin, nach der wir suchen?«

»Davon müssen wir wohl ausgehen. Ich hoffte, dass sich alles als Irrtum, Versehen oder Versäumnis aufklären ließe. Doch nun haben wir es mit einem realen Fall zu tun«, antwortete Klaus, richtete sich auf und verließ das Badezimmer. »Wie ich es sehe, könnte es wie folgt abgelaufen sein: Jemand hat die Glühbirne in der Deckenlampe herausgedreht. Das macht man nicht, wenn man hereingelassen wird. Also ist derjenige eingebrochen. Aber die Tür zeigt keine Einbruchsspuren. Daraus schließe ich, dass es ein Profi war. Ein zufälliger Einbruch? Wohl kaum. Er oder sie durchsucht die Unterlagen, findet nichts, senkt dann den Rollladen herunter und wartet. Die junge Frau betritt ahnungslos den Raum. Jemand packt sie fest am Nacken und zwingt sie hinein. Daher erscheint eine Frau als Täterin ausgeschlossen. Es muss mindestens ein kräftiger Mann beteiligt gewesen sein. Das Opfer wird gefesselt und befragt. Wurde das Gesuchte gefunden? Hat die Studentin ein Geheimnis verraten?« Klaus zuckte mit den Schultern und stöhnte. »Sie wird ins Badezimmer gebracht, und ihr Genick wird gebrochen. Einfach so. Das Leben eines jungen Menschen wird genommen.« In Klaus' Stimme lag eine schwere Trauer. Unüberhörbar und klagend.

Gemeinsam traten sie vor die Wohnungstür und verharrten im Treppenhaus. Klaus zog eine kleine Flasche Desinfektionsmittel aus der Tasche und reinigte gründlich seine Hände. Nur wenige Minuten später trafen die ersten Polizisten ein, gefolgt von Julia und Abraham.

»Hallo Nat. Schlimm?« fragte Julia, während sie an ihm vorbei in das Zimmer glitt.

»Nein, aber traurig. Sie könnte meine Tochter sein«, rief er ihr hinterher, doch sie hatte keine Ohren mehr für ihn.

Abraham grinste nur, als er an Nat vorbeihuschte und den Polizisten Anweisungen gab, alles gründlich abzusperren. Das war der Alltag einer Forensikerin und eines Pathologen. Die Untersuchung einer Leiche.

VII

Alex' Mutter hatte ihn zu Beginn seines Klinikaufenthalts häufig besucht. Doch irgendwann kamen ihre Besuche seltener. Oft saß sie nur stumm neben ihm und betrachtete das Elend, das für eine liebende Mutter das Schlimmste sein musste: das Dahinsiechen einer seelenlosen Existenz.

Sein Vater hingegen war kein einziges Mal gekommen. Alex war letztendlich froh darüber gewesen, dass er nicht in die kalten blauen Augen seines Vaters blicken musste.

Als er vor dem Haus seiner Eltern parkte, ließ er den Motor noch eine Weile laufen. Seine Hände verkrampften sich unschlüssig am Lenkrad, als würden sie ihn davon abhalten wollen, das Auto zu verlassen.

»Warum sollte ich mir das antun?«, fragte er sich. Er fand keine vernünftige Antwort. Das Letzte, was er brauchte, war eine Konfrontation mit seinem Vater. Die Vorstellung, in dessen verächtlich anklagendes Gesicht zu blicken, ließ Ärger in ihm aufsteigen wie Sauerstoff in einer Sodaflasche. Aber er hatte gelernt, dass man Albgestalten und Quälgeister am besten vertreiben konnte, indem man sich mit ihnen auseinandersetzte.

»Also gut, du Bastard«, murmelte Alex, drehte den Zündschlüssel um, stieg aus und machte sich steif zur Tür auf. Er klingelte. *Ave Caesar, morituri te salutant.*

Alex zuckte zusammen, als nicht seine Mutter die Tür öffnete, sondern sein Vater vor ihm stand.

»Alex?« Überrascht hob dieser seine buschigen Augenbrauen. Seine Stimme klang hart und rau, passend zu der ihm angeborenen menschlichen Kälte, die einem Fluss kleiner, spitzer Eispartikel glich.

»So ist es«, erwiderte Alex mit ebenso abweisendem Tonfall. Beide standen wie erstarrt an der Tür, als würden sie sich kalt und distanziert einen Cent vor die Füße werfen, um zu sehen, ob einer von ihnen genug vom Leben zerstört worden war, um sich demütig danach zu bücken. Doch sie blieben wie Felsen stehen.

»Deine Mutter ist in der Klinik. Naja, damit kennst du dich ja aus, oder?« Sein Vater drehte sich um und ließ Alex vor der offenen Tür stehen.

Alex überlegte kurz, ob er ihm folgen sollte, doch er konnte sich jede weitere Diskussion mit diesem ihm fremd gewordenen Psychopathen sparen. »In welcher Klinik finde ich sie? Was ist passiert?«, rief er seinem Vater nach.

Dieser blieb stehen, ohne sich nach Alex umzudrehen. »Du kannst reinkommen, wenn du willst. Du kannst es auch sein lassen. Deine Therapeuten haben dein Gehirn sicherlich noch mit einem Rest von Entscheidungskompetenz zusammengeflickt.«

»Ja, das haben sie. Deshalb will ich mich mit dir auch nicht unnötig lange unterhalten. Also stiehl mir nicht die Zeit. Wo finde ich meine Mutter?« Diesmal lag eine unterschwellige Drohung in der Schärfe seiner Stimme.

»Sie liegt in einer Klinik für Psychosomatik am Agaplesion Markus Krankenhaus. Wilhelm-Epstein-Straße. Leicht zu finden. Es ist eine Klinik für Depressive und –«

»Hast du sie endlich dort, wo du sie immer haben wolltest? Du bist ein altes, unmenschliches Stück Dreck, das die Welt irgendwann einmal ausradieren wird, indem sie dich mit einem Furz aus der Landschaft pustet. Und glaube mir, ich werde danebenstehen und diesen Augenblick genießen, wenn die Leute die drei Schaufeln Erde auf deinen Sargdeckel werfen und heuchlerisch Tränen vergießen. Leb wohl!« Alex drehte sich um und schritt energisch zu seinem Wagen zurück.

»Schwacher Abschaum«, hörte Alex noch die selbstgerechten Worte seines Vaters, bevor er mit quietschenden Reifen losfuhr.

Einige Straßenzüge weiter hielt er an der Straße an. Seine Zähne knirschten laut, und seine Wangenknochen traten hervor. Mit beiden Händen fest am Lenkrad starrte er ins Leere. Was er empfand, war eine Mischung aus grenzenlosem Zorn und tiefer Trauer. »Was bist du nur für ein verkorkster Dreckarsch«, flüsterte er. In diesem Moment wusste er nicht, wen er mehr verachtete: seinen Vater, der es wieder geschafft hatte, ihm diesen tiefen Schmerz zuzufügen, oder sich selbst, weil er es zuließ.

Alex kannte die Klinik, die sein Vater ihm genannt hatte. Hier wurden hauptsächlich suizidgefährdete Personen eingeliefert, die unter starken Depressionen litten und unter ständiger Beobachtung bleiben mussten. Es drängte sich ihm die Frage auf, wie es so weit hatte kommen können. Die Antwort lag auf der Hand: Wer mit einem Psychopathen zusammenlebt, nimmt irgendwann Schaden. Also müsste die Frage lauten: Wie konnte seine Mutter, mit diesem Mann an ihrer Seite, so lange widerstehen, nicht hier zu landen?

Die Klinik hatte den Charme eines Lost Places, nur dass sie nicht verlassen war. Gegenüber erstreckte sich der Friedhof von Bockenheim, eine kleine grüne Oase. Alex bezweifelte jedoch, dass die Gräber eine positive Wirkung auf die Patienten hatten. Die schlichte Fassade wirkte kühl und abweisend, und der Zustand der gesamten Anlage zeugte davon, wie wenig die Gesellschaft die Menschen, die sich darin befanden, wertschätzte.

Als Alex die Eingangshalle betrat und vor dem Informationsschalter stand, überlegte er, ob er nicht besser gehen sollte. Doch er fühlte sich seiner Mutter verpflichtet. Hinter der Scheibe saß eine dürre Gestalt, deren Geschlecht Alex nicht erkennen konnte. Halb Frau, halb Mann, mit der Statur eines Ghuls. Das Wesen starrte auf einen Monitor und ignorierte Alex beharrlich.

Alex räusperte sich. Keine Reaktion.

»Mein Name ist Alexander Brandt. Ich bin nicht hier, um meine Zeit zu verschwenden, sondern möchte meine Mutter besuchen.«

Der Kopf hob sich, die herabgezogenen Mundwinkel verrieten keinerlei Freude. »Darf ich Ihren Ausweis sehen?«

Immerhin eine Reaktion.

Kurze Zeit später wurde Alex von einem Pfleger in einer hellweißen Kutte in ein abgedunkeltes Zimmer geführt, in dem seine Mutter auf einem Stuhl ruhte und auf die zugezogene Jalousie des Fensters starrte. Sie saß mit dem Rücken zu ihm und reagierte nicht.

»Mutter?«, flüsterte er. Wie oft hatte er ihr geraten, sich von dem Despoten an ihrer Seite loszusagen. Aber sie hatte nie die Kraft und den Mut gefunden.

»Es tut mir leid, aber sie hat vor zehn Minuten Beruhigungsmittel bekommen«, erklärte der Pfleger, der noch in der Tür stand.

»Braucht sie die denn?«

»Anweisung.«

Alex konnte sich seine Worte sparen. Er umrundete den Stuhl und kniete sich vor seine Mutter. Mit leerem Blick schaute sie durch ihn hindurch, als wäre er ein Geist. Ihre Haare hingen strähnig herab, und ihre gewöhnlich sorgfältige Kleidung war einem schlichten Nachthemd gewichen. Alex schaute zu Boden und verspürte Scham. Hatte er sich nicht genug um sie gekümmert? Womöglich nicht.

Zärtlich strich er ihr über die eingefallenen Wangen. »Wir alle leben in der Hölle, Mutter. Ich komme dich wieder besuchen. Schau, dass du auf die Beine kommst. Wenn du hier rauskommst, finden wir eine schöne, kleine Wohnung für dich, damit du in Ruhe leben kannst.«

Alex stand auf und schaute den Pfleger an. »Hat ihr Mann sie bereits besucht?«

Der Pfleger schüttelte den Kopf. »Nein. Zumindest nicht in meiner Schicht. Soweit ich weiß, sind Sie der Erste, der hier war.«

»Verstehe. Sollte er es wagen, hier aufzukreuzen, bitte ich Sie, mich zu verständigen.« Alex überreichte ihm eine Visitenkarte, die dem Pfleger ein erstauntes »Oh« entlockte, nachdem er sie betrachtet hatte.

»Und behandeln Sie meine Mutter mit Respekt.«

Der Pfleger nickte. »Wie behandeln alle –«

»Das hoffe ich. Ich komme wieder.« Alex' letzten Worte klangen wie eine Drohung. Und vielleicht waren sie das auch.

VIII

Alex saß bereits über eine Stunde in einem stickigen und karg ausgestatteten Besprechungszimmer. Er stöberte in den Unterlagen, die er von Klaus erhalten hatte, als Julia und Abraham eintraten.

»Alex?« Es war ein freudiger Aufschrei. »Ich habe bereits gehört, dass es dir wieder gut geht.« Ihre Augen waren weit geöffnet, und ein offenes Lachen lag in ihrem Gesicht. Hinter ihr stand Abraham, der nur schelmisch grinste und wie ein Wackeldackel nickte.

Alex schloss den Aktendeckel und schaute auf. »Ja. Schön, euch zu sehen.« Er wollte mehr sagen, aufstehen und beide in den Arm nehmen, irgendwie zum Ausdruck bringen, dass er sie vermisst hatte. Aber er blieb steif sitzen.

»Alex Brandt, wie er leibt und lebt.« Abrahams raue Stimme passte zu seiner Profession.

»So ist es. Setzt euch! Ist wohl wieder Blut geflossen, oder?« Alex wusste, dass sie nicht zu einem kurzen Plauderstündchen gekommen waren. Julia Weis, Forensikerin mit Summa-cum-laude-Abschluss in Yale und dem Biss einer Bulldogge. Alex und Julia verband ein Draht, der auf eine Gemeinsamkeit beruhte, die Alex einmal als »unterkühlte Konzentrationsfähigkeit« betitelt hatte. Beide waren hart im Nehmen, aber ebenso gut im Austeilen. Abraham Porter hingegen war verletzlicher, obwohl er der Mann für das *Grobe* war. Pathologe und Pedant bis in die kleinste Pore seiner Patienten.

Er selbst war ein Fallanalytiker. Die meisten würden ihn als Profiler bezeichnen, was aber falsch war. Er wurde zu Fällen hinzugezogen, bei denen Kollegen nicht weiterkamen oder an denen sich die anderen aus Angst um ihre Karriere nicht die Finger dreckig machen wollten. Fälle also mit jeder Menge unberechenbarer Psychopathen.

Doch dies hatte sich anscheinend geändert. Die Fälle, die er jetzt zu lösen bekam, hatten eine neue, mystische Qualität. Wer hätte dies jemals geglaubt? Er selbst sicherlich nicht.

Abraham wollte gerade die Tür hinter sich schließen, als ihn ein panisches »Halt« stoppte. Klaus schaffte es gerade noch, sein Bein in das Zimmer zu schieben, um so die Tür vor dem Zufallen zu hindern. Mit dem Ellbogen schob er die Tür auf, zwängte sich herein und gab ihr mit dem Fuß den benötigten Schubs zum Schließen.

»Ah, schön. Ich liebe Pünktlichkeit!« Klaus setzte sich auf einen freien Stuhl neben Alex. »Herr Chambers wird leider nicht anwesend sein können, da er noch mit der Befragung der Mitbewohner beschäftigt ist, aber wir werden seinen Bericht spätestens morgen früh auf dem Tisch liegen haben.«

Alex verschränkte die Arme und lehnte sich zurück. Verdrossen runzelte er die Stirn und schaute in die Runde. »Würde mich jemand aufklären, was passiert ist?«

Klaus erzählte in knappen Worten, dass sie eine der vier gesuchten Uniabsolventen tot in einem Studentenappartement gefunden hatten. »Bis zu dem Zeitpunkt, als wir das Zimmer betraten und die junge Frau fanden, war ich mir nicht sicher, ob wir hier einen *richtigen* Fall haben. Jetzt aber …« Er lehnte sich zurück und steckte seine Hände in die Hosentaschen. »Ich bin auf Entführungsfälle spezialisiert, hier handelt es sich jedoch um etwas anderes. Meiner Meinung nach sind diese vier jungen Studenten auf etwas gestoßen, was sie besser nicht hätten entdecken sollen.«

»Falscher Ort, falscher Zeitpunkt?«

»Genau, Herr Brandt.«

»Wer?«

»Die Studentin Tatjana Coon. Herr Chambers und ich hatten sie aufgesucht, um Informationen zu erhalten, aber wir fanden sie tot in ihrer Wohnung.«

Abraham legte einen Stapel Bilder auf den Tisch und schob ihn in die Mitte. »Es ist ein glatter Genickbruch. Keine Prellungen, kleine Hämatome am Genick und an den Handgelenken, keine sonstigen Verletzungen, die von einem Sturz herrühren könnten. Eine klare Sache.« Er runzelte traurig die Stirn. »Viel zu jung, um zu sterben. Besonders auf diese Art.«

»Ja, ein armes Ding, Abraham hat recht«, bestätigte Julia mit angekratzter Stimme. »Die junge Dame wurde zuerst gefesselt, womöglich befragt, aber nicht geschlagen. Am Ende wurde ihr die Halswirbelsäule brutal gebrochen. Ihr alle wisst, wie viel Kraft man dazu benötigt. Also kommt nur ein kräftiger Mann infrage. Bis morgen früh kann ich den Tatablauf genauer beschreiben.«

»Fingerabdrücke oder andere Spuren?«, fragte Alex.

»Nein, absolut nichts.«

Klaus rückte ungemütlich auf seinem Stuhl hin und her, als er den Bilderstapel auf dem Tisch fixierte.

Alex beobachtete ihn einige Sekunden aus dem Augenwinkel, bis er ihn genervt ansah. »Was haben Sie? Brennt Ihnen der Hintern?«

Klaus zog die Hände aus den Taschen und rieb sie aneinander. »Würde es Ihnen etwas ausmachen, die Bilder auf dem Tisch zu verteilen?«

Alex grinste über das ganze Gesicht, rührte sich aber keinen Millimeter. Abraham schaute fragend in die Runde. Nur Julia schien Erbarmen zu haben. Sie nahm den Stapel auf und legte die Bilder fein säuberlich nebeneinander, sodass sich kein einziges überlappte und alle gut zu sehen waren.

Klaus lächelte ihr freundlich zu und nickte zum Dank. »Es ist erstaunlich und irritierend zugleich.« Bei jedem Bild, das er in den Fokus nahm, tippte er mit dem Zeigefinger auf die Nasenspitze.

Alex neigte den Kopf und warf Klaus einen stechenden Blick zu. »Es kommt zwar oft vor, dass sich jemand nicht die Finger schmutzig machen möchte, aber nicht an einem Stapel Bilder. Meinen Sie das mit irritierend?«

Klaus tat so, als habe er den Kommentar nicht gehört, versenkte die Hände wieder in die Taschen und setzte sich. »*Wirklich* seltsam!«

Alex' Grinsen wich einem ernsten Gesichtsausdruck. »Lassen Sie mich Ihre Gedanken lesen. Okay?«

Klaus starrte ihn an und hielt die Luft an. Dabei hob sich leicht sein Kinn.

»Sie haben sich die Bilder angesehen, und dabei sind Ihnen die folgenden Fragen in den Sinn gekommen: Erstens, *was* hat der Täter gesucht? Geld und andere Wertsachen hat er zurückgelassen. Das konnte es also nicht gewesen sein. Zweitens, *warum* hat er sie ermordet? Sie war gefesselt und stellte keine Gefahr dar. Im Affekt geschah es folglich nicht. Drittens, hat der Mord etwas mit dem Verschwinden von Liana Rohn zu tun? Alles scheint darauf hinzuweisen.« Alex kniff die Augen zusammen. »Doch die wirklich spannende Frage kommt zum Schluss: Was in Gottes Namen hat ein *professioneller Killer* hier verloren? Ein Amateur hätte sie erwürgt, mit dem Messer erstochen oder sie einfach zu Tode geprügelt. Er hätte irgendwelche Spuren zurückgelassen. Aber ein Genickbruch oder Schuss ins Gehirn mit Schalldämpfer?«

Ihre Blicke trafen sich.

Klaus nickte anerkennend und pustete die angestaute Luft aus. »Das sind nicht die Nachrichten, die sich Frau Rohn wünscht.«

»Definitiv nicht! Wollen Sie unsere geliebte Bürgermeisterin aufklären, oder soll ich es tun?«

Klaus' verkniffener Gesichtsausdruck verriet, dass er nicht begeistert war von der Idee, Sabine Rohn über den neuesten

Stand der Dinge zu informieren, aber er konnte es auch niemand anderem überlassen. »Ich danke Ihnen für Ihr Angebot, muss es aber leider ablehnen. Ich kann nur hoffen, dass es den anderen Studenten gut geht, auch wenn ich zwischenzeitlich daran zweifle. Wo fangen wir mit der Suche an?«

»Wir haben Paris und Heidelberg zur Auswahl, ich vermute aber, dass ersteres Ziel uns eher Aufschluss über die Ursache liefert. Ohne zu wissen, *worum* sich das alles dreht, werden wir nicht weiterkommen.«

»Dank Frau Rohn haben wir unbegrenzte Mittel. Das sollten wir ausnutzen. Einen Flug bekommen wir bestimmt schnell.«

Alex musste lachen, da er verstand, worauf Klaus hinauswollte. Mit einer der giftigsten Klapperschlangen des Universums als Bürgermeisterin im Rücken würde ihnen die ganze Welt offenstehen. Alex empfand es als einen geradezu grotesken Gedanken, Sabine Rohn als Partner zu wissen. Fragte sich nur, wie lange.

IX

Es war spät geworden. Klaus hatte die Bürgermeisterin über den aktuellen Stand der Ermittlungen informiert. Alex gestand er, dass die Tonlage des Gesprächs der erwarteten Schärfe durchaus entsprochen hatte. Alex konnte sich lebhaft vorstellen, was Klaus, der sich stets um eine zurückhaltende Ausdrucksweise bemühte, damit meinte.

Alex’ Handy klingelte. »Brandt.«

»Ah, schön, dass ich Sie gleich in der Leitung habe. Wie geht es Ihnen?«

Die Stimme klang freundlich und irgendwie bekannt. Der Anrufer hatte sich nicht vorgestellt. Absicht?

»Danke der Nachfrage. Wer sind Sie?«

»Wir trafen uns in Frankfurt an der Promenade des Rheins. Das dürfte jetzt ein halbes Jahr her sein. Wir führten ein …« Es hüstelte am anderen Ende des Telefons. »Sagen wir mal, besonderes Gespräch bezüglich ihres letzten Falls«, erwiderte der Fremde, ohne Alex' Frage zu beantworten.

Alex dämmerte es. Vieles, was geschehen war, waberte nur noch nebelhaft in seinem Gedächtnis. Es waren Dinge, die er am liebsten vergessen würde, es aber nicht konnte. Auch damals hatte ihm der Fremde seinen Namen vorenthalten. Er hatte eine Funktion innerhalb der Kirche, die sich mit übersinnlichen Fällen oder mystischen Ereignissen beschäftigte. Ob auch Exorzismus dazugehörte, hatte er Alex damals nicht verraten. »Ich erinnere mich wieder. Es war ein interessantes Gespräch.«

»Danke. Ich habe mitbekommen, dass Sie damals Probleme hatten. Ich freue mich sehr, dass es Ihnen nun wieder besser geht.«

Es klang ehrlich, aber Alex spürte, dass es kein Höflichkeitsanruf war. Kein unbedeutendes »Ah, schön dass Sie wieder gesund aus der Irrenklinik entlassen wurden«.

»Warten Sie bitte.« Alex stand auf, nickte Klaus zu und verließ den Raum. Das Letzte, was er wollte, waren Zuhörer in einer Angelegenheit, die nur ihn etwas anging. Erst als er ungestört im Gang stand, sprach er weiter. »Hat es etwas mit dem letzten Fall oder meiner Schwester zu tun?«

»Ihrer Schwester? Nein, Herr Brandt. Heute Vormittag hat mich ein Pater Bianchi kontaktiert.« Es entstand eine kurze Pause, als würde er auf eine Reaktion warten. »Nun, ich kenne ihn nicht persönlich. Auch weiß ich nicht, woher er wusste, dass wir beide schon einmal in Kontakt standen, aber Gottes Wege sind oftmals rätselhaft.«

Alex wollte lachen, irgendetwas Abwertendes ausspucken, aber er beließ es dabei. *Gottes Wege sind rätselhaft*, wiederholte er in Gedanken, *dass ich nicht lache. Gottes Wege sind verwegen*, traf es wohl eher. Dieses höchste Wesen hatte einen Tiergarten perversester Spielarten erbaut oder mindestens gestattet. Die Demütigung, die Alex nach seinem Zusammenbruch hatte erfahren müssen, und die entwürdigende Unsterblichkeit seiner Schwester würde er Gott nie verzeihen.

»Dieser Pater bat mich, Ihnen auszurichten, dass er sich gern mit Ihnen unterhalten möchte. Er fragte mich nach Ihrer Nummer, aber ich wollte sie ihm nicht ohne Ihre Einwilligung weitergeben.«

»Aha.« Alex war hellhörig geworden.

»Von unserem Treffen wissen nur eine Handvoll Menschen. Wenn überhaupt.«

»Wo finde ich ihn?«

»Er lebt in Paris.«

Alex schluckte. »Paris?«

»Ja. Ist eine schöne Stadt. Immer eine Reise wert.«

Alex schürzte die Lippen. War es nur ein *Zufall*, dass sein Weg ihn gerade jetzt in diese Stadt führte? *Zufall*, diese großartige Laune des Universums. Was für eine wunderbare Illusion, dass Dinge einfach so ohne Grund und Ziel geschehen könnten. Es war faszinierend zu sehen, wie Menschen den Zufall als Rechtfertigung für ihre Handlungen heranzogen. »Oh, das war reiner Zufall«, sagen sie, als ob der Zufall persönlich seine unsichtbare Hand im Spiel gehabt hätte, um ihnen den Weg zu weisen. Als ob ihre Entscheidungen keine Rolle spielen würden, sondern lediglich das Produkt einer willkürlichen, unlogischen Serie von Ereignissen seien.

»Pah«, entrang es Alex' Kehle voller Missmut. *Also lasst uns dem Zufall huldigen, dieser Göttin des Chaos. Einem Scherzbold, der uns an der Nase herumführt.*

»Ich soll Ihnen noch einen Namen nennen: Liana«

Alex' Augen weiteten sich, sein Atem stockte. Es dauerte einige Augenblicke, bis er sich wieder gefangen hatte. »Gottes Buschtrommeln scheinen zu funktionieren.«

»Wie bitte?«

»Nicht wichtig«, antwortete Alex mit leiser Stimme. Diese Nachricht, im Zusammenhang mit Liana, war wie ein Blitz eingeschlagen. Sein Nacken hatte sich verkrampft, und er begann den Kopf zu rollen und die Schultern zu heben und zu senken. Aber es half nicht. »Geben Sie ihm meine Nummer und richten Sie ihm aus, dass ich morgen in Paris sein werde.«

»Ach? Das trifft sich ja gut.«

Alex hörte die Überraschung in der Stimme seines Gegenübers. Nun, zumindest in diesem Punkt stimmten sie in ihren Gefühlen überein.

»Passen Sie auf sich auf!« Dann war das Gespräch beendet.

Wie oft schon hatte Alex diese Warnung vernommen? Und was hatte es geholfen? Nichts. Als Alex das Besprechungszimmer betrat, ließ er sich in den Stuhl fallen. Klaus' fragendem Blick wich er aus. »Wann reisen wir in die Stadt der Liebe?«

Kapitel 3

Die Spur

I

Bereits am nächsten Morgen betraten sie den Drehpunkt zur *Großen, weiten Welt*. Klaus stand zum Einchecken an, als ihm Alex die Hand auf die Schulter legte.

»Gut geschlafen? Kondome eingesteckt?« Warum Alex diesen Spaß machte, verstand er selbst nicht. Wahrscheinlich fühlte er sich einfach beschissen und wollte nicht, dass es anderen besser ging.

Klaus' verschreckter Blick schnellte blitzschnell zur Hand. Sein Körper tauchte einige Sekunden später unter dieser ab. »Guten Morgen, Herr Brandt. Um Ihre Frage zu beantworten, nein! Solche Dinge habe ich sicherlich nicht in meinem Gepäck. Erstaunlicherweise habe ich mir denselben Spruch heute Morgen bereits anhören müssen. Raten Sie einmal von wem.«

Alex musste schmunzeln. »Thomas?«

»So ist es! Herr Chambers wurde uns von Herrn Spohl heute Morgen abgezogen, und wen hat er uns zur Verfügung gestellt.«

Alex Grinsen gefror. »Nein!«

»Doch!«

Alex fuhr herum und entdeckte Thomas, wie er einen kleinen Koffer hinter sich herzog. »Johann, das wirst du noch bereuen. Wie kann er uns nur den größten Idioten der Abteilung zuordnen? Thomas ist zu blöd, um beim Pissen nicht seine Schuhe zu verfehlen.«

Klaus rümpfte die Nase und nickte.

Beide starrten sie nun kopfschüttelnd in Thomas' Richtung, als er mit dem Flugticket wedelnd auf sie zu schlenderte.

Alex seufzte. »Schauen Sie nur, Herr Marsalek. Hier kommt die Ausgeburt menschlicher Dummheit. Lachend und grinsend. Wie würden sie es in Ihrem Sprachgebrauch zum Ausdruck bringen?«

»Einen unverdienten Schicksalsschlag!«

Der Charles-de-Gaulle-Flughafen war überfüllt von Menschen, die kreuz und quer herumwuselten. Es war ein Vorgeschmack auf das, was sie in Paris erwarten würde.

»Alles okay?«, fragte Alex.

Klaus schüttelte seinen Kopf. Seinem verzwatzelten Gesichtsausdruck war anzusehen, wie sehr er unter dem Flug noch immer litt. »Ich bitte Sie, beim nächsten Mal Ihre gutgemeinten Kommentare während des Flugs zu unterlassen.«

»Ich habe nur gesagt, dass bisher jedes Flugzeug wieder runtergekommen ist. Und das ist die absolute Wahrheit.«

»Es lag purer Zynismus in Ihrer Stimme, als Sie das sagten«, reagierte Klaus diesmal ungewohnt heftig.

Alex zuckte die Achseln. »Hab ich nicht recht?«

»Alles halb so schlimm. Der Knüller des Tages kommt erst noch.«

Klaus schaute ihn fragend an, und Alex nickte in Richtung Thomas.

»Oh.« Klaus' Mundwinkel fielen deutlich herab. »Den hatte ich völlig vergessen.«

Sie stiegen in ein verbeultes Taxi, das sie ruppig durch die überfüllten Straßen schlängelte. Anfahren, abruptes Bremsen, sich Pressen durch schier undurchdringliche Blechlawinen, wieder anfahren und so weiter. Dabei fluchte der Fahrer ständig wie ein aufgebrachter Rohrspatz. Alex saß entspannt auf dem Beifahrersitz und schaute sich um. Thomas saß neben Klaus auf der Rückbank und grinste aus dem Fenster, während Klaus bei jedem Fahrmanöver mit verzerrtem Gesicht zusammenzuckte.

»Ha, das ist doch wirklich super!«, grölte Thomas, als der Wagen mit quietschenden Reifen vor dem Hotel anhielt. »Drei Amerikaner in Paris! Die Stadt gehört uns! Stangen raus, gummieren und schießen.« Er lachte schräg über seinen eigenen Witz.

Alex griff nach hinten, packte Thomas am Kragen und zog ihn wirsch an sich. Etwas ratschte, aber es kümmerte ihn nicht im Geringsten. »Wenn deine Stange genauso klein ist wie dein erbsengroßes Hirn, dann hoffe ich, dass du eine Pinzette dabeihast«, sagte er trocken.

Thomas klappte der Mund auf, aber er blieb stumm und schnappte nur nach Luft.

»Und noch etwas, Thomas, Meister der unsichtbaren Arbeit. Weißt du, ich habe letztens ein interessantes Buch gelesen – es ging darum, wie man tatsächlich Arbeit leistet. Könnte für dich ein echter Augenöffner sein. Aber im Ernst, wir müssen reden. Dein Talent, Arbeit zu vermeiden, ist fast bewundernswert, aber leider benötige ich dich nicht für deine Fähigkeit, unsichtbar zu werden, sobald Arbeit auftaucht. Und deine Kommentare – ich wusste gar nicht, dass wir einen stand-up Comedian im Team haben. Aber rate mal, wir sind hier nicht im Comedy Club. Ich brauche dich hier, voll und ganz. Wir haben einen Fall zu lösen.

Versuche *einmal* in deinem erbärmlichen Leben, etwas Brauchbares beizutragen. Ich benötige einen ernsthaft arbeitenden Partner, der nicht nur dumm rumsteht und Witze reißt. Beweise mir, dass auch du zu etwas gut bist!«

Alex stieß ihn grob zurück, bezahlte die Fahrt und stieg aus. . Es würde ein anstrengender Tag werden. Für Spielereien hatte er keine Zeit.

»Gut gesprochen«, wisperte Klaus anerkennend. »Also, was steht heute alles an? Die Universität für Kunsthistorik, die über eine umfassende Bibliothek und sonstige womöglich wichtige Aufzeichnungen verfügt, und das Musée Rodin, in dem sich das ominöse Kunstwerk befindet.«

Alex nickte. Sie mussten herausfinden, was die Studenten in den Bann gezogen hatte, und was an diesem Fund gefährlich geworden war? Auch war er nun sehr neugierig auf Pater Bianchi, der sich noch nicht gemeldet hatte. »Ich würde vorschlagen, dass wir jetzt erst einmal unsere Zimmer aufsuchen und uns frisch machen. Und dir Thomas empfehle ich, das, was ich gesagt habe, ernst zu nehmen. Denk über meine Worte nach!«

II

Alex' Magen fühlte sich flau an. Es lag nicht an dem heruntergekommenen Zimmer, das man ihm zugewiesen hatte und auch nicht daran, dass er an diesem Tag noch nichts gegessen hatte, sondern an etwas, das er nicht greifen konnte und sich im Verborgenen befand.

Er stützte sich mit beiden Armen auf dem Waschbecken ab und blickte in den Spiegel. Die Monate, die er in der düsteren Abgeschiedenheit der psychiatrischen Anstalt verbracht hatte, waren noch immer eine offene Wunde in seinem Inneren. Sein Leben hatte eine grundlegende Metamorphose durchlaufen. Der alte Alex mit seiner unnahbaren Verachtung und Selbstsicherheit war verschwunden, und ein neuer Alex hatte das Licht der Welt erblickt. Verachtung hatte er sich bewahrt, doch seine einstige Gewissheit war von Narben gezeichnet. Die Welt, so wie er sie sich stets vorgestellt hatte, geprägt von den Überzeugungen seines Elternhauses, entpuppte sich als etwas völlig Fremdes. »Wie anders?«, flüsterte er seinem Spiegelbild entgegen, als ob es Antworten bergen würde.

Sein Handy klingelte.

In Erwartung auf den Anruf des Paters, nahm er den Anruf an. »Bianchi?«

»Alex?«

Alex stockte der Atem. Seine Schwester? Er benötigte einige Sekunden, um sich zu fangen. »Sarah?«

»Treffer. Schön, deine Stimme zu hören. Ja, mein Bruderherzchen, ich bin es! Wie geht es dir? Ich bin froh, dass du wieder auf der Jagd bist.«

Trotz all dem, was passiert war, klang sie glücklich. Ihre Frohnatur hatte sie anscheinend nicht verloren. »Jagd? So würde ich es nicht nennen. Eigentlich habe ich hier den Job des Babysitters. Zum einen habe ich Thomas an der Backe, der mit seinen verblödeten Kommentaren die Welt verpestet –«

»Und zum anderen?« Sarah lachte.

»Klaus Marsalek. Der Name wird dir vermutlich nichts sagen, aber dieser Kerl ist ein Ermittler, der sich auf Entführungen spezialisiert hat. Ein absoluter Neurotiker, aber dumm ist er keineswegs. Zwischen uns wird keine tiefe Freundschaft blühen, dafür sind wir zu unterschiedlich. Aber ich habe Respekt vor ihm, das muss man ihm lassen. Bevor ich abgereist bin, habe ich mir in der Polizeidatenbank seine Fälle angesehen und war beeindruckt von seiner hohen Erfolgsquote.« Klaus war gewöhnungsbedürftig, verschroben und in mancherlei Hinsicht auch unfähig, ein normales Leben zu führen, aber sein Fleiß und seine akribische Scharfsinnigkeit waren außergewöhnlich. In diesem Punkt ähnelten sich Alex und Klaus, beide lebten ihren Beruf.

»Dann bist du ja in bester Gesellschaft.« Sarah kicherte wie ein kleines Mädchen.

Wie sehr hatte Alex ihre Sorglosigkeit vermisst! Mit ihrem Lachen und ihrer liebevollen Art verschwanden all seine Schmerzen. Es zauberte ihm ein Schmunzeln ins Gesicht.

Plötzlich legte sich eine Falte auf seine Stirn, und das Schmunzeln verblasste. »Ich habe eine Frage.« Seit dem Moment, als ihm klar wurde, dass der Schuss sie nicht getötet hatte, quälte ihn dieser Gedanke.

»Was, Bruderherz?«

»Du bist ja jetzt unsterblich. Oder?«

»Ja.«

»Naja, wie sieht es mit …« Alex stöhnte leise. »… mit …« Was er fragen wollte, fiel ihm unendlich schwer zu formulieren.

»Schon gut, ich weiß, was du fragen willst.« Ihre Stimme klang sanft und fühlte sich wie eine wohltuende Brise an. »Das Ritual hat mich unsterblich werden lassen. Und wir beide kennen den Preis des Fluchs, der nun auch an mir lastet.«

»Oh Gott.« Alex fuhr sich mit der Hand über das Gesicht. Ja, er hatte es befürchtet. Alle zwölf Jahre musste sie fortan zwölf Herzen opfern, sonst würde sie am lebendigen Leib verfaulen. Zwölf Menschen würden nicht nur ihr Herz, sondern auch ihr Leben verlieren. Zwölf Seelen, deren Zukunft abrupt enden würde und seine Schwester zur Mörderin werden ließen.

»Bruderherzchen, ich habe noch Zeit. Vielleicht fällt mir ja eine brauchbare Lösung ein. Frage mich also in einigen Jahren wieder. Heute aber sollten wir nicht daran denken. Okay?«

»Ja, abgehakt.« So, wie er lebte, würde er in einigen Jahren wahrscheinlich sowieso nicht mehr auf der Erde wandeln. »Wie geht es unseren beiden Bekannten? Leben sie noch?« Alex hatte über das Paar, das ihn in diese Lage gebracht hatte, oft nachgedacht. In der Klinik hatte er auch genügend Zeit dazu. Sie waren ehrlich zu ihm gewesen und hatten ihn gewarnt. Aber er war zu schlau gewesen, um klug zu sein.

»Klar. Ich habe ab und zu Kontakt mit ihnen, aber meistens nur telefonisch. Sie sind wirklich nett, auch wenn es aus deinem Blickwinkel betrachtet, nicht so aussieht.«

»Das haben Blickwinkel so an sich. Halten sie sich noch in Frankfurt auf?« Es entstand eine kurze Pause, und Alex wusste, dass Sarah angestrengt überlegte, was sie auf diese Frage antworten sollte.

»Lass es sein. Je weniger du von ihnen erfährst, umso leichter ist es für dich.«

Sarah hatte recht. Er könnte sowieso nichts gegen diese Wesen unternehmen. Wie konnte er sie jetzt überhaupt nennen? Waren sie noch Menschen? War seine Schwester noch ein Mensch? Für ihn ja, und nur das hatte Bedeutung. Er zuckte die Achseln und wechselte das Thema. »Wann sehen wir uns wieder?«

»Weiß nicht. Ich reise ein wenig umher. Schaue mir die Dinge an, die ich schon immer einmal sehen wollte. Es ist schon ein komisches Gefühl zu wissen, dass ich nun immer wieder überall hingehen kann, ohne irgendwann einmal Abschied nehmen zu müssen. Aber es macht auch einsam, und ich habe Angst vor der Zeit, in der es weder meine Eltern noch dich gibt. Denn dann bin ich richtig allein.« Nachdenkliche Trauer hatte sich in ihre sonst kindisch naive Stimme gemischt. Sarah hatte sich verändert; sie war älter und reifer geworden.

»Mache dir jetzt keine Gedanken darüber, Sarah. Dazu bleiben dir noch genügend Jahre, Jahrhunderte, Jahrtausende.« Alex musste lachen, obwohl ihm nicht danach zumute war. Aber es war eine zu groteske Situation, als dass er ernst dabei bleiben konnte.

»Bist *du* in Frankfurt?«

»Nein, mich hat es in die Stadt der *Liebe* verschlagen.«

»Paris? Hast du eine Freundin?«

»Paris, ja. Freundin, nein. Keine, auch nur einigermaßen kluge Frau, will so einen verkorksten Idioten wie mich haben.«

»Ach Alex, ich wünschte, du würdest dein Weibchen finden. Eine Frau, die dir die Löffel langzieht und dich endlich auf den Boden eines normalen Lebens herunterholen kann. Das würde dir wirklich guttun.« Sarah seufzte. »Du hast zwar einige Eigenarten, mit denen nicht alle zurechtkommen, aber du bist ebenso ein liebevoller und verantwortungsbewusster Mann. Das Problem bei dir ist nur, dass du alles daransetzt, es zu verbergen.«

»Liebevoller Mann? Machst du Witze?«

»Nein, mein Bruderherzchen. Mache ich nicht. Du hast eine so große Angst verletzt zu werden, dass du lieber niemanden an dich heranlassen möchtest. Das ist nicht gut, Alex, und das weißt du auch«, tadelte sie ihn mit strengem Unterton.

»Schon gut.« Alex entschied sich, nicht weiter auf diesem Thema herumzureiten. Sie sagte die Wahrheit. Er hatte tatsächlich Angst davor, Menschen zu lieben. Doch verdammte Hölle, hatte er nicht das Recht dazu? Was sollte er von diesen zweibeinigen Raubtieren halten? Nichts war ihnen heilig, und sie schreckten vor kaum etwas zurück. Weder schonten sie die Natur noch sich selbst und ihre Mitmenschen. Wie dumm war diese Kreatur, die dabei war, sich die Lebensgrundlage selbst zu entziehen? Verachtung war das treffende Wort, das genau beschrieb, was er für die meisten anderen empfand. Mit einer Ausnahme, seiner Schwester.

Er schaute aus dem Fenster und betrachtete die Stadt, die sich unter ihm erstreckte. Eine Welt voller Gefahren, ein Spielplatz für die Gier und den Egoismus der Menschen. Eine Welt, in der man ständig auf der Hut sein musste, um nicht betrogen, ausgenutzt oder verraten zu werden. Es war eine beängstigende Realität, die sich vor ihm ausbreitete.

Und doch, in all dem Chaos, in all der Verdorbenheit und Unbeständigkeit, gab es sie: Sarah. Die einzige Person, die er in dieser Welt wirklich liebte und um die er sich sorgte. Trotz allem. Trotz der Ängste und Zweifel. Trotz der Gewissheit, dass das Leben unbarmherzig sein konnte. Sie war *seine* Schwester, *sein* Anker in dieser verdrehten Welt.

Alex atmete tief ein und versuchte, seine innere Unruhe zu bezwingen. »Ich werde hier die Augen offenhalten. Vielleicht gehe ich in das *Crazy Horse* und suche mir so eine langbeinige Schönheit.«

»Du brauchst keine langbeinige Schönheit, sondern eine robuste Seele mit kräftigem Tritt.«

Alex hörte ihr helles Lachen. Genau das war es, was er an ihr liebte.

»So Alex, jetzt lasse ich dich arbeiten. Ich werde mich wieder bei dir melden. Okay?«

Doch das war nicht ok. Wie lange würde sie sich wieder Zeit nehmen, bevor sie ihm ein Lebenszeichen sendete? Zu lange, befürchtete er.

»Kannst du mir eine Nummer geben, unter der ich dich erreichen kann? Wer weiß, vielleicht brauche ich irgendwann doch auch mal deine Hilfe.« Alex hörte, wie Sarah Luft ausstieß. Es dauerte einige Sekunden, bis sie endlich antwortete. »Meine Hilfe? Ich denke es ist eher umgekehrt. Ich kann dir eine Nummer geben, unter der du eine Nachricht hinterlassen kannst. Erwarte aber keine schnelle Reaktion.«

»Ich habe einen Stift in der Hand, du kannst loslegen.« Eine innere Stimme riet ihm, die Nummer sorgfältig aufzubewahren.

III

Auf der Liste, die sie von Lianas Betreuerin erhalten hatten, befand sich das Institut für Kunst und Archäologie. Es lag in der 5 Rue Michelet, einer ruhigen Straße mit schmucker Baumreihe.

»Wow!« Thomas stemmte die Hände in die Hüfte, beugte sich nach hinten und blickte an der mächtigen Fassade empor. Es war ein beeindruckendes Gebäude aus roten Backsteinen erbaut, mit hohen romanischen Rundbögen gestaltet und wehrhaft anmutenden Zinnen auf dem Dach. »Mit wem treffen wir uns hier?«

»Mit dem Dekan Bernard. Ich habe ihn gestern kontaktiert«, antwortete Alex.

Thomas legte Alex die Hand auf die Schulter. »Darf ich dich kurz sprechen? Unter vier Augen?« Seine Stimme war leise und ungewohnt ernst.

Alex nickte und folgte ihm einige Schritte hinter einen verbeulten Lieferwagen.

Thomas presste die Lippen zusammen. Sein Körper wirkte angespannt.

»Komm schon zur Sache, Thomas.«

»Ja. Ich … habe mir im Hotel Gedanken gemacht.«

Mit was?, dachte Alex, erwiderte jedoch nichts.

»Ich weiß, dass du mich nicht leiden kannst, und ich verstehe es auch. Zumindest teilweise. Gib mir noch mal eine Chance. Ich werde mich ehrlich bemühen.«

Alex schürzte die Lippen. Was ihm seine Ohren zutrugen, klang zu fantastisch, als dass er es hätte glauben können. Und doch gab es manchmal Situationen, in denen sich Menschen ändern konnten. Aber Thomas? »Hör mir genau zu. Beweise es mir, erst dann werde ich es glauben.«

Bereits in der Eingangshalle trat ihnen ein untersetzter, ausgemergelter Mann mittleren Alters entgegen. »Ah, mon dieu, Besuch aus einer anderen Welt. Merveilleux, ich habe Sie bereits erwartet.« Er strahlte über das ganze Gesicht. Eine schmale rechteckige Brille thronte auf der knolligen Nase.

Alex schüttelte ihm die Hand, Klaus und Thomas blieben auf Abstand.

»Wie haben Sie mich erkannt? Sehe ich so deutsch aus?«

»Non, mon seigneur, Sie sind bekannt. Google und Co liefern schnell alle Daten und Bilder.«

»Nun, das beruhigt mich natürlich. Ich bin froh, dass Sie Deutsch sprechen.«

»Oui, ich habe zwei Jahre in Düsseldorf studiert. Eine schöne Zeit.« Er wippte mit den Augenbrauen.

»Das ist Herr Marsalek, und das Herr Horn.«

Thomas gab ihm bereitwillig die Hand, Klaus versteckte die Hände hinter dem Rücken und verneigte sich.

Alex grinste.

»Folgen Sie mir, mes messieurs.« Der Dekan führte sie in ein geräumiges Zimmer mit Regalen voller Bücher und Folianten. An den Wänden hingen große Porträts in Öl. Ausnahmslos waren es Männer in hohem Alter, mit kantigen Gesichtern und strengen Gesichtszügen.

»Prenez place! Ich habe mir die Bilder angesehen, die Sie mir gesendet hatten. Oui, le jeune homme Jan Loritz hatte mich in der Tat aufgesucht.«

»Wann war das genau?« Thomas holte ein Notizblock aus der Tasche, zog einen Stift aus der daran befestigten Gummischlaufe und wartete.

»Vor etwa zwei Wochen. Er hat mich im Rahmen einer Studienarbeit hier besucht und bat mich um Unterstützung. Ich habe ihn an eine Dozentin verwiesen, die sich in besonderem

Maße in Rodins Leben auskennt.« Von einer Sekunde auf die andere verdüsterte sich sein Blick, und er schaute mit hochgezogenen Augenbrauen in die Runde. »Mon dieu, was ist passiert?«

Klaus berichtete knapp von den bisher bekannten Geschehnissen, wobei er die Ermordung einer der Studentinnen ausließ, Thomas machte sich brav Notizen und Alex lauschte konzentriert.

»Pas bon, ich hoffe, alles klärt sich auf.« Plötzlich weiteten sich seine Augen, und sein Mund blieb offen stehen. Ein leises Stöhnen entrang sich seiner Kehle. »Jetzt, wo Sie das sagen … die Dozentin, mademoiselle Burier, ist seit über einer Woche verschwunden. Wir dachten, sie sei krank, aber …« Er unterbrach seinen Satz. »Könnte ihr etwas passiert sein?«

»Wissen wir noch nicht. Wenn ja, haben Sie eine neue Stelle zu besetzen«, antwortete Thomas. Klaus schüttelte fassungslos den Kopf, während sich die Körperhaltung des Dekans versteifte.

Schuldbewusst blickte Thomas schnell wieder auf seinen Block.

Alex furchte die Stirn. »Machen Sie sich jetzt keine Sorgen. Womöglich leidet sie nur unter einer Erkältung.

Buriers Büro bestand nur aus einer kleinen, drei auf drei Meter großen Kammer, das mehr einer Gefängniszelle als einem gemütlichen Arbeitszimmer glich. Ein kleines Fenster zeigte in den tristen Hinterhof. Der Schreibtisch war penibel aufgeräumt: ein zugeklappter Kalender, einige Schreibutensilien, die fein säuberlich nebeneinander aufgereiht lagen, und eine hellgrüne Mappe.

Bernard lächelte verlegen. »Kleines Zimmer, ich denke, dass wir nicht alle hier Platz haben.«

»Ich bleibe hier im Gang.« Klaus' erleichtertem Gesichtsausdruck war anzusehen, dass er die Enge des Raumes gerne mied.

Der Dekan schlug den Kalender auf. »Oui, hier haben wir die letzten Eintragungen.«

Alex schaute ihm über die Schulter. »Wir sollten uns die letzten vier Wochen ansehen.«

»Oui, folgen Sie mir in den Kopierraum.«

Auf dem Weg durch den langen Gang blieb Alex plötzlich stehen. Klaus schaute sich kurz nach ihm um, nickte dann und folgte dem Dekan.

Alex schlich in das Büro zurück, wissend, dass dies ein Risiko barg. Seine Französischkenntnisse waren bestenfalls dürftig, aber er konnte zumindest die Grundzüge übersetzen und verstehen. Auf dem Schreibtisch lag eine Mappe, gefüllt mit losen Blättern, bedeckt von Notizen und hastig gekritzelten Zeichnungen. Auf den ersten Blick schienen sie für den Fall irrelevant zu sein. Doch Alex wusste, dass er nichts dem Zufall überlassen durfte.

Die Schubladen des Schreibtischs waren unverschlossen. Mit einer Mischung aus Vorsicht und Eile durchwühlte er eine Schublade nach der anderen, bis er schließlich ein dünnes Bündel entdeckte. Der Titel *Rodin* zierte den Umschlag, und Alex spürte, wie sein Puls in seinem Nacken pochte. Hastig durchblätterte er die abgehefteten Seiten. Gesprächsprotokolle, kopierte Auszüge aus Büchern und einige wenige Niederschriften offenbarten sich ihm.

»Hm.« Alex überlegte, mit dem Bündel in den Kopierraum zu folgen, doch er entschied sich kurzerhand, es einfach einzustecken.

Kaum stand er wieder im Gang, kamen sie schon auf ihn zu – der Dekan mit ernster Miene und misstrauischem Blick. Hatte man ihn erwischt?

»Monsieur, wir haben Sie vermisst«. Der Kopf des Dekans erhob sich leicht.

Ein Lächeln zwang sich auf Alex' Lippen, während er versuchte, äußerlich unbeschwert zu wirken. »Ich habe die Toilette gesucht, sie aber nicht gefunden.«

»In mademoiselle Buriers Büro?«

Alex zuckte mit der Schulter.

»Unten in der Halle finden Sie les toilettes pour les invités.«

»Ich werde sie auf unserem Rückweg aufsuchen. Ich danke Ihnen für Ihre Mühe und Ihre Zeit. Sollte sich Ihre Mitarbeiterin melden oder Sie etwas erfahren, das uns weiterbringen könnte, bitte ich Sie, mich anzurufen.«

»Mais bien sûr. Ich werde Sie auf dem Laufenden halten. Kann ich Ihnen noch irgendwie helfen?«

»Nein, Sie haben schon jetzt viel für uns getan.«

IV

»Haben Sie die Kopien?«, fragte Alex an Klaus gerichtet, doch der nickte in Richtung Thomas, der auf dem Rücksitz saß.

»Warum hatten Sie es plötzlich so eilig?« Klaus hob die Augenbraue, und sein Blick glich einem Adler.

»Ich hatte Wichtiges an mein liebevolles Herz gepresst. Fundsachen aus Buriers Büro.«

Thomas lachte. »Liebevolles Herz«, murmelte er dabei.

Alex bedachte Thomas mit einem vernichtenden Blick. »Wenn ich das nicht hätte, dann gäbe es keinen *Thomas* mehr.« Alex griff in seinen Mantel und zog seine Beute heraus.

»Sie haben einfach fremde Unterlagen mitgenommen? Das ist Diebstahl, Herr Brandt.« Klaus' Stimme klang nicht anklagend. Im Gegenteil, es schwang eine gewisse Bewunderung mit.

»Ich würde es eher als eine temporäre Leihgabe betrachten. Was meinst du, Thomas?»

»Klar! Was sonst?«, kam prompt zurück.

»Warum wundert mich Ihre Antwort nicht, Herr Horn?« Er schmunzelte, wobei feine Grübchen auf seinen Wangen erschienen. »Nun, Herr Brandt, dann lassen Sie uns Ihre *Leihgaben* später ansehen. Würde es Ihnen etwas ausmachen, mir zuerst Herrn Horns Kopien zu zeigen? Also Blatt für Blatt.«

»Sie wollen sich Ihre Finger nicht schmutzig machen?«

Klaus nickte.

Alex nahm von Thomas die Kopien entgegen. »Also gut.« Er legte den Stoß auf die Schenkel. »Hier haben wir die Eintragungen von Dr. Burier. Mein Französisch ist nicht gut, aber vielleicht können Sie mir ein wenig helfen, Herr Marsalek. Wir wissen, dass der Student Jan Loritz am zweiten September nach Paris flog. Vielleicht hat er schon einige Tage vor seiner Reise nach Frankreich mit der Dame Kontakt aufgenommen. Wir werden also ihre Aufzeichnungen ab Mitte August durcharbeiten.« Alex nahm ein Blatt und hielt es zwischen sie. Thomas setzte sich auf die Mitte der Rückbank und lugte über ihre Schultern. Sein Rasierwasser roch scharf und aufdringlich.

Klaus würgte, ließ das Fenster herunter und wedelte frische Luft herein, soweit man von frischer Luft mitten in der Stadt reden konnte. »Ihr Eau de Cologne stinkt.«

»Oh, die Frauen mögen es«, antwortete Thomas mit aufgesetzter Unschuldsmiene.

»Mag sein, obwohl es mich wundern würde, aber könnten Sie das nächste Mal einen dezenten Duft wählen?«

»Klar. Kein Problem.« Thomas zuckte mit den Schultern. »Wenn Sie möchten, schreibe ich die Termine mit.«

»Danke. Sehr nett von Ihnen.« Klaus atmete nochmals tief durch und begann die Termine vorzulesen, während Thomas eifrig mitschrieb.

15. August
10:15 Uhr:
Termin mit Prof. Lierieus. Eventuell gem. Studentenverwaltung.
12:00 Uhr:
Vorlesung, Kunsthistorik in seinen Anfängen
14:00 Uhr:
Studentenbetreuung
14:30 Uhr:
Prüfungsvorbereitung. Julienne kann helfen.
17:00 Uhr:
Abgabe Arbeitsplan

So ging es Blatt für Blatt, Tag für Tag weiter, bis sie auf den dritten September stießen.

»Oha, hier taucht der Name Jan Loritz auf. Endlich.«

3. September
11:30 Uhr:
Rodinfalle. Jan Loritz. Das Höllentor. Treffen morgen um 9:00 Uhr.

»Rodinfalle?«

»Ich verstehe, was Sie meinen, Herr Brandt. Es ist das erste Anzeichen dafür, dass dieses Tor etwas mit den Vermissten direkt zu tun hat. Man benennt etwas nicht ohne Grund *Falle*. Ich gehe davon aus, dass der Student etwas gefunden hat, das mindestens verunsicherte.« Klaus zupfte nachdenklich an der Nase.

»*Verunsichert* ist gut. Eine Falle ist mehr, sie bedeutet, dass eine verborgene Gefahr lauert«, ergänzte Thomas.

Alex schaute über die Schulter zu Thomas. Mit Überraschung stellte er fest, dass dieser das gegebene Versprechen bis jetzt tatsächlich einlöste. Er dachte mit und brachte sich plötzlich ein. Thomas' Blick war ernst, fokussiert. Was war geschehen? Hatte der Tadel für diese Wandlung gesorgt? Irgendwann müsste er ihn dazu befragen. »Thomas hat recht. Es mag Euphorie vorhanden sein, etwas Außergewöhnliches entdeckt zu haben, aber auch eine Spur Angst, was ich durchaus verstehen kann. Wenn ich mein Abbild auf einem Tor entdecken würde, das vor über hundertvierzig Jahren fertiggestellt wurde, dann wäre ich ebenfalls nicht froh darüber.«

»Das stimmt natürlich«, bestätigte Klaus. »Was mich stutzig macht, ist, dass wir es mit einem Kunstwerk eines durchaus weltberühmten Künstlers zu tun haben. Es ist anzunehmen, dass es in manchen Kreisen auf den Millimeter genau erforscht wurde. Ergebnis? Nichts Ungewöhnliches. Und jetzt kommen einige Studenten daher und finden etwas, was noch niemand vorher entdeckt hat? Sie kontaktieren eine Expertin in Paris, und alle verschwinden, wie vom Erdboden verschluckt. Tja, eine von ihnen haben wir ermordet aufgefunden.«

Alex nickte stumm. Er nahm das nächste Blatt und hielt es in die Mitte.

4. September
...
9:00 Uhr:
Treffen mit Jan Loritz.
11:30 Uhr:
...

Alle nach dem Termin mit Jan Loritz aufgelisteten Ereignisse waren durchgestrichen worden. Anscheinend hatte sie sich für den restlichen Tag frei genommen. Die nachfolgenden Eintragungen wurden jedoch immer spärlicher.

»Egal, wie man es dreht oder wendet, es ist mysteriös. Mit einer Entführung im klassischen Sinne haben wir es hier meiner Meinung nach nicht zu tun. Wenn überhaupt, dann werden sie ihrer Entdeckung wegen festgehalten. Oder es ist ihnen etwas zugestoßen. Das wissen wir noch nicht. Ich habe Nat vor unserer Abreise gebeten, herauszufinden, ob unsere Studenten einen Unfall hatten und in Krankenhäuser kamen. Viel mehr können wir vorerst nicht machen. Ach ja, ich hatte ja beinahe die Akte vergessen, die ich mitgenommen habe. Aber …« Alex zwinkerte Klaus zu. »Ich möchte Sie nicht in ein Verbrechen hineinziehen. Nicht, dass ich Sie mit diesen *ausgeliehenen* Unterlagen in Gewissenskonflikte stürze.«

Klaus rümpfte die Nase. »Lassen Sie dies meine Sorge sein.«

»Nun denn.« Alex öffnete die Mappe und zog Unterlagen heraus. »Viele lose Blätter mit Aufzeichnungen und einige Detailaufnahmen eines Kunstwerks. Ich vermute, es handelt sich um das besagte Höllentor.« Alex hielt eines der Bilder hoch und drehte es in verschiedene Richtungen. »Jap, es ist das Tor. Eindeutig.« Die ersten Seiten waren in Englisch verfasst. Hierzu benötigte er Klaus nicht als Übersetzer. »Wollen Sie die Bilder ansehen, während ich die Seiten durchlese?«

»Ja, legen Sie sie mir auf den Schoß.« Klaus lehnte sich zurück, griff in die Innentasche des Sakkos und entnahm ihr eine Pinzette, womit er die Bilder greifen, ansehen und danach Thomas reichen konnte.

Ein wirklich organisierter Mensch. Alex begann stumm zu lesen:

Rodin wuchs in einer konservativen Familie auf, Vater arbeitete in der Polizeiverwaltung und war extrem streng – unduldsam und engstirnig. Woher kannte er diese Beschreibung wohl nur zu genau?

»Pah«, kam es verächtlich über Alex' Lippen. Klaus, der die Bilder genauestens inspizierte, schaute kurz auf, widmete sich dann aber gleich wieder den Fotos.

Mit dreizehn Jahren begann Rodins schulischer Werdegang, wonach er 1854 an die École des Arts Décoratifs wechselte. Hier erst fand er den tiefen Zugang zur Kunst, die fortan ein fester Bestandteil seines Könnens wurde. Als 1862 seine Schwester starb, brach für ihn eine Welt zusammen.

»Wer hätte das gedacht?« Alex schüttelte den Kopf. Es gab Parallelen zwischen ihm und Rodin. Zumindest was die Familienverhältnisse anging. Alex' Schwester *existierte* zum Glück noch.

Nach dem Tod der Schwester schloss er sich einem nicht weiter beschriebenen Orden an. Zwei Jahre später nahm ihn Albert-Ernest Carrier-Belleuse als Schüler auf, was einen weiteren Meilenstein in seiner Karriere bedeutete. Nach einer Exkursion durch Italien kehrte Rodin 1877 nach Paris zurück, wo er sich nun bis zu seinem Tod 1917 überwiegend aufhielt.

Alex las sich die letzten Seiten durch, steckte sie wieder in die Mappe zurück, entnahm ihr die restlichen Dokumente und setzte sich in den Sitz zurück. Ein lauer Wind wehte vom Seitenfenster, und es roch nach einem Gemisch aus Kastanien und Abgasen. »Der Knabe hatte ein bewegtes Leben!« Alex schnalzte mit der Zunge.

»Was meinen Sie damit?«, fragte Klaus, dessen Blicke wie verzaubert auf den Bildern von Rodins Skulpturen klebten.

»Naja, er hatte zahlreiche Liaisons. Er trieb es mit seinen Schülerinnen, seinen Models und wer weiß, mit wem noch alles.«

»Ach je, Künstler müsste man sein«, tönte es von der Rückbank.

»Ich dachte mir schon, dass dir das gefällt, Thomas. Jedenfalls hat er kurz vor seinem Tod geheiratet. Ihm war jedoch nur ein kurzes Eheglück gegönnt. Seine Frau starb an Lungenentzündung, hust und tot. Er folgte ihr noch im selben Jahr in das eisige Grab. Sein plötzliches Ableben muss in der Pariser Gesellschaft ein Schock gewesen sein, immerhin scharte er namhafte Künstler und Persönlichkeiten um sich.«

»Und Frauen«, ergänzte Thomas. »Aber auch das längste Leben geht eben einmal zu Ende.«

Alex entnahm die letzten Blätter aus der Mappe und betrachtete sie eingehend. Das gelbliche Papier, auf dem sie kopiert worden waren, hob sich deutlich von den übrigen Seiten ab. Doch das war nicht der einzige Unterschied, der seine Aufmerksamkeit erregte. Auf den Blättern fanden sich handschriftliche Anmerkungen, schwer zu entziffernde Kritzeleien. Einige waren in Englisch, andere in Französisch verfasst. Die unterschiedlichen Handschriften ließen darauf schließen, dass sie von verschiedenen Personen stammten.

Mit geschultem Blick folgte Alex den Notizen und Querverweisen und verband sie mit den Texten. Ein Muster begann sich zu formen. Die Erkenntnis traf Alex wie ein Blitz. Ihm offenbarte sich ein Puzzleteil, das sie der Lösung näherbringen konnte. Doch welches Geheimnis verbarg sich hinter dieser neuen Erkenntnis?

Sein Atem blieb stehen.

War es eine Spur, die ihn zur Wahrheit führte, oder war es nur ein weiterer Wendepunkt in einem Netz aus Intrigen und Verschwörungen? Alex konnte die Aufregung in seinem Inneren kaum zügeln. Die Welt schien plötzlich in einem anderen Licht zu erstrahlen.

Sein Blick löste sich von den Seiten und verlor sich an der Häuserfront vor ihnen. Seine Hände mit den Dokumenten senkten sich auf den Schoß. »Das …«

Klaus schaute von den Bildern auf. »Was?«

»Das …«

Klaus' fragender Blick fixierte Alex, doch der reagierte nur stockend.

»… ist unmöglich.« Das letzte Wort hauchte er undeutlich in die angestaute Stille.

Nur noch das Motorengeräusch vorbeifahrender Autos und gelegentliches unverständliches Geplapper von Passanten drangen durch das Fenster.

»Haben Sie etwas Wichtiges gefunden?«

Während er vor seinem inneren Auge sah, was Rodin geschaffen hatte, spürte Alex, wie Spannung in der Luft lag. Die Geschichte nahm eine düstere Wendung, und er wusste, dass er den Weg bis zum Ende verfolgen musste, koste es, was es wolle. Denn die Wahrheit war wie ein unsichtbarer Feind, der nur darauf wartete, ihn in die Knie zu zwingen.

»Willkommen im Paradies!« Alex schluckte schwer. Seine Anspannung ließ nach. »Die Studenten haben herausgefunden oder glaubten herausgefunden zu haben, dass es nicht nur *ein* Höllentor gab. Laut ihrer Recherche existieren sowohl das Original als auch eine nachträglich angefertigte Kopie, die dem Auftraggeber letztendlich ausgehändigt wurde. Das Original … tauchte in die Versenkung der Geschichte ab.«

»Sie glauben, dass es wahr sein könnte?«

»Keine Ahnung. Aber jetzt kennen wir zumindest den Grund ihrer Aufregung. Wenn man bedenkt, wie bekannt dieses Werk in der Gemeinschaft der Kunstliebhaber ist, erscheint es schwer vorstellbar, dass diese Studenten die ersten sein konnten, denen es auffiel.«

Thomas lehnte sich weiter vor und stemmte seine Hand auf Klaus' Schulter, der diese in Sekundenschnelle wegzog und Thomas nach vorn kippen ließ.

»Entschuldigung. War keine Absicht.«

Klaus bedachte ihn mit einem skeptischen Blick.

»Ehrlich. Das Ganze klingt zu fantastisch und abgefahren, als dass es nicht so gewesen sein soll. Mein Bauchgefühl sagt mir, dass etwas dran ist.«

Alex und Klaus drehten sich zu Thomas um.

»Warum?«, fragte Alex.

»Bauchgefühl eben.« Thomas strich sich über denselben. »Angenommen, es wären nur Hirngespinste gewesen, warum hätte dann jemand die Studentin ermorden sollen?«

Alex' Blick wanderte zu Klaus. »Er hat recht. Ausnahmsweise.«

»Thomas, versuche herauszufinden, ob unsere Dozentin ab dem vierten September überhaupt noch einen anderen Termin wahrgenommen hat. Ich vermute, dass sie sämtliche Vorhaben hat platzen lassen.«

»Alex, ohne Französischkenntnisse wird das nicht einfach werden«, protestierte Thomas.

»Du schaffst das schon.« Alex grinste unverhohlen. »Am besten jetzt gleich. Wir treffen uns später im Hotel.«

»Ja, ja, ich verstehe«, erwiderte Thomas schmollend. »Also gut. Ich suche den Dekan nochmals auf.« Er stieg aus und trabte davon.

Alex schaute ihm nach, schüttelte dann den Kopf. »Wir benötigen eine fachkundige Meinung zur Möglichkeit eines zweiten Tors.«

»Professor Dr. Dorothea Charlston?« Klaus' Augen verengten sich.

»Ja, ich rufe sie vom Hotel aus an.«

»Ich würde den Namen Thomas Horn vermeiden.«

»Warum?« Alex startete den Wagen und fuhr los.

V

In seinem Hotelzimmer in Paris lehnte Alex gelangweilt an der Fensterbank und betrachtete die so genannte Stadt der Liebe. Ein Schmunzeln huschte über sein Gesicht, denn für ihn war es eher die Stadt der hochgestochenen Klischees und der überzogenen Romantik. Da standen sie, die verliebten Pärchen, Hand in Hand, verträumte Blicke und Herzchen in den Augen. Wie süß. Wenn sie nur wüssten, dass hinter den pittoresken Kulissen der Montmartre-Gassen und den eleganten Boulevards eine Welt voller Lügen, Verrat und skrupelloser Machenschaften lauerte. So wie überall auch!

Ja, Paris hatte seinen Charme, keine Frage. Die prachtvollen Gebäude, die berühmten Brücken, die mondänen Cafés – alles wirkte so verdammt malerisch. Doch Alex durchschaute die Fassade. Hinter den monumentalen Fassaden lauerten Intrigen, hinter den verträumten Blicken verbargen sich Geheimnisse und hinter den scheinbar harmlosen Gassen warteten dunkle Gestalten auf ihre Chance.

Es war wie ein Schauspiel, das sich vor seinen Augen abspielte. Die hiesigen Straßen waren die Bühne, die Menschen die Darsteller. Nur war das Stück, das hier aufgeführt wurde, kein kitschiges Liebesdrama, sondern ein knallharter Überlebenskampf.

Alex zog genervt die Luft ein und wandte sich vom Fenster ab. Er warf seine Jacke achtlos über die Lehne eines alten, verschrammten Holzstuhls, der neben einem ebenso ramponierten Sekretär in seinem Hotelzimmer stand. In der Minibar fand er eine Flasche Heineken Bier. *Nicht gut, aber flüssig.* Einen Flaschenöffner fand er nicht. Also setzte er den Rand des Kronkorkens an die Holzplatte des Schreibtischs und ratschte die Flasche nach unten, die eine neue Einkerbung hinterließ. Das

Bier roch fahl, dennoch setzte Alex die Flasche an und trank sie in gierigen Schlucken zur Hälfte leer. »Ah, riecht scheiße, schmeckt scheiße, ist scheiße, löscht aber den Durst.«

Jetzt war er in der richtigen Stimmung. Er wählte die Nummer der Professorin und wartete, bis sie antwortete.

»Hier Professorin Dr. Charlston. Was kann ich für Sie tun?«

»Mein Name ist Alexander Brandt. Ich bin ein Kollege von Herrn Marsalek und Herrn …« Alex hüstelte und schluckte den Namen gerade noch rechtzeitig. »Nun, wir sind hier in Paris und haben wegen des Verbleibs von Liana Rohn recherchiert.«

»Sie ist noch nicht aufgetaucht?«

»Nein. Ihrer Frage entnehme ich, dass sie sich auch bei Ihnen noch nicht gemeldet hat?«

»So ist es. Ich hoffe, es ist nichts Schlimmes passiert.«

Ich auch, denke aber schon. »Wir sind hier auf etwas gestoßen, und ich benötige Ihre Expertise. Gern möchte ich Ihnen einige Dokumente zufaxen, mit der Bitte, sie durchzulesen und uns Ihre Meinung darüber mitzuteilen.«

»Puh …«

»Es ist wichtig! Wir befinden uns inmitten von polizeilichen Ermittlungen.«

»Dann faxen Sie es eben. Aber ich muss Sie auf morgen vertrösten, da ich jetzt gleich eine Vorlesung zu geben habe. Ich hoffe, dass Sie dafür Verständnis haben.«

»Die Zeit rennt uns davon.« Alex' Tonlage wurde schneidend.

»Mir meine auch«, reagierte sie vehement.

Alex' Hand verkrampfte sich um die Bierlasche. »Ich will mich mal so ausdrücken: Das Leben ihrer Studentin steht auf dem Spiel. Um es noch deutlicher zu formulieren: In Ihrer Hand liegt womöglich das Leben der Tochter Ihrer Bürgermeisterin. Und um es auf den Punkt zu bringen: Jede Verzögerung werde ich dann Ihnen anlasten!«

Alex hörte ein unterdrücktes Fauchen in der Leitung, gefolgt von einem Knall, von dem er vermutete, es könnte von einem Aufstampfen herrühren.

»Also gut. Dann faxen Sie mir die Dokumente eben zu.« Sie gab ihm stakkatoartig die Zahlen der Faxnummer, als würde sie diese mit einem Maschinengewehr herüberballern. Zorn lag in ihrer Stimme. Unverhohlen. »Ich melde mich, sobald ich es gelesen habe!«

Geht doch. »In fünf Minuten haben Sie die Seiten. Ich erwarte Ihren Rückruf in zwanzig Minuten.«

Alex spurtete zurück in die Hotelhalle und ließ die Rezeptionistin den Stapel senden. Er warf sich in einen mächtigen Ledersessel in der Lobby und wartete. Die Art, wie er das bekam, was er benötigte, war nicht immer fein, aber effizient. Alex hatte jedoch bemerkt, dass Klaus ebenso erfolgreich war. Unter seiner schwach aussehenden menschlichen Hülle, die mit vielen Neurosen versehen durch das Leben stolperte, pochte ein Wille aus unnachgiebigem Stahl, der wie eine Brechstange den Weg freimachte. Klaus setzte zielsicher in die schmalen Schlitze menschlicher Schwächen und knackte das, was Alex zertrümmerte. Beide hatten Erfolg, aber auf unterschiedliche Art.

Das Telefon klingelte.

»Brandt.«

»Woher haben Sie diese Informationen?«

Sie kommt schnell zum Wesentlichen. Nicht schlecht. »Ihr Student, Jan Loritz, ist darauf gestoßen. Er glaubte, etwas in der Hand zu haben, das er als spektakulären Fund betrachtete. Was halten Sie davon? Blödsinn oder möglich?«

Es entstand eine kurze Pause.

Ein leiser Hauch kam aus dem Hörer. Die Professorin hatte eine angenehme Stimme, die Alex unter anderen Umständen als erotisch betitelt hätte.

»Was Sie von mir wünschen, ist eine professionelle Einschätzung. Ohne der Sache auf den Grund gehen zu können, ist dies aber nicht möglich.«

»Ich möchte nur wissen, was Sie dazu denken. Mir ist bewusst, dass es nicht mehr oder weniger als eine Meinung sein kann.«

»Ach je, nun gut.«

Der Fisch war dabei, den Wurm des Anglers zu schlucken.

»Es gab immer wieder Spekulationen darüber, dass es eine Art Vorversion des Tores *gegeben haben könnte.* So eine Art Blaupause oder Muster. Ich weiß es nicht. So abwegig oder einzigartig ist das nicht, wenn man bedenkt, dass den wichtigen Werken oft Modellversuche und sogenannte Studien vorausgingen.«

Alex bemerkte in ihrer Stimme, dass sie nicht wirklich das sagte, was sie dachte. Es kam stockend. Irgendetwas hielt sie zurück. Er musste nachfassen. »Das ist wohl eher allgemeingültig. Ich habe aber nach *Ihrer* Meinung gefragt.«

»Ja schon.« Pause. »Entschuldigen Sie bitte. Hier nun meine Meinung …«

Der Haken verfing sich im Maul des Fischs.

»Es wurde immer so ein Brimborium um dieses Tor gemacht, verwoben mit mystischem Schminkwerk. Ist es aber verwunderlich? Rodin war ein begnadeter Künstler, sein Meisterwerk war grandios und jeder war hingerissen von der Detailgenauigkeit seiner Schaffenskraft. Da liegt es nahe, dass manche glaubten, es wäre göttlichen Ursprungs. Unwissenheit mündet nicht selten in solche Verschwörungstheorien. Gestern wie heute auch.«

Jetzt musste der Haken nur noch fest angezogen werden.

»Verstehe. Also könnte Jan Loritz tatsächlich auf etwas gestoßen sein, das bedeutend war? Zumindest auf etwas, das

Nachforschen lohnen würde und nicht sofort als Lüge weggewischt werden kann?«

Ein lautes Schnaufen ertönte am Hörer.

»Wenn Sie es so zu formulieren wünschen, ja. Es könnte sein oder eben auch nicht. Man müsste zuerst einmal herausfinden, woher das Dokument stammt. Ist die Quelle dieser Informationen seriös und glaubhaft? Dies dürfte jedoch nicht einfach werden. Es ist seitdem viel Zeit vergangen. Davon abgesehen, tobten auf dem europäischen Kontinent zwei Weltkriege mit weitreichenden Konsequenzen. Sollte es ein Geheimnis geben, und ich betone *sollte*, dann könnte es durch die Wirren der Zeit ein für alle Mal verloren gegangen sein. Oder aber, es wurde noch tiefer vergraben, damit es niemandem in die Hände fällt.«

»Noch tiefer vergraben?«

»Ja. Hitler zum Beispiel suchte nach Relikten, mystischen Gegenständen, nach dem heiligen Gral. Er war besessen von dieser fixen Idee, er könne sein tausendjähriges Reich manifestieren mit okkultem Gedankengut. Die Kirche war nicht minder an solchen Dingen interessiert. Wer weiß, die Freimaurer und andere verschwiegene Gesellschaften womöglich auch.«

Alex verstand, worauf die Professorin hinauswollte. »Wenn ich Sie also richtig verstehe, dann halten Sie es durchaus für möglich?«

»Nochmals zum Mitschreiben: Ja, es ist möglich.« Zorn mischte sich in ihre Stimme.

Alex hatte die Information, die er benötigte: Diese Theorie konnte nicht als blanker Blödsinn abgetan werden … Punkt.

»Ich danke Ihnen für Ihre Zeit. Sie haben mir geholfen. Ich muss Sie jedoch um einen weiteren Gefallen bitten.«

Der Wurm war verschlungen, der Haken saß fest, nun konnte er den Fisch herausziehen.

»Was noch?«, fragte sie gepresst.

»*Sollte* es ein Exemplar geben, das nie vorgestellt wurde, und *sollte* es darüber hinaus noch existieren, dann muss es sich ja irgendwo befinden. Bitte helfen Sie mir, den Aufenthaltsort zu finden.«

»Wie bitte?«

»Eventuell lassen sich Informationen finden, die uns Rodins Verbindungen offenlegen. Menschen, die in der Lage gewesen sein könnten, ein solches Monument zu verstecken. Oder auch Orte, wo er es selbst hätte hinbringen können. Irgendetwas.«

»Wenn ich Ihnen helfe, und das heißt nicht, dass ich etwas Brauchbares finde, lassen Sie mich dann in Ruhe?«

Alex musste schmunzeln. Sie mochte eine Giftspritze sein, aber ihre Stimme hatte etwas. »Ich verspreche es.«

VI

Alex stand steif am Fenster seines Hotelzimmers. Seine Hände steckten in den Taschen, sein Blick verlor sich zwischen den Bauwerken und gepflasterten Straßen, und seine Gedanken weilten fernab des Hier und Jetzt.

Es klopfte an der Tür. Alex zuckte zusammen. Die Tür ging auf, und herein kam Thomas.

»Anstand hast Du nicht. Man wartet für gewöhnlich, bis jemand ›herein‹ ruft«, maßregelte ihn Alex.

»Ja, ja, schon gut.« Thomas ließ sich auf den Holzstuhl fallen, der bedenklich unter seinem Gewicht knirschte. »Ich war nochmals im Institut und habe mit diesem Trottel Bernard gesprochen. Glaube mir, er hat alles versucht, mich abzuwimmeln. Wie einen räudigen Hund oder einen Schwarm lästiger Mücken hat er mich behandelt.« Thomas ballte die Faust. »Er war so *arrogant*, das glaubst du nicht.«

»Konntest du dennoch etwas herausfinden?«

»Ich habe den Dekan höflich danach gefragt, ob diese Burier seit dem vierten September noch in der Universität Termine wahrgenommen hat. Du hättest ihn sehen müssen. Wie ein aufgebrachter Pinscher ist er über mich hergefallen und hat mich …« Thomas stand ruckartig auf. »Hast du etwas zu trinken?«

»Bedien dich.« Alex nickte in Richtung Minibar.

Thomas stampfte hinüber, holte sich eine Flasche Bier heraus und schaute sich verloren um.

»Ich habe keinen Öffner. Nimm die Tischkante.«

Thomas tat, wie ihm geheißen, und eine zweite Kerbe verewigte sich im Holz des Sekretärs. Er setzte die Flasche an und stürzte sich das braungelbe Gesöff hinein, bis die Flasche leer war. »Schmeckt nach Katzenpisse, pfui.«

Willkommen an Bord. »Also erzähl jetzt, was es Neues gibt.«

»So viel ich erfahren konnte, hat die Dame tatsächlich ab diesem Tag gefehlt. Kein Termin, kein Lebenszeichen. Ich bat ihn dann, bei ihr anzurufen, um herauszufinden, ob sie krank sei. Er weigerte sich. Er meinte, er würde jemanden damit beauftragen. Aber du weißt, Alex, das kann Tage dauern. Also habe ich nachgebohrt, bis er kurz davorstand, mich aus seinem Büro rauszuschmeißen. Ich glaube, wir werden keine Freunde.«

Das würde mich nicht wundern. »Hast du denn Freunde?«

Thomas öffnete den Mund. Fassungslosigkeit stand ihm ins Gesicht geschrieben.

»War nur ein Spaß.«

Thomas' Mund klappte wieder zu.

»Wenn ich es also richtig verstehe, ist sie nicht aufzufinden. Genauso wie die Studenten. Richtig?«

»So ist es. Ich fragte ihn nach einem Bild der Dame, damit wir wenigstens wissen, mit wem wir es zu tun haben. Oh Mann, hat der mir einen Blick zugeworfen. So, als sei ich der widerlichste Sittenstrolch, der auf dieser Erde wandelt.«

»Und?«

Thomas reichte ihm ein Bild in einem schmalen Holzrahmen und tippte auf eine Person. »Das soll sie angeblich sein.«

Alex brummte und nickte.

Thomas schaute die Flasche an und verzog angewidert seine Mundwinkel. »Ich gehe jetzt erst mal duschen.« Er stellte das Bier ab und stampfte aus dem Zimmer.

Kaum hatte Thomas die Tür hinter sich geschlossen, klingelte Alex' Handy. Es war eine unterdrückte Nummer, was Alex auf den Tod hasste. »Pariser Krematorium, haben sie eine Leiche abzuliefern?«

»Oh.« Ein kurzes Zögern. »Alexander Brandt?« Die Stimme am Apparat klang kehlig. Sie hatte etwas Beruhigendes an sich.

»Ja.«

»Ah, gut. Mein Name ist Pater Bianchi. Sie haben einen makabren Humor, Herr Brandt.«

Humor? Wenn du wüsstest. »Die Ankündigung Ihres Anrufs hat mich sehr neugierig gemacht.«

»Eigentlich wollte ich Sie in Paris treffen, aber ich musste leider wieder abreisen. Das, was ich mit Ihnen bereden wollte, ist nicht für das Telefon geeignet. Sie verstehen?«

Alex antwortete nicht.

»Wann reisen Sie wieder zurück nach Deutschland?«

»Morgen, vermute ich.«

»Ich schlage Ihnen vor, dass wir uns in Mannheim treffen. Eine Stadt, unweit des Ortes der Antworten, die Sie suchen. Könnten Sie bis morgen Mittag dort sein? So gegen 12:00 Uhr?«

Mannheim, nah dem Ort ersehnter Antworten? Ja, er hatte Fragen, aber er bezweifelte, sie dort beantwortet zu bekommen. »Wo?«

»Wasserturm?«

Wer kannte den nicht? Es war ein guter Ort für ein Treffen.

»Sagen wir 16:00 Uhr. Vorher ist es zu knapp.«

»Gut. Ich freue mich, Sie persönlich kennenzulernen.«

Das Gespräch war beendet.

Kapitel 4

In Gottes Namen

I

Thomas saß am Fenster des rasenden ICEs von Stuttgart nach Mannheim und starrte gebannt auf die vorbeiziehende Landschaft. Mit über zweihundert Stundenkilometern schoss der Zug durch den wolkenverhangenen Morgen. Sein Kopf lehnte schwer an der kühlen Kabine, während seine Augen suchend das Morgengrau durchdrangen. Gegenüber saßen Alex und Klaus, erschöpft von der unerwartet anstrengenden Heimreise. Sie hatten ihren Aufenthalt abrupt abbrechen müssen, gezwungen, ihre Pläne über den Haufen zu werfen. Aufgrund des Mangels an direkten Zugverbindungen nach Frankfurt blieb ihnen nichts anderes übrig, als den ersten verfügbaren Flug vom Charles-de-Gaulle-Flughafen nach Stuttgart zu nehmen, um ihre Reise fortzusetzen. Klaus hatte sich ein dünnes Badetuch aus dem Koffer geholt, die Rückenlehne abgedeckt und sich sichtlich erschöpft zurückgelehnt. Mit ordentlich gefalteten Händen auf seinem Schoß war er in einen tiefen Schlaf versunken.

Thomas rieb sich müde die Augen und unterdrückte ein Gähnen. Sie hatten zwar nur wenig geschlafen, aber die Schläfrigkeit konnte genauso gut von dem beruhigenden Schaukeln des Zuges und dem gleichmäßigen Tac Tac … Tac Tac kommen.

Alex stand auf und setzte sich neben Thomas »Ich habe eine Frage, Thomas.«

Thomas richtete sich aufmerksam auf.

»Wir hatten keinen guten Start im Dezernat, das weißt du. Deine Trägheit und dein oft inkorrektes Verhalten bei Verhören haben mich genervt. Aber gestern hatte ich den Eindruck, dass sich etwas geändert hat.« , stellte Alex fest, doch die eigentliche Frage lag zwischen den Zeilen.

Die Luft in dem engen Raum schien zu vibrieren, als Thomas, seine Schultern leicht gebeugt, einen tiefen Atemzug nahm. Er fühlte sich gefangen in einem Netz aus Sorge und Unsicherheit. Die Falten zwischen seinen Augenbrauen vertieften sich, als er Alex' Frage in der Stille zwischen ihnen hängen fühlte. Es war mehr als eine Frage; es war ein Aufruf, die Maske fallen zu lassen.

Was sollte er sagen? Sein Geist raste durch ein Labyrinth von Ausreden und erfundenen Geschichten, die wie bunte Schmetterlinge in seinem Kopf flatterten. Doch er wusste, dass solche Erzählungen nur flüchtige Schatten wären, die im Licht der Wahrheit verblassen würden. Ein Katz-und-Maus-Spiel, das er so oft gespielt hatte, aber Alex war kein naiver Spieler in diesem vertrauten Theater der Täuschungen.

Die Fassade des tollpatschigen, ahnungslosen Thomas, hinter der er sich versteckte, wurde zunehmend zu einer Qual. Es war, als würde er in einer selbstgebauten Zelle aus Papierwänden leben, die mit jeder Lüge, jeder Ausflucht mehr und mehr an Stabilität verlor. In diesem Moment, unter dem Gewicht von Alex' durchdringendem Blick, fühlte Thomas den dringenden Wunsch, sich von dieser Last zu befreien, die Ketten der vorgespielten Unzulänglichkeit abzulegen und endlich aus diesem selbstgeschmiedeten Gefängnis auszubrechen.

»Ich bin faul«, brummte Thomas. »Hab' mich immer durchgemogelt, meine Frau betrogen und die Vorteile ausgenutzt, die sich mir boten.« Kurz schaute er zu Alex, wich aber schnell seinem Blick aus und wandte sich dem Fenster zu. »So wurde ich schließlich zum Außenseiter, von dem sich niemand etwas erhoffte. Er …« Thomas nickte in Richtung Klaus. »… hat so viele Probleme, Ängste und Unzulänglichkeiten, wird aber respektiert und anerkannt. Und warum? Weil er aufrichtig und verlässlich ist. Er arbeitet mit Hingabe und Konzentration. Er ist das genaue Gegenteil von mir.« Thomas fuhr sich mit der Hand durch seine strähnigen Haare und schaute Alex direkt in die Augen. »Ich will mich ändern. Gib mir eine Chance.«

Alex war von dieser unerwartet offenen Selbstreflexion überrascht. Er wich Thomas' Blick nicht aus. »Meinst du das ernst?«

»Ja.«

Sie waren nur noch etwa zehn Minuten von Heidelberg entfernt, als Alex ein metallisches *Ratsch Ratsch* auf dem Gang vernahm. Ein Geräusch, das ihm nur allzu vertraut war. Blitzschnell richtete er sich auf. Sein Körper erstarrte vor Anspannung. Klaus lehnte immer noch schlafend gegenüber, sein Kopf wiegte sich sanft auf dem makellosen Handtuch. Thomas schien gedankenverloren aus dem Fenster zu starren. Alex kniff die Augen zusammen und gab vor, zu schlafen. Nur noch verschwommen konnte er sehen, was sich abspielte.

Eine hochgewachsene Gestalt stellte sich vor die Abteiltür und öffnete sie lautlos und geschmeidig wie eine Katze. Kein Zufall, kein Versehen, sondern eine tödliche Bedrohung. Der Eindringling war in dunkle Kleidung gehüllt, trug schwarze Handschuhe und hielt etwas in der Hand. Alex wusste, was es war, und er wusste auch, dass er nicht vorhatte, damit Fahrkarten zu entwerten. Das, was hier entwertet werden sollte, war ihr Leben.

Thomas reagierte nicht, also hatte er den ungebetenen Gast noch nicht bemerkt. Auf Klaus konnte er nicht zählen, also musste er selbst den richtigen Moment abpassen. *Ja, den richtigen Moment.* Der Fremde schloss die Tür hinter sich.

Jetzt!

Alex riss die Augen auf. Der Lauf einer SIG P322 war auf Thomas gerichtet. Alex' Fuß schnellte nach oben und traf das Objekt, das einen von ihnen ins Jenseits befördern sollte. Ein dumpfes *Plop*, begleitet von einem leisen Zischen, verriet, dass eine Kugel aus einer schalldämpfenden Waffe ihre Fährte im Abteil verloren hatte. Doch der ungebetene Gast hatte sich sofort wieder unter Kontrolle.

Verdammt, ein Profi.

Nun war der Lauf auf ihn selbst gerichtet. Ihre Blicke trafen sich, und Alex erkannte, dass er nichts mehr tun konnte. Er sah eine kalte Gewissheit in den dunkelbraunen Augen seines Gegenübers und wartete auf das erlösende *Puff.*

Plötzlich, in einem Moment, der sich wie eine Ewigkeit anfühlte, zerriss ein lauter Knall die Stille des Abteils. Das Dröhnen, unerwartet und doch endgültig, ließ die Zeit für einen Augenblick stillstehen. Der Killer, dessen Augen einen Moment zuvor noch selbstsicher und berechnend waren, weiteten sich in einem Ausdruck von Überraschung und Ungläubigkeit. Ein feiner Strahl von Blut sickerte aus dem Mundwinkel, malte einen düsteren Kontrast zur blassen Haut.

Seine Lippen öffneten sich leicht, als wolle er etwas sagen, doch es kam kein Wort. Stattdessen wurde sein Atem zu einem rasselnden Keuchen, als Blut in einem dünnen Rinnsal aus seinem Mund floss. Für einen Moment schien er gegen das

Unvermeidliche anzukämpfen, doch die Schwerkraft war unerbittlich.

Langsam, fast in Zeitlupe, begannen seine Knie nachzugeben, seine Haltung verlor ihre bedrohliche Entschlossenheit. Der Fremde fiel in sich zusammen, sein Körper gab nach, und mit einem dumpfen Aufprall landete er auf dem Boden des Zugabteils. Eine stumme Gestalt, die von den Ereignissen überwältigt wurde.

Aufgeschreckt sah Alex zu Thomas, der bestürzt nach Luft schnappte. Erst als sein Blick Klaus streifte, erkannte er, wer der Schütze war.

Ein stummes Nicken von Klaus brachte eine Klarheit, mit der Alex niemals gerechnet hätte.

Danach herrschte wieder die Stille eines fahrenden Zugs. Tac Tac … Tac Tac. Als wäre nichts geschehen, rollten die Zugräder unaufhaltsam weiter, um nur wenige Minuten später quietschend in den Heidelberger Bahnhof einzufahren.

II

Alex konnte es nicht fassen. Ein hartes, verbissenes Lächeln stahl sich auf die Lippen. Überraschungen! Wie könnte er sie nicht lieben? Sie waren wie ein unerwarteter Schlag in die Magengrube oder ein Fußtritt ins Gesicht – eine wunderbare Erinnerung daran, dass das Leben ihn gern auf die Probe stellte. War es nicht wunderbar, dass einen das Universum immer wieder daran erinnerte, dass alle im Grunde genommen nur Spielfiguren in einem sadistischen Spiel waren?

Ja, Verblüffung war wirklich der Zauber des Lebens – die Würze im menschlichen, ach so langweiligen Alltag. »Das Leben ist eine absurde Komödie«, murmelte Alex und machte sich an die Arbeit.

Es blieb ihnen nicht viel Zeit, um sich ein Bild von dem Eindringling zu machen. Thomas hatte sich geistesgegenwärtig an der Tür zum Abteil postiert, um neugierige Blicke zu blocken. Klaus griff in seine Tasche, zog ein Paar Latexhandschuhe hervor und reichte sie Alex.

Typisch. »Danke.«

»Keine Ursache.«

Trotz der skurrilen Situation mit einer Leiche auf dem Boden, hatte das Ganze eine süffisante Note. Er musste sich eingestehen, dass Marsalek immer wieder für eine Überraschung gut war. Und er zollte ihm nach diesem Ereignis mehr Respekt als zuvor.

Auf der Höhe der Leber fand Alex ein Einschussloch, und knapp unterhalb der linken Schulter war die Kugel wieder ausgetreten. »Guter Schuss. Leber zerfetzt, Lunge punktiert und wahrscheinlich Herz zerrissen.«

Klaus reagierte nicht.

Alex untersuchte die Taschen des schwarzen Mantels, doch sie waren bis auf eine Packung Papiertaschentücher, dem Fahrausweis, einigen Münzen und ordentlich zusammengefalteten, von einer silbernen Klammer gehaltenen Geldscheinen, leer. Er nahm die halbautomatische Pistole auf, entnahm das Magazin und sicherte sie. Diese 22` Pistolen gab es erst seit einem Jahr auf dem Markt und wurden in Amerika produziert. Klein, handlich, leicht zu reinigen und tödlich.

»Es war kein Zufall.« Klaus beugte sich vor, berührte jedoch nichts. »Nach diesem weniger netten Besuch gehe ich davon aus, dass es Liana Rohn nicht gut geht. Was meinen Sie?«

»Tja. Er ist ein durchtrainierter Gorilla. Tathergang, Waffe und fehlende Alltäglichkeiten weisen auf einen Profi hin. Ein Killer. Gedingt, uns zu töten.«

»Wie ich gestern sagte, mein Bauchgefühl sagt mir, dass etwas oberfaul ist.« Thomas musste sich an der Gepäckablage festhalten, da sie bereits in den Bahnhof einfuhren. Aber er blieb felsenfest an der Tür stehen. »Wenn man bedenkt, dass jemand, wer auch immer es war, bereit ist, Kriminalinspektoren in einem Zug töten zu lassen, dann ist das schon ein Kracher. Dazu kommt, dass diejenigen kaum Zeit hatten, uns hier abzufangen. Also weiß *man* genau, wo wir uns befinden.«

»Davon müssen wir ausgehen. Das heißt, wir sind auf etwas Brandgefährliches gestoßen. Zu dumm, dass wir nicht wissen, wofür wir sterben sollen. Naja.« Alex stand auf und setzte sich Klaus gegenüber, bis der Zug zum Stillstand kam. »Ich wusste gar nicht, dass Sie eine Pistole tragen.«

Klaus schwieg und verzog den Mund. Er holte eine HK P200 aus der Tasche, entlud sie, und legte sie auf den Sitz. »Mein schöner Mantel.« Ärger lag in seiner Stimme. Er schob die Hand in die Tasche und fuhr mit dem Finger durch das Loch. Glatter Durchschuss. »Ich fürchte, dass man ihn nicht ordentlich flicken kann.«

»Ein 9-mm-Projektil hinterlässt eben seine Spuren. Unserem Gast hat sie auch nicht gutgetan.«

»Nun, ich würde vorschlagen, dass Sie nun beide gehen. Ich werde die örtliche Polizei verständigen und –«

»Und? Was wollen Sie denen sagen?«

»Ich weiß es noch nicht. Die Geschichte unserer Studenten wird mir wohl keiner so schnell abnehmen. Aber ich werde bei der Wahrheit bleiben: Ich wurde überfallen und zur Notwehr gezwungen. Wer der Mann ist, weiß ich nicht.«

»Und wie erklären Sie den seitlichen Verlauf der Schusswunde?«

Klaus hob die Augenbrauen.

»Alex hat recht«, bestätigte Thomas. »Ich bleibe hier bei Ihnen. Ich saß Ihnen gegenüber, als der Fremde kam. Ich trat ihn, sie schossen aus Notwehr. Zwei Kriminalinspektoren wird man das jederzeit abnehmen.«

»Passt!« Alex hob den gestreckten Daumen.

Klaus nickte einmal. »Nun gut. Sie sollten unbedingt den unbekannten Pater sprechen. Ich hoffe sehr, dass er ein wenig mehr Licht in diese Angelegenheit bringen wird.«

»Das hoffe ich auch.« Alex stand auf, Thomas trat zur Seite und öffnete die Tür

»Pass auf dich auf, Alex!«

»Ich gebe mein Bestes.« In dem Moment, als Alex bewusst wurde, dass sie sich einem eiskalten Auftragsmörder gegenübersahen, durchfuhr es ihn wie ein eisiger Schauer. Stillstand war keine Option mehr. Eine unausgesprochene Bedrohung hing wie ein düsterer Schleier über ihnen. Ihr *Feind* würde bald erkennen, dass sein erster Anschlag fehlgeschlagen war. Das Spiel hatte eine neue, verstörende Dimension erreicht.

Ab jetzt befanden sie sich in einem unerbittlichen Überlebenskampf und mussten immer auf der Hut vor der Bedrohung bleiben, die in den Schatten lauerte. Alex verstand, dass die Wahrheit am Ende eines blutigen Pfades auf sie wartete – eine Wahrheit, die sie entweder überleben würden oder die sie für immer in die Dunkelheit ziehen könnte. Ein Hoch auf Überraschungen.

III

Der Regionalzug von Heidelberg nach Mannheim benötigte über eine halbe Stunde. An jedem Bahnsteig stiegen Menschen ein und aus, und jedes Mal musterte Alex argwöhnisch die Mitreisenden. Es war zwar unwahrscheinlich, dass der misslungene Anschlag bereits bekannt war, doch die Schnelligkeit, mit der man ihnen hatte auflauern können, war beängstigend. Wer auch immer es war, er oder sie verfügten entweder über hochmoderne Überwachungsgeräte oder über ein weit ausgespanntes Netzwerk. Womöglich sogar über beides.

Alex stieg in Mannheim aus und schaute auf die Uhr. Es war erst 14:30 Uhr, also noch genug Zeit, um einen Kaffee zu trinken. Er fuhr mit der Rolltreppe in das Untergeschoss, wo er ein Café unter dem Hauptgebäude des Bahnhofs fand. Er bestellte einen Cappuccino und suchte sich einen Platz mit dem Rücken zur Wand.

Sicher ist sicher, dachte Alex. Inzwischen waren Klaus und Thomas wahrscheinlich mitten in Verhören verwickelt. Endlose Fragen, Untersuchungen, ungläubige Gesichter und wieder Fragen. Der Tathergang würde sie besonders beschäftigen, da er viele Unklarheiten aufwarf. Sie würden Klaus und Thomas also durch die Mangel drehen, und bis diese Prozedur abgeschlossen war, konnten viele Stunden vergehen. Zeugen gab es keine.

Alex nestelte in der Tasche nach seinem Handy und wählte Johanns Nummer. Vielleicht hatte man ihn bereits verständigt, dass seine Mitarbeiter in einen Mordfall verwickelt waren, womöglich aber auch nicht.

»Hallo Johann, hier Alex.«

»Alex?«

»Ja, Alex. Ich sitze in einem Café.«

Johann brummte.

»Geht es dir gut? Sitzt du?«

»Alex, verdammt. Schön, dass du Zeit für einen Kaffee findest und dich über mein Wohlergehen erkundigst.«

Anscheinend wusste Johann noch nichts von seinem Glück, also würde er es aus Alex' Mund erfahren. Er überlegte, ob er die sanfte oder die ruppige Tour wählen sollte, entschied sich dann für die zweite Variante. »Liebst du Probleme?«

»Hast du sie nicht mehr alle?«, antwortete Johann mit einer Gegenfrage. »Mir steht der Mist bis zum Hals!«

Alex rührte in seiner Tasse und schleckte den Löffel genüsslich ab. »Na dann pass mal auf. Ich habe noch ein bisschen mehr Mist für dich.« Alex schubste den Löffel auf den Tisch. »Wir erhielten einen Hinweis darauf, wo unsere kleine Bürgermeisterprinzessin sein könnte. Auf dem Weg dorthin wurden wir von einem Profikiller in unserem Zugabteil überfallen. Irgendjemand mag es nicht, dass wir in dieser Sache ermitteln, und will uns in die Suppe spucken.«

»Ihr wurdet überfallen? Wurde einer von euch verletzt?«

»Nein. Marsalek hat ihn erschossen.«

Stille.

Alex war nicht klar, was für Johann mehr Gewicht hatte: der Umstand, dass jemand versucht hatte sie zu töten oder die Tatsache, dass der mit Neurosen behaftete Marsalek einen Killer eliminiert hatte.

»Wir sind zu wandelnden Zielscheiben geworden, Johann. Du kannst dir vorstellen, was Frau Rohn dazu sagt, wenn sie das erfährt. Denn es bedeutet, dass ihre Tochter in höchster Gefahr steckt, wenn sie überhaupt noch –«

»Stopp, so etwas will ich nicht hören. Sie *muss* leben! Verdammt und zugenäht.« Johann reagierte heftig, was nur zu verständlich war.

»Beruhige dich wieder, noch ist nicht aller Tage Abend. Marsalek und Thomas sitzen jetzt bestimmt in Heidelberg im Polizeipräsidium. Ich bin nach Mannheim weitergefahren, weil ich mich hier mit einem Informanten treffen werde. Ich bete zu Gott, dass wir etwas Brauchbares erfahren, das uns weiterbringt.«

»Na dann bete mal tüchtig. Wenn ihr das vermasselt, kann dir nur noch ein göttliches Wesen helfen. Verstehen wir uns?«

»Klar. Vielleicht kannst du in Heidelberg etwas erreichen, dass die beiden schnell wieder mobil werden. Ich benötige sie.«

Johann schluckte laut und begann zu glucksen.

»Was ist?«

»Du brauchst sie? Ist Thomas zu einem wertvollen Mitarbeiter aufgestiegen?«

»Ha ha.« Alex schaute sich um, alles schien normal. Kein düsterer Mann in der Ecke, der ihn beobachtete. »Naja, irgendwie hat er sich gemausert. Abwarten.«

»Ja, ich rufe gleich dort an. Ich krieg das hin.«

Johann war ein beinharter Querkopf, und der menschliche Müll war sein täglich' Leben. Das wusste Alex nur zu gut. Was auf dessen Tisch landete, waren keine Postkarten mit freundlichen Urlaubsgrüßen, sondern Bilder von aufgeschlitzten oder verstümmelten Opfern. Auch erhielt er keine liebevollen Anrufe einer zarten Fangemeinde, sondern die lauthals fordernden Stimmen manchmal widerstrebender Gewalten, zwischen denen ein schwaches Gemüt nur allzu leicht zermalmt werden konnte. Politisch motivierten Druck, verfeinert mit subtilen Drohungen jedweder Art. Ja, Alex wusste, dass Johann die beiden schnell wieder losgeeist bekäme.

»Musstet ihr ihn gleich erschießen?«

»Er war nicht mit seiner gezückten Pistole zu einem freundschaftlichen Plausch zu uns ins Abteil geschlichen. Sorry!«

Johann brummte.

»Noch mal zum Mitschreiben: Er war ein professioneller Auftragsmörder.«

Die Stille am Telefon schien diesmal erdrückend, da es Alex gerade in diesem Augenblick noch bewusster wurde, in welcher Gefahr sie sich nun befanden.

»Wie konnten sie euch so schnell dort finden?«

»Keine Ahnung!«

»Denkst du, sie sind dir oder euch auf der Spur?«

»Keine Ahnung!«

Johann brummte.

»Ich treffe mich bald mit dem Informanten. Vielleicht erhellt es das Dunkel unserer aktuellen Lage. Wir müssen herausfinden, um wen es sich handelt, der uns auf den Fersen ist. Und das schnell, sonst gebe ich keinen Cent auf unser Leben. Noch etwas …«

Johann stöhnte, das Brummen schien ihm vergangen zu sein.

»Klär' Prinzesschens Mutter auf, auch wenn sie explodieren wird. Ab jetzt werden wir auch ihre Unterstützung bitter nötig haben.«

»Oh, Mann, nur das nicht.«

Alex konnte sich lebhaft vorstellen, wie Johann jetzt kreidebleich am Schreibtisch saß. »Tut mir leid, da musst *du* durch. Die Giftspinne mag sein, wie sie will, aber sie liebt ihre Tochter, und sie hat ein gigantisches Netzwerk aus Stahlfäden. Sie kann sicherlich Hebel bewegen, von denen wir nur träumen können.« Alex schaute auf die Uhr. »Ich muss los.«

»Okay. Ich tu, was ich tun kann. Hast du eigentlich eine Waffe dabei?«

»Nein. Du weißt genau, dass ich dieses Zeug hasse wie die Pest.«

»Na dann pass gut auf. Bleib in Bewegung, das macht es den Verfolgern schwer, unerkannt zu bleiben. Und geh kein Risiko ein.«

Alex legte auf.

IV

Nachdem am Bahnhof in Heidelberg die Personalien aufgenommen waren, brachte sie ein gemütlich aussehender, freundlicher Kommissar zur Kriminalpolizeidirektion. Dort schob man sie in ein kleines Zimmer und bat sie zu warten. Klaus saß am Tisch, die Hände tief in den Hosentaschen verborgen, und durchdachte jeden Schritt, den sie unternommen hatten. Die Frage, die er sich stellte, war, ab wann diese ominösen, zu Gewalt bereiten *Wer-auch-immer* auf sie aufmerksam geworden waren.

Thomas stand mit über der Brust verschränkten Armen am Fenster und starrte auf die enge Straße unter ihnen. »Ich dachte immer, Heidelberg wäre so *romantisch*.«

Klaus schaute kurz auf, antwortete aber nicht.

»Die lassen sich ganz schön viel Zeit.«

»Sie wundern sich? Ermittler aus Frankfurt werden von einem gedingten Mörder gejagt, der dann wiederum erschossen wird. Also, in dem konkreten Fall, von mir. Das passiert nicht alle Tage. Jeder Gebrauch von Waffen wird streng hinterfragt, unabhängig einer offensichtlichen Gefahrensituation.«

»Ah.«

»Davon abgesehen, werden sie erst mit uns sprechen, nachdem sie mit dem Dezernat Frankfurt Kontakt aufgenommen haben, um zu sehen, ob unsere Version glaubhaft ist.«

Thomas drehte sich um, neigte seinen Kopf und musterte Klaus. »Ich hätte nie geglaubt, dass Sie eine Waffe tragen. Irgendwie passt es nicht zu Ihnen.«

»Stimmt. Ich verabscheue Pistolen, genauso wie Verbrechen.«

»Sie verabscheuen Waffen und tragen sie geladen in der Manteltasche?«

Klaus verzog die Lippen. Was sollte er erzählen? Die Wahrheit? Alles um ihn herum verschwamm vor seinen Augen, während sich die Erinnerungen an jenen verhängnisvollen Abend in sein Bewusstsein drängten. Die Bilder hatten sich wie Brandzeichen in sein Gedächtnis eingebrannt, unauslöschlich, schmerzhaft.

Es war ein Abend voller Verluste gewesen. Nicht nur hatte er eine geliebte Person für immer verloren, sondern auch ein Stück von sich selbst. Seine Selbstachtung war dahingeschwunden, seine Überzeugungen zerbröckelt, sein Glaube an das Gute im Menschen zutiefst erschüttert.

Seit seiner Kindheit hatte er Gewalt abgelehnt, hatte niemals einen Gedanken daran verschwendet, eine Waffe bei sich zu tragen. Selbst alltägliche Gegenstände erschienen ihm als potenzielle Waffen und waren daher tabu. Doch an diesem verhängnisvollen Tag hätte er anders handeln sollen – nein, müssen!

Der Exfreund seiner Lebenspartnerin hatte um eine letzte Aussprache gebeten, und ihre Angst hatte sie zu Klaus getrieben, bebend am ganzen Körper. Er hatte ihr geraten, diesem Wunsch nachzugeben, diesen finalen Schritt zu gehen. Wie unbedacht und naiv er doch gewesen war. Auf ihr Drängen hin begleitete er sie, doch trotz ihrer inständigen Bitten, etwas zur Verteidigung mitzunehmen, hatte er diesen Rat ignoriert. Er hatte es als Hirngespinste abgetan, als übertriebene Ängste.

Der Exfreund hatte sich anfangs verständnisvoll gezeigt, die Trennung akzeptiert. »*Niemand kann etwas dafür, wenn die Liebe im Herzen erlischt*«, hatte er glaubhaft mit sanfter Stimme vorgetragen. Doch dann hatte er plötzlich eine Pistole gezogen, und Klaus erinnerte sich noch immer an jedes einzelne Wort, das aus seinem Mund kam. Petra hatte gefleht und gewimmert, während ihr Exfreund die Waffe wild umherfuchtelte und mit bedrohlichen Worten den Raum erfüllte. Klaus selbst hatte wie erstarrt dagestanden, unfähig, irgendetwas zu unternehmen. Er hatte nichts zur Verteidigung, keine Möglichkeit, sich zu wehren. Es war eine unendlich erniedrigende Erfahrung gewesen.

»Ein Herz, in dem die Liebe erlischt, hat auch kein Recht weiterzuschlagen«, waren die letzten Worte gewesen, die der Exfreund gesprochen hatte, bevor ein Schuss die Stille durchbrach.

Klaus schüttelte den Kopf, als wollte er die schrecklichen Erinnerungen, was vor über zwanzig Jahren geschehen war, loswerden. Das Gewicht dieser Schuld musste er sein restliches Leben tragen.

Könnte er die richtigen Worte finden, den Umstand seiner damaligen Ignoranz zu erläutern? Hatte er die Kraft, Herr Horn oder anderen davon zu erzählen? Klaus zog eine Hand aus der Tasche und rieb sich die geröteten Augen. »Es war reines Bauchgefühl. Reines Bauchgefühl. Das machen wohl die Jahre.«

Es klopfte, und herein kamen zwei neue Gesichter. Eines war hübsch, das andere nicht.

»Guten Tag, liebe Kollegen, mein Name ist Melanie Kolzic, Kriminaloberkommissarin.« Sie nickte beiden knapp, aber freundlich entgegen. Mit ihren zu einem Zopf geflochtenen dunkelbraunen Haaren und ihrem kantigen Gesicht wirkte Kolzic streng. Klaus schätzte sie auf etwa vierzig Jahre, womöglich auch ein wenig älter. Sie trug eine moderne, dünnrahmige Brille, die salopp auf der feinen Nase saß.

»Und das ist Kriminalobermeister Steger.« Sie zeigte auf den großen, plump aussehenden Mann neben ihr. Er hatte kurzgeschnittene Haare und einen kurz gestutzten, gepflegten Oberlippenbart. Er blieb steif bei der Tür stehen.

Melanie setzte sich Klaus gegenüber und stellte ein Tonbandgerät in die Mitte des Tischs. »Wenn Sie nichts dagegen haben, meine Herren, werde ich unsere Gespräche aufzeichnen.« Ihr Ton war höflich, aber distanziert.

Klaus nickte und lehnte sich zurück. Seine Hände blieben wohlbehütet in den Hosentaschen verstaut. Tonbandaufnahmen oder Videomitschnitte galten hierzulande eher als innovativ, und nicht jeder wandte sie an. Melanie war also smart. Ihre Frage, ob sie etwas dagegen hätten, war so formuliert, dass man kaum Nein sagen konnte. Es passte zu seinem Eindruck, dass *sie* hier die Hosen anhatte.

Kriminalobermeister Steger lehnte sich lässig an die Tür, die Arme locker vor der Brust verschränkt. Er wirkte arrogant. Seine hellblauen Augen, die hinter seiner altmodischen, schwarzumrandeten Brille zwischen Thomas und Klaus hin und her wanderten, wirkten abweisend.

»Hier erst einmal Ihre Personalausweise.« Melanie Kolzic legte sie auf den Tisch. »Die Dienstausweise gebe ich Ihnen später wieder. Ihre Pistole muss ich noch hierbehalten, da damit, wie Sie selbst sagten, der Fremde erschossen wurde. Leider muss ich Ihnen nun einige Fragen stellen. Ich hoffe, Sie haben hierfür Verständnis.« Sie drückte die Aufnahmetaste und schob mit dem Zeigefinger die Brille zurecht. »Die Leiche wird spätestens morgen obduziert. Die Ergebnisse reiche ich gern an Ihre Dienststelle weiter.«

»Konnten Sie herausfinden, wer der Fremde war?«

»Nein. Noch nicht.«

»Es ist doch seltsam, dass er weder einen Ausweis noch etwas anderes bei sich trug, mit dem man ihn hätte identifizieren können, oder?«, fragte Klaus in ruhigem Ton.

»Ja. Es handelt sich eindeutig nicht um einen gewöhnlichen Überfall. Das wirft zum einen die Frage auf, ob sie in einer Ermittlung stecken, bei der so etwas Sinn ergibt. Zum Beispiel das organisierte Verbrechen, das Observieren eines Familienclans oder sonst einer Organisation mit dieser Gewaltbereitschaft. Und zum anderen …« Sie beugte sich leicht nach vorn und legte ihre Arme überkreuz auf den Tisch. »… wundert es mich, dass Sie mit einer geladenen Waffe in der Manteltasche im Abteil saßen. Haben Sie mit einem Überfall gerechnet?«

Klaus wusste, dass diese Frage kommen musste. Kolzic hatte sich also vorbereitet und den am Tatort aufgenommenen Tathergang durchgelesen. »Ich gehe davon aus, dass Sie sich bereits mit Frankfurt kurzgeschlossen haben?«

Sie nickte. »Frankfurt hat schneller reagiert als wir. Ein Herr Johann Spohl hat sich bei uns gemeldet.«

»Gut. Dann wissen Sie bereits, dass wir nach vermissten Studenten suchen?«

»Ja, aber –«

»Nun, ich versichere, dass wir nicht mit einem solchen Überfall gerechnet haben oder rechnen konnten. Jedoch hatte ich ein sehr ungutes Gefühl nach unserer Recherche in Paris. Das ist auch der Grund, warum ich die Waffe griffbereit in der Manteltasche trug.« Klaus warf Thomas einen kurzen Blick zu. »Meinem Bauchgefühl, basierend auf Erfahrung, haben wir zu verdanken, dass wir noch leben.« Klaus lächelte zufrieden. Er hatte beide Fragen abgeschmettert.

»Herr Spohl sagte, dass eine der Vermissten die Tochter der Frankfurter Bürgermeisterin ist?«

»So ist es. Sie arbeiteten gemeinsam an einer Studienarbeit über eines von Rodins Kunstwerken.«

»Das Höllentor?« Melanies Augenbrauen hoben sich.

»Sie kennen das Werk?« Klaus war überrascht. Aus dem Augenwinkel bemerkte er, wie sich Steger an der Tür aufrichtete und die Arme fallen ließ. Irgendetwas schien ihn aufgeschreckt zu haben.

»Ich habe davon gehört«, antwortete Melanie.

Klaus betrachtete sie eingehend. Ihre Stimme war leise geworden. Wusste sie etwa etwas zu diesem Objekt? Ihre Mimik blieb gelassen.

Kolzic räusperte sich. »Haben Sie sonst noch irgendeine Information, die uns weiterhelfen könnte?«

»Es tut mir ehrlich leid. Mehr Informationen haben auch wir nicht. Zumindest noch nicht. Ich wäre Ihnen sehr verbunden, wenn Sie mich über den Unbekannten in unserem Abteil auf dem Laufenden halten könnten.«

»Natürlich. Umgekehrt würden mich ihre Fortschritte im Fall des Tors interessieren.«

Klaus nickte und lächelte. Er fragte sich, warum sie bei dem Tor so hellhörig reagiert hatte, und warum ihr Kollege überrascht erschien.

V

Die Tage einer Oberbürgermeisterin waren zweifellos anstrengend, insbesondere wenn man das Oberhaupt einer solch imposanten Stadt wie Frankfurt war. Jeden Tag wurde man mit neuen Herausforderungen konfrontiert, die man wahrlich nicht gebrauchen konnte. Verbrechen waren dabei noch das kleinste Übel. Vielmehr waren es die vermeintlich einfachen Dinge, die sich als besonders quälend herausstellten.

Sabine Rohn hatte sich nach einer ausgedehnten Stadtratssitzung frustriert in ihr Büro zurückgezogen. »Manchmal könnte ich sie alle … grrrr.« Sie fauchte und ballte die Fäuste. Die weißen Knöchel traten deutlich hervor, bereit, etwas oder jemanden zu schlagen. Ihre Wähler verlangten nach Wohnraum, also gab sie ihr Bestes, um diesem Bedürfnis gerecht zu werden. Doch die Politik machte den Neubau unverschämt teuer, mit immer neuen Vorschriften und Auflagen. Die Umweltfanatiker weigerten sich, Grundstücke freizugeben, weil sie der Meinung waren, dass Salamander ebenfalls ein Recht auf Lebensraum hätten. Natürlich hatten sie das, aber wo sollte dann überhaupt gebaut werden? Und was war das Ergebnis dieser Farce? Alles zog sich in endlosen Debatten hin, bis schließlich ein Kompromiss auf dem Tisch lag, der jeglicher Logik entbehrte. Anstatt hundert neuer Wohnungen einigte man sich auf zehn, und selbst die waren so teuer, dass sie nur von den wohlhabenden Wählern erworben werden konnten. Das Resultat? Die Bürger stürzten sich erneut auf sie, und wenn sie Pech hatte, würde sie nicht wiedergewählt werden.

Ein leises Klopfen an der Tür riss sie aus ihren Gedanken. »Ja!«

Die Tür öffnete sich einen Spalt, und der Sekretär lugte herein. »Herr Spohl für Sie am Apparat, soll ich ihn reinstellen?«

Sabine zog tief Luft ein und ließ sie nur langsam entweichen. »Ist es wichtig?«

»Er meinte ja. Es ginge um Ihre Tochter.«

»Sagen Sie es doch gleich!«, zischte sie mit schneidender Stimme. »Rein damit!«

»Johann?«

»Es tut mir leid, dass ich störe, aber es geht um Ihre Tochter.«

Sabine stockte für einen kurzen Augenblick der Atem. »Was ist los, ist ihr etwas passiert?« Sie hörte aus seiner unterdrückten Stimme, dass er keine guten Nachrichten hatte.

»Das kann ich nicht sagen, aber der ganze Fall entpuppt sich zu einer großen Angelegenheit. Sie ist in irgendeine schlimme Sache verwickelt.«

Sabine fühlte sich plötzlich schwach, und die Knie drohten einzuknicken. »Erzählen Sie weiter!« Sie setzte sich.

»Brandt, Horn und dieser Herr Marsalek wurden am Morgen im Zug von Stuttgart nach Heidelberg von einem Profikiller besucht. Der hatte sein Handwerk jedoch zum Glück nicht so gut im Griff. Marsalek war schneller und hat ihn erschossen. Alle sind also gesund.« Er schnalzte mit der Zunge. »Bis auf den Killer eben. Marsalek und Horn sitzen jetzt in Heidelberg fest und werden verhört. Brandt konnte sich verdünnisieren und trifft sich in Mannheim mit einem Informanten.«

»Oh Gott. Das klingt schrecklich.« Sabine Rohn setzte den Ellbogen auf den Tisch und legte ihre Stirn in die offene Hand. »Ein Killer? Was hat das zu bedeuten?«

»Dass sie ernste Schwierigkeiten hat.«

»Das weiß ich auch, bin ja nicht blöd.« Sie schluckte schwer. In ihrem Leben gab es Sticheleien, rücksichtslose Kämpfe, Siege und Niederlagen. Doch einen so wuchtigen Tiefschlag hatte sie noch nie einstecken müssen.

»Also gut. Was kann ich tun?«

»Sprechen Sie mit dem Heidelberger Bürgermeister. Sie kennen ihn doch, oder?«

»Herr Würzner? So lala. Aber genug, um mich bei ihm zu melden. Er soll die beiden loseisen, richtig?«

»Das wäre gut.«

»Ich kümmere mich sofort darum.« Ihre Stimme gewann wieder an Festigkeit. »Noch etwas?«

»Vorerst nein.«

Sie legte auf.

VII

Der Mannheimer Wasserturm lag nur eine viertel Stunde zu Fuß vom Bahnhof entfernt, doch selbst auf diesem kurzen Weg konnte die Gefahr lauern, wenn jemand es auf einen abgesehen hatte. Immer wieder fragte sich Alex, wie man sie so schnell hatte finden können. Natürlich konnte jemand Überwachungskameras und Satellitendaten auswerten, Handys orten oder unbemerkt Sender installieren. Doch all diese Möglichkeiten erforderten ein beträchtliches Fachwissen, technische Ausrüstung und vor allem die Gelegenheit dazu. Es war offensichtlich, dass sie es mit einem ernstzunehmenden Gegner zu tun hatten.

Instinktiv blieb er stehen, durchsuchte alle Taschen, strich über seine Hosenbeine, zog den Mantel aus und inspizierte ihn sorgfältig. Doch einen Sender fand er nicht. Er zog den rechten Schuh aus, betrachtete die Sohle, zog ihn wieder an. Dann den linken. Einige Passanten beäugten ihn misstrauisch, aber das kümmerte Alex wenig.

»Verdammt«, fluchte er und setzte seinen Weg fort.

Beim Maritim Hotel bog er um die Ecke und blieb im Schutz des Eingangs stehen. Von hier aus hatte er einen guten Blick auf den Wasserturm und den Park, der sich rechts davon erstreckte.

Alles schien normal. Alex überquerte die Straße und schlenderte zum Turm, bis er an der Rückseite mit Blick auf den Park stehenblieb. Ein unangenehm kalter Wind blies, und er zog die Schultern hoch.

Dort stand er nun und fragte sich, wie weit er gekommen war. Noch vor wenigen Tagen hatte er in einer psychiatrischen Anstalt gesessen, über den Sinn des Lebens gegrübelt und sich nach Freiheit gesehnt. Und jetzt? Jetzt musste er um seine Sicherheit bangen.

Das Handy klingelte. Endlich. Hastig griff er in seine Jacke und zog es heraus. Doch es war nicht der erhoffte Anruf, denn Thomas' Nummer leuchtete auf dem Display. »Hallo, wie steht es bei euch?«

»Alles okay. Wir wurden verhört, aber Herr Marsalek hat sich bravourös geschlagen. Wir stehen hier an der Ecke der Bergheimer Straße und warten auf ein Taxi. Wo bist du?«

»Mannheim, Wasserturm. Kommt noch nicht hierher. Zum einen möchte ich nicht, dass sich der Pater, sollte er kommen, von euch gestört fühlt. Ich muss erfahren, was er weiß. Und zum anderen, kann es sein, dass man euch überwacht. Es wäre nicht klug, wenn die Heidelberger erfahren, dass ich getürmt bin. Haltet euch einfach nur bereit.«

»Okay.«

»Konntet ihr inzwischen in Erfahrung bringen, wer uns besucht hat?«

»Nein. Ich fürchte, dass es dauern wird, bis wir mehr wissen.«

Ja, das fürchte ich auch. »Bis später.« Alex legte auf.

»Herr Brandt?«

Alex zuckte zusammen und fuhr herum. Vor ihm stand ein untersetzter, dickbäuchiger Mann um die sechzig Jahre. Er trug einen Hut, wie Alex ihn aus dem Film Casablanca mit Humphrey Bogart kannte. »Sie kennen mich?«

»Kennen? Nein, aber ich wusste, wie Sie aussehen. Die Frankfurter Zeitungen haben letztes Jahr viel über Sie geschrieben. Mit Bild.«

»Pah.« *Mich schein jeder zu kennen.*

»Verzeihen Sie. Ich vergaß, mich vorzustellen.« Höflich hob er seinen Hut, machte einen sanften Knick und setzte ihn wieder auf. »Mein Name ist Emile Bianchi. Lassen Sie uns ein paar Schritte zum Park gehen, dort können wir uns auf eine Bank setzen und unterhalten.«

Schweigend schritten sie nebeneinander die Treppen hinab und steuerten zielsicher eine Parkbank neben einem trocken gelegten Becken an, das im Sommer zweifellos von einer majestätischen Fontäne gekrönt wurde, die ihr Wasser in die lichte Höhe schleuderte.

Beide nahmen Platz. Im Hintergrund erfüllte das laute Rauschen vorbeifahrender Fahrzeuge die Luft, während einige Vögel melodisch zwitscherten. Das fröhliche Lachen von Kindern drang aus der Ferne zu ihnen herüber. Nur wenige Menschen flanierten durch diese grüne Oase mitten in der Stadt.

Einige saßen mit einem Buch auf den harten Steinen des Brunnens oder der Bänke, vertieft in ihre Lektüre.

Bianchi schaute freundlich lächelnd geradeaus und mied es, Alex anzusehen. »Sie wundern sich bestimmt über meine Bitte um dieses Treffen. Noch dazu so heimlich.«

Alex drehte sich ihm zu. Bianchis Stimme klang angenehm einnehmend. Er trug einen dunklen, feinen Anzug und einen knielangen schwarzen Wollmantel. Seine Schuhe glänzten in den spärlichen Sonnenstrahlen, die sich durch die Wolkendecke stehlen konnten. Was die angesprochene Heimlichkeit anging, so wunderte er sich nicht. Sie hatten gedungene Mörder am Hals, und da war es nicht angebracht, aufzufallen.

»Nun, ich erhoffe mir von Ihnen Informationen zu meinem aktuellen Fall«, gestand Alex.

»Und die sollen Sie auch erhalten. So, wie ich es sehe, sitzen wir im gleichen Boot.«

In welchem? Alex schwieg.

»Und … wir befinden uns auf hoher See.«

Alex liebte bildhafte Metaphern. »Ist es stürmisch?«

Bianchi lachte. Ihre Blicke trafen sich einige Sekunden, dann schaute er wieder geradeaus. »Um unser Rebus zu vervollständigen, würde ich folgende Bildchen hinzufügen: Faustgroße Hagelkörner prasseln vom Himmel. Unweit braut sich ein Orkan zusammen. Hinzu kommen im Horizont auftauchende Schiffe mit Kanonen, bereit, uns zu versenken, sollte es der Sturm nicht schaffen.«

»Klingt nicht gut! Aber die Worte, die Sie finden, helfen durchaus, zu verstehen, wo wir uns befinden.«

»Ja, ja, das war immer schon eine meiner herausragenden Fähigkeiten: lebhafte Situationsbeschreibungen.« Er lachte.

»Schön zu wissen. Aber Sie wollten sich sicherlich nicht mit mir treffen, um mich von Ihren Talenten zu überzeugen.«

»Nein, natürlich nicht. Ich muss gestehen, dass ich mich in einer prekären Lage befinde, weil ich zu neugierig wurde. Aber das Rad der Zeit lässt sich nicht zurückdrehen. Ich habe meine Nase …« Er tippte mit dem Zeigefinger auf die Nasenspitze. »in Dinge gesteckt, die geheim sind. Naja, oder zumindest waren. In Rom habe ich einen sehr engen Freund, der ebenfalls in diese Angelegenheit eingeweiht ist. Er riet mir, das Geheime zu bewahren und die Finger davon zu lassen, aber dafür ist es nun zu spät. Ich hoffe sehr, dass sein Leben nicht in Gefahr ist.« Er legte die Hände flach aneinander wie zum Gebet und hob sie kurz gen Himmel. »Um mich abzusichern, habe ich einiges kopiert und Notizen gemacht. Dieser Rettungsring liegt in einem Schließfach. Der Schlüssel dazu befindet sich immer in meiner Nähe.« Er schlug sich mit der flachen Hand auf die Brust. Seine Miene verzog sich zu einer Grimasse. »Ich habe wirklich alle Vorsicht aufgebracht, um nicht aufzufallen. Dennoch wurden meine Nachforschungen aufgedeckt.« Er presste die Lippen aneinander, fuhr mit der Hand über das Gesicht und schnaufte laut aus.

Alex hörte zu und schaute sich immer wieder um. Er entdeckte nichts Verdächtiges, und doch spürte er einen warnenden Druck in der Magengegend. Ein siebter Sinn, den man sich zum Schutz vor Gefahren im Laufe des Lebens anlegt. Es lag ihm auf der Zunge, den Pater zu drängen, aber er hielt sich zurück.

»Im Vatikan bin ich für Kunstwerke aller Art zuständig, müssen Sie wissen. Skulpturen, Gemälde, besondere Stickereien und noch einiges mehr. Und so habe ich auch das Recht, in dieser am besten behüteten Geschichtssammlung der Welt zu stöbern. Ein Privileg, das kaum jemand innehat.«

Komm endlich zur Sache. Alex tippelte nervös mit dem Finger an das Hosenbein. Er schaute sich um. Ein Auto hupte. Ein Bus blieb stehen, und Menschen stiegen aus und ein.

»Und vor etwa zwei Jahren fiel mir in der Bibliothek des Vatikans ein Dokument in die Hände, das mir äußerst seltsam erschien. Ich kopierte das Dokument und nahm es mit nach Hause. Ich studierte es, prüfte die Plausibilität der Aussagen, recherchierte weiter.« Er schaute Alex an.

Seine Augen waren rötlich gefärbt, als würde er zu weinen beginnen. Seine Schultern hingen schlaff herab. »Vor zehn Tagen entzog man mir das Recht, die Bibliothek zu besuchen. Ohne Kommentar.«

Ein Mann, dunkel gekleidet, kam von der Straße und betrat den Park. Alex' Blick löste sich vom Pater und heftete sich an den Fremden. Dieser schürzte die Lippen und pfiff eine Melodie. Sein Gang war locker. Nicht zielstrebig.

»Ach«, der Pater seufzte laut. »Wenn ich auch nur geahnt hätte, dass dies passieren würde, hätte ich das Dokument liegen lassen. Es nicht angeschaut.«

Der dunkel gekleidete Mann trottete in etwa zwanzig Metern Entfernung an ihnen vorüber. *Beeil dich, verdammt*, dachte Alex. Sein Magen verkrampfte sich.

»Sicherlich wollen Sie erfahren, was ich herausgefunden habe. Oder? Nun …«

Alex hörte nicht mehr zu. Die Stimme des Paters klang unwirklich fern. Die Zeit schien ihre Geschwindigkeit einer besonderen Situation anzupassen. Sie wurde langsamer. Der Fremde wandte den Kopf und blickte zu ihnen herüber. War es nur Neugierde oder Irritation, weil Alex *ihn* anstarrte?

Es war ein rundliches Gesicht mit einer Hakennase, mit der man hätte Bierflaschen öffnen können. Das Haar war schütter. Doch die Art, wie er sich bewegte, war geschmeidig und wirkte athletisch. Er trug eine plumpe, schwarzumrandete Brille.

»Hören Sie mir noch zu?« Der Pater schien Alex' Unaufmerksamkeit bemerkt zu haben.

Alex schwieg und konzentrierte sich.

Ohne das Tempo zu verringern, schlug der Passant den Mantel auf, zog ein Sturmgewehr hervor und zielte mit dem Lauf in deren Richtung. Einstudierte lässige Bewegungen.

»Herr Brandt?«

Aus dem Augenwinkel sah er, dass ihn der Pater fixierte. »In Deckung!« Alex' Stimme überschlug sich. Instinktiv ließ er sich von der Parkbank seitlich herunterfallen.

Schüsse donnerten.

Alex robbte auf allen Vieren. Würde er keine Deckung finden, wäre sein Leben keinen Pfifferling mehr wert. Sein Herz raste, und Schweiß stand ihm im Gesicht, als hätte man einen Kübel warmen Wassers über ihm geleert. Das Blut hämmerte ihm in den Schläfen. Schreie hallten durch den Park. Einige Projektile schlugen neben ihm ein. Alex fühlte den Tod die Sichel schwingen. Ein gewaltiger Sprung und er krachte mit der Schulter an eine Statue. Ein durchdringender Schmerz stach in seinen Arm. Ein Stein wurde ihm ins Gesicht geschleudert und ratschte seine Haut. Blut lief seine Wange herab. Mit letzter Kraft schaffte es Alex, in den Schutz der Statue zu gelangen, und kugelte sich dahinter ein wie eine Assel.

Ein letzter Schuss schlug irgendwo ein.

Im Hintergrund hörte er im lauten Rauschen vorbeifahrender Fahrzeuge einige Vögel zwitschern, die sich von dem kleinen Intermezzo nicht stören ließen. Das Kinderlachen war verstummt.

Alex hielt den Atem an und wartete. Ein hysterischer Schrei erschallte.

Alex stemmte sich auf die Knie und lugte hinter der Statue hervor. Der Fremde, der ihnen eindeutig nach dem Leben trachtete, schien vom Erdboden verschlungen. Herumsitzende Leser entdeckte er keine mehr, nur eine Frau, die in der Nähe stand und beide Hände vor den Mund hielt. Ihre Augen waren weit aufgerissen auf die Bank gerichtet, wo er mit Bianchi noch vor wenigen Sekunden gesessen hatte. Das Tempo der Zeit hatte sich wieder normalisiert.

Alex stand auf und lief geduckt zur Bank zurück. Der Pater lag auf dem Boden. Sein Kopf wies eine blutige klaffende Wunde auf. Ein Teil seines Hirns klebte am Holz.

Verdammt! Alex schaute sich gehetzt um, konnte den Mörder jedoch nicht entdecken. Behutsam drehte er den Körper des Paters auf den Rücken. Seine Augen starrten ihn stumpf an. *Manche Dinge sollte man nicht lesen.* Alex schloss dem Pater die Lider. Er durchsuchte die Taschen des Mantels und der Hose. Doch das Einzige, was er fand, waren ein Hotelzimmerschlüssel und ein verknittertes Couvert, das zugeklebt war.

Schlimmer konnte es kaum kommen. Die Quelle war versiegt. Alex wählte die Nummer der Polizei. »Mein Name ist Alexander Brandt, Kriminalkommissar. Ich wurde überfallen. Hier die Details: Park hinter dem Mannheimer Wasserturm. Ein Mann wurde erschossen. Der Täter konnte entkommen und ist untergetaucht. Um mich zu verstecken, werde ich ein Café aufsuchen. Ich melde mich, sobald ich in Sicherheit bin.« Er legte auf.

Alex schaute sich nochmals um, steckte alles ein, stand auf und eilte zur Straße. Er hob die Hand und rannte auf die andere Seite. Er hörte quietschende Reifen und aufgeregtes Hupen. Ohne zu halten oder sich nochmals umzusehen, eilte er in ein Café an der Ecke.

VIII

Alex zog sich an einen der abgelegenen Tische zurück und nahm Platz, den Rücken zur Wand gekehrt. Sein Atem ging keuchend. Einige neugierige Blicke der Gäste ruhten für einen flüchtigen Augenblick auf ihm, sie verloren jedoch schnell das Interesse und wandten sich wieder ihren belanglosen Gesprächen zu.

Nun fand er sich an dem Punkt wieder, an dem alles begonnen hatte, aber mit einem entscheidenden Unterschied: Er hatte einen Schlüssel und ein versiegeltes Couvert erbeutet, dessen Inhalt ihm noch verborgen war. Fragen über Fragen türmten sich in seinem Geist auf, doch er zwang sich zur Ruhe, während sich sein Puls langsam beruhigte.

Eine junge, bezaubernde Bedienung näherte sich ihm mit besorgtem Blick. Ihre Augen ruhten aufmerksam auf ihm, während sie eine Karte auf den Tisch legte. »Sie bluten«, bemerkte sie mitfühlend und fixierte seine Wange.

Alex nickte knapp und lächelte sie an. »Danke für Ihre Aufmerksamkeit. Ich bin wohl etwas unglücklich gestoßen worden. Könnten Sie mir bitte einen einfachen Kaffee bringen?«

Sie nickte verständnisvoll und verschwand eilig.

Bald würde die Polizei hier eintreffen und eine endlose Reihe von Befragungen durchführen. Doch Alex würde ausharren und keinen Zentimeter weichen. Hier, in diesem Café, war er sicherer als im Freien, wo noch immer der Fremde lauern konnte. Dort draußen wäre er nur eine leichte Beute.

Der Vatikan. Alex erinnerte sich an die letzten Worte des Paters. Hatte die Kirche tatsächlich ihre Finger im Spiel? Es erschien ihm nahezu undenkbar, dass sie eine Truppe von Auftragsmördern auf die Straßen schickte, um Menschen aus dem Weg zu räumen. Aber was, wenn doch? Sie hatten die Mittel, und ihr Netzwerk war gewaltig. Welches Motiv trieb sie an? Ein altes Kunstwerk? Kaum vorstellbar! Es musste etwas weitaus Bedeutenderes sein, etwas von ungeahnter Tragweite, das in den Schatten der Öffentlichkeit verborgen bleiben sollte.

Der Killer hatte eine futuristische Waffe in der Hand gehalten. Alex vermutete, dass es eine FN2000 war. Handlich klein, hohe Genauigkeit, aus Polymeren gefertigt. Es war keine Waffe, die man um die Ecke kaufen konnte.

Sirenengeheul näherte sich.

Alex wählte Klaus' Nummer, der zum Glück sofort abnahm.

»Herr Brandt? Ist alles in Ordnung? Ist der Pater aufgetaucht?«

»Um Ihre Fragen nacheinander zu beantworten: Ja – Nein – Ja! Nur leider wurde er vor meinen Augen erschossen. Bumm! Ich habe die Polizei informiert. Sobald sie da ist, wird man mich verhören. Ich denke, es ist das Beste, wenn Sie Johann davon unterrichten. Er muss mich aus deren Klauen befreien, damit wir weiterkommen. Wo sind Sie jetzt?«

»Wir sind noch in Heidelberg, wie Sie es gewollt haben. Aber wir machen uns auf den Weg nach Mannheim. Macht es Sinn, wenn wir uns dort treffen?«

Die Kellnerin kam und platzierte den dampfenden Kaffee auf dem Tisch. Ihr Blick verriet Skepsis, als sie ihn musterte. Alex hielt inne, wartete geduldig, bis sie sich wieder entfernt hatte.

»Ja. Ich sitze im Café Flo, direkt gegenüber dem Wasserturm. Versuchen Sie, hier zu sein, bevor ich ins Verhör muss. Ich hab' etwas Wichtiges für Sie.«

Alex legte auf.

Der verlockende Duft des Kaffees stieg ihm in die Nase und war das einzige angenehme Element in dieser bedrückenden Situation. Sein zitternder Griff umschloss den porzellanenen Henkel, während er seine Hand um die Tasse legte, um ein wenig Wärme in sich aufzunehmen. Es war ein flüchtiger Trost inmitten des drohenden Sturms, eine kurze Atempause, bevor die Realität mit voller Wucht auf ihn einprallen würde.

Von seinem Sitz aus hatte er den Eingang gut im Blick. Solange niemand hereinkam, war er sicher. Er nippte am Kaffee, stellte die Tasse wieder ab, griff in die Tasche und holte den Schlüssel und das Couvert des Paters hervor. Am Schlüssel hing ein Anhänger mit der Aufschrift *SIXT-Autovermietung*. Nachdenklich betrachtete er ihn. Womöglich hatte der Pater Dinge im Auto verstaut. Das herauszufinden, müsste er jedoch der örtlichen Polizei überlassen. Vielmehr interessierte er sich für den Umschlag. Er war abgegriffen und seitlich bereits eingerissen. Auf ihm befanden sich weder Notizen noch eine Adresse. Alex öffnete den Brief und entnahm einen flachen Schlüssel, an deren Ende eine Nummer eingeprägt stand: 204. Mehr war nicht enthalten.

Die ohrenbetäubenden Sirenen der Polizeifahrzeuge waren verstummt. Gewiss begannen die Kollegen die Umgebung abzuriegeln, und bald würden sie die grausige Leiche finden. Sobald die Kriminalpolizei am Tatort eintraf, würde diese das Heft in die Hand nehmen. Das ganze, unerbittliche Programm würde folgen: das Mordopfer inspizieren, auf Spurensuche gehen, akribisch jede Faser und jede Ecke durchforsten, intensive Verhöre von Zeugen, peinlich genaue Rekonstruktion des Tathergangs, eine penible Jagd nach der Wahrheit. Und inmitten dieses Strudels aus Ermittlungen würden sie *ihn* suchen wie ein Raubtier seine Beute.

Alex spürte die brennende Unruhe in seinem Inneren. Die Zeit rann ihm durch die Finger, während die Sekunden unaufhaltsam verstrichen. Jeder Moment, den er hier verharrte, war ein weiterer Schritt auf dem schmalen Grat zwischen Erfolg und Vernichtung.

Die Zeit wurde knapp.

IX

Nach dem beunruhigenden Gespräch mit Alex fuhren sie los. Thomas saß am Steuer, während Klaus unverzüglich Johann kontaktierte, der wiederum höchstwahrscheinlich die Bürgermeisterin informieren würde.

Die Motorgeräusche des Wagens vermischten sich mit der angespannten Stille im Inneren. Jeder Atemzug wurde zu einem Flüstern, das von unvorhersehbaren Wendungen kündete.

Klaus rutschte unruhig auf seinem Sitz hin und her. Alex' Worte hallten in seinen Ohren nach: *Versucht, hier zu sein, bevor ich ins Verhör muss. Ich hab' etwas Wichtiges für Euch.* »Können Sie ein wenig schneller fahren?«

Thomas schaute kurz zu Klaus und schmunzelte gehässig. »Dachte, Sie wollten es lieber langsam und sachte.«

»Ist eine Ausnahme. Kennen Sie sich in Mannheim aus?«

»Nein«, gestand Thomas.

Klaus hatte noch die lebendigen Bilder vor Augen, als sie Kriminalobermeister Steger um ein Auto gebeten hatten und dieser sie mit weit aufgerissenem Mund lauthals auslachte. Es war ein Genuss gewesen, zu sehen, wie ihm das Lachen im Hals stecken blieb, als Frau Kolzic hinzukam und ihnen wortlos Schlüssel und Papiere aushändigte. Ja, Frau Rohns Netzwerke funktionierten.

»Es ist leicht zu finden. Fahren Sie einfach in die Stadt rein. Wir stoßen automatisch auf den Wasserturm. Auf der rechten Seite befindet sich ein Café, und dort wartet Herr Brandt auf uns.«

»Lebt er *immer* noch?«, witzelte Thomas.

Klaus bedachte ihn mit einem tadelnden Blick, erwiderte aber nichts. Er faltete die Hände und setzte die aneinandergelegten Zeigefinger an die Kinnspitze. Er musste nachdenken. Zwei Morde in so kurzer Zeit waren außergewöhnlich.

Die Dinge liefen nicht rund. Jemand, der über die nötigen Mittel verfügte, wollte, dass eine vage Spur im Keim erkaltete. Wer aber mit dieser Geschwindigkeit und mit solch brachialer Gewalt zuschlagen konnte, war kein *Niemand*, kein unbedeutender Krimineller oder Trittbrettfahrer. Die Gefahr, in der sie sich befanden, war akut und besorgniserregend. Was also hatten sie übersehen? Die bisherigen Ermittlungen in Frankfurt deuteten in keiner Weise auf eine Organisaton, die so handeln würde. Im Gegenteil, anfangs hatte er eher an ein unbedachtes Untertauchen junger Menschen geglaubt. Eine unglückliche Verkettung nicht übermittelter Nachrichten. Es war durchaus möglich erschienen, dass sich alles in Wohlgefallen auflösen könnte. Liana Rohn würde sich plötzlich melden und irgendeinen mehr oder weniger plausiblen Grund offenbaren.

Doch so war es nicht.

»Darf ich Sie etwas fragen?«

Klaus wurde aus seinen Gedanken gerissen. Er löste seine verknoteten Finger und legte die Hände ordentlich auf den Schoß.

»Natürlich«, kam es unbedacht schnell über seine Lippen, was er im selben Augenblick bereute.

»Warum wollen Sie mich nicht duzen? Eine Kommunikation läuft doch mit einer gewissen Nähe viel runder.«

»Ich stehe auf dem Standpunkt, dass Vertraulichkeiten jedweder Art im beruflichen Alltag keinen Platz haben. Und ich teile nicht Ihre Meinung, dass Nähe, und sei sie auch nur sprachlicher Natur, etwas *runder* laufen lassen könnte. Im Gegenteil. Respekt voreinander, konzentrierte Arbeit und eine nicht ablenkende Distanz erst führen in einem Team zum Erfolg.« Den Gedanken *Team*, wollte er nicht weiter ausführen, da er es gewohnt war, Fälle allein zu lösen. Diese Eigenschaft teilte er mit Alex. Es war also eine Gemeinsamkeit, die sie nicht zusammenführte, sondern jeden in seiner Ecke stehen ließ.

Thomas brummte und nickte. »Noch eine Frage.«

Klaus verdrehte die Augen. Er schaute zu Thomas, vermied diesmal jedoch zuzustimmen. Ein »natürlich«, würde ihm nicht mehr so schnell über die Lippen kommen.

»Haben Sie diese Phobien schon ihr ganzes Leben? Also von Geburt an?«

Klaus' Augenbrauen erhoben sich in Verwunderung. Eine abweisende Antwort lag ihm auf der Zunge, bereit, ausgesprochen zu werden. Ein kalter, distanzierter Satz wie »Das geht Sie nichts an« schien die angemessene Reaktion. Doch sein Blick wanderte unwillkürlich zum Seitenfenster, das die vorbeirauschende Landschaft enthüllte, und verlor sich in ihr.

In diesem Moment wurden ungewollt Bilder in Klaus wachgerufen. Die frühe Kindheit lag verschleiert vor ihm wie ein vergessenes Mysterium. Vieles verblasste im Laufe der Zeit, manches geriet in Vergessenheit, und sogar die Erinnerungen waren nicht vor der Korruption des Gehirns geschützt. Nicht alles, was er glaubte, erlebt zu haben, war tatsächlich so gewesen. Der Geist konnte einen narrischen Tanz aufführen. Doch *ein* Erlebnis hatte seine gesunde, unbefangene und glückliche Entwicklung nachhaltig gestört.

Klaus drehte seine Hände um und betrachtete die Handflächen, als könnten sie ihm die ganze Wahrheit offenbaren. Vielleicht war dort alles niedergeschrieben, seine Geschichte und seine Geheimnisse. Sein Atem beschleunigte sich in einem nervösen Rhythmus. Die Finger begannen leicht zu vibrieren. Er musste sich beruhigen, die Kontrolle zurückgewinnen und das, was plötzlich wieder hochstieg, versuchen zu verdrängen. Doch es war zu spät. Die Bilder, die er am liebsten aus seinem Gedächtnis verbannt hätte, quälten ihn weiterhin. Denn es waren genau solche schmerzhaften Erlebnisse, die einen Menschen ein Leben lang verfolgen konnten.

Er war damals nur neun Jahre alt gewesen. Ein Einzelkind, umsorgt und geliebt von seinen Eltern, so wie es jedem Kind zuteilwerden sollte. Ein Lächeln stahl sich auf seine Lippen, als er sich an seine erste Liebe erinnerte: Shirley Temple. Ein Kinderstar in Schwarz-Weiß-Filmen, die er als kleiner Junge so gern beschützt hätte. Ja, sein junges Herz hatte für sie geschlagen.

Doch die Schwere legte sich wieder über Klaus' Gesicht, und tiefe Falten bildeten sich auf seiner Stirn. Seine Hände begannen heftiger zu zittern, und er verstaute sie schnell in den Hosentaschen, während sein Blick erneut zum Seitenfenster wanderte.

Sie waren auf einem Urlaubstrip, eine Fahrt durch die majestätischen Berge Österreichs. Als Kind hatte er das Wandern oft als langweilig empfunden, doch Urlaube am Meer waren für seine Familie zu kostspielig, also war nur das Laufen als Alternative geblieben. Klaus nickte stumm, denn er erinnerte sich daran, wie er als kleiner Junge immer auf der Rücksitzbank des Autos gesessen hatte. Sein Vater fuhr, während seine Mutter die Karte auf dem Schoß hielt. Damals besaßen sie einen hellgrünen Audi 80, der ganze Stolz seines Vaters. Immer sauber poliert und strahlend. Mit diesem Auto erkundeten sie die Ferne. Vater und Mutter rauchten, und er kurbelte das Fenster herunter, um nicht zu ersticken. So war es damals eben gewesen, nicht wie heute, wo jeder in Windeseile von einem Flughafen aus in alle Welt reisen konnte.

Sie waren auf dem Rückweg von einem Ausflug gewesen, als das Schicksal plötzlich zuschlug. Das Fahrzeug geriet von der Straße ab. Mutter schrie schrill auf, und der Wagen begann den Hang hinunterzurollen. Endlos schien der Sturz, Überschläge und Zusammenstöße mit Bäumen, die wie zerbrechliche Zahnstocher knickten und alles mitrissen, was ihnen in den Weg kam. Damals gab es zwar Sicherheitsgurte, aber sie wurden nie angelegt. Klaus prallte während des Sturzes mit dem Kopf gegen die Seitenscheibe und verlor das Bewusstsein.

Eine einzige, winzige Sekunde der Unaufmerksamkeit hatte sein Leben für immer verändert. Die Windschutzscheibe zersprang, und eine Scherbe durchtrennte die Hauptschlagader seines Vaters. Ein dicker Ast bohrte sich in Mutters Brustkorb. Er selbst war eingeklemmt und konnte sich nicht bewegen. Als er schließlich wieder zu Bewusstsein kam, vernahm er gelegentlich ein leises, röchelndes Geräusch, das von seiner Mutter ausging.

Tränen stiegen in Klaus' Augen, sein Magen verkrampfte sich, und seine Hände zitterten heftig. *Beruhige dich*, dachte er verzweifelt. Doch seine inneren Wogen ließen sich nicht glätten.

Zwei Tage lang lag er wie eine eingequetschte Sardine in einem zerdrückten Blechdosenwrack. Sein Bein war gebrochen, von Schnittwunden übersät, und es gab weder Wasser noch irgendetwas anderes. Irgendwann hörte Mutter auf zu röcheln, ihr Kopf neigte sich zur Seite. Aus Vaters Wunde floss kein Blut mehr. Und plötzlich war Klaus allein gewesen.

Es war ein Teil seines Lebens, wenn auch ein dramatisch prägender. »Herr Horn, das geht Sie nichts an.«, sagte er dann doch.

»Passen Sie auf, bei dem Planetarium da vorn steht rechts ein Blitzer.«

Thomas grinste breit und zwinkerte Klaus zu. »Das Auto gehört doch nicht uns. Das muss dann die Mannheimer Polizei mit den Kollegen aus Heidelberg klären.«

Klaus erübrigte sich einen Kommentar.

Als sie beim Café ankamen, fanden sie keinen Parkplatz, und Thomas hielt vor den geparkten Fahrzeugen auf der Straße.

»Bleiben Sie hier, ich gehe rein.« Klaus stieg aus, zog den Mantelkragen hoch und betrat den Gastraum. Es war nicht schwer, Alex auszumachen. Er musste nur nach dem größten Häufchen Elend suchen.

»Setzen Sie sich. Ich habe der Polizeidienststelle soeben mitgeteilt, wo sie mich finden. Wir haben also nur wenige Minuten.« Alex schob einen Stuhl mit dem Fuß zurecht, und Klaus nahm Platz.

»War echt eine Scheiße, das dürfen Sie mir glauben. Der Ablauf hätte aus den Schmieden Hollywoods stammen können. Am helllichten Tag schlendert ein Killer durch den Park, zieht eine Waffe und ballert drauflos. Wenn ich es nicht besser wüsste, würde ich auf die Mafia tippen, aber die Tage von Al Capone sind vorbei.« Es lag Ratlosigkeit in Alex' Stimme. Sie klang leise, gepresst und unsicher.

»Dann stehen wir wohl noch am Anfang.«

»Nicht ganz. Bevor der Pater zu höheren Aufgaben abberufen wurde …«, Alex nickte zur Decke empor, »vertraute er mir an, dass er eine Art Notversicherung irgendwo deponiert hat. Ich nahm mir die Freiheit, ihn nach seinem abrupten Ableben zu durchsuchen, und fand ein Couvert und einen Autoschlüssel. Für den Wagen bleibt uns keine Zeit. Ich werde ihn der Polizei übergeben. Doch das Couvert könnte uns weiterhelfen. Es enthält einen Schließfachschlüssel mit den Buchstaben DB.« Alex reichte ihm den Schlüssel unter dem Tisch. »Hier, nehmen Sie.«

Klaus zögerte, aber Alex ließ nicht locker. »Verdammt, wir haben jetzt keine Zeit für solche Spielchen.«

Klaus verzog sein Gesicht zu einer Grimasse. Widerwille stieg auf. Aber er tat wie ihm geheißen und nahm ihn entgegen.

»Sie denken, die Deutsche Bahn?«

»Möglich. Bahn oder Bank. Keine Ahnung. Unsere *Gegner*, wer auch immer sie sind, wissen offensichtlich alles über uns und sind uns stets einen Schritt voraus. Auf das Leben unseres vermissten Kükens würde ich also keinen Cent wetten. Es sieht echt scheiße aus.«

Klaus rümpfte die Nase. Immer diese Schimpfworte. In dieser Hinsicht ähnelten sich Thomas und Alex in unangenehmer Weise.

»Um es auf den Punkt zu bringen, Herr Marsalek, ab jetzt geht es nicht mehr nur um die verschwundenen Jugendlichen, sondern um unser erbärmliches Leben. Einer wird uns an die Wand nageln: unsere geliebte Bürgermeisterin, wenn sie erfährt, dass ihr kleines Herzchen womöglich das Zeitliche gesegnet hat, Johann, der uns dafür hassen wird oder unsere neuen Freunde, die gut bewaffnet herumtollen.«

Klaus setzte sich in die Lehne zurück, steckte den Schlüssel ein und rieb die Handflächen am Hosenbein. Alex hatte recht, es war eine vertrackte Situation. Eine geordnete Ermittlung zu führen, war nicht mehr möglich. Sie mussten versuchen, ihren Rückstand an Wissen auszugleichen.

Alex' Blick wanderte zum Schaufenster. »Beeilen Sie sich. Finden Sie heraus, was uns unser Pater hinterlassen hat!«

In diesem Augenblick betraten zwei Polizisten das Café. Alex stand auf, zog seine Dienstmarke und ließ Klaus zurück.

X

Unruhe quälte seine alten Knochen bereits seit vielen Jahren. Ein Restless-Legs-Syndrom hatte man ihm diagnostiziert. Nichts, das einen tötet, aber etwas besonders Lästiges. Nacht für Nacht kribbelten die Waden, als würden Tausende Ameisen geschäftig auf ihnen herumwandern. Sie raubten ihm den Schlaf und seine Kraft. Alkohol sollte er sein lassen, hatten ihm die Ärzte geraten, aber im Verbieten menschlicher Gelüste waren diese Quacksalber meisterhaft. Also hörte er nicht auf sie.

Er stand auf, beugte sich und rieb die Knie bis zu den Waden herab. Nach ein paar Runden im Schlafzimmer beruhigten sich seine Beine, und alles fühlte sich wieder normal an.

Es war erst zwei Uhr in der Früh. Eine gottlose Zeit aufzustehen, aber es blieb ihm nichts anderes übrig. Am Fenster blieb er stehen und blickte hinaus in die Dunkelheit der Nacht. Seine Finger spielten unentwegt mit den Kugeln eines Rosenkranzes. Eine Gewohnheit, die mit dem tiefen Sinn, die damit verknüpft war, nichts mehr gemein hatte.

Es war nicht einfach, wenn man Verantwortung zu tragen hatte. Besonders dann nicht, wenn die meisten um einen herum nicht verstanden, worum es ging. »Naive Kleingeister«, murmelte er. Sie alle waren unfähig, die Tragweite mancher Dinge zu erkennen. Sie glaubten doch tatsächlich, Probleme ließen sich aussitzen. Narren waren sie, allesamt!

Nur mit harter Hand und eisernem Willen konnte Gottes Werk vorangebracht werden.

»Schwäche«, zischte er zornig. Seine Hände ballten sich zu Fäusten, bis die Knöchel weiß hervortraten. Ja, Nachsicht, missverstandene Gutmütigkeit und Verständnis für alles und jeden, flossen wie ätzendes Gift in den Adern der Bischöfe und Kardinäle. Allesamt waren sie fettbäuchige, träge Nichtstuer, die hier im Vatikan große Reden schwangen und sich dem Genuss des Weines ergaben.

»Angst ist der Nährboden für hingebungsvollen Respekt und nicht Liebe.« Die Abschaffung der Todesstrafe 1966 unter Papst Paul VI war ein Fehler gewesen, den Papst Franziskus sogar verschärfte, indem er die lebenslange Haftstrafe beendete. »Narren, gottverfluchte Narren.«

Es klopfte an der Tür, und er zuckte zusammen. Sein Herz schlug höher, da er genau wusste, wer ihn um diese Zeit besuchen würde.

»Tretet ein«, rief er über die Schulter, ohne sich umzudrehen.

Die Tür öffnete sich. Er hörte ein dezentes Hüsteln.

»Monsignore Chrisinto, ich hoffe, ich störe nicht.« Es war die vertraute Stimme seiner rechten Hand, dem Mann fürs Grobe. Hörig und gierig nach Geld.

»Ich hatte Euch erwartet, wie könntet Ihr mich dann stören?« Mit Ärger in der Stimme brachte er zum Ausdruck, dass ihm Geplänkel zuwider war. »Nun?« Er drehte sich um und fixierte den Gast mit eisernem Blick, während sich sein Gesicht in Falten legte. Er ächzte. Sein Rückgrat von Rheuma gebogen und sein dünner, abgemagerte Körper schmerzten. Doch noch immer brodelte in ihm die Stärke seines Willens, die seinen bohrenden, graublauen Augen die gebieterische Kraft seiner Jugend verliehen. Die buschigen Brauen beugten sich hoch und verliehen seinem Blick noch mehr Tiefe.

»Pater Bianchi ist leider verstorben, Monsignore. Ein tragischer Unfall ereilte ihn in Deutschland.«

»Gott sei ihm gnädig.« Chrisinto setzte die ausgestreckten Finger der rechten Hand an die Stirn, danach die Brust, linke und rechte Schulter. »Im Namen des Vaters und des Sohnes und des Heiligen Geistes. Amen.« Statt Mitgefühl schwang Spott in seinen Worten. »Eine traurige Nachricht. Er war ein Kind Gottes, wie wir alle. Kam noch jemand zu Schaden?«

Der Gast senkte den Blick zu Boden. »Nein, Monsignore, es –«

»Schweigt!«, donnerte Chrisinto. Seine Mundwinkel fielen ab, und er hob sein Kinn herausfordernd. »Geht! Wagt nicht noch einmal, mit schlechten Nachrichten vorzusprechen. Gottes Wille muss *ganz* umgesetzt werden. Nicht viertel oder halb.«

»Si, Monsignore. Ich kümmere mich darum.«

Kapitel 5

Das Tor

I

Klaus schaute Alex nach, wie er mit zwei Beamten aus dem Café verschwand. Er wusste, dass er sich um ihn keine Sorgen machen musste. Klaus bezahlte, verließ das Café und stieg zu ins Auto. Thomas hatte gelernt. Eilig hatte er ihm die Seitentür geöffnet und hinter Klaus wieder zugeschlagen.

»Hab' gesehen, wie Alex zum Tatort im Park eskortiert wurde. Aber aus dem bringen sie nichts raus. Gibt es etwas Neues?«, wollte Thomas wissen.

»Vielleicht. Fahren Sie uns zum Bahnhof.«

Es war der verzweifelte Wunsch, an Wunder zu glauben, und bereits beim ersten Anlauf das Gesuchte zu finden. Aber Klaus wusste nur zu gut, dass Wunder etwas Launisches an sich hatten. In einer Welt voller Rationalität und nüchterner Vernunft schienen sie wie kostbare Juwelen in einem Meer aus Alltäglichkeit – funkelnde Sterne am Himmel der Banalität, die Hoffnung versprachen und die Fantasie beflügelten. Sie waren so rar wie ehrliche Politiker oder zuverlässige Wetterberichte. Und wenn doch einmal ein Wunder geschah, dann war es meist so seltsam und unvorhersehbar wie der Lauf eines betrunkenen Eichhörnchens.

Und doch … keine zwei Minuten später parkten sie in der Tiefgarage, fragten sich zu den Schließfächern durch und standen vor dem Fach mit der Nummer 204. Klaus schob den Schlüssel ins Schloss, und die Tür sprang auf.

»Bingo.« Thomas klatschte laut in die Hände. Einige Passanten drehten sich nach ihnen um.

»Pst.« Klaus schaute sich um, aber das kurze Interesse der Umstehenden hatte sich sofort wieder in Luft aufgelöst. Im Tresor befand sich ein schmales Bündel Akten, das mit einer groben Schnur zusammengebunden war. »Nehmen Sie die Papiere mit. Wir schauen uns alles im Wagen an.«

In der Tiefgarage war es dunkel. Thomas nahm sein Telefon und aktivierte eine Taschenlampen-App. Dann legte er alles auf die Armlehne zwischen ihnen. Auf dem Aktendeckel stand der Name des Paters, und darunter war mit feinem Filzstift ein Kreuz gemalt.

Klaus schaute zu Thomas auf und nickte ihm auffordernd zu.

Thomas entknotete die Schnur und öffnete die Akte. Sie bestand aus einigen zusammengehefteten Kopien, Fotographien und handschriftlichen Vermerken und Aufzeichnungen.

Thomas blätterte die Bilder durch. »Es sind langweilige Aufnahmen von Kunstwerken.« Er legte sie auf die Rückbank und nahm als nächstes die handschriftlichen Notizen zur Hand. »Oh, verstehen Sie Latein?«

»Ja. Natürlich.«

»So *natürlich* finde ich das nicht.« Thomas legte ihm die Blätter auf die Mittelkonsole, lehnte sich zurück, verschränkte die Arme und schloss die Augen.«

Klaus verstand. Nun war er an der Reihe. Er griff in die Tasche, zog Latexhandschuhe hervor, streifte sie über und begann zu lesen. Gelegentlich schaute er zu Thomas, doch der schien eingeschlafen zu sein. Sein Oberkörper hob und senkte sich rhythmisch. Ein gelegentliches Pfeifen untermauerte Klaus' These.

Auch gut. Er nahm ein Papiertaschentuch, entfaltete dieses auf dem Schoß und legte die erste Seite auf. Die Arbeit begann. Erst als er alles gelesen hatte, legte er den Stapel feinsäuberlich wieder auf die Mittelarmlehne zurück.

»Uff.« Es war verblüffend anders als gedacht.

II

Das Polizeipräsidium Mannheim lag nur wenige Minuten vom Tatort entfernt. Es stand an der Ecke einer vielbefahrenen Straße und machte einen düsteren, drohenden Eindruck. Alex zeigte sich kooperativ und auskunftsfreudig, was nicht bedeutete, dass er wirklich Informationen preisgab. Es war seine Ermittlung, und er wollte sich nicht von anderen in die Suppe spucken lassen. Nach gut einer Stunde durfte er gehen. Halleluja.

Alex verzichtete darauf, irgendwohin gefahren zu werden und verließ das Gebäude. An der nächsten Ecke machte er halt und wählte Thomas' Nummer. Es dauerte einige Zeit, bis sich dieser mit verschlafener Stimme meldete.

»Ja?« Thomas gähnte.

»Ich hoffe, du konntest wie ein Schäfchen schlummern.«

»Oh, nein. Das heißt ja.«

Typisch. »Wo seid ihr?«

»In der Tiefgarage vom Bahnhof. Wir haben das Schließfach gefunden, und Herr Marsalek hat die dort deponierten Unterlagen angeschaut.«

»Und?«

»Weiß nicht. Ich hab' –«

»Schon gut. Ich komme!«

Ein kühler Wind ließ Alex frösteln. Er zog die Schultern hoch. Immer wieder schaute er zurück, aber niemand verfolgte ihn. Wozu auch. Er hatte gesagt, was die Kollegen hören wollten, und das mit einer offenherzigen Freundlichkeit, dass es ihm dabei beinahe schlecht geworden war.

Alex klopfte nicht an, als er den BMW mit Thomas' unverwechselbaren Konterfei entdeckte, sondern riss die Tür auf, setzte sich auf den Rücksitz und knallte die Tür hinter sich zu. »Was gibt es Neues?«

Klaus drehte sich zu Alex. »Man hat Sie schnell wieder gehen lassen.«

»Fürs Erste, ja«, murmelte Thomas und verzog sein Gesicht zu einer Grimasse.

Alex nahm die Bilder auf dem Rücksitz und schaute sie nacheinander an. »War das alles?« Enttäuschung lag in seinem Gesicht.

»Nein, wir haben noch weitere Unterlagen gefunden, die jedoch in Latein geschrieben sind. Es war nicht einfach, alles zu verstehen», gestand Klaus.

»Sie können Latein? Respekt.« Alex nickte anerkennend.

»Danke. Nun, das, was die Studenten gefunden haben, könnte in der Tat höchst spektakulär sein. Sie begaben sich auf eine Art Schnitzeljagt der versteckten Hinweise, und sie haben die Puzzleteile, nach Plausibilität gewichtet, zusammengefügt.«

»Und was haben sie genau gefunden?«

»Dazu komme ich gleich. Aus den Aufzeichnungen lässt sich auch ersehen, mit wem wir es zu tun haben.« Klaus schürzte die Lippen, und seine Augenbrauen bogen sich vielsagend nach oben.

Dieser Ausdruck erinnerte Alex an die Miss Marple Serie mit Jane Rutherford, die dasselbe tat. »Die Kirche?«

Klaus nickte.

»Ich hatte es bereits befürchtet. Die Mafia wäre mir eindeutig lieber.« Alex ließ sich in den Sitz zurückfallen, und das Auto schaukelte kurz.

»Tja, Gottes Segen ist uns gewiss«, gab auch Thomas seinen Senf dazu.

Klaus legte seine Hände wie zu einem Gebet aneinander. »Erlauben Sie mir, eine kleine Geschichte zu erzählen, wie ich sie verstanden habe. Eine kleine Abfolge, die ich den Unterlagen entnehmen durfte.« Er legte die Fingerspitzen an die Nase, atmete einige Male tief durch und kippte sie um neunzig Grad, sodass sie auf Alex zeigten. »Rodin, ein begnadeter Künstler, erhält den Auftrag, ein besonderes Kunstwerk anzufertigen. Nichts Ungewöhnliches für ein herausragendes Talent. Aber er benötigte siebenunddreißig Jahre, um dem Auftraggeber das gewünschte Objekt auszuliefern. Dies ist schon eines zweiten Blickes würdig.« Klaus zwinkerte beiden zu. »In diesen, ich wiederhole, *siebenunddreißig* Jahren, entstand das weltbekannte Höllentor. So weit, so gut. Die Handspitzen wanderten zu Thomas, der sich automatisch gerade aufsetzte. »Aber es gab eine Vorversion des Tors. Eine Art Muster, an dem Rodin die Figuren in ihrer Zusammensetzung erst einmal exemplarisch sehen wollte. Ein akribischer Künstler eben. Dieses erste Modell, so entnehme ich den Notizen, war eher schlicht gestaltet und die Figuren nicht so facettenreich ausgearbeitet. Und nun wird es interessant.« Klaus legte eine kurze Pause ein. Die Spannung stieg.

Klaus' Hände machten abermals einen Schwenk, und die Spitzen der Finger zeigten wieder auf Alex. »Dieses Kunstwerk unterschied sich von einem gewöhnlichen Objekt. Es hatte – angeblich – eine gewisse Eigendynamik entwickelt. Grob zusammengefasst. Es begann damit, dass laut den Aussagen Rodins, einer seiner Schüler *spurlos* verschwand. Sie verstehen meine Akzentuierung?«

Stille. Noch konnte Alex mit der Aussage nichts anfangen, aber er wurde hellhörig.

»Rodin behauptete, das Antlitz eben dieses Schülers am Morgen nach dessen Verschwinden auf dem Tor wiedergefunden zu haben. Und zwar in einer Perfektion, die ihn wohl in Mark und Bein getroffen zu haben schien. Also nicht ganz so *spurlos*. Vollkommen verängstigt durch diesen Vorfall, verbannte er sein erstes Werk in eine dunkle Kammer.«

»Hokus Pokus Fidibus, und weg war es.« Thomas stützte seine Hand auf das Lenkrad und traf aus Versehen die Hupe. Es schallte ein lautes Trööööt durch die Tiefgarage. Alle drei erschraken. »Entschuldigung, war keine Absicht.«

»Nun denn. Ja, es war weg, und doch auch wieder nicht. Es war ja existent, nur wusste niemand davon, außer eben Rodin selbst und womöglich einige seiner Schüler. Rodin erschaffte danach das bekannte und ausgelieferte Höllentor neu.«

Alex rieb sich das Kinn. »Es könnte sich um einen normalen Schabernack handeln. Womöglich hatte sich sein Schüler einfach nur geärgert, immer der dumme Student zu sein. Eines Nachts hat er dann sein Bildnis eingearbeitet und hat sich aus dem Staub gemacht. Wäre doch durchaus plausibel, oder?«

»Möglich. Sollte man den Aufzeichnungen jedoch Glauben schenken, war dieses Abbild so fein bearbeitet, dass es kaum in so kurzer Zeit hätte entstehen können. Aber wer weiß.« Klaus nahm die Hände auseinander und legte sie in seinen Schoß zurück. »In den letzten Jahren seines Lebens kam dieses originäre Kunstwerk wieder zum Vorschein. Rodin war den Unterlagen nach nicht begeistert davon, es aus der Kammer der Versenkung hervorzuholen, ließ sich jedoch von seiner damaligen Lebensgefährtin Rose Beuret dazu überreden. Es sollte zumindest seinen vielen Anhängern als Studienobjekt zur Verfügung gestellt werden. Raten Sie einmal, was dann geschah.«

»Ich bin nicht zu Ratespielen aufgelegt.« Thomas gähnte, ohne die Hand vor den Mund zu heben.

»Thomas, hat man dir keine Manieren beigebracht? Ist dir bewusst, dass dein Speichelstrahl aus deinem Maul rausspritzt, wenn du es dabei nicht abdeckst?«

Thomas tat so, als habe er nichts gehört, und Klaus rümpfte angewidert die Nase.

»Aber ich muss Thomas recht geben, erzählen Sie einfach weiter.«

»Nun gut. Diesmal verschwand einer seiner Gönner, der das Tor unbedingt sehen wollte. Und was denken Sie, was … ach ja, schon gut. Nun, auch das Gesicht dieses Mäzens fand sich danach auf dem Tor. Fein säuberlich eingearbeitet.«

»Ups, darüber dürfte sich Rodin nicht gefreut haben.«

»Vermutlich nicht. Zutiefst beängstigt, so stand es in den Papieren geschrieben, beichtete er diese Vorfälle dem Erzbischof Léon-Adolphe Amette.«

»Mir würde bestimmt kein Erzbischof eine Beichte abnehmen.« Thomas gähnte abermals, verdeckte diesmal jedoch den Mund.

Klaus schaute ihn nur verständnislos an, schüttelte dann den Kopf und fuhr fort. »Einer handschriftlichen Randnotiz ist zu entnehmen, dass Rodin dem Erzbischof etwas von der Entstehungsgeschichte des Kunstwerks berichtet hatte, das diesen so in Aufruhr versetzt haben soll, dass er sich direkt nach der Beichte mit dem Papst Benedikt XV. in Verbindung gesetzt hatte, um ihn davon in Kenntnis zu setzen. Und genau ab diesem Zeitpunkt tut sich ein nebulöser Graben auf. In derselben Woche wurde das Tor abgeholt. Von wem, wurde aus dem Bericht ausradiert. Rodin selbst behauptete noch kurz vor seinem Tod, dass das Tor ›im Namen Gottes und durch dessen Diener‹ in sichere Verwahrung genommen wurde.«

Alex brummte und rieb sich die Augen.

In tiefen Gedanken versunken, verlor er jegliche Wahrnehmung für seine Umgebung. Weder registrierte er das geschäftige Kommen und Gehen in der Tiefgarage, das Klappen der Türen, das muntere Geplapper der Menschen noch das Grollen der Motoren. Sein ganzes Sinnen war auf den Fall fokussiert, der sie immer tiefer in die Gefahr trieb. Die Puzzleteile fügten sich langsam zusammen, und dennoch blieb etwas übrig, das jeglicher Plausibilität zu trotzen schien. Er nahm die Fotografien, die auf dem Rücksitz lagen, erneut zur Hand und betrachtete jede einzelne mit äußerster Sorgfalt. Auf einigen waren belanglose Notizen vermerkt, die er hastig überflog. Bis auf eine einzige Nummer, die seine Aufmerksamkeit magisch anzog, fand er nichts Brauchbares.

»Verdammt«, fluchte er mit leiser Stimme. »Liebend gern würde ich glauben, dass einfach nur eine spannende Geschichte aufgebauscht wurde. Ein Mythos. Verschwörungsfanatiker lieben so dumme Geschichten. Ein Überfall und zwei Tode jedoch, wobei es auch mehr sein können, nun …« Den Rest des Satzes verschluckte er.

»Ich schließe mich Ihren Bedenken an. Es steckt eine klare Botschaft hinter dieser Angelegenheit, und die müssen wir erst einmal so akzeptieren. Im Übrigen: Noch im selben Jahr heiratete Rodin seine langjährige Lebensgefährtin. Seltsamerweise verstarb sie kurz danach an einer angeblichen Lungenentzündung, und kurz darauf folgte auch er ihr ins Grab. Der Erzbischof starb drei Jahre später, und der Papst folgte ihnen nach zwei weiteren Jahren. Seltsam, oder?«

»Wenn ihr mich fragt …«, begann Thomas.

Alex lag auf der Zunge, dass ihn niemand fragen würde, doch diesmal hatte er sie schnell genug im Zaum und schwieg gedudig.

»… glaube ich, dass an der Sache etwas dran ist. Irgendwo in der Organisation *Kirche* sitzt jemand, der ein böses Spiel treibt, und bereit ist, über Leichen zu gehen. Das macht man nicht für Nichtigkeiten. Um was auch immer es geht, es muss wertvoll sein und es muss irgendwie mit dem Tor zusammenhängen. Fazit: Wir müssen das Tor finden!«

Alex blickte Thomas überrascht an. Was er sagte, hatte erstaunlicherweise Hand und Fuß. Es gab also doch Hoffnung für ihn.

»Er hat recht«, konstatierte Alex an Klaus gerichtet. »Ich glaube nicht, dass sich Rodin ein Denkmal mit Mystizismus schaffen wollte. Davon abgesehen sind Abbilder auf Stein oder mit Gibs moduliert, nicht absolut deutlich. Sie lassen einen Interpretationsspielraum. Sicher ist, wenn man den Aufzeichnungen Glauben schenken darf, dass die Kirche ihre Hände im Spiel hat. *Im Namen Gottes und durch seine Diener*, klingt eindeutig danach. Sie wollte das Tor entweder in Sicherheit wissen oder es beseitigen. Warum? Das wissen wir noch nicht.«

Alex schaute zu Thomas, dessen Aufmerksamkeit jedoch wieder abgelenkt war, da er etwas in der Tiefgarage beobachtete. Typisch. »Er hat die Aufmerksamkeitsspanne einer Eintagsfliege«, brummelte er.

Thomas schnalzte mit der Zunge. »Interessant. Wenn man vom Teufel spricht, dann kommt er auch schon.«

Verdutzt folgten sie Thomas' Blickrichtung. Ein weißer Audi A4 parkte nur zwei Reihen weiter. Zwei Personen saßen im Wagen. Ein Mann stieg aus. Sein Gesicht konnte Alex nicht erkennen.

»Was ist los, Thomas?«

»Ach, vielleicht hat es ja nichts zu bedeuten. Das Fahrzeug kommt aus Italien mit römischem Kennzeichen RM. Da wir die Kirche im Verdacht haben, passt das mit dem Vatikan verdammt gut zusammen. Und der befindet sich in –«

»Verstehe!«, unterbrach ihn Alex.

Die drei Männer starrten gebannt auf das fremde Auto, das unscheinbar und arglos dastand. Der Mann wirkte schlaksig, seine Bewegungen waren geschmeidig, doch sie verrieten eine gewisse Instabilität. Bei jedem Schritt schwankten seine Schultern von einer Seite zur anderen, als tanzten sie zu einer verborgenen Melodie. Plötzlich erklang ein hallendes Piep Piep, und der Kofferraum des Fahrzeugs sprang auf.

Aus der linken Richtung näherte sich ein Vater, Hand in Hand mit seinem Kind. Sie unterhielten sich angeregt miteinander.

Aus der linken Richtung näherte sich ein Vater, Hand in Hand mit seinem Kind, und sie unterhielten sich miteinander.

Der Fremde beugte sich über die Ladefläche seines Wagens, seine langen Arme führten geschickte Handgriffe aus oder suchten nach etwas.

Plötzlich rannte das Kind los, schrie vor Freude und befand sich direkt vor ihnen. Der Fremde vollführte eine Pirouette, als fehle nur noch die musikalische Begleitung.

»Schalte den Motor ein«, befahl Alex mit angespannter Stimme.

Thomas gehorchte sofort. Der Wagen sprang an, der Motor heulte auf, der Vater drehte sich in ihre Richtung, das Kind blieb stehen, und der Fremde zielte mit etwas auf sie. Thomas legte den Rückwärtsgang ein und trat aufs Gas. Ein ohrenbetäubendes Knallen erfüllte die Luft, und die Windschutzscheibe zerbarst. Klaus und Alex duckten sich reflexartig. Das Fahrzeug setzte sich in Bewegung und prallte gegen ein weiteres, das hinter ihnen geparkt war, doch Thomas hielt das Gaspedal durchgedrückt. Geschosse bohrten sich in die Kühlerhaube. Thomas riss das Lenkrad herum, schaltete schnell in den Vorwärtsgang und das Auto schoss in Richtung Ausgang.

Alex blickte durch das Heckfenster. Das Kind lag blutüberströmt am Boden. »Schweine!«, schrie er zornig.

Der Wagen raste auf eine Schranke zu und zertrümmerte sie, während die Überreste gegen die Mauer krachten. Weitere Kugeln trafen den Kofferraum, und ein Projektil durchschlug die Heckscheibe. Sie rasten die Rampe hinauf und erreichten die Straße, die zum Wasserturm führte.

Sie waren dem Tod nur knapp entkommen.

»Verdammt, verdammt, verdammt!«, fluchte Alex unbeherrscht und schlug mit der Faust auf den Rücksitz. »Was zum Teufel war das?«

Auf dem Parkplatz neben dem Wasserturm standen immer noch die Polizisten und Ermittler aus Mannheim. Klaus deutete auf die Kollegen. »Halten Sie dort. Herr Brandt, es wäre gut, wenn Sie den Herren von dem Vorfall in der Tiefgarage berichten könnten.«, sagte er ruhig und souverän. »Ich rufe derweil im Krankenhaus an und fordere einen Krankenwagen zum Bahnhof, da Unbeteiligte zu Schaden gekommen sind.«

III

Johann Spohl legte den Hörer auf. Er hatte eine raue Natur, war einiges gewohnt und hatte die Haut eines Elefanten. Doch zum ersten Mal seit seiner Dienstzeit hatte er den Eindruck, von einer Dampfwalze überrollt worden zu sein. Sprachlos lehnte er sich auf seinem Stuhl zurück.

Es klopfte an der Tür. »Jetzt nicht!«, donnerte Johann. Schritte entfernten sich wieder. Umständlich stand er auf, schlurfte matt zum Fenster und schaute zum Himmel empor. *Was um Himmels Willen hat das zu bedeuten?* Er runzelte enttäuscht die

Stirn. »Ich bin zu alt für so einen Dreck.« Eine Erkenntnis, die er aushauchte, und die Scheibe beschlug.

Johann erinnerte sich noch an jedes einzelne Wort seiner Frau, bevor sie ihn verlassen hatte: »Wenn du glaubst, dass du in diesem Laden irgendetwas gedankt bekommst, dann hast du dich geschnitten. Du lebst mit deinem Job und nicht mit mir. So habe ich mir mein Leben nicht vorgestellt«.

Das war vor sieben Jahren gewesen.

Dank hatte er nicht erwartet, aber ein wenig mehr Respekt schon. Tag für Tag, Monat für Monat, Jahr für Jahr, hielt er seinen Kopf hin, um den Rücken seiner Kollegen freizuhalten, und die Verbrecher von der Straße wegzuholen. Und für was? Dafür, dass ihn sein Vorgesetzter anrief und ihm drohte?

Johann holte tief Luft, hielt sie und ließ sie dann langsam entweichen. Es kostete ihn Kraft, sich zusammenzureißen und zurück an den Schreibtisch zu gehen.

Er nahm den Hörer und wählte die Nummer seiner Sekretärin.

»Herr Spohl?«

»Gib mir die Bürgermeisterin ans Telefon.« Er legte auf, ohne noch etwas zu ergänzen. Normalerweise konnte es Stunden dauern, bis sie sich zurückmeldete, besonders dann, wenn sie ahnte – die Buschtrommeln, selbst in einer Stadt wie Frankfurt, waren schneller als eine Rakete von Elon Musk –, dass er um mehr finanzielle Mittel aus der geschröpften Stadtkasse bitten würde.

Doch diesmal ging es schnell. Keine zwei Minuten später klingelte das Telefon. Johann setzte an zu Schmunzeln, aber durch die schwere des Themas, blieben die Gesichtszüge gefroren. Er nahm ab.

»Die Bürgermeisterin ist in der Leitung. Kann ich –«

»Ja, stell durch!«

Eine Fülle von Hintergrundgeräuschen dröhnte aus dem Hörer. »Gibt es etwas Neues in meinem Fall?«, rief sie laut.

»Ja und nein. Ihre Tochter konnten wir noch nicht finden, sind aber noch dran. Aber Herr Brandt und Herr Marsalek sind jemandem auf die Füße getreten, und der steht nun auf meinen Zehen.« Johann fletschte die Zähne. Er wartete, wie die Bürgermeisterin auf diese Nachricht reagieren würde.

»Bei Brandt wundert mich das ja nicht, Marsalek jedoch, hatte ich als taktvoll eingeschätzt. Was genau ist passiert? Und wer macht jetzt Krawall?«

»Ich bekam vor wenigen Minuten einen Anruf. Die Polizeipräsidentin höchstpersönlich hat sich bei mir gemeldet.«

»Oha.«

»Ja, oha. Sie war erbost. Und zwar so richtig!«

»Warum?«

»Ich weiß es nicht genau. Sie meinte, ich solle Marsalek und Brandt sofort nach Frankfurt zurückbeordern und von den aktuellen Ermittlungen abziehen.« Im Hintergrund hörte Johann den Namen der Bürgermeisterin rufen. Es war ein unangenehmes Stimmengewirr, das an eine Versammlung erinnerte. »Haben Sie mich verstanden?«

»Ich bin ja nicht taub! Natürlich habe ich alles verstanden. Ich muss nachdenken.«

Johann wartete.

»Hören Sie zu.« Ihre Stimme klang gefasst bis unterkühlt. »Ich kenne die Polizeipräsidentin. Sie ist integer. Der Wind muss woanders her wehen. Wenn sie reagiert, dann muss der Druck groß sein. Weiß sie, woran die beiden arbeiten?«

»Meines Wissens nein. Brandt und Marsalek haben jedoch einigen Staub aufgewirbelt.«

Abermals Stille. Johann wollte ihre Gedanken nicht unterbrechen. Dazu kannte er sie zu gut.

»Lassen Sie die beiden weiter ermitteln! Wenn es geht, diskreter.« Ein unterdrückter Lacher war zu hören. »Habe ich eben *diskreter* gesagt? Brandt kennt diesen Begriff nicht, aber egal. Ich kümmere mich um die Polizeipräsidentin.«

»Ich weiß nicht, ob das eine gute Idee ist. Vielleicht ist es doch besser, wenn wir –«

»Meine Tochter geht vor! Klar?«

»Okay«, antwortete Johann kleinlaut. »Bitte bedenken Sie, dass *ich* in der Schusslinie steh, wenn ich gegen diese Anweisung verstoße. Und halten Sie mir bitte den Rücken frei, wenn die Colts gezogen werden.«

Die Bürgermeisterin legte auf.

IV

Wie sollte man jemandem begreiflich machen, dass man an einem einzigen Tag dreimal von Unbekannten attackiert worden war? Selbst die überzeugendste Erzählung schien nur wie eine verdorbene Suppe, die man widerwillig herunterschluckte. Alex schilderte den Vorfall in der Tiefgarage des Mannheimer Bahnhofs in aller Detailtreue. Alle Augen waren auf ihn gerichtet, und in ihren Blicken spiegelte sich deutlich das Unverständnis wider. Die Anwesenden schienen ihm kaum Glauben zu schenken. Doch als er den zerschossenen und verbeulten Wagen der Heidelberger Polizei präsentierte, standen die Polizisten stumm und fassungslos da.

»Das gleicht beinahe einer Straßenschlacht à la Al Capone«, entfuhr es dem Ermittler aus Mannheim. Seine Worte klangen nicht spöttisch oder scherzhaft, sondern vielmehr wie die überraschte Erkenntnis eines erschreckten Mannes.

»Sie dürfen mir glauben, es bereitet mir keinerlei Vergnügen, in solche Schwierigkeiten verwickelt zu sein. Es grenzt an ein

Wunder, dass wir überhaupt noch am Leben sind«, betonte Alex und nickte in Richtung Klaus und Thomas. »Als der Fremde uns angriff, gab es keine andere Wahl, als zu fliehen. Wir waren unbewaffnet und konnten uns nicht verteidigen. Wir vermuten, dass mindestens eine Person angeschossen wurde: ein Kind. Mein Kollege, Herr Marsalek, hat bereits das Krankenhaus benachrichtigt.

Alex war sich bewusst, dass sie nun alle drei zum Polizeipräsidium gebracht und dort gründlich unter die Lupe genommen werden würden. Verzweifelt suchte er nach einem Ausweg, um dem zu entkommen, doch vergebens.

Erst als die Dunkelheit bereits hereingebrochen war, verließen sie erschöpft das Gebäude und traten hinaus in die frische Luft, die von Abgasen geschwängert war.

Alex atmete tief durch. »Das ist der Atem der Freiheit.«

Klaus hob die Nase.

Thomas klatschte sich auf die Schenkel und lachte.

Alex war es zum Heulen zumute, doch auch in sein Gesicht stahl sich ein breites Grinsen. Als er in der Irrenanstalt festgesessen, ihn die Presse gedemütigt und jeder auf ihm herumgetrampelt hatte, hatte er geglaubt, den Tiefpunkt seines Lebens erreicht zu haben. Doch er hatte sich tatsächlich geirrt.

Klaus beobachtete beide mit unverhohlener Ablehnung. »Herr Brandt, Herr Horn, worüber lachen Sie?«

»Ach herrje, zählen Sie doch einfach alles mal zusammen! Wir haben kein Auto mehr, weil es ein kugeldurchsiebtes Wrack ist, die Auftragsmörder sind freien Fußes und trachten weiter nach unserem Leben, und unsere Ermittlungen stecken fest. Es kann nur noch aufwärts gehen.«

»Er hat recht«, bestätigte Thomas mit eifrigem Kopfnicken.

»Apropos.« Alex wurde schlagartig ernst. »Mir fällt ein, dass auf einem der Bilder eine Nummer geschrieben stand. Ich habe sie mir notiert. Womöglich ist es ein Telefonanschluss. Wir sollten sie ausprobieren. Wenn sich niemand meldet, dann ist es eben eine kalte Fährte.« Alex holte einen schmalen Block aus der Gesäßtasche und begann darin zu blättern. »Na also, da ist sie doch!« Er nahm sein Telefon und wählte.

Es läutete lange, bis sich eine leise Stimme mit »Ja?« meldete.

»Mein Name ist Alexander Brandt. Kennen Sie Pater Bianchi?«

Alex stand in der Ecke eines Boxrings, angeschlagen und blutend. Es war, als ob sich alle Filter und Schleier diplomatischen Geschwätzes in Luft auflösten. Er musste sich also nicht vorsichtig herantasten, sondern konnte geradeaus fragen, was ihn interessierte. Alex hatte das Gefühl, dass die Welt um ihn herum zusammenbrach, und so war es verlockend, alle Masken fallen zu.

Es verstrichen einige verräterische Sekunden der Stille.

»Nein. Ich fürchte, Sie sind falsch verbunden.« Die Worte kamen nach der Pause zu schnell. Sie verhaspelten sich. Alex befürchtete, sein Gegenüber würde gleich auflegen.

»Halt, nicht auflegen. Ich traf mich mit dem Pater, da er mir helfen wollte. Bedauerlicherweise wurde er vor meinen Augen kaltblütig ermordet.«

Alex vernahm lautes Atmen am anderen Ende der Leitung. Dann ein unterdrücktes Schluchzen. Sekunden verrannen.

»Ermordet, sagten Sie? Sind Sie sicher?« Es hustete laut in den Hörer.

»Leider ja.«

Es ertönte ein lautes Schlucken. »Das ist eine Tragödie.«

Oh, ja. Und ob es das ist, dachte Alex.

»Oh mein Gott.« Die Stimme überschlug sich. Sie klang krank.

Etwas polterte. Laute Schritte stampften auf einem Holzboden. Zumindest hörte es sich so an. Alex wartete.

»Ich … ich muss überlegen. Ich melde mich später bei Ihnen. Unter welcher Nummer kann ich Sie erreichen?«

»Unter der, die sie auch im Display sehen. Ich unterdrücke nie meine Nummer.«

»Gut. Ich melde mich. Gott sei mit Ihnen!« Es klickte, und das Gespräch war beendet.

Gott? Der ist überall, aber bestimmt nicht bei mir. »Ich habe das Gefühl, dass die Spur warm ist.«

V

Johann lief wie ein Panther auf und ab. Wenn die Polizeidirektorin nicht persönlich etwas gegen diese Ermittlungen einzuwenden hatte, wer dann? Wer wollte Marsalek und Brandt Steine in den Weg legen? Und wer hatte einen solchen Einfluss, dass dies auch möglich war? »Schei…benkleister«, brummelte er, setzte sich und wählte Alex' Nummer.

Der Anruf wurde angenommen. »Verdammt, wenn du anrufst, dann ist es kein gutes Omen.«

»Meld' dich mit deinem Namen, wie es sich gehört.« Johann hatte üble Laune, verdammt üble Laune!

»An deiner Stimme merke ich sofort, dass jemand auf deinen Schädel gehämmert hat. Stimmt es oder habe ich recht?«

»Das ist die Melodie schlechter Laune.« Die Tonlage war grummelig, wie die einer Katze, die keine Lust auf Streicheleinheiten hatte. Vielleicht tiefer und brummiger als gewöhnlich, als ob sie versucht, jede positive Note zu ersticken. »Wie läuft es bei euch?«

»Großartig. Wenn du jemanden kennst, der mit Suizidgedanken spielt, dann schicke ihn zu uns her. Wir sitzen auf einem Pulverfass, und die Lunte brennt. Wir wurden wieder überfallen. Wird langsam langweilig.«

»Noch ein Anschlag?«

»Nein. Zwei.«

Johan rülpste leise in die geballte Faust. Sein Magen war verstimmt. »Habt ihr eine Ahnung, wer hinter euch her ist?

»Eine vage Vermutung. Nichts Stichhaltiges. Die Kirche.«

»Oh, oh. Scheiben… ach Scheiß drauf. Ich versuche meine Kraftausdrücke zu reduzieren, bringt aber nichts. Bist du sicher?«

»Ich sagte bereits, es ist eine Vermutung. Aber einiges deutet darauf hin. Wir warten auf eine Information, von der wir uns dazu mehr erhoffen.«

Johann liebte schlechte Nachrichten so sehr wie den Tritt eines Pferdes in den Hintern. »Das klingt nicht nach Apfel mit Zuckerguss.« Er rülpste abermals. »Verdammt. Ich fühle mich wie ein Gaul, den man eine Woche ohne Rast über die Felder gezerrt hat.« Johann nahm einen Kugelschreiber mit der Aufschrift *Polizei, dein Helfer in Not* und kratzte sich damit im Genick. »Hör zu, Alex. Es kommt noch schlimmer. Ich soll euch vom Fall abziehen.«

»Interessant. Wer?«

»Willst du nicht wissen. Glaub es mir. Frau Rohn ist stinksauer. Sie wird versuchen, uns den Rücken freizuschaufeln. Wenn es nicht klappt, kann sie den Spaten benutzen, um unser Grab auszuheben.«

»Unsere Bürgermeisterin? Höre ich richtig, dass sie uns helfen will?«

»Hör mit den Spielchen auf, Alex. Sie will natürlich ihre Tochter finden, ihr seid ihr egal. Das weißt du genau. Ihr habt also nicht viel Zeit.« Ein dumpfer Schmerz durchzuckte Johanns Bauch. Er krümmte sich und presste die geballte Faust in ihn. Es half. Johann nannte es *Akufaustur.*

»Danke für die Info. Ich geb' dir noch eine Nummer. Lass bitte überprüfen, wem sie gehört.« Alex las die Nummer vor, und Johann notierte sie. »Wenn wir diesen Kontakt verlieren, dann können wir einpacken. Dann hast du Frau Rohn mit der Schaufel am Hals.«

»Alex, du darfst mir glauben, sie wird nicht nur meinen Skalp irgendwo dran pinnen.«

VI

Es ist ein außerordentlich bizarrer Zustand des Menschlichen, sich in das dickflüssige Geflecht der Sorgen zu verstricken, wie ein ungelenker Schmetterling in einem Netz aus Spinnseide.

So irrsinnig es war, aber alles Weitere hing nun davon ab, ob sich der Unbekannte wieder melden würde. Sie brauchten Hinweise, mehr Informationen, damit die nächsten Schritte nicht in der sprichwörtlichen *Suche nach der Nadel im Heuhaufen* enden würde. Denn Zeit war ihr größter Feind geworden.

Alex tippte ungeduldig mit den Fingern auf das Notizbüchlein, das er vor sich liegen hatte. Er machte sich Sorgen. Nicht nur um das Leben der Studentin, sondern, dass er versagen könnte. Sich dies irgendwann einmal eingestehen zu müssen, ätzte wie Säure in seinem Inneren. »Scheiße«, fluchte er.

Alex wusste genau, dass es nichts brachte, sich Vorwürfe zu machen. Doch genau darin lagen die Kühnheit, die Sublimität und die Sinnlosigkeit des Sorgens. Es war wie der süße Schmerz einer Zahnfleischentzündung, an der man trotz des Unbehagens immer wieder mit der Zunge herumspielte. Es war nutzlos, gewiss, aber dennoch faszinierend, und manchmal, nur manchmal, konnte man sich des Eindrucks nicht erwehren, dass es einem ein seltsames, pervertiertes Vergnügen bereitete. Krank.

Das Telefon klingelte – Erlösung!

Die Nummer war unterdrückt.

»Hallo?«

»Herr Brandt?«

»Am Apparat.« Alex gab Klaus und Thomas ein Zeichen.

»Was Sie suchen, finden Sie in Heidelberg. Dort laufen die Fäden zusammen.«

Die Stimme klang rau. Es ertönte ein Ziehen nach Luft, so als würde an einer Zigarette gezogen. Ein Raucher?

»Finden wir dort das verschwundene Tor?«

»Mehr darf ich Ihnen nicht sagen und … rufen Sie mich nicht mehr an.«

»Bitte warten Sie. Ich habe noch eine Frage.«

Es erklang ein langgezogenes Seufzen. »Ja?«

»Wer ist hinter uns her?«

»Ich habe schon mehr gesagt, als ich sollte.«

»Bitte.« Es war ein Wort, das Alex nicht oft über die Lippen kam. Die Information, die er erhalten hatte, brachte gar nichts. Heidelberg war groß. Wen oder was sollten sie dort finden können?

»Das Hotel *Stefans* soll sehr … bequem sein.«

»Wie bitte?« Alex schaute auf sein Handy. Die Verbindung war beendet. »Der Drecksack hat einfach aufgelegt.«

Klaus und Thomas schauten ihn erwartungsvoll an.

Alex steckte sein Telefon wieder weg, stemmte die Hände in die Hüfte und schaute sich unschlüssig um. Sie standen noch immer an einer vielbefahrenen Straße unweit der Mannheimer Kriminalpolizei. Aus jedem Fahrzeug heraus könnte jemand auf sie schießen. Sie gäben nur dann eine noch bessere Zielscheibe ab, wenn sie sich eine rote Pappnase aufsetzen und eine Fahne schwenken würden. Die letzten beiden Anschläge waren der Beweis dafür, dass sie sich in höchster Gefahr befanden.

»Kommt, wir verdünnisieren uns von hier. Lasst uns einsamere Straßen und Gassen finden. Wir müssen herausfinden, ob uns noch jemand auf den Fersen ist. Alles Weitere erzähle ich euch unterwegs.«

Verborgen im Herzen einer pulsierenden Stadt, benötigten sie einen Ort der Stille, von dem aus sie die Welt beobachten konnten, ohne selbst im Rampenlicht zu stehen. Mit dem Takt eines ungehörten Requiems schritten sie, die Kiefer angespannt, schweigend in Richtung der belebten Fußgängerzone, zielgerichtet auf den nördlichen Teil der Stadt, wo das laute Pochen des urbanen Lebens zu einem sanften Flüstern abklang.

Ihre Reise führte sie durch die Lauergärten, vorbei an den neonbeleuchteten Schaufenstern eines Elektrohandels, der wie ein Wächter an der Ecke gegenüber dem lebhaften Spielplatz stand, und endete im Scipiogarten, einer kleinen grünen Oase, umringt vom grauen Beton der Häuser.

Um sie herum wogte das Leben wie eine unbändige See. Menschen, jeder ein Mikrokosmos aus Gedanken und Wünschen, strebten zielstrebig ihres Weges. Manche, in Gedanken versunken, schritten allein voran, einige waren im lebhaften Austausch mit Gefährten, und wieder andere plapperten in ihre Telefone – eine Unsitte des modernen Lebens.

Thomas gab beiden ein stummes Zeichen, ihm zu folgen. Er führte sie zu einer dunklen Ecke, einem verborgenen Winkel in der massiven Häuserfront. »Hier wird uns niemand so schnell bemerken«, flüsterte er.

Schweigend beobachteten sie einige Zeit die Umgebung. Doch trotz der Spannung, die in der Luft hing wie der Duft von frischem Regen, blieb alles friedlich.

»Ich habe mit Johann telefoniert. Jemand aus höchster Etage möchte uns abziehen. Die Bürgermeisterin ist jedoch auf unserer Seite.« Alex zwinkerte Klaus zu. »Diesen Tag werde ich rot im Kalender ankreuzen. Frau Rohn mag mich nicht sonderlich.«

Ein Mann betrat den Park mit einem Rucksack, der groß genug war, um darin eine kurzläufige Schrotflinte oder automatische Waffe zu verstauen. Seine Erscheinung war gepflegt und sein Schritt federnd leicht. Ohne stehen zu bleiben, passierte er sie über zehn Meter entfernt, verließ den Park auf der anderen Seite und verschwand aus deren Blickfeld.

Alex erzählte weiter. »Wir haben jedoch nicht mehr viel Zeit. Wir müssen Gas geben.« Alex ließ nochmals seinen Blick umherschweifen. »Danach hat sich unser Unbekannter tatsächlich zurückgemeldet. Eigentlich hatte ich gehofft, stichhaltige Hinweise zu erhalten, doch er sprach in Rätseln. Er meinte, dass er so schon zu viel gesagt hätte. Pah.«

»Also stehen wir am Anfang?«

»Nicht ganz. Der Fremde meinte, dass das Hotel *Stefans* in Heidelberg sehr schön sei. Was es zu bedeuten hat, weiß ich nicht, aber es könnte durchaus ein Wink mit dem Zaunpfahl sein. Ach je …« Alex fuhr sich durchs Haar.

Seit seinem letzten Fall schien das Rätsel an ihm zu kleben wie eine ausgehungerte Kuh an einem Grasbüschel. Anstatt einen Hauch von Kontrolle über die Wirrungen der Ermittlung zu erlangen, fand er sich in der bedauerlichen Pose eines Blinden wieder, der hin und her geschubst wurde.

»Es ist ein ungewöhnlicher Fall«, konstatierte Klaus. »Noch nie wollte mich jemand töten.«

Mich schon. Ist also nichts Neues, dachte Alex, unterbrach Klaus aber nicht.

»Entweder fahren wir zurück nach Frankfurt, dann dürfte unsere Recherche ein jähes Ende nehmen. Oder konzentrieren uns auf Heidelberg und statten diesem Hotel einen Besuch ab.«

Alex hob die Hand. »Ich bin für das Hotel.«

Thomas streckte ebenfalls seine Hand in die Höhe.

»Nun, dann sind wir uns einig.« Klaus blickte um die Ecke in den Park. »Ich habe nicht den Eindruck, dass uns jemand folgt.«

VII

Es schien, als hätte der allmächtige Weltenarchitekt höchstpersönlich seinen göttlichen Zeigefinger auf die bezaubernde Stadt Heidelberg gerichtet. Ein malerisches Kleinod, eingebettet zwischen zwei majestätischen Hügeln, das mit seiner romantischen Unschuld Massen von Touristen anzog. Chinesen, Japaner, Amerikaner und eine ganze Karawane anderer nationaler Nomaden schienen hierher zu pilgern, angezogen wie Motten zu der hell leuchtenden Flamme, die Heidelberg zu sein schien. Und gerade in einem solchen Ort sollte jemand Rodins Höllentor versteckt haben? Alex verzog verdrossen die Stirn. »Manchmal ist die Wirklichkeit eben komischer als die beste Komödie.« Er suchte im Internet nach dem Hotel und fand es sofort – Google sei Dank. »Es ist kein Hotel, sondern ein Hostel.«

»Was ist ein Hostel?«, fragte Thomas.

»Dein Niveau!« Alex griff nach dem Telefon, tippte die Nummer der Herberge ein und bat mit betont höflicher Stimme um drei Einzelzimmer, wobei er nicht vergaß zu erwähnen, dass eines davon den Reinheitsstandards eines Operationssaals genügen sollte. Klaus nickte ihm dafür zu, als ob er gerade den Nobelpreis für Höflichkeit erhalten hätte. Alex war versucht, hinzuzufügen, dass Thomas vermutlich mit einer janusköpfigen Besenkammer zufriedengestellt wäre, hielt sich aber zurück.

Doch eine höfliche Stimme machte ihnen einen Strich durch die Rechnung und verkündete, dass Einzelzimmer zurzeit ungefähr so häufig seien wie Einhörner. Als Ersatz bot man ihm ein Apartment mit drei getrennten Räumen an, komplett mit einer Küche ausgestattet. Alex stöhnte vernehmlich. Sein Leben schien das eines Skifahrers zu sein, der eine eisige Piste hinunterrutschte und dachte, er habe endlich die Auslaufbahn erreicht, nur um festzustellen, dass es noch eine weitere Abfahrt gab.

Das Hostel, ein mehrgeschossiger Koloss aus rötlichem Ziegelstein, thronte stolz in Bahnhofsnähe. »Quadratisch, praktisch, gut«, so hätte ein eifriger Immobilienmakler es wahrscheinlich beschrieben. In einer Ecke des Erdgeschosses leuchtete das Schild eines kleinen Restaurants.

Nachdem sie den bürokratischen Marathon des Check-ins absolviert hatten, traten sie in ihre neue temporäre Heimat ein. Der Anblick war ernüchternd. Ihre Mundwinkel fielen synchron ab, als ob sie einstudierte Tänzer in einer Choreographie des Entsetzens wären.

»Dass es so schlicht ausfallen würde, habe ich nicht gedacht.« Klaus war sichtlich unzufrieden mit seinem Zimmer, obgleich es das größte und komfortabelste von den dreien war.

»Hauptsache sauber, Herr Marsalek. Hauptsache sauber.« Alex wollte frech grinsen, aber es misslang.

»So kann ich hier nicht schlafen.« Klaus blieb wie angewurzelt in der Tür zu seinem Zimmer stehen. »Ich benötige zuerst einige Dinge.«

Thomas neigte seinen Kopf. Seine Miene wirkte apathisch und müde. »Was genau?«

»Nun, Handtücher, ein neues Kissen und Überzüge, Zahnbürste, Unterwäsche –«

»Schon gut. Wir schreiben eine Liste benötigter Dinge.« Alex wandte sich an Thomas. »Und du gehst in die Stadt und besorgst alles.«

»Warum ich?«, fragte Thomas aufgebracht.

»Weil dein Dienstrang der niedrigste von unseren ist. Darum.«

Thomas wollte protestieren. Hilflos wedelte er einige Male mit den Armen, auf der Suche nach den richtigen Worten, doch sie versagten ihm diesmal. Also drehte er sich abrupt um, stampfte in sein Zimmer, das zugegebenermaßen das kleinste und unbequemste war, und warf die Tür donnernd hinter sich zu.

»Der kommt wieder runter. Also, schreiben wir alles auf.«

Eine Stunde später nahm Thomas wortlos die Liste und verließ das Hostel, ohne die Miene zu verziehen. Es war ein untrügliches Zeichen dafür, dass er zutiefst beleidigt war.

Alex besuchte noch mal die Rezeption im Erdgeschoss.

»Benötigen Sie noch etwas?«, fragte eine junge Frau mit schulterlangem braunem Haar. Sie war adrett und sicherlich nach Thomas' Geschmack. Doch der hatte nun einer sinnvolleren Aufgabe nachzugehen.

»Ich habe eine Frage. Haben sich hier Studenten eingemietet, von denen eine Liana Rohn heißt?« Es gab keinen Grund zu lügen, oder Versteck zu spielen, also konnte er auch ebenso gut direkt danach fragen. Ein leichtes Zucken ihres Mundwinkels zeigte ihm, dass sie über die Frage erstaunt war.

»Ja, sie wohnt hier. Sie teilt sich ein Appartement mit zwei Zimmern im zweiten Obergeschoss. Sind Sie auch von dem wissenschaftlichen … Team?«

Etwas lag in ihrem Tonfall, das Alex stutzig machte. Er holte seine Dienstmarke aus dem Jackett und hielt sie der jungen Frau entgegen.

Sie wurde augenblicklich blass im Gesicht. »Ist etwas passiert?«

»Das weiß ich noch nicht. Was hatten Sie mit der Frage gemeint?«

»Naja, Sie sind nicht der erste, der nach den Studenten gefragt hat.«

»So?« Seine Stimme klang müde, als hätte er damit bereits gerechnet. Wie hätte es auch anders sein können?

»Ja. Die Studenten sind schon einige Tage nicht mehr hier gewesen. Zumindest habe ich sie nicht mehr kommen und gehen sehen.«

»Wer hat sich für das *Team* interessiert?« Alex kniff die Augen zusammen.

»Erst kam ein Anruf. Klang irgendwie seltsam. Einen Tag später kam der Anrufer dann auch vorbei.«

»Sie wussten, dass es der Anrufer gewesen war?«

»Ja. Er hatte so eine … eigenartige Stimme. Hoch und unangenehm. Wie von einem Wichtel.« Ein verlegenes Lächeln erschien in ihrem Gesicht, verschwand aber ebenso schnell, wie es gekommen war. »Sein Äußeres jedoch passte überhaupt nicht dazu. Wie ein Fels stand er da. Groß und kräftig. Mir lief ein Schauer über den Rücken. Er hatte so kalte Augen.«

Alex stand kurz davor, seine berüchtigte Maschinengewehr-Fragerei zu starten, doch er bremste sich, wissend, dass es immer noch ausreichend Gelegenheit für seine detektivische Neugier geben würde. »Würden Sie mir das Zimmer bitte zeigen und öffnen?«

Unterwegs rief er Klaus an und bat ihn, dazu zu kommen. Das Appartement befand sich im zweiten Obergeschoss, das sie über die Treppe schnell erreicht hatten. Die junge Frau steckte den Schlüssel in das Schloss und schaute unsicher über die Schulter, als ob sie dort nach einer Legitimation suchte. Alex nickte ihr streng zu. Sie schloss auf.

Alex schob sie sacht zur Seite und betrat einen engen Gang, der in einer kleinen Pantryküche, mit einem Fenster zu den Parkplätzen, endete. Eine Tasse stand umgedreht auf der Spüle. Seitlich gingen rechts und links zwei Türen ab, die zu den Schlafräumen führten.

Klaus trat ebenfalls ein und streifte sich Handschuhe über. »Etwas gefunden?« Er hob die Nase, schnüffelte und verzog diese.

Erst jetzt bemerkte Alex einen süßlich-beißenden Geruch, der nicht hierher gehörte. »Noch nicht.« Er öffnete die linke Tür, die vom Gang abging, und trat in ein kleines Zimmer mit zwei Etagenbetten. Auf den oberen zwei lagen Matratzen ohne Überzüge. Benutzt wurden offensichtlich nur die unteren beiden. Alles schien absolut normal. Die unteren Betten waren ordentlich gemacht, ein kleiner Koffer lag aufgeklappt in der Ecke neben einem Tisch.

Klaus nahm ihn auf, legte ihn auf den Tisch und untersuchte ihn, während Alex alles beobachtete. Dazu zog Klaus einen silbernen Teleskopstift aus der Jacke und schob mit diesem die Kleidungsstücke hin und her. Er fand zwei BHs, mehrere Slips, ein T-Shirt, und kurze, farbige Socken. In einer Badetasche lagen Lippenstift, Cremes, Rouge, Puder und andere Utensilien, die einer Frau gehörten. »Yaz. Ich vermute, dass der Koffer Liana Rohn gehört.«

»Yaz?«

»Pillen zur Schwangerschaftsverhütung.«

»Sie kennen sich damit aus?« Alex warf Klaus einen verschmitzten Blick zu. »Sie überraschen mich immer wieder.«

Klaus reagierte nicht auf die Bemerkung. Unter den Kleidungsstücken lagen zwei Bilder. Behutsam nahm er sie heraus und legte sie auf den Tisch. »Bilder von einem Keller.« Auf der Rückseite einer der Fotografien stand »Heidelbergs Unterwelt«. Klaus nestelte umständlich in seiner Jackentasche, zog eine durchsichtige Plastiktüte heraus, steckte die Bilder in die Tüte und verschloss sie.

»Gefrierbeutel?«, fragte Alex mit abfälligem Ton.

»Ja. Sie haben einen praktischen Zip-Verschluss.«

»Sind aber nicht steril.«

»Müssen sie auch nicht sein.«

Die Ausbeute war enttäuschend karg.

Ohne ein Wort zu wechseln, verließen sie das Zimmer und begaben sich zur Durchsuchung des zweiten Raumes. Alex verharrte an der Tür, die Hand fest auf dem Türgriff ruhend. Hier, an diesem Ort, war der unangenehme Geruch noch intensiver. Seine Augenbrauen hoben sich angesichts der Offensichtlichkeit dessen, was sie hier vorfinden würden. Weitere Erklärungen waren nicht erforderlich.

Als sie den Raum betraten, vernahm Alex ein Würgen hinter sich, das von Klaus stammte. In der Mitte des Zimmers hing ein Strick von der Decke, an dem ein junger Mann leblos baumelte. Daneben lag ein umgestürzter Stuhl, der stumm von einem freiwilligen Abgang zeugen sollte. Ein Tisch stand im Raum, auf dem sich ein beschriebenes Blatt Papier befand. Alex ignorierte es, denn er hatte bereits eine Ahnung, was dort zu lesen war. Er umrundete den leblosen Körper, begab sich zum Fenster und öffnete es.

Klaus hielt sich ein Taschentuch vor die Nase, las den Brief und betrachtete dann den Jungen vom Scheitel bis zur Sohle, um anschließend dessen Taschen zu durchsuchen. Was er fand, legte er auf den Tisch: ein paar Münzen, ein kleines Taschenmesser mit der Aufschrift *Franzis Hüttengaudi* und eine Brieftasche.

»Es bedarf keiner großen Fantasie, um zu wissen, was der Junge niedergeschrieben hat«, sprach Alex mit einem Anflug von Zorn in seiner Stimme.

Klaus schaute ihn an und wartete auf weitere Worte.

»Er gibt sich selbst die Schuld und nimmt sich freiwillig das Leben. Richtig?«, fragte Alex.

»So in etwa, ja. Jemand war vor uns hier und hat diese Inszenierung vorgenommen. Hätte der Anschlag auf uns im Zug Erfolg gehabt, würde dieses Abschiedsszenario womöglich durchgehen.« Klaus schlug die Brieftasche auf und zog einen Ausweis heraus. »Sven Bombad. Armer Junge!«

Alex lehnte sich mit den Händen in den Hosentaschen an die Wand und ließ seinen Blick durch den Raum schweifen. »Diese abscheulichen Schweine sind dabei, Spuren zu beseitigen, und wir hinken hinterher.«

Der Haken, an dem der dünne Strick befestigt war, diente zugleich als Halterung für die Lampe. Mühelos hatte er das Gewicht des jungen Mannes getragen. Ein gelber Lampenschirm hing schräg neben dem Kopf des Toten, dessen blutleere Haut wie zerbrechliches Glas wirkte. Es schien beinahe, als könnte er jeden Moment die Augen öffnen und darum flehen, ihm sein junges Leben zurückzugeben und den Stuhl wieder aufzurichten, um alles ungeschehen zu machen. Doch dafür war es zu spät. Auf dem Tisch neben dem Abschiedsbrief lag ein orangefarbener Sticker. *Lass die Sonne in dein Herz* war in kursiver Schrift darauf zu lesen. Doch wie sollte die Sonne in ein Herz eindringen, das nicht mehr schlug?

»Verdammt«, fluchte Alex und richtete sich plötzlich auf. Mit dem Handrücken berührte er vorsichtig den Hals des Toten. Er war eiskalt. Somit musste ihm sein Leben bereits vor einiger Zeit genommen worden sein. Ein Gerichtsmediziner würde bald den genauen Zeitpunkt des Todes feststellen. Alex hatte von einer neuen Methode gelesen, bei der ein Mix aus Medikamenten in die Augen geträufelt wurde, um die Pupillen zu erweitern. Da sich die Pupillen auch nach vier bis fünf Stunden nach dem Tod noch verändern konnten, erhielt man dadurch ein genaues Bild. Doch Alex vermutete, dass diese Methode nicht viel bringen würde, da er schätzte, dass der Junge bereits seit einigen Tagen hier hing.

»Der Tod des Jungen geht ihnen nah. Oder?«, fragte Klaus. Er runzelte verwundert die Stirn.

»Ja, verdammt. Ich frage mich, in was für einen Scheißhaufen wir hier getreten sind. Und ich frage mich …« Er stockte.

»Sie fragen sich, ob Liana Rohn noch lebt.«

Alex brummte zustimmend.

»Wir können es nur hoffen.« Klaus streifte seine Handschuhe wieder ab und nahm sein Telefon zur Hand. »Ich werde die Heidelberger Polizei verständigen. Mit Sicherheit werden sie viele Fragen an uns haben.«

»Darauf gebe ich Brief und Siegel. Sie hatten schon mit den Kollegen zu tun. Wie schätzen Sie sie ein?«

Klaus hob das Kinn. »Sie meinen, ob sie professionell sind? Ich denke ja. Aber eine gute Forensikerin wäre nicht schlecht.«

»Julia Weis ist die beste die ich kenne. Aber die wird Johann bestimmt nicht hierher kommen lassen.«

»Nein? Ich kümmer' mich darum!«

»Gut. Versuchen Sie's. Ich werde uns ein anderes Hotel buchen lassen. Unter anderem Namen, versteht sich. Hier können wir nicht bleiben.«

VIII

Johann schnaufte wie eine Bulldogge. Er durchblätterte die Unterlagen der Akte, die er vor sich auf dem Schreibtisch liegen hatte. »Setz dich endlich!«

Julia blieb neben dem Stuhl stehen. Sie zögerte.

Johann schaute auf. »Was ist? Wenn du stehen bleiben willst, von mir aus.«

»Ist dir eine Laus über die Leber gelaufen? So wütend habe ich dich schon lange nicht mehr erlebt.« Julia war hart im Nehmen, und das musste sie auch sein. Sie war eine hervorragende Forensikerin mit dem Nicknamen *Nadel*, da ihr die sprichwörtliche Nadel im Heuhaufen nicht entging.

»Eine Laus? Ha … nur Mist landet bei mir!« Johann warf sich in die Lehne seines Stuhls und schaute zur Decke. Es war nicht sein Tag. Alles schien sich gegen ihn verschworen zu haben, und jetzt bekam er auch noch Arbeit von Heidelberg aufgehalst. Seine erste Reaktion war ungehalten gewesen, was sich in einem zornigen Aufschrei Platz geschaffen hatte. Sein Wunschbild vor Augen entsprechend: nehmen, zerreißen und ab in den Mülleimer. Fertig. Dann aber besann er sich. Die Bürgermeisterin hätte es ihm nie verziehen.

Johann legte die Hand auf den Magen und knurrte leise. »Verzeih, Julia. Hat nichts mit dir zu tun. Mir geht es nicht gut. Bauchschmerzen.« Er richtete sich wieder auf, schaute Julia an und nickte ihr zu, sich zu setzen. »Schau dir diesen Schweinkram an.« Er legte die Blätter und Bilder zurück in den Aktendeckel und schubste ihn ihr zu.

»Johann, das ist eben unser Job. Womit *wir* es zu tun haben, ist doch immer menschlicher Müll. Dafür sind wir da.« Sie warf ihm ein mitleidiges Lächeln zu, öffnete die Akte und blätterte sie durch. »Gibt es etwas, das ich zu dem Fall wissen sollte?«

Johann stand auf, schloss die Tür des Büros und setzte sich wieder. »Behandle es diskret. Keine Informationen an die Presse.«

»Okay.«

»Alex und Marsalek werden gejagt. Ihr Leben ist in Gefahr, aber ich kann sie nicht schützen. Normalerweise würde ich sie vom Fall abziehen.« Er bleckte seine Zähne. »Das wurde mir auch eindringlich geraten, verdammt. Aber das kann ich nicht.«

»Warum?«

»Sabine Rohn hängt mir im Nacken. Ihre Tochter scheint entführt. Es sieht nicht gut aus. Ich kann sie ja verstehen, wenn aber einem von beiden etwas passiert, dann kann ich Streife fahren!« Er rieb sein Genick, als würde da bereits jemand mit Krallen nach ihm greifen. »Aber auch nur, wenn ich Glück habe. Ich bin Drecksfälle gewohnt. Dieser jedoch schmeckt nach Hölle. Weiß du wie Hölle schmeckt?«

Julia zuckte die Schulter. »Nicht nach Schokolade.«

»So ist es, nach Aas und Verderbnis.«

»Du scheinst dich damit auszukennen.«

Johann schnaufte laut aus.

»Was soll ich tun?« Julia blieb ruhig und gefasst.

»Ich hatte gerade ein Gespräch mit der Bürgermeisterin.« Johann presste die Lippen aufeinander. Es verstrichen einige Sekunden.

»Ist sie die Laus, die dir über die Leber gelaufen ist?«

Johann lachte kurz, wurde aber sofort wieder ernst. »Nein. Ausnahmsweise. Ja, sie bestimmt über mich, als wäre ich ihr Lakai. *Tschakaaa*, immer mit der Peitsche versteckter Drohungen auf den Rücken. Du weißt schon. Sie behandelt mich wie ihren kleinen, dreckigen Sklavenarsch. Was mich aber so richtig anpisst, ist, dass sich der kleine Wichser Marsalek, *direkt* an Frau Rohn gewandt hat, ohne mich vorher zu fragen.«

»Hm …«

»Da fehlen dir wohl auch die Worte.« Johann ballte die Faust, hob sie, um sie auf die Tischplatte zu schmettern, schnaufte einige Male voller Zorn, schloss dann die Augen und senkte sachte die Hand. »Egal, verdammt noch mal, egal. Marsalek hat sie angerufen und sie gebeten, dass du nach Heidelberg fahren sollst. Mich hätte er fragen sollen und nicht sie.«

»Du hättest mich aber bestimmt nicht gehen lassen. Oder?«

»Natürlich nicht!«, donnerte er laut heraus. »Wenn ich etwas nicht leiden kann, dann ist es, wenn man mich übergeht. Das ist respektlos. Ganz egal, ob es im Nachhinein verständlich erscheint.« Er durchbohrte Julia mit einem giftig vorwurfsvollen Blick.

»Schon gut. Ich wollte ihn ja nicht in Schutz nehmen. Er hat einfach die Hintertür genutzt, um das zu bekommen, was er will.«

»Ja, verdammt. Schlau ist er schon. Also, Frau Rohn möchte, dass ich dich nach Heidelberg schicke. Dort ist ein Mord geschehen, und du sollst bei den Ermittlungen helfen. Klingt das nicht gut?«

»Heidelberg soll sehr schön sein.«

»Ja, aber du wirst keine Zeit haben, um auf dem Neckar eine gemütliche Schaukelfahrt zu unternehmen oder dich auf der Neckarwiese zu sonnen.« Johann zwinkerte Julia zu. »Arbeit wartet.« Seine Augen verengten sich. »Wenn ich es mir recht überlege, steckt wahrscheinlich Alex dahinter. Bestimmt hat er Marsalek aufgehetzt.«

Julia lachte. Sie kannte die Spielereien zwischen Johann und Alex nur allzu gut. »Lass Alex in Ruh'. Der hatte eine schwere Zeit. Ich bin froh, dass er wieder da ist.«

Johann nickte stumm. Auch er mochte Alex. Insgeheim natürlich, denn gestehen würde er es ihm nie.

»Was gibt es zu dem Mord zu sagen?«

»Die Tochter der Bürgermeisterin saß oder sitzt mit Kommilitonen an einer Studienarbeit. Mit ihr sind es vier Studenten. Alle sind verschwunden, und zwei von ihnen haben das Zeitliche gesegnet. Auftragskiller.«

»Oh.«

»Ja genau: Oh. Ich weiß nicht, wer hinter dem Ganzen steckt, aber es scheint eine Organisation zu sein, die nicht lange fackelt. Die Heidelberger Polizei wird sicherlich in der Sache ermitteln. Aber es ist wichtig, dass sie die Angelegenheit nicht gleich an die große Glocke hängen. Solange die Tochter unserer Zuchtmeisterin nicht tot gefunden wird, gehen wir davon aus, dass sie noch lebt. Verstanden? Egal, wer Fragen stellt, sie lebt! Ich will sie durch unbedachte Informationen an die Presse nicht in Gefahr bringen. Du weißt ja, *Tschakaaa*.«

»Du meinst Frau Rohns Peitsche?«

»So ist es. Ich werde die Kriminaloberkommissarin anrufen, sobald du hier raus bist. Noch etwas: Du weißt, dass Alex nicht vor Diplomatie sprüht. Das kann denen in Heidelberg auf die Nerven gehen, und dann stehen sie uns nur im Weg. Also musst du den Wachhund spielen. Schau, dass er brav bleibt.«

»Wau!«

»Genau, bellen darfst du dort gern. Beißen manchmal auch.«

»Wann muss ich los?«

Johann schaute auf die Uhr. »In genau einer Stunde und fünfundzwanzig Minuten fährt dein Zug.«

»Wie bitte? Ich habe heute Abend eine Verabredung. Ich kann doch morgen früh gleich hinfahren.«

»Tut mir leid. Pack deine Utensilien hier zusammen und mache dich auf den Weg.«

»Wie? ohne Gepäck? Ich muss doch –«

»Beeil dich. Was du benötigst, kannst du dort kaufen. Heidelberg hat eine wunderschöne Einkaufsstraße. Soll toll sein.« Johann grinste über das ganze Gesicht.

»Ich sehe schon, es geht dir besser. Jetzt führst *du* dich wie ein Sklaventreiber auf.« Ihr Ton wurde scharf. Sie stand auf, nahm die Akte, warf Johann einen vorwurfsvollen Blick zu und verließ das Büro.

»Ja, so läuft das in unserer verdammten Welt. *Tschakaaa!*«

IX

Der Himmel war von ruhelosen Wolken durchzogen, während der Abend bereits seine Schatten über die Stadt warf. Inmitten dieses Szenarios lehnte sich Alex, einen Becher dampfenden Kaffees in der Hand, an die Wand des Hostels. Noch vor wenigen Tagen hätte er sich in einem düsteren Dämmerschlaf wiedergefunden, sicher verwahrt in den Mauern einer psychiatrischen Anstalt. Es erschien ihm wie eine ferne Erinnerung, als wären seitdem Monate vergangen. Er nahm einen Schluck und verzog das Gesicht. Der Geschmack war dünn und ungenügend. Alex hatte Klaus angeboten, auch ihm einen Kaffee zu besorgen, doch dieser hatte höflich abgelehnt. *Gut für ihn*, dachte Alex und nippte erneut an seinem Becher. Es war seine erste warme Mahlzeit des Tages, also musste er sich nicht über den Geschmack beklagen. Hauptsache, warm. Die Geräusche der Stadt vermischten sich mit dem aufkommenden Sirenengeheul, das sich schnell näherte.

»Ich hoffe, Herr Horn konnte das Richtige finden und kaufen. Er ist schon einige Zeit unterwegs.« Klaus blickte auf die Einfahrt zum Parkplatz.

Alex schwieg. Normalerweise hätte er gesagt, dass man von einem Idioten nicht viel erwarten konnte, doch Thomas hatte sich verändert. Nicht, dass er intelligenter geworden wäre, aber er bemühte sich zumindest. Ein Fortschritt, den Alex ihm nicht zugetraut hätte.

Plötzlich rasten zwei Polizeifahrzeuge durch die Einfahrt und hielten mit quietschenden Reifen direkt vor dem Eingang. In einem der Fahrzeuge saßen zwei uniformierte Polizisten, im anderen eine Frau und ein Mann in zivilen Kleidern.

»Das sind Melanie Kolzic und ihr Kollege Karl Steger«, flüsterte Klaus und verstaute seine Hände in den Taschen.

Die Gruppe näherte sich ihnen mit zielgerichteten Schritten. Melanie voraus und hinter ihr Karl mit den beiden Polizisten. Melanies Miene wirkte streng und konzentriert. Sie streifte Alex mit einem strengen Seitenblick, richtete sich dann aber an Klaus. »Herr Marsalek, mein Bauchgefühl sagte mir, dass wir uns bald wiedersehen würden. Aber nicht schon *so bald*.« In ihrer Stimme lagen Unbehagen und Ärger.

Alex verstand, dass sie mit der neuen Entwicklung nicht gerade glücklich sein konnte. Es bedeutete eine Menge Papierkram und viel Arbeit. Aber das Leben war nun Mal kein Rosengarten, sondern eher ein Kakteenbeet ohne Anleitungsbuch für den richtigen Umgang mit Stacheln.

Mit einem schelmischen Grinsen musterte Alex fasziniert die Kommissarin. Ihre strenge und selbstbewusste Ausstrahlung ließ keinen Zweifel daran, dass sie das Zepter in der Hand hielt. Aber es war nicht nur ihr Auftreten, das ihn fesselte. Ihre ganze Erscheinung verriet Stärke, die man nicht einfach ignorieren konnte, eingepackt in einen aparten Rahmen. Sie hatte ebenmäßige Gesichtszüge, wirkte hart, aber er vermutete, dass sie einen weichen Kern besaß. Er konnte sich natürlich irren, aber sein Bauchgefühl versagte selten. Ihre langen Haare hatte sie zu einem Pferdeschwanz gebunden, der bei jeder Bewegung mitschwang.

Steger hingegen war in Alex' Augen nur ein in die Jahre gekommener Pfau. Ein Wichtigtuer, der im Grunde nichts zu sagen hatte. Von ihm ging etwas aus, das sich Alex nicht erklären konnte: Er passte nicht. Eine bessere Beschreibung für sein Gefühl fand er nicht.

Klaus lächelte Kolzic verlegen entgegen. »Ja, so spielt das Leben. Im zweiten Obergeschoss finden Sie eine Leiche. Es handelt sich um Sven Bombad, einen der vier vermissten Studenten.«

»Ermordet?«

»Machen Sie sich selbst ein Bild.«

Kolzic gab den beiden Polizisten knappe Anweisungen, alles abzuriegeln und niemanden durchzulassen, und wandte sich Alex zu. »Und wer sind Sie?«

Sie ist wirklich hübsch. »Mein Name ist Alexander Brandt. Kriminalpolizei Frankfurt.«

Ihre dunkelbraunen Augen fixierten ihn. Alex fühlte sich wie ein Käfer, der mit einer Nadel an eine Pinwand gesteckt wurde. Es entstanden einige Sekunden Stille. Er vermutete, dass sie versuchte, ihn in die Geschichte einzupacken. Wäre Thomas hier gestanden, hätte alles gepasst. So aber eben nicht.

»Wir sind müde und brauchen Schlaf. Dürfen wir gehen?« Gern hätte Alex noch mehr Zeit mit ihr verbracht, aber eher unter vier Augen. Er hielt sich die Hand vor den Mund und gähnte.

»Ich benötige noch Ihre Aussagen. Dann –«

»Wir bleiben in der Stadt. Morgen dürfen Sie gern über uns verfügen.«

Kolzics Ihre Augen verengten sich, und ihre kleine Nase streckte sich gen Himmel. Steger, der neben ihr stand, wollte gerade etwas sagen, als sie einwilligend nickte. »In Ordnung. Teilen Sie den Kollegen mit, wo Sie übernachten und melden Sie sich bitte morgen Vormittag bei mir.«

Ohne sich zu verabschieden, verschwand sie eiligen Schrittes im Hostel. Alex schaute ihr nach.

X

Früh am Morgen fand sich Alex einsam beim Frühstück ein und genoss die Abwesenheit jeglicher Gesellschaft. Julia war am Abend wie ein wütendes Flusspferd angekommen und hatte ihr Missfallen lautstark kundgetan. Nachdem er ihr von all den bisherigen Eskapaden und Begegnungen berichtet hatte, zog sie sich erschöpft zurück. Vermutlich brauchte sie nun erst einmal eine Portion Schlaf, um wieder halbwegs normal zu funktionieren.

Thomas hingegen war ein notorischer Langschläfer, bei dem man besser nicht zu früh mit irgendetwas rechnete. Und Klaus? Tja, das blieb abzuwarten.

Das Qube-Hotel in der Bahnstadt war zwar komfortabel und bot saubere, geschmackvoll eingerichtete Zimmer, doch es befand sich definitiv in einer Preiskategorie, die Johann, der Geizkragen, vermutlich nicht gerade fröhlich stimmen würde.

Alex blickte sich im Speisesaal um. Alles war mit übertriebenem Luxus dekoriert. An der Stirnseite thronte eine gut bestückte Bar mit Stühlen, wie man sie aus Western-Salons kannte. Davor waren kleine Sitzgruppen mit tiefen, flauschigen Sesseln arrangiert. Warmes, gedämpftes Licht durchflutete den Raum, und in der Mitte befand sich eine lange, von Glas umrandete Feuerstelle, aus der Flammen lebhaft züngelten und eine angenehme Atmosphäre verbreiteten. Alles hier war elegant und teuer eingerichtet, als wäre der Raum direkt aus einer Hochglanzmagazin-Werbung entsprungen.

Alex stand auf, schlenderte gleichgültig am Buffet entlang, schnappte sich ein Glas Orangensaft und setzte sich wieder hin. Obwohl er ausgiebig geschlafen hatte, fühlte er sich erschöpft. Lag es an den aufeinanderprallenden Ereignissen, an der endlosen Zeit, die er in der Anstalt verbracht hatte, oder vielleicht an dem verfluchten Traum, der ihn in der Nacht heimgesucht hatte und dessen Bilder noch immer lebhaft in seinem Gedächtnis spukten? Wer konnte es schon sagen? Das Leben hatte wahrlich einen merkwürdigen Sinn für Timing, und dessen subtilen Spielchen schienen nie ein Ende zu nehmen.

»Sarah«, kam es einem Hauch gleich über seine Lippen. Warum hatte er so intensiv von ihr geträumt? Wollte sie ihm etwas mitteilen? Ihn womöglich sogar warnen? In seinem letzten Fall hatte auch das ägyptische Paar versucht, ihn vor Fehlern zu bewahren. Hatte es etwas genützt? Nein!

Als Sarah ihn in der Psychiatrie aufgesucht hatte, durchlief ihn ein innerer Ruck, als hätte man ihm einen Schock von vierundzwanzig Volt durch sein gebeuteltes Hirn gejagt. Sie war nicht tot, sondern *lebendig*. Das hatte ihm neuen Mut gegeben, weiterzumachen und in das armselige Spiel namens Leben zurückzukehren. Doch diese anfängliche Euphorie war bereits schneller verflogen als der Schatten eines Flügelschlags. *Puff*, und die Luft war raus, als hätte jemand einen Luftballon mit einer brennenden Zigarette berührt. Seine ignorante Selbstherrlichkeit hatte einen Preis, den seine arme Schwester nun für immer bezahlen musste. Dazu verflucht, alle zwölf Jahre zwölf Herzen von ahnungslosen Menschen zu rauben, um der Verdammnis des körperlichen Zerfalls zu entgehen. Immer und ewig – Amen.

Dafür gab es nur einen Begriff: Mord. Ja, es war ein Verbrechen. Würde er sie dafür jagen und zur Rechenschaft ziehen? Wie? Sie war seine Schwester, und er liebte sie! Und, das trug viel schwerer, sie konnte nichts dafür. Er war der Grund.

Alex verzog das Gesicht zu einer schmerzhaften Grimasse, doch weder Lachen noch Tränen konnten ihm Erleichterung verschaffen. Er war nicht mehr der Jüngste, und er konnte nur hoffen, dass er es nicht erleben musste, wenn sie auf die Jagd gehen musste.

Doch das Schicksal schien es mit ihm gut zu meinen. Wie es aktuell aussah, musste er sich keine Gedanken über alt werden machen. Wenn er diesen Fall nicht bald in den Griff bekam, wäre sein Leben keinen Pfifferling mehr wert. Vielleicht wäre es sogar das Beste, das ihm passieren könnte.

Alex lehnte sich zurück, schloss die Augen und versuchte, sich auf den Traum zu konzentrieren.

Sarah und er standen vor einer finsteren Höhle. Ein modriger Geruch entwich aus ihrem dunklen Inneren, durchdrungen von einer erstickenden Feuchtigkeit, die einen krank machen konnte. Ihre Blicke trafen sich. In ihren Augen glaubte er Sehnsucht zu erkennen, durchzogen von dem düsteren Glanz unausgesprochener Angst.

»Spürst du es? Weißt du, was es ist?«, hatte sie ihn gefragt.

Ja, er spürte etwas, aber nein, er wusste nicht, was es war. Es fühlte sich unbegreiflich und unbeschreiblich fremd an, etwas, für das er keine passenden Worte fand.

»Nein?« Sie nickte in Richtung der Höhle. »Dort drin ist etwas, das von höherer Macht erschaffen wurde und auf seine Opfer wartet.« Sie deutete auf den düsteren Eingang. »Bruderherzchen, pass gut auf dich auf! Das Paradies entpuppt sich als perfide Falle.«

Dann riss der Faden, und das blecherne Surren des Weckers hatte ihn vor der Versuchung, tiefer in diese düstere Vision einzutauchen, erlöst.

Alex fuhr sich mit der Hand über das Gesicht. Seine Kehle war trocken, und es lag der Geschmack nach Verderbnis in seinem Mund. Er öffnete die Augen, leerte das Glas in einem Zug und setzte es unsanft auf.

»Guten Morgen, Herr Brandt, Sie stehen früh auf?«

Alex zuckte zusammen. Klaus stand vor ihm.

»Sie anscheinend auch, oder?«, antwortete Alex mit einer Gegenfrage.

»Ich habe bereits gefrühstückt und bin ein wenig umhergelaufen.«

Alex nickte respektierlich. Er erinnerte sich an die alten Agatha Christie Bücher, in denen Hercule Poirot stets zwei Eier zum Frühstück bestellte. Er maß sie mit einem Messer, das er auf deren Köpfe legte. Waren sie nicht gleich groß, wurden sie nicht verspeist. Klaus hatte mit Sicherheit ähnliche Marotten. »Frische Luft getankt?«

»Frische Luft in einer Stadt?« Mit gekräuselter Nase schüttelte er den Kopf. »Ich habe Neuigkeiten. Früh am Morgen bin ich durch das Hotel gestreift und habe die beiden Bilder jedem gezeigt, der bereits wach war. Ich habe mit der Servicekraft gesprochen, die uns heute Morgen bedient hat, mit der Dame an der Rezeption, dem Fahrer, der die frische Wäsche brachte, und sogar mit dem Koch, obwohl er nicht besonders erfreut darüber war, als ich ihn in der Küche aufsuchte. Womöglich lag es daran, dass irgendetwas angebrannt gewesen sein musste. Es stank fürchterlich nach verschmortem Speck.« Klaus verzog die Miene. »Zugegeben habe ich nicht mit nützlichen Informationen gerechnet, diese jedoch zu meinem Erstaunen dennoch erhalten. Der Koch erzählte mir, dass sich diese Keller in der Innenstadt befänden. Er glaubte zu wissen, dass der gesamte Bereich der Heiliggeistkirche, bis hinunter zum Fluss, unterkellert sei. Es soll viele Räume geben, die seit Jahrhunderten nicht mehr betreten wurden.«

»Könnte etwas dran sein?«

»Gute Frage. Wir sollten den Heidelberger Bürgermeister fragen, ob er uns unterstützt. Was denken Sie?«

Alex' Erfolgsbilanz im positiven Umgang mit Stadtoberhäuptern konnte als ernüchternd bis schlecht betitelt werden und seine Beliebtheit bei den selbigen eher als dürftig. Er zog eine verdrießliche Schnute. »Einen Versuch ist es wert. Erst Bürgermeister, dann Bauamt. Dort liegen alle Unterlagen, die Stadt betreffend. Mit Sicherheit auch vieles zur Heidelberger *Unterwelt*. Bestimmt hat Frau Kolzic einen guten Draht dorthin.«

Da ihn Klaus mit einem hintergründigen Blick fixierte, in dem eine Frage lauerte, wich ihm Alex schnell aus. Zum Glück kam in diesem Moment Julia in den Frühstückssaal.

»Guten Morgen, die Herren. Hätte nicht gedacht, dass ich heute in Heidelberg sein würde.« Sie wirkte noch müde. Ihre Gesichtsfarbe hatte den Teint eines frischen Farbanstrichs in weißer Couleur.

»Gut geschlafen?«, fragte Alex.

»Die Matratzen sind … ach egal. Nein! Ich werde mir jetzt erst einmal eine große Tasse schwarzen Kaffee besorgen und frühstücken. Danach suche ich den Tatort auf. Gibt es etwas Spezifisches, wonach ich suchen soll?«

Alex schüttelte den Kopf.

»Gut. Wen muss ich kontaktieren?«

»Frau Kolzic«, kam es gleichzeitig von Klaus und Alex. Ihre Blicke trafen sich.

Alex fühlte sich ertappt und legte ein verlegenes Lächeln auf. »Sie weiß Bescheid.« Er wollte noch sagen, dass sie eine gute Ermittlerin sei, ließ es aber dabei bewenden. »Derweil werden wir in die Keller der Stadt hinabsteigen. Das habe ich mir immer schon gewünscht.« Seine Stimme triefte von Sarkasmus wie ein nasser Schwamm, den man genüsslich ausdrückte.

Julia schaute ihn verwundert an, als ob sie nicht glauben konnte, was sie gerade gehört hatte. »Wirklich?«, fragte sie mit einem Hauch von Skepsis.

»Klar.« Alex grinste über das ganze Gesicht. »Dort unten ist es dunkel, schmutzig, voll abgestandener Luft. Wir werden ehrfurchtvoll den Dreck von Jahrzehnten, wenn nicht gar Jahrhunderten betreten. Eine Komposition aus Staub und feuchtem Moder. Vielleicht stoßen wir sogar auf skelettierte Überreste von Menschen, die im Mittelalter ermordet wurden. Die Ratten sind dann aber unsere einzigen Zeugen.« Er schnalzte mit der Zunge und warf Klaus einen kurzen Seitenblick zu. »Ungeziefer werden über unsere Füße krabbeln, bösartige Mäuse aus den Ecken hervorschnellen, und handtellergroße Spinnen sich von der Decke auf uns herabfallen lassen. Halleluja!«

Klaus verfolgte Alex' Ausführung mit einem leicht angewiderten Gesichtsausdruck. »Nun, eventuell ist es besser, wenn ich der Kommissarin von unserem Vorhaben berichte. Sie kann mir dann helfen, den Bürgermeister von Heidelberg zu überzeugen. Ich schlage vor, dass Sie und Herr Horn die ersten Erkundungen vornehmen … zumindest heute.«

Alex musste innerlich lachen. »Gute Idee. Thomas wird sich da unten bestimmt wie zu Hause fühlen.«

Eine Stunde später saßen Alex und Thomas in einem Toyota Yaris und quälten sich zur Innenstadt. Zu Alex' Verwunderung hatte Thomas in aller Herrgottsfrühe den Wagen besorgt. Eigenständig. Eine Aktion, die Denken erforderte, was er ihm nicht zugetraut hatte. Aber angenehme Überraschungen wurden vom Leben gelegentlich beschert. Schlechte leider auch.

Sie saßen bereits im Auto, als sein Handy klingelte.

»Ich bin es, Marsalek.«

»Ja, ich weiß.« Alex seufzte. »Steht auf dem Display. Konnten Sie etwas erreichen?«

»Ja. Ich gebe Sie an Frau Kolzic weiter. Sie möchte mit Ihnen sprechen.«

Unter anderen Umständen hätte sich Alex aufgeregt, gefragt, was das nun wieder sein sollte. Doch in diesem Fall nicht. »Okay.«

»Guten Morgen, Herr Brandt. Ihr Kollege hat mir von dem Vorfall in Mannheim berichtet.«

Alex dachte kurz an Sarahs Worte, dass er endlich eine Frau bräuchte. Jemanden für seine Seele. Nun, in diesem Augenblick musste er ihr recht geben. Melanie Kolzic hatte eine angenehme, warme Stimme, verwoben mit einer Spur selbstsicherer Strenge. »Ja, war keine schöne Sache«, antwortete er.

»Sie waren doch mit Herrn Horn und Herrn Marsalek im selben Zug, in dem der Auftragsmörder reiste. Ich denke nicht, dass ich mich da irre. Oder?«

Ups. Falle. Ein Ruck ging durch Alex' Körper, als hätte er soeben einen Peitschenschlag quer über den Rücken gewischt bekommen.

»Herr Brandt?« Der Ton, mit dem sie sprach, hatte die Wärme verloren.

»Ich sitze hier im Auto. Leider konnte ich Sie nicht verstehen. Die Verbindung ist …« Alex legte auf. Er musste nachdenken, was er auf diese Frage antworten sollte. »Verdammt! Die Dame ist schlau.«

»Wie bitte?« fragte Thomas und schaute zu ihm.

»Konzentrier dich auf die Straße!« Er hätte sich nicht vom Tatort entfernen dürfen. Das war sicher. Aber es war notwendig gewesen, sonst wäre ein Treffen mit dem Pater in Mannheim nicht möglich gewesen. Eine verzwickte Situation.

Das Handy klingelte.

Hatte Klaus etwas erzählt? Er war intelligent und kontrolliert. Zufälliges Verplappern passte nicht zu ihm. Sicherlich hätte er ihn gewarnt, hätte er es der Kommissarin gestanden.

Alex nahm das Gespräch an. »Verzeihen Sie, die –«

»Verbindung, verstehe. Nochmals meine Frage: Sie fuhren doch im selben Zug nach Heidelberg, in dem sie überfallen wurden.«

Diesmal ist es keine Frage. »Nein. Ich bin nicht dabei gewesen. Aber Herr Marsalek hat mir davon berichtet. Warum fragen Sie?«

Stille.

»Nun denn.«

Alex atmete hörbar auf.

»Ich habe mit Herrn Würzner telefoniert. Er ist bereit, Sie zu empfangen und zu unterstützen. Bitte melden Sie sich bei ihm im Rathaus. Er ist heute Vormittag dort.« Die Tonlage war kühl bis frostig geworden.

Alex bedankte sich und legte auf. Das war wohl das Ende einer aufkeimenden Liebe. Er musste schmunzeln, obwohl es ihm nicht danach war.

Der dichte Verkehr kam einer Nötigung gleich. Alex spielte gelangweilt mit den Fingernägeln, indem er sie gegeneinander rieb, bis sie schnippten. Es war ein zartes *Klick*, das Alex zu erhöhter Konzentration verhalf. Nicht laut, aber auch nicht leise genug, um es zu überhören. Thomass genervte Seitenblicke entgingen ihm nicht, aber er dachte auch nicht dran, damit aufzuhören. »Zu Fuß wären wir schneller dort.«

»Ich dachte nicht, dass hier so ein Chaos ist«, antwortete Thomas. Wieder touchierte sein Blick Alex' Nägel, und er zog verdrossen die Stirn zusammen.

Alex atmete tief durch und hing seinen Gedanken nach. Es war schon eigenartig. Hier saß er neben Thomas, den er bisher wie die Pest gemieden hatte, auf dem Weg in die Unterwelt. Nicht die Katakomben Roms, sondern die Keller einer spießigen Kleinstadt. Auf der Suche nach einem Geheimnis, das es jemandem wert war, dafür rücksichtslos zu töten. Wollte ihn der nächtliche Traum davor bewahren? Ihn eindringlich warnen?

Sie parkten im Parkhaus Bergbahn, unweit einer Gefängnisanlage, die aber seit mehreren Jahren nicht mehr als solche genutzt wurde. Im unteren Bereich befand sich – wie es der Name bereits sagte – tatsächlich eine Bergbahn, mit der Touristen zum berühmten Schloss hinaufgondeln konnten.

»Das Schloss soll sehr schön sein.« Thomas blieb stehen und schaute hinauf zu dem mächtigen Bau, der über der Stadt thronte. »Hast du es schon mal besichtigt?«

»Ja«, antwortete Alex knapp.

»Und?«
»Was und?«
»Ist es interessant? In Schlössern spukt es oft.«
In deinem Hirn auch. »Komm jetzt.«

Sie schritten über den belebten Kornmarkt, dessen gepflasterte Straße von historischen Gebäuden gesäumt war, und bogen schließlich auf den Marktplatz ab. Dort erhob sich imposant das Rathaus, ein architektonisches Meisterwerk von barockem Stil. Der rötliche Sandstein, der die Fassade beherrschte, verlieh dem Gebäude eine würdevolle Ausstrahlung, wie sie für die meisten historischen Bauwerke in Heidelberg typisch war.

Ihr eigentliches Ziel, die Heiliggeistkirche, ragte gegenüber dem Rathaus empor. In den tiefen Winkeln der meisten altehrwürdigen Städte, die bereits viele Jahrhunderte überdauerten, schlummerten vergessene Keller, Tunnel und Gewölbe. Häufig wurde Neues auf den Überresten vergangener Zeiten errichtet, und was einst im Untergrund verborgen lag, war längst in den dunklen Abgrund der Vergessenheit gesunken.

Sie betraten das Rathaus, fragten sich durch, und wenige Minuten später wurden sie vom Bürgermeister freundlich empfangen.

»So, so, Sie wollen also die Keller unserer Stadt durchforsten? Darf ich fragen, was Sie genau suchen?« Er wirkte jugendlich und voller Dynamik, seine Stimme war kräftig, aber nicht forsch.

»Ja, natürlich.« *Fragen dürfen Sie alles, ob Sie aber Antworten erhalten, entscheide ich.* »Die Tochter von Frau Rohn ist verschwunden.«

»Ja, ich habe mit ihr telefoniert. Natürlich werde ich Ihnen helfen, wo immer ich kann.«

»Vielen Dank. Wir vermuten jedenfalls, dass sich dort unten …« Alex wies mit dem Finger auf den Boden. »… Antworten befinden.«

»Sie meinen, dass sich dort unten ihre Tochter aufhält?“ Entsetzen spiegelte sich auf dem Gesicht des Bürgermeisters wider.

»Leider darf ich Ihnen aus ermittlungstechnischen Gründen nicht mehr verraten.« Was für ein genialer Satz. Wie oft schon hatte Alex ihn bereits gegenüber der Presse genutzt. Eine geschickte Phrase inhaltsvoller Bedeutungslosigkeit, die dennoch Raum für allerlei Spekulationen ließ.

»Nun, das ist bedauerlich. Aber ich kann es durchaus nachvollziehen«, erwiderte der Bürgermeister, dessen Worte merklich ins Stocken gerieten. Dessen Erwartungen nach mehr Informationen waren zweifellos gestiegen.

»Ich werde Sie auf dem Laufenden halten. Natürlich im Rahmen meiner Möglichkeiten«, fuhr Alex fort. Eine weitere Phrase ohne Bedeutung.

»Gut. Ich habe den Pfarrer bereits informiert, dass Sie die Kellerräume betreten möchten. Ein Herr vom Bauamt, seine Gehilfin und Herr Kriminalobermeister Steger werden Sie begleiten. Wir möchten nicht, dass Ihnen etwas zustößt«, erklärte der Bürgermeister, erhob sich von seinem Platz und geleitete sie zur Tür hinaus.

Wenige Minuten später schritten sie über dem Marktplatz zum Eingang der Kirche, vor der sich eine kleine Gruppe versammelt hatte.

Thomas berührte Alex leicht am Arm. »Der mit dem Schnurrbart und der blöden Brille ist Steger. Sieht aus wie ein Seelöwe. Unangenehmes Bürschchen. Glaubt, er ist der Käse und dabei –«

»Sei leise. Du magst ihn nicht?«

»Nein. Er stand wie ein Presser hinter Frau Kolzic.«

»Aha.« Alex betrachtete Steger. Dieser schaute ihnen entgegen, ohne die Miene zu verziehen. Eigentlich passte der Ausdruck ›stieren‹ besser, was wohl von der dickglasigen Brille herrührte. Den Kopf leicht ins Genick gelegt und das Kinn erhoben, konnte man problemlos in seine behaarten Nasenlöcher sehen. Widerlich.

»Guten Tag, die Herren«, begrüßte sie Steger, ohne ihnen die Hand zu reichen. Nacheinander zeigte er auf die Teilnehmer ihrer kleinen Kellerexkursion. »Das sind Pfarrer … Martin, Herr Dr. Rudolfs, Bauamtsleiter, und Frau Mascha Oleskay, seine Mitarbeiterin.«

Rudolfs lächelte über das ganze Gesicht. Überschwänglich kam er auf sie zu und schüttelte ihnen die Hand. Alex schätzte ihn um die vierzig. Er trug Jeans, schwarze Lackschuhe und einen dicken, blaugemusterten Pulli. Er schien sich auf den Ausflug in die Dunkelheit zu freuen.

Mascha Oleskay war zurückhaltend bis unterkühlt, zwischen fünfundzwanzig und dreißig Jahre alt, trug ebenfalls Jeans – diese jedoch hatten Löcher, was wohl modisch sein sollte –, ein hellgrünes Poloshirt und schneeweiße Turnschuhe. Alex hatte Zweifel, ob sie im schmutzigen Untergrund auch so bleiben würden. Über ihrer Schulter hing schepp ein unscheinbarer grauer Rucksack. Sie nickte steif und blieb versetzt hinter Rudolfs. Obwohl sie durchaus eine aparte Erscheinung war, mangelte es ihr offenbar an Selbstbewusstsein.

Zu guter Letzt stellte sich Pfarrer Martin vor. Seine Erscheinung war bemerkenswert. Mit einer imposanten Größe von etwa einem Meter neunzig überragte er seine Mitmenschen. Schlank und von kurzen schwarzen Haaren gekrönt, verfügten seine grau-blauen Augen über eine wache Ausstrahlung. Er trug schwarze Schuhe und eine Stoffhose, die perfekt mit seinem ebenso schwarzen Hemd mit weißem Kragen harmonierte. Eine dickglasige Brille saß auf seiner Nase, die verriet, dass er ohne diese wie ein blinder Maulwurf durch die Welt tappte. Auf seinem Rücken thronte ein Rucksack, der – ganz der Farbwahl treu – ebenfalls in tiefschwarz gehalten war. Obwohl er nicht älter als vierzig Jahre sein mochte, strahlte der Pfarrer eine beeindruckende Dynamik aus. Während Alex ihn genauestens betrachtete, überkam ihn ein seltsames Gefühl. Er erinnerte sich an den kurzen Moment des Zögerns, als Steger den Namen des Pfarrers erwähnt hatte. Irgendetwas riet ihm, wachsam zu bleiben.

Das schwere Kirchentor ächzte bedrohlich, schwang langsam auf und enthüllte dabei einen älteren Mann, der misstrauisch auf sie zutrat. Alex bemerkte die nervös wedelnden Hände des Mannes und erkannte, dass er sich unwohl fühlte. »Sind Sie die Gruppe, die …« Er streifte die Runde mit einem argwöhnischen Blick.

Steger trat einen Schritt vor. »Ja, diese Herren möchten sehen, was sich dort unten befindet. Bestimmt ist es sehr *interessant*.« Es lag blanker Hohn in seiner Stimme, und Alex verstand, warum Thomas ihn nicht leiden mochte.

Der alte Mann schüttelte den Kopf, während sein Blick für einige Sekunden an Steger und Pfarrer Martin hängen blieb. Dann drehte er sich abrupt um, den Rücken gekrümmt, und schritt voraus. Die gesamte Gruppe folgte ihm.

Die Kirche präsentierte sich in ihrer Schlichtheit und Schmucklosigkeit. Man hatte Alex erzählt, dass sie einen der eindrucksvollsten Kirchenräume im spätgotischen Stil barg, doch er vermochte dies nicht zu bestätigen. Keine Spur von majestätischer Pracht oder kunstvollen Verzierungen war hier zu entdecken. Stattdessen offenbarte sich ein nüchternes Ambiente, das keine Ehrfurcht in ihm weckte. »Ich habe schon schönere Kirchen gesehen«, flüsterte Alex Thomas zu.

Doch anscheinend nicht leise genug, da sich der alte Mann ruckartig zu ihm umdrehte. »Diese Kirche *ist* besonders.« Mit weit aufgerissenen Augen und hochgezogenen Augenbrauen schaute er Alex an. »Ein leuchtendes Wahrzeichen von Heidelberg. Doch das Schicksal war ihr nicht hold. Bilderstürme ließen nicht viel übrig, und die Gräber wurden teilweise zerstört. Der Erbfolgekrieg war schrecklich und hat hier tiefe Narben hinterlassen.« Er schaute sich um, als würde er verfolgt, und wieder verharrte sein Blick beim Pfarrer, der sich leise mit dem Kriminalobermeister unterhielt.

»Ist das eine kirchliche Gruft, in die wir hinabsteigen?«, fragte Alex.

»Nein. Es ist eine kleine Luke, die in Kellerräume führt. Sie wurde bei dem damaligen Raubzug gefunden und wieder versiegelt. Erst irgendwann nach 1930 wurde sie wieder durch die Katholiken offengelegt. Sie müssen wissen, dass die Kirche damals hälftig von den Protestanden *und* den Katholiken genutzt wurde. Heute ist sie protestantisch.«

»Und wo ist der Eingang?«

»Er befindet sich im nördlichen Bereich, seitlich der Grabplatte des Kurfürsten Ruprecht III. Ich führe Sie hin.«

Es war eine unscheinbare Steinplatte, auf die der Mann zeigte. Sie war zur Seite geschoben und offenbarte eine steile Treppe, die in die Dunkelheit führte.

Pfarrer Martin nahm den Rucksack ab und entnahm ihm Taschenlampen, die er austeilte.

Steger winkte heftig ab. »Ich werde Sie nicht begleiten. Ich habe noch einiges zu erledigen.« Der Tonfall, mit dem er dies sagte, deutete darauf hin, dass er nicht viel von dieser Erkundung hielt. Ebenso gut hätte er sagen können, dass er etwas

Besseres zu tun habe, als sich mit Hirngespinsten Frankfurter Ermittler zu beschäftigen. Aber es schwang noch eine andere Komponente mit, die Alex nicht einzuordnen wusste. Eines war jedoch sicher, auch er konnte ihn nicht leiden, und sie würden mit Sicherheit keine Freunde werden.

Steger setzte seine Brille ab, zupfte ein Tuch aus der Tasche und wischte über das Glas. Den Kopf geneigt, schaute er in Richtung der jungen Assistentin. »Sollte etwas passieren, dann wissen Sie ja alle, wo ich erreichbar bin.«

Pfarrer Martin wirkte kurz verunsichert. »Nun, alles wird gut gehen. Ganz bestimmt.« Er knipste seine Lampe an. »Ab hier übernehme ich.« Er lachte und stieg die Treppen hinab.

Der Bauamtsleiter, dessen Assistentin, sowie Thomas folgten ihm dichtauf. Alex schaute Steger nach, wie er die Brille wieder aufsetzte und die Kirche verließ, ohne auch nur einen Blick zurückzuwerfen. Erst dann schloss sich Alex den anderen an.

»Der Sims ist der Schlüssel«, flüsterte der evangelische Priester Alex zu. Dabei hob er eine Hand und verdeckte den Mund. »Und …« er schaute sich gescheucht um. »Die kennen sich.«

»Sie kommen nicht mit?«

»Gott behüte, nein!«

»Ich vergaß, nach Ihrem Namen zu fragen.«

»Peter Zimmermann.« Der Priester drehte sich um und ging eilig davon.

Alex verharrte einen Augenblick und ließ die beiden Äußerungen auf sich wirken. Besonders die letzte Bemerkung verwirrte ihn zutiefst. *Sie kennen sich*, hatte der Mann gesagt, doch auf wen bezog er sich damit? Meinte er Steger und Pfarrer Martin? Oder kannte einer von ihnen Dr. Rudolf oder seine Assistentin? An diesem Punkt in der Kirche verdichteten sich die

Rätsel, die ihm Kopfzerbrechen bereiteten. Er hob die Augenbrauen, schüttelte den Kopf und folgte der Gruppe mit einigem Abstand.

Die Sandsteintreppe, auf der er nun hinabstieg, zeigte deutliche Abnutzungsspuren und brüchige Stellen. Lichtkegel huschten suchend über den Boden und die Wände. Alex hatte erwartet, auf ein düsteres Verlies zu treffen, gefüllt von Schutt, feucht modrigem Gemäuer, üppig wuchernden Pilzkulturen, Spinnweben und Staubfäden sowie Ungeziefer und Ratten. Zu seiner Verwunderung jedoch sah er nichts Derartiges. Der Boden schien akribisch gereinigt worden zu sein, alles war trocken und von störenden Nagetieren keine Spur.

Alex fragte sich, wer von dieser seltsamen Truppe am ehesten als heimtückischer Mörder in Frage käme. Pfarrer Martin? Eine Möglichkeit. Von Anfang an hatte er kein gutes Gefühl bei ihm gehabt. Es war ihm aufgefallen, dass der evangelische Priester diesen des Öfteren argwöhnisch taxiert hatte. Doch andererseits war er ein Mann der Kirche und hatte sich bereit erklärt, die Führung zu übernehmen.

Die Mitarbeiter des Bauamts passten nicht in das Muster von von Kriminellen oder gar Killern, obwohl die graue Maus, die dem Leiter des Bauamts folgte, auffallend ruhig im Hintergrund blieb. Möglicherweise ein deutliches Indiz für verborgene Absichten.

Der Einzige, dem Alex zutraute, über Menschen herzufallen und sie zu ermorden, war Glubschauge Thomas, aber den kannte er ja.

Der Kellerraum erwies sich als erstaunlich geräumig. Die Sorgfalt, mit der er offenbar gepflegt wurde, hätte er problemlos als Lager- oder Archivraum genutzt werden können. Doch bis auf zwei Kisten war er absolut leer. Um es auf den Punkt zu bringen: Es war eine verdächtige Leere.

Warum kehrt man einen Raum, den man nicht nutzt?, fragte sich Alex. Eine alte, verrostete Tür befand sich seitlich der Treppe, verriegelt mit einem ebenso alten Vorhängeschloss.

Pfarrer Martin drehte sich zur Gruppe. »Sie sehen, meine Damen und Herren, hier unten ist nichts. Diese Tür führt in einen weiteren, ungenutzten Raum, der in Richtung Neckar abfällt.«

»Haben Sie einen Schlüssel?«, fragte Thomas.

Der Pfarrer verharrte für einige Sekunden, ließ seinen Blick zu Alex schweifen und nickte dann zustimmend. Mit bedächtigen Bewegungen öffnete er seine Tasche, durchwühlte sie und förderte schließlich einen schlichten Schlüssel mit markantem Bart zutage. Diesen setzte er behutsam ins Schloss ein und entriegelte es. »Dieser Raum befindet sich in einem unzugänglichen Zustand und wurde wohl die letzten fünfzig Jahre nicht mehr betreten«, erklärte er mit einem Hauch von Rätselhaftigkeit in der Stimme. Als er die Tür aufzog, schleppte sie schwer über den Boden, und die Scharniere quiekten protestierend laut auf. »Ich kann nur jedem dringend davon abraten, den Raum zu betreten. Es besteht die Gefahr eines Einsturzes, und es gibt ohnehin nichts von Wert darin zu finden«, warnte der Pfarrer und trat beiseite.

Der Bauamtsvorsteher ließ seinen Blick in den Raum schweifen, während das Licht seiner Taschenlampe die Dunkelheit durchdrang. Seine Assistentin wirkte angespannt. Aufmerksam lugte sie über die Schulter des Bauleiters in den dunklen Kellerraum. Irgendetwas schien sie zu faszinieren, aber beide machten keinerlei Anstalten, einen Schritt in diese unterirdische Welt zu setzen.

Alex zögerte. Er fragte sich, woher der Pfarrer so viel über diesen Raum wusste. Obwohl dieser angeblich seit fünfzig Jahren unbetreten war, hatte der Pfarrer erstaunlich schnell den passenden Schlüssel zur Hand gehabt. Sein Äußeres verriet nichts Auffälliges. Er wirkte aufrichtig besorgt, lächelte schwach und schwieg. Und doch stimmte etwas nicht.

Alex gab Thomas ein Zeichen, ihm zu folgen. Ohne eine Erklärung betraten sie den nächsten Raum. Im Gegensatz zu dem vorherigen Keller bot sich ihnen ein erschreckendes Bild. Im schwachen Licht ihrer Taschenlampen glänzte der Boden feucht. Überall lagen Steine verstreut, während verrotteter Unrat in den dunklen Ecken vermoderte. Ein abgestandener, scharfer Geruch hing in der Luft. Die Wände und Decken bestanden aus rötlichem, grob behauenem Sandstein. Einige Stellen waren von Ruß gezeichnet, als wäre hier einst ein verheerendes Feuer entfacht worden. Gelber Schimmel kroch von dem feuchten Boden empor und erklomm die Steinquader. Aflatoxin, ein unsichtbares Gift, das sich in der Luft verbarg und doch die Fähigkeit besaß, Menschenleben auszulöschen.

Alex zog ein Taschentuch aus der Tasche und hielt es sich vor Mund und Nase. Hier befand sich eine Brutstätte für Bakterien und Viren. Kakerlaken huschten in die schützende Dunkelheit, dem Lichtkegel der Lampen entfliehend. Eine halbzerfressene Ratte lag regungslos neben einem Rohr, das in die Wand führte und in Finsternis verschwand.

»Das ist ja gruselig!« Thomas tippte Alex auf die Schulter. »Lass uns hier wieder verschwinden.«

Doch Alex dachte nicht daran. Mit der Taschenlampe suchte er systematisch die Wände ab, bis er an einem auffälligen Stein hängen blieb, der wie ein Fenstersims in den Raum ragte. ›Sims‹, murmelte er. Genau dies hatte der Priester ihm oben gesagt.

XI

Kolzic begleitete Julia und Klaus ohne Zögern zum Schauplatz des Verbrechens, der von einem wachsamen Polizisten abgeriegelt war. Sie hatte darauf bestanden, beide persönlich dorthin zu fahren, doch Klaus' Bitte, ihnen einen zusätzlichen Wagen zur Verfügung zu stellen, hatte sie mit einem kalten Lächeln abgewiesen.

Klaus blieb an der Tür stehen und ließ den beiden Damen den Vortritt. Das Zimmer war unverändert geblieben, genauso wie er es mit Alex vorgefunden hatte, nur dass der leblose Körper entfernt worden war. Der unangenehme Geruch hing noch immer in der Luft, wenn auch nicht mehr so erdrückend wie zuvor.

Kolzic umrundete den Tisch, eine schmale Mappe fest unter ihren Arm geklemmt. Sie schob ihre Brille auf ihrer Nase hoch, legte die Akte sorgfältig auf dem Fenstersims ab und band ihre Haare kopfüber zu einem lockeren Pferdeschwanz zusammen. Anschließend teilte sie den Zopf in zwei Stränge und drehte sie einzeln locker um ein Haargummi. Mit einem zweiten Band fixierte sie die gedrehten Stränge. Der elegante Dutt verlieh ihrem Gesicht eine markante Strenge, die durch die eckige Brillenform noch betont wurde.

»Ich habe den Obduktionsbericht dabei.« Kolzic öffnete die Mappe und entnahm ihr mehrere lose Blätter. »Keine Strangulation durch Kompression des Halses mit den Händen. Auch keine Fingernagelspuren im Kehlkopfbereich. Keine oronasale Okklusion.« Sie hob die Augenbrauen, blickte über den Brillenrand zu Julia, die ihr stumm zunickte, und nahm das nächste Blatt zur Hand. »Einblutungen in das Ligamentum longitudinale anterius und in die Bandscheiben der Lendenwirbelsäule. Keine Verletzung des Rückenmarks durch frakturbedingte Abscherung des Dens. Kein Genickbruch. Jedoch Kehlkopffraktur mit Blutungen in die Halsmuskulatur.«

»Klingt nach suizidbedingtem Erhängen«, konstatierte Julia.

»Nun, so wollte es jemand aussehen lassen.« Melanie zwinkerte Julia zu. »Wenn nicht die leichten Hämatome am Nacken gewesen wären …«

»Oh.«

»Jemand musste ihn fest dort gepackt haben. Ich vermute also Fremdeinwirken.«

Über Julias schmales Gesicht, huschte ein fahles Lächeln. »Interessant. Haben Sie bereits die Ergebnisse der forensischen Analyse?«

»Nur eine Vorabinformation. Die wird uns jedoch nicht helfen, fürchte ich.« Kolzic gab Julia das Blatt mit den Aufzeichnungen.

Klaus hielt sich die ganze Zeit über im Hintergrund. Weder wusste er, wie gewissenhaft die Heidelberger Kommissarin arbeitete, noch kannte er Julias Herangehensweise. Er hörte genau zu, betrachtete beide im Austausch von Erkenntnissen und schwieg.

»Tja, für mich gibt es da nicht viel zu tun.« Julia gab das Blatt zurück, nachdem sie es durchgelesen hatte. »Es wäre hilfreich, wenn ich bei einem kommenden Fall, und es sieht so aus, dass dieser nicht lange auf sich warten lassen wird, von der ersten Sekunde an dabei sein könnte.«

»Sie denken …?« Kolzic betrachtete sie mit geweiteten Augen.

»Eins plus eins ergibt zwei. Ein Mord in Frankfurt, einer hier in Heidelberg. Das klingt nach mehr. Mordanschläge im Zug und in Mannheim.«

Klaus hüstelte in die hohle Faust. »Und was hat die Forensik bisher ergeben?«

»Wir müssen noch abwarten, bis alle Spuren ausgewertet wurden«, erwiderte Julia. »Auch wenn hier die PCR-Technik in Anwendung kam, erfahren wir erst morgen Belastbares. Bei einer herkömmlichen DNA-Analyse würde es wesentlich länger dauern. Alles, was von Bedeutung war, haben sie mitgenommen.« Julias Stimme klang zurückhaltend sachlich und abgeklärt. Ohne jede Emotion.

In Klaus' Augen, ein Zeichen von Professionalität. Gefühle jedweder Art mussten im Hintergrund bleiben, um bei der Lösung des Falls nicht durch Fehlinterpretationen in eine falsche Richtung gelenkt zu werden. Es interessierte nicht, ob das Opfer glücklich war, Ängste vor einer Studienarbeit oder finanzielle Engpässe hatte. Zumindest so weit, als dass diese Informationen nicht zum Fall beitrugen.

Julia streifte sich sterile Handschuhe über und spreizte die Finger. »Ich möchte mir ein eigenes Bild vom Hergang machen. Dazu bitte ich Sie …« Ihr Blick fiel auf Kolzic. »… das Zimmer zu verlassen oder zumindest einen Platz bei der Tür einzunehmen.«

In Kolzics Gesicht spiegelte sich Überraschung wider. Dennoch nickte sie zustimmend, gesellte sich zu Klaus.

Julia stürzte sich mit konzentrierter Hingabe in ihre Untersuchung. Der Brief, das Seil, das den Hals des bedauernswerten Mannes umschlungen hatte, und die anderen herumliegenden Dokumente waren bereits im Labor gelandet. Nun lag ihr Fokus auf dem verbleibenden Terrain. Sie legte behutsam ihren Rucksack ab und entnahm ihm eine hochauflösende Kamera sowie eine Auswahl an präzisen Objektiven. Ein wahrhaftiges Blitzgewitter brach los, wobei für Bilder auf Distanz andere Objektive zum Einsatz kamen als für detailreiche Nahaufnahmen.

Im Anschluss griff Julia nach einer Taschenlampe, einigen sterilen Plastiktütchen und einer feinen Pinzette. Auf allen Vieren kroch sie von Ecke zu Ecke, jede verdächtige Stelle sorgsam beleuchtend und minutiös betrachtend. Mal seufzte sie, mal kam ein verstehendes ›Aha‹.

Klaus und Melanie schauten einige Zeit schweigend zu, bevor sie sich in die Küche zurückzogen.

»Herr Marsalek, Sie haben den Tod nach Heidelberg gebracht.« Kolzics Blick verriet ihr Unbehagen. Sie zog verdrossen die Stirn. »Wir haben in unserer Region selten Mordfälle, die aus dem Rahmen fallen.1972, lange vor meiner Zeit …«, sie lächelte, »… gab es in Wiesloch einen außergewöhnlichen Fall, und die Heidelberger Kriminalpolizei stand vor einem Rätsel. Ein Mann wurde mit zwei Kopfschüssen aus nächster Nähe ermordet. Womöglich ein Profikiller. Es stellte sich später heraus, dass der Tote Mitglied einer rechtsextremen Untergrundorganisation war. Man ging von einem politisch motivierten Mord aus, der bis heute in den Akten herumgeistert.«

»Herumgeistert?«

»Ja, der Fall wurde nie gelöst. Doch so seltsam er anfangs anmutete, war er dennoch nicht.

Aus dem Nebenraum kamen klappernde Geräusche. Ein Stuhl wurde über den Boden geschoben, und eine Schranktür schlug zu. Julia arbeitete.

Kolzic fuhr fort. »Einen Tag vor Heiligabend im Jahr 2002 fand man drei Opfer gefesselt, geknebelt und erdrosselt in einer Heidelberger Praxis. Damals ermittelte eine fünfundvierzigköpfige Sonderkommission. Auch dieser Fall klang verworren, spektakulär und mysteriös. Doch er löste sich auf. Ein Zweiundfünfzigjähriger hatte sie aus Habgier ermordet.« Ihre Stimme klang angenehm, trotz der Worte und des Inhalts von dem, was sie sagte. Ruhig und fokussiert.

Klaus ahnte, worauf sie hinauswollte. »Und was denken Sie über die aktuellen Morde?«

»Das wollte ich gerade *Sie* fragen.«

»Das befürchtete ich.« Es kam gequält über Klaus' Lippen. Er hob die Schultern und ließ sie schlaff fallen. »Wir tappen im Dunkeln. Zwei von vier Studenten sind tot. Wo sich die anderen befinden, wissen wir nicht.«

Es entstand eine unangenehme Stille, die einem Leichentuch über ein schauriges Szenario glich. Es stand die unausgesprochene Frage im Raum, ob nicht auch die beiden anderen Studenten bereits ermordet worden waren. Und ja, im Gegensatz zu den berichteten Fällen, war diese Mordserie in der Tat mysteriös.

In diesem Moment kam Julia in den Raum mit ihrem gepackten Rucksack geschultert. »Wir können gehen. Mehr werde ich hier nicht tun können.«

»Konnten Sie etwas Verwertbares finden?«, fragte Klaus.

»Nein. Und genau das bedeutet: Ja!«

Klaus glaubte die Andeutung eines Lächelns in ihren Mundwinkeln aufblitzen zu sehen. Er hob fragend sein Kinn in die Höhe.

»Ich erzähle Ihnen eine kleine Geschichte. Ob sie exakt so abgelaufen ist, kann ich nicht sagen, aber sie wird nah an der Wahrheit liegen. Kommen Sie mit mir in das Zimmer, wo der Junge starb.«

Klaus entdeckte etwas Euphorisches in der Art, wie sie erzählte. Ihre Körperhaltung wirkte dynamisch und jugendlich, wie ein Tiger auf dem Sprung. Er verstand nun, dass Alex viel von ihr hielt. Beide folgten ihr stumm und blieben im Türrahmen stehen.

Julia kniff die Augen zusammen. »Ein junger Mann liegt schlafend im Bett. Es ist mitten in der Nacht, er schwitzt und wälzt sich unter dem Eindruck düsterer Träume.« Sie zeigt auf das zerwühlte Bett. Das Laken zusammengedrückt zur Seite geschoben. »Jemand bricht in das Appartement ein. Keinerlei Einbruchsspuren oder sonstigen Merkmale eines gewaltsamen Eintritts. Also ein Profi. Unser Opfer hört nichts und schläft immer noch tief und fest. Dann wird es geweckt. Womöglich mit einem Messer am Hals oder dem Lauf einer Pistole an die Schläfe gepresst. Keine Ahnung, aber es kommt zu keinem Kampf. Kein zerbrochener Stuhl, keine zerstörten Utensilien im Raum. Alles ordentlich und intakt. Sie reden miteinander, und der junge Mann bekommt ein leeres Blatt Papier vorgelegt. Der Täter muss dem Opfer körperlich und mental überlegen gewesen sein. Warum? Weil der Junge das schreibt, was man ihm diktiert. Wenn es seine eigenen Worte wären, gäbe es kein Fremdeinwirken. Vielleicht erhoffte er, lebend davon zu kommen? Aber die Botschaft auf dem Zettel ist eindeutig. Was war also das Druckmittel? Der Täter greift einige Male in den Nacken des Opfers, so wie ein Jäger sein Wild packt, bevor er es tötet.«

Julia umrundete den Tisch, stellte sich hinter den Stuhl und formte ihre Hand zu einer Kralle. »Der junge Mann ist willenlos und vollkommen eingeschüchtert. Und nun kommt der finale Akt. Der Täter zwingt den jungen Mann, auf den Stuhl zu steigen und sich selbst den Strick um den Hals zu legen. Aber wie?« Ihre Stimme wird leise und verschwörerisch. »Wer weiß? Vielleicht hat er den Strick sogar selbst an dem Haken da oben befestigen müssen.« Ihr Blick wanderte zur Decke und haftete an ihr, als würde sie sehen können, wie die Schlaufe unschuldig herabhing. »Und dann? Der Stuhl wird nicht unter ihm weggezogen oder weggetreten. Auch das muss das Opfer selbst erledigen. Doch bestimmt die Angst den nächsten Schritt in diesem grausigen Spiel. Der Junge tritt zögerlich vom Stuhl zur Seite. Er hat Angst, sich wehzutun, doch genau das erwartet ihn nun. Das Genick bricht nicht. Er wird stranguliert. Langsam.« Julia legte sich die Hände an den Hals und gurgelte gequält. »Sein

Puls steigt, das Blut weicht aus seinem Gesicht, die Knie zittern womöglich. Stottert er? Der Atem wird schneller, und dennoch japst er wahrscheinlich nach Luft. Der Magen verkrampft sich womöglich, und Übelkeit kommt auf. Der Täter scheint diesen Augenblick zu genießen, denn er tut nichts dafür, dass ein schneller Tod eintritt. Im Gegenteil. Ich vermute stark, dass dieser den Stuhl während des Todeskampfs des Jungen zur Seite nahm. Danach stellte er ihn wieder ordentlich zurück.«

Klaus schüttelte fassungslos den Kopf. Julia hatte die Szenerie gut beschrieben. Der Student musste fürchterliche Angst gehabt haben. Jeder Impuls sich zu wehren, war erstorben. Er kannte aus der Psychologie dieses Resignations-Phänomen bei Kriminalfällen, bei denen die Opfer dem Tod ins Auge schauten und sich dennoch nicht zu wehren trauten. »Manche schaufeln ihr eigenes Grab, wissentlich, dass sie bald selbst darin liegen werden«, murmelte Klaus betroffen.

Julia nickte. »Ja, es ist ein entsetzlicher Gedanke. Eines ist sicher, es war kein zufälliger Überfall.«

»Ich verstehe.« Klaus drehte sich auf dem Absatz um und verließ das Appartement. Ihm war bewusst, dass die Wahrscheinlichkeit, Frau Rohns Tochter lebend zu finden, zu einer Mikrobe geschrumpft war.

XII

Die kalten Lichtkegel der Taschenlampen irrlichterten unruhig durch den düsteren Raum. Eine gespannte Atmosphäre breitete sich aus, als die beiden Ermittler sich entschlossen, allein in den folgenden Kellerraum hinabzusteigen. Pfarrer Martin verharrte vor der Tür und wandte sich den Mitarbeitern der Baubehörde zu. Ein Lächeln huschte über seine Lippen, doch es entsprang nicht aus einem Anflug menschlicher Güte oder aufrichtiger Herzlichkeit, sondern vielmehr dem Genuss dieses Augenblicks. Tief atmete er die verbrauchte, miefende Luft ein, schloss für Sekunden seine Augen und ließ den Atem langsam wieder entweichen. Keiner dieser Narren hatte auch nur die leiseste Ahnung, wer er wirklich war und warum er an diesem Ort stand. Der evangelische Priester hegte womöglich gewisse Zweifel. Er hatte bemerkt, wie dessen Blick des Öfteren auf ihm verweilte, und es mochte durchaus sein, dass er sich um ihn kümmern musste. Zur Sicherheit.

Der Pfarrer verschränkte die Arme vor der Brust und richtete seine Aufmerksamkeit auf die zierliche Assistentin. Sie besaß zweifellos etwas, das ihn anzog. Etwas Schüchternes, Unsicheres und Schwaches, das er auf perverse Weise liebte. Ein Lamm, das er gern reißen würde. »Heidelberg ist eine sehr schöne Stadt.« Er zwinkerte ihr zu. »Leben Sie schon lange hier?«

Unsicher lächelte sie zurück und schüttelte den Kopf. »Erst seit einem halben Jahr.«

Es war eine karge Antwort, die der Pfarrer erhielt, doch sie entsprach seinen Erwartungen. Die Gedanken, sie sich zu einem späteren Zeitpunkt gefügig zu machen, ihr flehentliches Wimmern zu hören und den zitternden Körper unter sich zu fühlen, erregten ihn zutiefst. Dazu musste er dem Bauamtsleiter nur eine Kugel in den Kopf jagen. Dadurch eingeschüchtert, wäre alles Weitere ein Kinderspiel unter Gottes Augen. Er leckte sich die Lippen, und die kleine Assistentin verkroch sich hinter ihren Meister. Ja, es könnte so einfach sein, doch er hatte einen Auftrag, und den musste er erledigen. Er fuhr sich über das Gesicht und biss die Zähne zusammen, um dieses verführerische Bild ihrer Wehrlosigkeit aus den Gedanken zu tilgen. Aber es gelang nur zum Teil.

Irgendetwas polterte in dem halb zerfallenen Raum, in dem die Ermittler wie Ratten wühlten. Sie waren weit gekommen, weiter, als sein Boss es ihnen zugetraut hatte. Sollte er sie einfach erschießen? Die beiden aus dem Bauamt waren Käfer, auf die man nur treten musste. Knacks würde es machen, und die Säfte würden spritzen. Die Ermittler jedoch waren ein anderes Kaliber. Sie konnten sich wehren. Sich mit ihnen auf einen Kampf einzulassen, war gefährlich.

Pfarrer Martin, dachte er und hauchte ein verächtliches »Pf« aus. Nie würden diese Schafe erfahren, dass er die rechte Hand Gottes war. Er, Jan Jomistro, der das erledigte, was nie an die Oberfläche der Scheinheiligkeit gelangen durfte. Und Gott selbst hielt ihm dabei den Rücken frei. Amen.

Für die Kirche zu arbeiten, war ein guter Job. Vieles, das er tun musste, erschien ihm selbst nicht gerecht oder einem gläubigen Handeln würdig. Aber er wurde nicht fürs Denken bezahlt oder um moralische Gewissensbisse zu hegen. Die Weisheit Gottes war weitaus umfassender und tiefer als alles auf dieser schmutzigen Welt.

»Was machen die beiden in dem Keller? Vielleicht sollten wir ihnen helfen?« Der Leiter des Bauamts unterbrach Jomistros Gedanken.

»Ich glaube nicht, dass wir da rein sollten.« Diesmal lag eine gewisse Schärfe in seiner hohen Stimme, die sich wie Fingernägel, die über eine Schieferplatte kratzten, anhörte.

Dr. Rudolfs freudige Überschwänglichkeit war erstorben. Jomistro hatte sie ihm wie die züngelnde Flamme einer Kerze ausgeblasen.

»War Ihre Kindheit von Glück erfüllt?«, fragte Jomistro.

Der Bauamtsleiter öffnete den Mund, doch ihm blieben die Worte im Halse stecken.

»Ich hatte eine beschissene Kindheit«, fuhr Jomistro fort und trat einen Schritt näher auf ihn zu. »Meine Eltern waren arm und hatten für mich und meine Geschwister nichts übrig.

Noch bevor ich fünf Jahre alt war, wurde ich in ein Kloster abgeschoben. Dort durfte ich die Nähe Gottes spüren, anstatt den harten Lederriemen meiner Mutter. Doch ich möchte sie nicht verurteilen. Mit sieben Kindern und einem Trunkenbold an ihrer Seite hat sie mit Sicherheit die Hölle durchlebt.« Er zog lautstark die Nase hoch und rotzte auf den Boden. »Dem Gürtel konnte ich so entkommen, doch den gierigen Händen der neu gewonnenen Ordensbrüder nicht. Sie schlugen mich nicht, aber sie taten Dinge mit mir, die ich anfangs nicht verstand. Immer im Namen Gottes fügte ich mich, so wie ich vieles andere auch zugelassen habe.«

Jomistro sah, dass Dr. Rudolf nicht wusste, was er darauf erwidern sollte. Hilfesuchend wanderte dessen Blick zu seiner Assistentin, die einen Schritt zurückwich. Jomistro erkannte die Unsicherheit in ihren Augen. Er hörte die stumme Frage, was dies alles zu bedeuten hatte.

Gelassen beugte er sich zu seiner Tasche und platzierte die Taschenlampe so, dass der Lichtkegel an die Decke gerichtet war. Dann zog er eine Pistole und einen Schalldämpfer heraus.

Ein erschrockenes Quietschen entwich Maschas Lippen, bevor sie die Hand vor den Mund halten konnte.

Der Bauamtsleiter schluckte schwer. »Was –«

»Pst.« Gemächlich drehte er den Schalldämpfer auf. »Sicherheitsmaßnahmen.« Dann richtete er den Lauf auf Dr. Rudolfs Stirn. Es machte Plopp. Die Kugel durchstieß die Stirn, blutgetränkte Gehirnmasse spritzte gegen die Wand und das Poloshirt der Assistentin. Das Entsetzen stand in ihrem jungen Gesicht geschrieben. Sie hätte schreien können, doch die Stimme versagte ihr. Sie griff nach der Schnalle des Rucksacks.

Der Pfarrer blieb ruhig und beobachtete sie, wie sie panisch versuchte, den Verschluss zu öffnen. Ihr Gesicht war verzerrt, und auf ihrer Stirn stand Schweiß – Angstschweiß. Sie könnte ein so liebliches, wehrloses und ergebenes Vergnügen an diesem gottverdammten Tag werden, schoss es nochmals in Jomistros Kopf. Er seufzte. Sein Finger krümmte sich abermals.

Plopp.

Es half alles nichts, Auftrag war Auftrag.

XIII

Der Keller erstreckte sich düster und beklemmend vor Alex, als er beharrlich nach einem versteckten Weg suchte, der hinter den dicken, verwitterten Mauern verborgen sein mochte. Seine Augen tasteten sich durch den Raum, während sein Verstand eifrig nach Hinweisen und Spuren suchte, die ihn zum Ziel führen könnten. Das Einzige, das er bisher gefunden hatte, war ein simsartiger, aus der Wand ragender Stein. »Der Sims ist der Schlüssel«, hallte in seiner Erinnerung nach. Doch was genau hatte der Priester damit gemeint? Dieser Block, der ebenso massiv wie der Rest der Wand schien?

Plötzlich, ohne jede Vorwarnung, durchdrangen zwei dumpfe Geräusche die Luft, die von einem Moment auf den anderen die Anspannung verstärkten. Ein Schauer lief Alex über den Rücken, und seine Muskeln spannten sich unwillkürlich an. Er verharrte augenblicklich an Ort und Stelle. Langsam und mit äußerster Vorsicht drehte er sich um, sein Blick fokussiert auf das Dunkel hinter ihm.

Ein unheilvolles Kratzen und Schlurfen ertönte unangenehm laut. Das Geräusch zog sich wie brennende Krallen über seine Nerven und ließ seine Sinne in höchster Alarmbereitschaft verharren. Mit einem ohrenbetäubenden Krachen fiel die Tür hinter ihnen ins Schloss, und die Gewissheit, dass sie in der Falle saßen, schlug wie ein eisiger Wind auf ihn ein. Die Enge des Kellers wurde plötzlich erdrückend, während sich die Dunkelheit um ihn herum zu verdichten schien.

»Was zum Teufel ist …« Alex richtete die Lampe auf die Tür.

Thomas zuckte die Schultern. »Bestimmt ein Versehen«, hauchte er.

Sie warteten in der Hoffnung, jemand würde das Tor wieder öffnen, doch tief in seinem Inneren wusste Alex, dass dies nicht geschehen würde. Totenstille.

»Verdammte Scheiße«, fluchte Alex. Das war kein zufälliges Zufallen gewesen. Jemand hatte sie absichtlich hier eingekerkert. »Lebendig begraben. Toll.«

Thomas rannte zur Tür und stemmte sich dagegen. Aber sie bewegte sich keinen Millimeter. »Hey, machen Sie auf!« In seiner Stimme lag aufquellende Panik. Er hämmerte mit der Faust auf die dicken Holzbohlen und rief erneut.

»Lass es. Du weißt genau, dass man uns hier absichtlich eingesperrt hat.« Alex ärgerte sich über die eigene Arglosigkeit. »Gott, sind wir blöd!«

»Waren das vorhin Schüsse?«

»Knallende Sektkorken waren es nicht. Zwei Schüssc. Rate Mal, wer noch steht.«

»Der Pfarrer? Das ist nicht gut.« Thomas schlug noch mal kräftig zu, drehte sich dann aber mit hängenden Schultern zu Alex um. »Und was jetzt?«

»Frag nicht so dämlich. Nimm dein Handy und ruf Klaus oder wen auch immer an.«

Thomas nickte.

Alex wandte sich wieder dem herausstehenden Steinquader zu, den er zuvor entdeckt hatte. Die Lampe wurde schwach und begann zu flackern. »Bitte, nur das nicht.« Er schüttelte die Taschenlampe, und der Strahl wurde wieder stabil. Der herausragende Teil war etwa fünfzig Zentimeter breit und zehn Zentimeter dick. Alex berührte ihn, strich mit der Hand über die raue Oberfläche, drückte und zog an ihm, aber nichts tat sich.

Thomas tippte Alex auf die Schulter. »Funkloch. Ich habe keine Verbindung hier unten.«

»Es wird ja immer besser«, stammelte Alex, holte sein eigenes Telefon aus der Tasche und schaute auf das Display. Es zeigte nicht einen einzigen Balken Ausschlag. Sie waren hermetisch von der Außenwelt abgeschottet. »Verdammte, verdammte –«

»Scheiße. Genau!«

»Komm her und hilf!« Alex schaute auf die Lampe herab, deren Strahl wieder zu flackern begann. Dann erstarb das Licht ganz. »Man hat uns so richtig in den Arsch …« Zorn quoll in Alex über wie eine vergessene Suppe auf dem Herd. Das Blut hämmerte in seinen Schläfen. Ein Rascheln kam von der Ecke, wo er zuvor eine tote Ratte entdeckt hatte. Sein Atem ging schneller. Immer wieder drosch die Erkenntnis auf ihn ein, wie dumm und naiv sie doch gewesen waren, ohne Absicherung hier hereinzukommen. Im blinden Vertrauen Menschen gegenüber, die sie nicht einmal kannten. »Leuchte die Wand vor mir an.« Der Priester hatte versucht, ihm etwas zu verraten, und dessen »*Gott bewahre*« hätte ihm eine Warnung sein sollen.

Der Lichtkegel von Thomas' Taschenlampe erhellte den Sims schwach, aber dennoch genügend, um ihn betrachten zu können.

»Kannst du irgendetwas an ihm erkennen? Etwas Besonderes oder Außergewöhnliches?«, fragte Alex.

»Nö. Es ist ein ganz gewöhnlicher Sandstein. Eingemauert in die Wand. Vielleicht war dort einmal ein Fenster.«

Das Licht erlosch. Absolute Dunkelheit umschloss sie wie ein Umhang.

Ruhig jetzt! Alex schaltete sein Handy ein, das in Ermangelung einer Verbindung zumindest als Taschenlampe dienen konnte. Zumindest für eine kurze Zeit. Fenster? Thomas hatte womöglich recht. Alex legte die Hand auf den ersten Quader oberhalb des Sims und presste ihn. Er wackelte, blieb jedoch an seiner Position geklemmt. Seine Hand wanderte die Wand entlang. Plötzlich gab einer der Sandsteine ruckartig nach und verschwand polternd im Dunkel dahinter. Ein süßlich beißender Gestank strömte Alex entgegen. Er rümpfte die Nase und rückte automatisch zurück. *Wir werden nichts Gutes finden.*

Ein zweiter Quader gab nach und ein dritter. Danach stürzte ein Teil des darüber liegenden Mauerwerks ein und offenbarte ein Loch von gut einem halben Meter Durchmesser. Ohne Mörtel, Zement oder andere Befestigungsmaterialien waren sie nur übereinandergestapelt worden.

Mit dem Schein des Telefondisplays versuchte Alex etwas in dem Raum dahinter zu erkennen, aber die Intensität des Lichts genügte nicht, um wirklich etwas entdecken zu können. »Bleib du hier. Ich gehe rein und schau mich um. Halte mir den Rücken frei. Klar?«

Thomas nickte. »Kein Problem. Ich habe ohnehin keine große Lust da rein zu krabbeln.«

»Das dachte ich mir.« Alex stemmte sich auf den Sims und ließ sich auf der anderen Seite langsam herabgleiten, bis er wieder festen Boden unter den Füßen hatte.

Ein unerträglicher Gestank erfüllte die stickige Luft und zwang Alex dazu, sich instinktiv die Nase zuzuhalten. Mit einer Handbewegung reichte ihm Thomas das Mobiltelefon durch die schmale Luke, und sofort begann Alex den Keller zu erkunden. Die Szenerie hier unten glich einem verwüsteten Areal voller Schutt, Schmutz und stehenden Pfützen, in dem lebendiges Getier kroch, krabbelte und wimmelte. Den Körper angespannt, wagte er sich nur langsam vorwärts.

Nach etwa zehn Metern stieß er auf eine glitschige Sandsteintreppe, die weiter hinabführte. Alex hob die Nase und schnüffelte. Der beißende Gestank wurde in diesem Bereich noch intensiver. Ein beklemmendes Gefühl der Ungewissheit durchströmte ihn, während er hoffte, nicht eine halbverweste Leiche im schmutzigen Morast zu finden. Zwiespältig über die Entscheidung, ob er weitergehen sollte, starrte er in die Tiefe. Die Stufen vor ihm waren mit einer Schicht aus Schlamm bedeckt, der tiefe Schleifspuren aufwies, als ob etwas Schweres hinabgeschleift worden war.

Die Spannung in der Atmosphäre war greifbar, und sein Herz pochte wild in der Brust, als er dem Abgrund der Treppe entgegenblickte. Das Tappen seiner Schritte auf den schlammigen Stufen schmatzte in seinen Ohren, während er behutsam einen Fuß vor den anderen setzte.

Alex blieb stehen und lauschte.

Ein fernes Echo von Wasser, das in unregelmäßigen Abständen von der Decke tropfte, hallte empor. Jeder einzelne Tropfen schien mit einer bedrohlichen Präsenz zu fallen, sein Klang durchdrang die Stille wie ein Flüstern des Verderbens. Es war, als ob die Decke des Verlieses selbst zu weinen begann, ihr schmerzvolles Leiden in jeder feuchten Perle ausdrückend, die sich von ihrem blassen Gesicht löste und zur Erde fiel.

Bevor Alex weiter in die Tiefe gehen würde, wollte er zumindest sicher sein, dass sich Thomas in Reichweite befand. »Thomas?«

Stille.

»Thomas!«, rief Alex lauter.

»Ja? Ist alles okay?«

Idiot, wie soll an einem solchen Ort alles ok sein? »Die Tür ist noch geschlossen?«

»Ja.«

»Scheiße.« Der Fluch kam nur leise über seine Lippen. Wohin ihn die Treppe auch führen würde, in die Freiheit sicherlich nicht. Aber zumindest der Wahrheit würde sie ihn ein Stück näher bringen. Alex rollte die Augen und setzte sich wieder in Bewegung. Es mochten gut fünfzig oder sechzig Stufen gewesen sein, bis er endlich einen Ausgang in einen weiteren Keller sah. Je tiefer er hinabstieg, umso feuchter wurde es. Am Eingang blieb er stehen. Auf dem Boden in etwa fünf Meter Distanz, lag ein zusammengerollter menschlicher Körper im Dreck. Der Kopf war unnatürlich verrenkt, so als hätte jemand versucht, ihn wie von einer Puppe abzudrehen. Die Kleidung, ein mit Dreck besudeltes dunkles Kostüm, ließ ahnen, dass es sich um eine Frau handeln musste. Ein Fuß steckte in einem Schuh mit hohem Absatz, der andere war nackt.

Alex schaute sich im Raum um und nahm die letzten Schritte zur Leiche. Behutsam drehte er den Körper auf den Rücken. »Bon jour.« Er erkannte die Kunsthistorikerin, deren Bild Thomas ihm besorgt hatte. Sie hatte eine glatte Haut und musste zwischen dreißig und vierzig Jahre alt gewesen sein. Ihr brünettes Haar hing teilweise aus einer Klammer. Wahrscheinlich hatte jemand sie dort gepackt und am Schopf hierher geschleift. Einige ihrer Fingernägel waren bis tief ins Nagelbett gerissen. Ob sie gefoltert worden war oder dies durch die unsanfte Behandlung zufällig geschah, konnte er nicht feststellen. Ihre Knie waren aufgeschlagen, Hämatome befanden sich in ihrem Genick und an den Armen.

Alex war viel gewohnt und nichts berührte ihn noch tief. Dennoch empfand er einen tiefen Schmerz, als er sich vorstellte, jemand hätte das seiner Schwester angetan. Sie hatte einen hohen Preis für ihr Abenteuer mit den Studenten bezahlen müssen; ihr junges Leben. Das spärliche Licht seines Telefondisplays ließ eine genauere Untersuchung nicht zu, aber er vermutete, dass ihr das Genick gebrochen wurde. Und danach hatte man sie wie Müll hier liegen lassen.

Welches Geheimnis sollte gehütet werden, koste es, was es wolle? »Verdammt, das alles ergibt keinen Sinn«, presste Alex heraus. Er richtete sich auf und schaute sich um. Irgendetwas musste sich hier in diesen gottverlassenen Kellern befinden, was es einigen Leuten wert war, eine Spur des Todes hinter sich zu ziehen.

Am Ende des Raums befand sich ein weiterer Durchgang ohne Tür. Vermutlich waren sie in hunderten von Jahren einfach verrottet. Alex schaute sich nochmals um, aber alles blieb still; bis auf das leise Platschen herabfallenden Wassers, totenstill. Er blickte auf das Display seines Telefons: elf Prozent Akku. Das war nicht mehr viel. Er musste sich beeilen, sonst müsste er versuchen, sich in absoluter Dunkelheit zurück zu tasten. Und darauf hatte er überhaupt keine Lust.

Mit schnellen Schritten erreichte er den nächsten Raum. »Oh, schau mal an.« Einige Stufen führten weiter hinab und endeten in einem riesigen Gewölbe ohne Türen oder Luken. In der Mitte des Raums lag ein länglicher, mit schmutzigen Laken verhüllter Gegenstand.

Befand sich darunter der gesuchte Schatz? Alex postierte sich davor, packte den Zipfel des Tuchs, und zog es mit einem Ruck herunter. »Abraka …« Ihm stockte der Atem.

Kapitel 6

Die Stadt der Liebe

I

Eine quälende Unruhe plagte seine alten Knochen schon seit vielen Jahren. Die geröteten Gelenke brannten, als würde ein Strom von Lava durch sie hindurchfließen. Jeder Schritt, jede noch so kleine Bewegung klang, als ob winzige Keramikscherben in ihnen knirschten. Die Ärzte hatten ihm lediglich erklärt, dass dies im fortgeschrittenen Alter geschehen könne und er bis zum Ende seiner Tage damit würde leben müssen. Eine Fehlfunktion der Nieren sei die Ursache, begleitet von nadelförmigen Harnsäurekristallen, die ihn peinigten wie die Dornen einer Jesuskrone.

Warum hatte Gott ihm dieses Leiden zuteilwerden lassen? War es eine Belohnung dafür, dass er sein Leben seinem Glauben geopfert hatte? Weil er versucht hatte, die wertvollsten Güter zu bewahren, die noch übrig waren?

»Pah«, entfuhr es Chrisinto bitter aus den dünnen, eingefallenen Lippen, die sein Gesicht in zwei Hälften zu teilen schienen. Er betrachtete sich im Spiegel, der über einer alten, antiken Kommode hing, in der er viele seiner Insignien aufbewahrte. Relikte, die er im Laufe seines Lebens gesammelt und der Kirche vorenthalten hatte. Seine zusammengekniffenen Augen, grau-blau wie der Ozean, starrten in die Spiegelung. Seine Nase ragte wie eine scharfe Klinge hervor. »Ja, Gott, ich werde alt.« Doch es war mehr als nur das Alter, das an ihm zehrte.

Sein Wesen hatte sich verhärtet wie eine knorrige Eiche, die jedem und allem mit unerbittlicher Willenskraft trotzte. Noch konnte kein Sturm sie fällen, keine Axt sie durchtrennen. Doch es knackte bedrohlich im Geäst, und ihre Tage waren gezählt.

Mit schweren, schlurfenden Schritten bewegte er sich zum kleinen Fenster, das einen bezaubernden Blick auf Rom bot. In dieser Stadt wurde Geschichte geschrieben. Aufstände waren niedergeschlagen worden, Tragödien erlebt und wundersame Eroberungen gefeiert, bei denen im Kolosseum den Sklaven die Köpfe abrasiert wurden. Reine Gewalt hatte diese Perle einst zu einem mächtigen Reich gemacht, und die darauffolgende Lasterhaftigkeit hatte es wieder zerfallen lassen.

»Schwäche!« zischte er mit maßloser Wut. Wenn es etwas gab, das er verabscheute, dann waren es labile Seelen, die an das Gute glaubten. Es gab keine Reinheit, keinen Gefallen ohne Preis und keine Nachsicht für Fehler und Versäumnisse.

Er blickte hinab auf die schier endlosen funkelnden Lichter der Stadt im Dunkel der Nacht. Seine Finger spielten unermüdlich mit den kleinen Perlen des Rosenkranzes. Drei kleine, eine große, und wieder drei kleine Kugeln aus schlichtem Holz. Sie waren wie ein ständiger Begleiter, ein Symbol seines Glaubens in einer Welt, die ihm zunehmend fremd erschien.

»Ave Maria, Pater noster … Infirmus erat. Sed habes me! Sic me Deus adiuvet, ego volo.«

Seine Lippen zusammengepresst, schloss er die Augen und atmete tief durch. Die Luft schmeckte nach Aas. Verbraucht, alt, abgestanden, geschwängert von Abgasen und Gestank der Küchen.

Es war nicht einfach, wenn man Verantwortung zu tragen hatte. Besonders dann nicht, wenn die meisten um einen herum nicht verstanden, worum es ging. Törichte Kleingeister, unfähig, die Tragweite mancher Dinge erkennen zu können. Sie glaubten tatsächlich, dass Probleme auszusitzen die beste Lösung sei. Aber das stimmte nicht! Es bedurfte einer harten Hand und einem eisernen Willen, um Gottes Werk zu schützen.

Das Handy klingelte.

War es der Anruf, auf den er gewartet hatte? Ohne Hast nestelte er in der Tasche seines Morgenmantels, holte es heraus und blickte auf das Display.

Das Handy klingelte abermals.

Er hatte es sich angewöhnt zu warten, Geduld zu üben, selbst wenn es ihn nach Nachrichten dürstete. Davon abgesehen, betrachtete er es als Privileg, dass andere warten mussten. Es war ein Akt der mentalen Erniedrigung, die er auszuführen genoss.

Es klingelte noch einige Male, bis er den Anruf schweigend entgegennahm.

»Guten Abend, Kardinal –«

»Schweigt!« Namen waren verräterisch. Besonders unter dem Dach der Kirche gab es unwürdige Ohren. Der Kardinal hob das Telefon ein wenig auf Abstand und verzog seinen Mund. Er verabscheute die ihm vertraute, unangenehm helle Mäusestimme.

»Nun?«

Ein Räuspern. »Es ist … erledigt.«

Kardinal Chrisinto entspannte sich. Das waren gute Nachrichten. »Gott sei den toten Seelen gnädig! Das ist eine traurige Nachricht.« Er schmunzelte voller Häme. »Sie alle sind Kinder Gottes. Doch Gottes Wege sind unergründlich.« Den Blick zur

Decke gerichtet, schlug er das Kreuz vor der Brust. »Pax cum eo«, murmelte er. »Ich hoffe, dass deren Ableben, wie ein Unfall aussieht?«

Es hüstelte am Telefon. »Nun … sie werden im Untergrund sterben und vermodern.«

»Sterben? Sie leben noch?« Chrisinto presste die Lippen hart aufeinander.

»Es tut mir –«

»Narr!« Zorn loderte in seiner Brust. » Hattest du meinen Auftrag nicht verstanden? War er undeutlich formuliert?«

Tiefes Schweigen.

Der Kardinal schnaufte laut aus. »Tut, was ich gesagt habe!«

»Si, ich kümmere mich darum.« Die Stimme verriet die Angst seiner *rechten Hand.* Die Unsicherheit, die selbst ihn erzittern ließ, der doch so flink mit Waffen war, und dort den Tod verhieß, wohin ihn der Kardinal entsendete.

Chrisinto beendete das Gespräch. Er fauchte wie ein Raubtier, dem die sicher geglaubte Beute entwichen war. Sollte er in seinem Alter alles selbst erledigen? Er ballte die Faust, und die dürren Knöchel liefen weiß an. Seine Hand zitterte, und sein Körper bebte vor Erregung. »Der Teufel soll … hach.« Seine Nasenwinkel zuckten nervös. Hatte er noch alles im Griff? Je älter er wurde, umso mehr schwanden seine Verbindungen. Das Netzwerk, auf das er sich all die Jahre hatte verlassen können, wurde zunehmend löchrig.

Schwäche, ja, er hasste sie. Doch, begann sie sich nicht bereits durch seine eigenen Knochen zu fressen wie ätzendes Gift?

Er schlurfte schnaubend zurück zum Fenster und schaute hinab in den menschlichen Unrat. »Verflucht soll alles sein!« Wie dumm konnten Gott und seine Engel nur sein, sich auf ein solches Spiel einzulassen? So viele Jahre hatte sich niemand für dieses unheilvolle Tor interessiert. Und jetzt? Mit den dummen

Studenten kam er klar, doch nun stand dieses Relikt im Fokus der Polizei, die nicht eher ruhen würde, bis sie den Fall lösten oder er selbst einen Weg fand, wieder Ruhe in die Angelegenheit zu bringen.

»Deus, cur me sic tentas?« Konnte es sein, dass Gott selbst die Entdeckung des Tores wünschte? Nein, so dumm konnte er nicht sein. Die Kirche würde ihre Berechtigung verlieren, wenn dieses so wohl behütete Geheimnis ans Tageslicht käme. Zwei Jahrtausende Entwicklung würden wie eine kleine Wolke im Sturm der Gezeiten hinweggeblasen werden.

II

Ernüchtert runzelte Alex die Stirn. Er hatte etwas Besonderes erwartet, etwas, das den Glanz eines kostbaren Schatzes besaß. Doch stattdessen fand er einen schlichten Tonklumpen vor, in den nur wenige Figuren eingearbeitet waren. Gemäß den Überlieferungen hatte er das Erstlingswerk des Höllentors erwartet, ein Meisterwerk von aufwendiger Gestaltung. Doch hier war keine Bronze, keine prachtvolle Darstellung der menschlichen Existenz in all ihrer Tiefe und Komplexität. Keine Abbildungen von Leid, Schmerz und Verzweiflung.

Alex ließ das schwache Licht seines Displays über den Block gleiten. Hier und dort befanden sich unfertige Skizzen, die vermutlich als Platzhalter für zukünftige Skulpturen dienten. Am linken Rand waren mehrere detailgetreu geformte Bildnisse zu erkennen, doch Alex schenkte ihnen keine Beachtung. Alles wurde von zwei zierlichen Kordeln umrahmt, die an den oberen und unteren Enden von zwei Lemniskaten zusammengeführt wurden.

Ein Blick auf die Anzeige seines Telefons verriet Alex, dass der Akku nur noch sieben Prozent hatte. »Verdammt«, entfuhr es ihm. Noch einmal durchkämmte er den Raum, suchte den Boden ab und inspizierte die Wände. Was hatte er übersehen? Weder gab es eine weitere Tür noch einen Anhaltspunkt, dass es hier irgendwo etwas Verborgenes geben könnte. Er nahm die Plane und warf sie auf das Kunstwerk, das in seinen Augen diesen Namen nicht verdiente.

Enttäuschung durchzog seine Knochen. Es fühlte sich an, als stünde er nach dieser Entdeckung wieder am Anfang. Es schien ihm unmöglich, dass jemand bereit wäre, für diesen Klumpen zu morden, nicht einmal im Namen der Kirche. Missmutig unterdrückte er einen Fluch und machte sich auf den Rückweg.

Im Keller, in dem er die Kunsthistorikerin gefunden hatte, kam ihm Thomas entgegen. Zu Alex' Überraschung hielt er eine gut funktionierende Taschenlampe in der Hand, deren Lichtstrahl die Dunkelheit des Kellers durchdrang. »Woher –«

»Der Eingang ist offen. Der evangelische Priester hat uns geöffnet. Was denkst du, was sich dort befindet?

»Zwei Leichen?«

Thomas verzog den Mund.

»Tja, und hier liegt die Professorin Burier.« Alex nickte in Richtung des Körpers, der im Dreck des Kellers lag.

»Oh, sie hat eine gewöhnungsbedürftige Ausdünstung.«

»Ich vermute, dass sie hier schon einige Zeit liegt. Genickbruch.«

Thomas schien nur mit halbem Ohr zuzuhören. Er hob den Lichtkegel seiner hell leuchtenden Lampe in Richtung Tür die tiefer in die Unterwelt Heidelbergs führte. »Was ist denn da unten?«

Alex' Blick folgte dem Licht, und er schüttelte den Kopf. »Viel weniger, als ich erhofft hatte.« Dann drehte er sich um und stapfte an Thomas vorbei. »Lass uns nach oben gehen.« Irgendwie war er froh, dass Thomas nicht nachhakte. Was hätte er ihm jetzt auch sagen sollen? Dass sich dort unten eine schlichte, kaum bearbeitete Platte aus Ton befand? Und doch musste sie des Rätsels Lösung sein.

Als sie wieder in dem Keller standen, wo sie sich getrennt hatten, empfing sie der alte Priester mit mürrischem Gesicht, sagte aber nichts. Alex wandte sich dem am Boden liegenden Bauamtsleiter zu und beugte sich zu ihm herab. »Kopfschuss. Mitten in die Stirn. Schätze, es war eine Neunmillimeter Patrone. Grässliche Wunde. War sicherlich sofort tot.« Er musste die Leiche nicht drehen, um sich zu überzeugen, dass der Hinterkopf von dem Kaliber zerbarstet war.

Alex richtete sich auf und trat zur Assistentin. Auch ihr war in die Stirn geschossen worden. Jedoch nicht mittig. Wahrscheinlich hatte sie versucht, sich wegzudrehen, was aber am Resultat nichts änderte. »Ich könnte mir in den Hintern treten«, presste er verbittert durch die Zähne. Er hatte die beiden bei einem hinterlistigen Wolf zurückgelassen, und nun waren sie mausetot.

Alex fuhr sich durch die Haare. Die Dinge überschlugen sich in einem Tempo, das er sich niemals erträumt hätte. Was würde die Heidelberger Kriminalpolizei denken, wenn er nun wieder mit Leichen im Gepäck anklopfen würde? Und Johann? Alex schluckte schwer. Tja, und was würde Sabine Rohn sagen? Alex hatte einen Geschmack von Verderbnis im Mund, den er am liebsten ausgespuckt hätte. Er blickte in die Augen des Priesters, der mit hängenden Schultern bei der Luke stand. Es lag nicht nur Trauer in ihnen, sondern auch etwas Anklagendes.

»Danke, dass Sie uns gerettet haben.«

Der Priester verzog keine Miene.

»Woher wussten Sie –«

»Dass Sie hier unten festsitzen?«

»Genau.«

»Ein katholischer Pfarrer führt eine Gruppe zu einem verborgenen Keller in einer evangelischen Kirche. Was sollte ich also denken?« Der Priester verschränkte die Arme.

»Das allein ist es doch nicht«, erwiderte Alex und ging einen Schritt auf ihn zu.

Der Priester löste seinen Blick von Alex und ließ ihn gen Kellerdecke gleiten. Seine Lippen waren fest aufeinandergepresst, als wollten sie etwas zurückhalten.

»Nun?« Alex ließ nicht locker.

Der Priester brummte leise. »Nun gut. Ich kann aber nur erzählen, was man mir vor vielen Jahren anvertraut hat.«

Alex fixierte ihn, ohne ihn zu unterbrechen.

Der Priester löste die Arme und setzte sich auf die unterste Stufe der Treppe zur Kirche. »Es ist nur eine Geschichte.«

»Ich liebe Geschichten. Also beginnen Sie.«

Der Priester räusperte sich. »Ich bin ein Mann des Glaubens, und halte nicht viel von Humbug. Dumme Erzählungen von besonderen Orten der Kraft. Und doch …« Er wand sich wie ein Aal, legte den Kopf zur Seite, verzog gequält sein Gesicht und richtete sich wieder auf. Es war offensichtlich, dass er sich schwertat, etwas Geheimes zu offenbaren, an das er womöglich nicht einmal glaubte.

»Man erzählt sich, dass es in Heidelberg drei besondere Orte gibt. Von dem einen weiß man nichts mehr. Man vermutet ihn im Schloss unter dem riesigen Fass des Perkeo. Dort soll sich ein Geheimgang befinden, der sich bis zum Neckar erstrecken soll, wo man Gold und Silber lagerte, bevor die Franzosen kamen. Gefunden hat man diesen Stollen jedoch nie. « Er zuckte mit den Schultern. »Der zweite Platz soll die Thingstätte sein, die sich auf dem Heiligenberg auf der anderen Seite des Neckars befindet. Es sind altnordische Sagen, die davon berichten. Angesiedelt bei mächtigen Bäumen, Felsen oder Quellen, dienten sie als Versammlungsstätten, an denen Recht gesprochen wurde. Die Nationalsozialisten haben diesen Ort, an dem Scherben aus der Jungsteinzeit gefunden wurden, als Versammlungsort für völkische Weihungen erkoren.« Er schnaubte verächtlich. »Aber an solche Dinge zu glauben, ist in meinen Augen Blasphemie.«

»Und der dritte Ort?« Alex ahnte bereits, wo er sich befand.

»Ach je, ich glaube nicht an die Geschichten, die man sich erzählt. Meist sind sie einem dummen Hirn entsprungen und von Ohr zu Ohr gewandert. Aber …« Der Priester verzog sein Gesicht in eine gequälte Maske des Zweifels.

»Aber?«

»In den tiefsten Winkeln unserer Welt existieren Orte von mystischer Anziehungskraft, an denen die Schleier zwischen dem Diesseits und dem Jenseits erstaunlich dünn werden. An solchen Orten erhebt sich eine Aura voller Geheimnisse und Mysterien, die selbst die nüchternsten Gemüter fasziniert und das Unbekannte mit einer beinahe tastbaren Präsenz erfüllt. Diese Stätten sind wie Durchgänge zwischen den Dimensionen, die unsere rationale Vorstellungskraft herausfordern und unsere tiefsten Ängste und Hoffnungen entfachen. Sie sind der Treffpunkt von Licht und Dunkelheit, von Verstand und Irrationalität, von dem, was wir wissen, und dem, was wir nie verstehen können. Wie also sollte ich das interpretieren, was man mir sagte?« Er sprach leise, fuhr sich immer wieder mit der Hand durch sein dichtes Haar, und wirkte zutiefst nervös. »Unter der Stadt Heidelberg gibt es viele Keller, die verlassen und vergessen sind. Das hat eine Stadt so an sich, wenn sie wächst, denn sie entwickelt sich nicht nur in die Breite, sondern auch in die Höhe. Schicht für Schicht. Aber es gibt angeblich einen Raum, dem man nachsagt, dass auch er eine Art Übergang darstellt. Eine Stelle, wo unsere Welt und das Jenseits nur durch eine hauchdünne Wand getrennt sein sollen. Nun würde ich nicht viel auf eine solche Geschichte geben, sollte ich es aus einem gewöhnlichen Mund gehört haben. Doch derjenige, der mir dies anvertraute, war mein Vorgänger, ein vertrauenswürdiger, klar denkender Mann der Kirche.« Sein Mundwinkel zuckte. Schweißperlen standen ihm auf der Stirn, und seine Finger spielten nervös miteinander.

Alex verstand, dass sich sein Gegenüber nicht wohlfühlte. Er spürte die Unruhe und Zerrissenheit, die diesen quälten.

Der Priester zog die Schultern zusammen, als würde es ihn frösteln. »Die Grenzen der Realität verschwimmen, und diejenigen, die es wagen, diese Orte zu betreten, riskieren, ihre Seele im Wirbelsturm des Unerklärlichen zu verlieren. Als dieser eigenartige katholische Pfarrer hierherkam, ahnte ich, dass etwas Furchterregendes passieren würde.« Behutsam durchkämmte er den tiefen Stoff seiner Kutte und förderte dabei eine Sammlung Blätter zutage. Das schwache Licht fiel auf das vergilbte Papier und enthüllte die Spuren vergangener Zeiten. Ein Hauch von Zaudern und Unsicherheit durchzog seine Gestik, als er die Dokumente mit eisernem Griff umschlossen hielt und seine Augen sich in finsterer Konzentration auf sie hefteten. Sekunden verstrichen, eine Ewigkeit offensichtlicher Zerrissenheit, bis endlich der Entschluss in ihm heranreifte und er sich mit kraftvoller Entschlossenheit dazu zwang, sie an Alex weiterzureichen.

Erstaunt nahm Alex die Niederschrift entgegen. Es waren handschriftliche Aufzeichnungen – gut leserlich und sauber geschrieben. Löcher an den Ecken deuteten darauf hin, dass sie einst zusammengeheftet waren. Thomas kam und stellte sich hinter Alex, um über seine Schulter zu schauen. Den Schein der Taschenlampe hielt er auf die Blätter gerichtet. Beide lasen still.

Schon viele Wochen hatte es geregnet, der Fluss trat über seine Ufer, und die Saat auf den Feldern begann zu verfaulen. Angst durchschritt die dunklen Gassen unserer Stadt wie ein gefräßiges Ungeheuer aus der Tiefe der Hölle. Hunger und Not bestimmten den Alltag, als irgendwann ein Fremder in der Kirche auftauchte und mich bat, ihn in die Tiefen der Stadt zu begleiten. Ich Narr willigte ein, und so stiegen wir hinab mit Laternen bewaffnet, um der Dunkelheit Einhalt zu bieten. Die Wände waren von Moos überwuchert, und das Licht flackerte bedrohlich. Neugierde trieb mich an, die mir der Teufel höchstpersönlich einverleibt hatte. Als hinter uns die Tür mit einem donnernden Knall zufiel, wusste ich meine Seele in Gefahr.

Wir versuchten voller Panik, die Tür zu öffnen, aber es blieb vergebens. Die Zeit verstrich, während wir verzweifelt nach einer Möglichkeit suchten, zu entkommen. Doch plötzlich wurde der Raum von einem unheimlichen Schatten erfüllt, der sich langsam über die Wände bewegte. Die Temperatur im Keller fiel rapide ab, und der eisige Hauch des Todes fuhr durch den Raum. Wir spürten, wie sich eine unheimliche Präsenz um uns herum aufbaute. Flüsternde Stimmen drangen an mein Ohr, und ich konnte schwache Gestalten im Dunkeln erkennen. Die Anwesenheit von etwas Übernatürlichem war unverkennbar.

Immer tiefer drangen wir in das Labyrinth des Kellers vor, verfolgt von den schattenhaften Erscheinungen. Wir stießen auf vergessene Räume, in denen sich alte Artefakte und verstörende Gemälde befanden. Jeder Schritt brachte uns näher an die Wahrheit und gleichzeitig tiefer in den Wahnsinn.

Nach Stunden des Grauens erreichten wir schließlich einen geheimen Raum. In der Mitte lag ein uraltes Buch auf einem halb vermodernden Podest, von dem eine unheilvolle Aura ausging.

Der Fremde, der mich verführt hatte, ihn zu begleiten, begann voller Faszination in dem Buch zu blättern. Er las laut, und so konnte ich seinen Worten folgen. Die Texte sprachen von Wesen der Oberwelt und von denen der Hölle. Uralten Kräften, im stetigen Wettkampf miteinander verflochten. Es folgten Warnungen, sich von diesem Ort fernzuhalten. Meinem Begleiter versagten plötzlich die Worte. Seine Augen und Mund wie Scheunentore weit aufgerissen, starrte er mich voller Verzweiflung an. Erst verstand ich nicht, doch dann erkannte ich, wie sein Gesicht in sich verschmolz, als wäre er eine Kerze, die von Flammen verzehrt wurde. Mit Entsetzen verstand ich, dass dies unser Ende bedeutete.

In einem verzweifelten Versuch, dem Schicksal zu entkommen, rannte ich los. Ich rannte und rannte. Zweimal fiel ich auf meine Knie, doch den Schmerz spürte ich nicht mehr. Die Tür, die sich hinter uns geschlossen hatte, sprang vor mir auf, und so konnte ich keuchend ins Freie gelangen. Es kam mir vor, als hätte mich die Hölle ausgespuckt. Ein letzter Schrei des Fremden drang an mein Ohr, als die Tür mit voller Wucht wieder ins Schloss fiel.

Alex schaute über seine Schulter zu Thomas, der unbeeindruckt die Achseln zuckte.

»Sind eben Geschichten.« Thomas schien nicht viel davon zu halten.

Der Priester zog die Brauen zusammen, sah sich um und beugte sich ihnen verschwörerisch entgegen. »Das ist auch der Grund, warum die Papisten die Luke versiegelten«, flüsterte er bedeutungsvoll. »Ich vermute, dass man, was sich auch immer dort unten befindet, vor den Nazis retten oder schützen wollte. Und dann …«

Alex bemerkte, wie die Stimme des Priesters plötzlich brach wie ein altes Stück Holz, das man mit der Axt durchschlug. Es gab noch etwas, das er sagen wollte.

Alex wartete.

Der rechte Mundwinkel zuckte abermals. Verräterisch und offenbarend.

»Reden Sie schon! Es geht um Leben und Tod.« Eine Phrase, die Alex aus dem Fernsehen kannte und nichts zu bedeuten hatte. Dennoch löste sie erstaunlicherweise oft die Lippen von Zeugen, Tätern oder Opfern.

»Einige Tage, bevor Sie hier auftauchten, besuchte mich eine Professorin. Auch sie wollte unbedingt hinabsteigen mit Studenten, um *Wichtiges* zu erkunden.« Der Priester hüstelte. Seine Stimme klang schwach und unsicher. » Erst weigerte ich mich, in dem Wissen, dass etwas verderblich Böses dort weilt. Als ich jedoch einen Anruf vom Polizeipräsidium Heidelberg erhielt, und man dort darauf bestand, kam ich dem Wunsch nach. Nicht aus freien Stücken, das dürfen Sie mir glauben.«

Alex schaute ihn erstaunt an. Seine Augenbrauen hoben sich. »Von der Polizei?«

»Ja. Aber …« Er schloss kurz die Augen und seufzte. »… offensichtlich war es ein Fehler.«

Thomas lehnte sich lässig an die Wand, verschränkte die Arme und nickte eifrig. »*Fehler* ist gut.«

»Na ja, was geschehen ist geschehen. Jedenfalls kam eine junge Frau zusammen mit dieser arroganten Professorin und dem Kommissar. Sie wissen schon, wen ich meine. Er hatte sie ja heute begleitet.«

»Kriminalobermeister Steger?« Alex musste schmunzeln.

»Ich weiß nicht, wie er heißt. Als ich ihnen davon abriet dort hinabzusteigen, lachten sie mich nur aus. Diese klugen Wissenschaftler glauben, die Weisheit mit dem Löffel gegessen zu haben.« Er tippte sich mit dem Finger an die Stirn. Dann senkte er die Schultern und blickte betreten zu Boden.

»Und?«, hakte Alex nach.

»Zurück kam nur der Kommissar. Er meinte, dass die Damen später nachkommen würden und ich solle einfach die Luke offen lassen. Was ich auch tat. Als ich eine Stunde später zurückkam, habe ich sie geschlossen vorgefunden.«

Wow. Das ist ja ein Ding. »Waren Sie deshalb so erstaunt, als auch wir diese Keller aufsuchen wollten?«

Der Priester gab ein zustimmendes Brummen von sich. »Mein Vorgänger, der mir diese Blätter anvertraut hat, war ein Mensch, dem man blind vertrauen konnte. Er war weise, erfahren und tiefsinnig.« Der Priester stand auf und schaute sich um. Erst als er sicher war, dass sonst niemand zuhörte, kam er zu Alex und flüsterte in sein Ohr: »Er sagte damals, dort unten befände sich das Tor zur Hölle.«

III

Julia hatte die beunruhigende Gewissheit bestätigt, die Klaus und Alex bereits im Stillen zu ahnen vermochten: Die Studenten waren nacheinander systematisch aus dem Weg geräumt worden. Ein dunkles Geheimnis verbarg sich hinter diesen mysteriösen Todesfällen, dem sie auf den Grund gehen mussten.

Während Kolzic mit Klaus zurück zum Polizeipräsidium fuhr, verharrte Julia in dem Appartement. Die Tragik dieser Angelegenheit schien keine Grenzen zu kennen, und das Ende dieses Albtraums lag noch immer in weiter Ferne.

Klaus nahm in Melanies Büro Platz, während seine Hände ruhig in den Hosentaschen verweilten, und schaute gedankenverloren zum Fenster. Oft schon hatte er sich gefragt, ob dies das Leben sei, das er sich gewünscht hatte. Die Tatsache, dass er noch immer das Verbrechen jagte und sich keiner anderen Tätigkeit zugewandt hatte, barg den Ansatz einer Antwort. Womöglich wünschte er sich etwas anderes, doch was genau?

In diesem Moment kam Kolzic ins Zimmer, umrundete Klaus und ließ sich hart auf den Schreibstuhl plumpsen. Ihrer grimmigen, verkniffenen Miene nach, hatte sie keine gute Laune. Klaus musterte sie. War *sie* glücklich mit ihrer Arbeit?

»Herr Marsalek, es wird nun immer verworrener. Ihr Kollege, Herr Brandt, ist auf dem Weg hierher. Wie es aussieht, gibt es weitere Leichen.« Ihre Stimme klang diesmal hart und frostig.

»Das sind keine guten Nachrichten«, antwortete Klaus nüchtern. »War eine junge Dame namens –«

»Liana Rohn?«

Klaus schwieg.

»Nein, anscheinend nicht. Genaueres werden wir noch erfahren. Ihr Kollege gibt sich recht zugeknöpft.« Sie wippte nervös in dem Stuhl. »Naja, egal. Ich habe bereits meine Ermittler dorthin gesendet.« Sie lehnte sich nach vorn, legte ihre Hände auf die Tischplatte und fixierte Klaus. »Ich *muss* Sie fragen, ob Sie mir irgendetwas verschweigen.«

»Warum sollte ich?«

»Weiß ich nicht. Sie sitzen hier seelenruhig vor mir und können mir gar nichts dazu sagen?«

»Ich sitze nicht *seelenruhig* hier, sondern eher *gefasst*. Von Panik getriebene Gedanken helfen nicht.«

Kolzic schnaubte verächtlich, und lehnte sich wieder zurück. Ihr Blick löste sich von Klaus und glitt zur Decke. »Herr Brandt meinte, dass mein Kollege, Herr Steger, etwas damit zu tun haben könnte. Aber das halte ich für sehr unwahrscheinlich. Ich werde nun auch ihn zu dem Thema befragen müssen«.

»Darf ich dabei sein?«, fragte Klaus, hatte aber nicht viel Hoffnung auf eine positive Antwort.

Kolzic antwortete nicht, stand auf, warf Klaus einen scheelen Blick zu und gab ihm ein Zeichen, ihr zu folgen.

Klaus stand vor einer Scheibe, die nur den Blick nach innen gewährte. Er musste zwar außenvor bleiben, aber zumindest man hatte ihm erlaubt zuzuhören.

Es war ein hermetisch abgeschottetes Reich der Wahrheit und Lügen, das vor ihm lag. Es war ein Ort der unerbittlichen Konfrontationen, in dem die Realität und die Dunkelheit miteinander rangen. Die kahlen Wände schienen ein Echo der verstörenden Geheimnisse widerzuspiegeln, die hier entfesselt wurden. Das grelle Licht der Neonröhren tauchte den Raum in ein unnatürliches Leuchten, das jeden Schatten gnadenlos enthüllte.

Der karge Tisch, dessen Oberfläche von Kratzern und Kerben übersäht war, bildete das Zentrum des Geschehens. Hier saßen die Verhörten, von Unsicherheit geplagt, und versuchten, ihre Geheimnisse vor den scharfen Augen der Ermittler zu verbergen.

Klaus wartete geduldig und schaute in den noch leeren Raum. Die Nachricht, dass ein Heidelberger Kommissar in den Fall verwickelt sein sollte, klang in der Tat recht unglaubwürdig. Doch hatte er Alex inzwischen zu gut kennengelernt, um einfach an dessen Worte zu zweifeln.

Die Tür öffnete sich, und Kolzic trat ein. Ihr eisiger Blick verriet, dass sie sich nicht wohl in ihrer Haut fühlte und die Angelegenheit mit ihrem Kollegen gewaltig an ihrem Gemüt nagte.

»Ich konnte Karl nicht erreichen.« Sie stemmte die Hände in die Hüfte, was ihr etwas Martialisches verlieh. »Herr Brandt muss sich irren. Herr Steger ist sicherlich eigen, greift manchmal etwas hart durch, aber er ist ein rechtschaffener Mensch. Zumindest soviel ich weiß.«

Es waren zwei Aussagen gefallen, die Klaus aufmerksam werden ließen: ›eigen‹ und ›soviel ich weiß‹.

»Eigen?«

»Nun, ich kenne ihn noch nicht so lange. Er wurde unserer Dienststelle erst vor etwa einem halben Jahr zugewiesen.«

Somit erklärte sich das ›soviel ich weiß‹. Sie kannte ihn also kaum. *Seltsam*, dachte Klaus, sagte aber nichts dazu. Man musste nur eins und eins zusammenzählen, dann verstand man augenblicklich, dass dies mehr als nur ein Zufall sein musste.

»Aber er hat sich glänzend integriert«, schob sie nach. »*Eigen* ist sicherlich nicht das richtige Wort. Inmitten der üblichen Büroklammern und Schreibutensilien habe ich in Stegers Büro einmal eine alte, vergilbte Schriftrolle mit verblassten Schriftzeichen und okkulten Symbolen liegen sehen. Womöglich hat er sie auf einem Trödelmarkt gekauft. Wer weiß? Das ist jedoch nichts Schlimmes. Oder?«

Klaus verzog keine Miene. Diese Frage offenbarte Unsicherheit. Die Saat des Zweifels, von Alex gelegt, begann zu keimen. »Man muss kein Christ sein, um an etwas Höheres zu glauben. Es kommt also darauf an, was diese Rolle für *ihn* bedeutete.«

»Ist das wirklich wichtig? Die meisten hier stehen mit dem Glauben auf dem Kriegsfuß, was auch kein Wunder ist. Bei den abscheulichen Sachen, die täglich passieren, verliert man schnell den Bezug zu einem Gott. Davon abgesehen, hatte Steger eine einschneidende Erfahrung machen müssen, die er mir vor Kurzem anvertraute. Womöglich war dies die Ursache für den … naja, übertriebenen Drang zur Transzendenz. In welche Richtung auch immer.«

Klaus nickte. »Darf ich fragen, um was es sich dabei handelte?«

Melanie stockte.

»Verzeihen Sie meine Neugierde, aber ich möchte nur mehr von Ihrem Kollegen erfahren, um mir ein eigenes Bild machen zu können«, erklärte Klaus, der ihr Zögern wahrnahm.

Ihre angespannte Haltung lockerte sich. »Ich musste versprechen, nichts weiterzutragen. Aber in dieser besonderen Situation, ist es wohl angebracht. Ich bitte Sie nur, es nicht herumzutratschen.« Melanies Blick forderte eine Antwort, die Klaus mit einem schwachen Nicken quittierte.

»Es war an einem dieser Tage, die man am besten schnell wieder vergisst. Eine junge Schülerin war vergewaltigt im Gebüsch der Neckarwiese gefunden worden. Passanten wurden durch ihr Stöhnen aufmerksam. Geknebelt und mit den Händen auf den Rücken gebunden, war sie lange bewusstlos dort gelegen. Jemand hatte sie mit einem faustgroßen Stein bewusstlos geschlagen, und danach … naja. Jedenfalls offenbarte sich Herr Steger bei mir an diesem Abend, nachdem wir alles aufgenommen hatten.« Ihre Stimme war leise geworden. »Er sagte, dass sein Leben einst glücklich und schön gewesen war. Seine Worte waren: ›Ich war erfüllt von der Wärme meiner Frau, die ich abgöttisch liebte.‹ Er sagte, er wäre immer für sie da gewesen. Ja, sie hätten einfach eine fantastische Beziehung gehabt.« Melanie verharrte wenige Sekunden und neigte nachdenklich den Kopf. »Dann aber soll Unvorstellbares geschehen sein – sie wurde von drei Männern entführt und …«

Klaus sah ihr an, wie schwer sie sich dabei tat, die nächsten Worte auszusprechen. Ihre Finger tippten unentwegt auf die Tischplatte. »Das ist fürchterlich«, bestätigte Klaus mitfühlend.

»Es ist nicht nur fürchterlich, wenn das einer Frau passiert, es ist verabscheuenswürdig. Männer denken, Frauen seien Freiwild, mit dem man machen kann, was man möchte. Aber das ist nicht so.« Ihr Körper verspannte sich, und die Hand formte sich zu einer Faust. »Herr Steger sagte, dass sie sich danach beschämt das Leben genommen hat. Sie glaubte, dass man ihr die Schuld geben würde.«

»Warum das?«

»Weil das oft passiert. Wie oft schon habe ich Kommentare gelesen oder gehört, dass eine Frau sich abends nicht irgendwo herumzutreiben hat. Oder sie solle sich entsprechend anziehen, damit man sie in Ruhe lässt.« Ihre Faust hob sich und schmetterte kraftvoll auf die Platte. »Das ist Schwachsinn! Absoluter Mist!« Melanie lehnte sich zurück und rieb sich die Hand. »Er sagte, er hätte sich seit diesem schicksalhaften Tag in ein *eisiges* Gefängnis der Einsamkeit zurückgezogen. Erst Alkohol, dann Depression.« Bedeutungsvoll hob sie ihre Augenbrauen. »Dem Glauben an ein göttliches Wesen hat er seitdem abgeschworen, wie er mir anvertraute. Gott, meinte er, wäre blind. Naja, egal was ich dazu denke, aber er fand wieder zu sich, wie er behauptete.«

»Hatte er sich dem Okkultismus verschrieben?«

»Keine Ahnung.«

Klaus atmete tief durch. »Darf ich noch fragen, ob der Fall mit dem Mädchen auf der Neckarwiese geklärt werden konnte?«

Überraschung zeigte sich auf ihrem Gesicht. »Konnte er.« Sie schnaubte verächtlich. »Es war ein Student gewesen.«

Klaus stand auf, da er nach der Beschreibung seiner Kollegin nicht mehr damit rechnete, dass er erscheinen würde. Die Verdachtsäußerung von Alex traf vermutlich zu. Er verharrte an seiner Stelle. Kolzics und sein Blick trafen sich. »Zu dem, was sie vorhin über Männer im Allgemeinen sagten, möchte ich etwas anmerken. Ich bin ein Mann, und ich respektiere jeden

Menschen. Unabhängig des Alters, der Hautfarbe, der Religion, des Bildungsstandes oder des Geschlechts. Jeder Mensch ist wertvoll.« Dies waren für Klaus keine leeren Phrasen, sondern entsprach voll und ganz seinem Weltbild. »Auch solche, die ein wenig … sonderbar erscheinen«, schob er leise nach, als wäre dies ein Plädoyer für sich selbst.

IV

Mit schnellen Schritten eilten Alex und Thomas durch die endlose Fußgängerzone zurück zum Dezernat. Eine erdrückende Menge an Menschen schob sich die Straße entlang. Hand in Hand flanierten verliebte Paare, Frauen suchten eifrig nach Dingen, die sie auf Einkaufslisten geschrieben hatten, und schreiende Kinder sehnten sich nach einem anderen Ort. In seinem Inneren fühlte sich Alex nicht anders als die Kinder, doch im Gegensatz zu ihnen musste er Angst haben, an der nächsten Ecke erschossen oder erstochen zu werden.

Sein Blick blieb starr nach vorn gerichtet, ohne dass er die anderen Menschen wirklich wahrnahm. Eigenartigerweise schien sich immer eine Gasse zu öffnen, wenn er sich näherte, sodass er weder stehen bleiben noch ausweichen musste. Es war, als würde der Hauch des Todes an ihm haften, dem jeder instinktiv aus dem Weg gehen wollte.

Thomas watschelte neben ihm her. Immer wenn eine halbwegs attraktive Frau sie kreuzte, verfolgten seine Glubschaugen diese ungeniert. Ja, er bemühte sich redlich, seine Pflichten zu erfüllen, doch einige seiner Eigenschaften konnte er einfach nicht ablegen.

Alex' Handy klingelte. Es überkam ihn ein flaues Gefühl, so als müsse er mit schlechten Nachrichten rechnen, als er nach seinem Telefon in der Tasche fischte. Er schaute auf das Display, es war seine Schwester. Er gab Thomas ein Zeichen, stehen zu bleiben, und nahm das Gespräch an.

»Sarah?«

»Ja, mein Bruderherzchen, deine geliebte Schwester.« Es lag Sonne in ihrer Stimme. Etwas Beschwingtes, Helles und Reines, das selbst die schwärzesten Wolken im Nu vertrieb.

»Ich fürchte, wir können nicht lange telefonieren, mein Akku ist bald leer.«

»Ist das deine charmante Art, mich wieder abzuwimmeln?«

Alex lachte und schob sich durch die Menge an die Wand eines Ladens für Ledertaschen. »Bestimmt nicht. Ich bin froh, deine Stimme zu hören. Ehrlich.«

»Nun, dann will ich das mal glauben.« Sie schnalzte mit der Zunge. »Wo treibst du dich rum? Schleichst du durch die dunklen Gassen von Frankfurt? Und wie steht es mit der Liebe?«

»Wie geht es dir?«, antwortete er mit einer Gegenfrage.

»Mir? Gut, du weißt doch, dass ich nicht krank werden kann.« Sie lachte verschmitzt.

Die Unbeschwertheit ihres Wesens war wieder da. So hatte Alex sie in Erinnerung, bevor dieses *Unglück* geschehen war. Ein Ereignis, das nur er zu verantworten hatte.

»Du weichst mal wieder meinen Fragen aus. Ich hatte nach deinem Liebesleben gefragt. Davon abgesehen, habe ich das Gefühl, dass etwas nicht stimmt.«

Alex hob verwundert seine Augenbrauen. Sie hatte den Nagel auf den Kopf getroffen. Nichts stimmte! Doch was würde es schon bringen, sie mit seinen Nöten zu belasten. Davon hatte sie mehr als genug im Gepäck. »Mir geht es prima«, hauchte er mehr, als dass er es sagte.

»Alex!« Ihre Stimme klang diesmal streng.

Ein leises Lächeln spielte um seine Lippen, als er die Gedanken seiner Schwester erahnte. Ihr gegenüber, die ihn wie kein anderer kannte, halfen trügerische Märchen rein gar nichts. Sie kannte ihn durch und durch. Sie besaß jene besondere Gabe, die Wahrheit von Lüge zu unterscheiden und ihn mit einem einzigen Blick zu entlarven.

»Also gut. Von den Küken, die ich finden und zu ihren Eltern zurückbringen sollte, haben bereits zwei ihr Federkleid abgelegt. Du weißt, was ich meine. Womöglich sogar alle. Sie verfügen allerdings noch über ihre Herzen.« Er lachte, wurde aber sofort wieder ernst. »Es ist kein einfacher Fall.« Alex fuhr sich mit der Hand über das Gesicht. Er fühlte sich elend bei dem Gedanken, dass er nicht vorankam. »Ansonsten ist natürlich alles allererster Sahne. Wie immer. Ach, ich vergaß zu erwähnen, dass ich von Killern gejagt werde. Ist aber, wenn man es genau betrachtet, eine gute Nachricht. Denn solange sie jagen, lebe ich ja noch. Immerhin.«

»Oh, jetzt verstehe ich, warum ich diese Unruhe habe. Das klingt nicht gut. ich sehe, dass du wieder in deinem Element bist, mein Lieber. Mach keine Dummheiten, Alex.«

»Glaube mir, ich bemühe mich.«

»Ich hatte da so einen Traum, in dem du Hand in Hand mit einer Dame durch die Gärten der –«

»Stopp. Das sind nur Hirngespinste der Nacht.« Alex verzog seine Lippen zu einem schrägen Grinsen. Plötzlich tauchte Melanie Kolzic in seinen Gedanken auf. »Naja, bis auf …« Eilig biss er sich auf die Lippen.

»Bis auf?«

Alex schloss die Augen und ließ den Kopf nach unten sacken. Er hatte zu schnell geplappert. »Ach vergiss es. Wir stecken fest und haben Probleme. Farbentechnisch liegen wir bei *tiefschwarz*, und die Kriminaloberkommissarin glaubt, dass wir hier ein krummes Ding drehen. Nicht *krumm* im Sinne von Verbrechen, aber sie denkt, wir verheimlichen etwas.«

»Kriminaloberkommissarin? Aha!« In ihrer Stimme schwang unüberhörbar eine fragende Komponente mit.

»Sarah, jetzt bleib auf dem Teppich, ich kenne sie doch kaum. Hab' sie nur einmal gesehen. Dein *Aha* kannst du dir sparen.«

»Wie lange kenne ich dich?«

Alex zog Luft lautstark durch die Zähne. Aus der Nummer würde er nicht so leicht herauskommen. »Seit deiner Geburt.«

»Wie lange?«

»Achtundzwanzig Jahre.«

»Stimmt. Wenn du über eine Frau sprichst, die dir im Weg steht, benutzt du unflätige Ausdrücke. *Kotzbrocken*, *Hexe*, *Göre*, *Naseweis* oder sogar richtig dreckige Wörter, die ich jetzt nicht rezitieren möchte. Aber ...« Es entstand eine kunstvolle Pause, die sie anscheinend genoss. »*Kriminaloberkommissarin*. Da schwingen Anerkennung und Respekt mit. Du verstehst, was ich meine?«

Und ob er sie verstand. Ja, sie war ihm aufgefallen, aber erst jetzt wurde es ihm richtig bewusst. Alex schwieg.

»Nun gut. Ich will jetzt nicht weiter auf diesem Thema rumreiten, aber ich erwarte bald mehr Infos dazu.«

»Anderes Thema. Womöglich kannst du mir bei einem kleinen Rätsel helfen. Wir haben in einem seit vielen Jahren verschlossenen Keller in Heidelberg ein verborgen gehaltenes Kunstwerk entdeckt. Wir vermuten, dass der Vatikan dahintersteckt. Jedenfalls hat es etwas mit dem Verschwinden unserer Jugendlichen zu tun. Den Zusammenhang verstehe ich aktuell selbst nicht. Hast du schon mal etwas von Rodins Höllentor gehört?«

Auf der anderen Seite der Leitung herrschte plötzlich eine seltsame, für Sarah untypische Stille.

»Sarah? Ist alles ok?«

»Ja«, antwortete sie mit einem ernsten Unterton.

Pause.

»Warum schweigst du? Kennst du das Tor?«

»Nein. Ehrlich nicht. Aber als du mich gefragt hast, kamen plötzlich seltsame Bilder in meinen Sinn. Etwas schwang mit, das sich nicht gut anfühlt.«

Thomas winkte Alex zu. Anscheinend wurde es ihm langweilig. Alex drehte sich um. »Erzähl weiter. Es ist wichtig.«

»Seit ich dieses Ritual über mich hab ergehen lassen, hat sich bei mir viel geändert. Ich berühre einen Gegenstand und verstehe plötzlich seine Geschichte, ich spreche mit jemandem und sehe Bilder von dem, was dieser zuvor erlebt hat. Auch spüre ich Gefahren, obwohl sie noch in der Zukunft lauern.« Sie seufzte laut. »Ich weiß, dass du von solchen Dingen nicht viel hältst, aber auch du hast bei deinem letzten Fall etwas erfahren, das sich mit Logik nicht erklären lässt.«

Alex nickte. Ja, so war es. Noch immer hatte er an etwas zu nagen, für das er weder Worte hatte, noch verstand. Ein Paar, geboren vor über dreitausend Jahren, irrt nach einem Ritual wie Zombies durch die Zeit und muss gerade *seinen* Weg kreuzen. Unmöglich, absoluter Irrsinn, und doch wahr.

Alex hatte einen faden Geschmack im Mund, und sein Magen verkrampfte sich bei den Erinnerungen an die Mordserie, mit der er damals konfrontiert worden war. Er spuckte auf den Boden. »Was ich gelernt habe, ist, dass es Scheißhaufen gibt, die sich von anderen unterscheiden.« Die Worte kamen leise und gepresst über seine Lippen.

»Das ist mein Bruderherzchen. Mit solchen Worten wird es nicht einfach, das Herz einer Frau zu erobern. Aber das nur nebenbei. Was die Geschichte mit dem Tor angeht, so gebe mir Zeit zum Nachdenken. Lass vorerst die Finger von diesem Objekt. Berühre es nicht! Mach einen weiten Bogen darum, denn es ist nicht von dieser Welt. Ich melde mich bei dir, sobald ich etwas herausgefunden habe.«

Die Finger weglassen? Wie sollte er das denn tun. Dieses Objekt war das einzig Greifbare, was er in dem Fall vorzuweisen hatte.

»Ich meine es ernst, Alex.«

»Ich werde auf mich aufpassen, Sarah. Mache dir keine Sorgen. Davon abgesehen habe ich ja Thomas als Bodyguard.« Er lachte angestrengt.

»Mach keine Späße mit Dingen, die du nicht verstehst. Das hast du schon einmal getan, und du kennst das Resultat. Du *weißt* inzwischen, dass es Dinge gibt, die außerhalb der menschlichen Wahrnehmung und Erklärungsmöglichkeit liegen. Und du hast erfahren, wie machtlos ein Mensch bestimmten Phänomenen gegenüber ist.«

Ja, das hatte er. Doch wollte er nicht immer wieder mit der Nase darauf gestoßen werden. Eigentlich wünschte er sich einen normalen, dreckigen Fall, in dem ein *normaler* Psychopath umherirrte und Menschen auf eine *althergebrachte* Art und Weise abschlachtete. Diesen könnte er dann zur Strecke bringen, und die Sache wäre abgehakt. Das Schicksal hatte es sich jedoch in seiner grenzenlosen Hinterlist zur Aufgabe gemacht, ihn mit Sachen zu beschäftigen, die abgedreht waren. Okkultes, Mystisches, aber nichts Gewöhnliches. Bestimmt saß da oben in den Wolken ein alter Mann mit langem grauem Bart und lachte sich krumm und schepp. Alex brummte zustimmend, sagte aber nichts.

»Ich werde mich in den nächsten Tagen bei dir melden, Bruderherzchen. Bitte sei kein Narr und geh kein Risiko ein. Pass auf dich auf!«

Das Gespräch war beendet.

Sie hatte ihm nicht einmal die Gelegenheit gegeben, sich zu verabschieden. Es musste ihr also sehr ernst mit der Warnung gewesen sein. So streng hatte er sie selten erlebt.

»Ja, Sarah, ich werde auf mich aufpassen. So wie immer«, grummelte er, steckte sein Telefon ein und gab Thomas ein Zeichen, dass sie weitergehen konnten.

V

Sabine Rohn war von ungeduldiger Natur, das Warten gehörte nicht zu ihren Stärken. Niemals würde Liana einfach so verschwinden, ohne eine Erklärung abzugeben. Niemals! Diese Gewissheit beunruhigte sie zutiefst und ließ sie keine Ruhe finden.

Als der Morgen anbrach, fühlte sie sich, als hätte sie keine einzige Sekunde Schlaf gefunden. Jeder Schritt war mühsam, und am liebsten wäre sie einfach zu Hause geblieben. Doch als Bürgermeisterin konnte sie es sich nicht erlauben. Sie war einige Zeit reglos vor dem Spiegel gestanden, bevor sie sich einen Ruck gab und mit ihrer ersten Aufgabe am Tag begann.

Das Kaschieren ihrer Augenringe erforderte kostbare Zeit und eine großzügige Menge Concealer, Puder und Augen-Make-up. Sorgsam wählte sie ihre Kleidung aus, doch die Entscheidung fiel ihr nicht leicht. Immer wieder griff sie in den Kleiderschrank, betrachtete die Kleidungsstücke mit argwöhnischem Blick und hängte sie wieder zurück. Schließlich entschied sie sich mit einem resignierten »naja« für ein Ensemble, bestehend aus einem knielangen, klassischen Etuikleid in gediegenem Dunkelblau, einer eleganten Seidenjacke in dunklem Grau und einem Paar beiger Pumps mit einem moderaten Absatz – zeitlos, schmeichelhaft und dennoch angemessen für ihr Alter.

Unruhig saß sie mit Bauunternehmern im Besprechungsraum, die an der Planung einer neuen Parkanlage beteiligt waren. Normalerweise interessierten sie solche Themen sehr, da sie aus dem alltäglichen Mist, mit dem sie es zu tun hatte, positiv herausstachen. Heute jedoch fehlte ihr jeglicher Sinn, sich mit jemandem zu unterhalten oder etwas gemeinsam anzugehen. Sorgenvoll blickte sie zum Fenster, und ihre Gedanken wanderten zu ihrer Tochter. Anfangs hatte sie sich damit zu trösten versucht, dass Liana selbständig und stark sei, und ihr bestimmt nichts zugestoßen war. Jetzt aber quälten sie die schlimmsten Vermutungen von Entführung, Vergewaltigung bis hin zu Mord.

»Frau Rohn?« Die kräftige Stimme eines bulligen Unternehmers mit auffällig roter Knollennase holte sie wieder zurück.

»Ja … ich habe mir Gedanken gemacht, was für die Stadt wichtig an der Gestaltung ist«, log sie gekonnt. Eine Eigenschaft, die man im politischen Daseinskampf in Perfektion lernte. Da hieß es nicht *Leben und leben lassen* sondern *Lügen und allem misstrauen.* »Fahren Sie fort.«

Der Bauunternehmer räusperte sich, entfaltete eine Skizze und schob diese in die Mitte des Tischs. »Wichtig ist, dass die Bewohner dort Ruhe und Erholung finden …«

Wichtig ist, dass ich bei der kommenden Wahl die meisten Stimmen erhalte, dachte Sabine Rohn.

»… Beim Betreten des Parks fällt der harmonische und gut durchdachte Aufbau sofort ins Auge. Ein gepflasterter Hauptweg zieht sich in geschwungenen Linien durch den Park und verbindet verschiedene Bereiche miteinander. Zu beiden Seiten des Hauptwegs erstrecken sich liebevoll angelegte Blumenbeete, die eine Vielzahl von Farben und Texturen bieten. Zwischen den Beeten stehen Bänke aus Holz oder Metall, die zum Verweilen und Genießen der Natur einladen …«

Verweilen und genießen der Natur? Bald werden sich dort Kiffer, Wohnsitzlose und sonstiges Gesindel rumtreiben. Ihr Blick wanderte wieder zum Fenster.

»… Entlang des Weges finden sich auch einige Kunstwerke und Skulpturen, die dem Park eine künstlerische Note verleihen und zum Nachdenken anregen. Diese Kunstwerke sind strategisch platziert, um das visuelle Interesse zu wecken und den Besuchern einen Anstoß zur Reflexion zu geben.«

Das dumme Pack, das ich dann wieder von der Polizei vertreiben lassen muss, benötigt mehr als nur einen Anstoß zur Reflexion. Sie knirschte mit den Zähnen.

»… In einer Ecke des Parks befindet sich ein kleiner Teich, der von üppigem Grün und Blumen umgeben ist. Hier können die Besucher auf einer Bank am Ufer Platz nehmen und dem leisen Plätschern des Wassers lauschen. Der Teich bietet auch einen Lebensraum für verschiedene Wasserpflanzen und Tiere und trägt zur ökologischen Vielfalt des Parks bei …«

»Nein, kein Teich!«, fuhr Sabine Rohn plötzlich dazwischen. Zu schnell verdreckten die städtischen Teiche zu Tümpel und mussten ständig gereinigt werden. Das kostete stetig Geld, das die Stadt nicht hatte.

Der Bauunternehmer legte die Stirn in Falten, zögerte einige Sekunden, und nickte dann. »Gut, dann eben kein Teich, obleich er einen besonderen Mehrwert bietet. Der Park verfügt auch über einen Kinderspielplatz mit modernen Spielgeräten, die sicher und ansprechend gestaltet sind. Hier haben Kinder die Möglichkeit, sich auszutoben und aktiv zu sein. Der Spielplatz ist von Bäumen und Sträuchern umgeben, die den Kleinen Schatten und eine natürliche Umgebung bieten. Um eine angenehme Atmosphäre –«

»Danke, das genügt für heute.« Alle Augen richteten sich entsetzt auf sie. »Lassen Sie den Plan hier, ich werde mir später alles genau ansehen. Ich denke, wir verschieben die Sitzung auf nächste Woche, meine Herren.«

Es dauerte, bis der Rausschmiss verstanden wurde. Um nachzuhelfen, stand sie auf und lächelte in die Runde.

»Ich dachte, dass wir heute … einige Entscheidungen treffen wollten, Frau Rohn.« Es lag Fassungslosigkeit in der stockenden Stimme des Unternehmers. Langsam schob er den Stuhl zurück und stand ebenfalls auf.

Überlass das Denken besser mir. »Mein Sekretär wird mit Ihnen einen Termin vereinbaren.«

Als sie wieder allein war, wandte sie sich zum Fenster, öffnete es und atmete tief durch. Sie blickte hinab zum Gerechtigkeitsbrunnen, um den sich ständig Touristen tummelten, die sich mit Kindern, Freunden oder Partnern ablichten ließen.

»Gerechtigkeit, pah.« Ihre Stimme klang heiser und gereizt. Auf einer von zwei Säulen thronte die Statue der Göttin Justitia mit einer Waage in der einen Hand und einem Schwert in der anderen. Sabine fragte sich, ob es gerecht war, dass gerade ihrer Tochter etwas zugestoßen sein könnte. Liana war fleißig, vernünftig und absolut zuverlässig. Niemals hatte sie etwas Unrechtes getan. Warum also war sie verschwunden? Wer hatte ihr etwas angetan? Tränen standen in ihren Augen, während sie sich alles Mögliche ausmalte, was geschehen sein konnte.

Sie holte noch mal tief Luft, wedelte mit der Hand die Tränen trocken und verließ den Saal, zurück in ihr Büro. Als sie bei ihrem Sekretär vorbeikam, blieb sie stehen.

»Haben Sie etwas von Marsalek oder Brandt gehört?«

Der Sekretär zuckte die Achseln. »Nein, Frau Rohn.«

»Das dachte ich mir. Die besten Ermittler irren durch Deutschland, und ich erhalte keinerlei Informationen. Das kann doch nicht wahr sein.« Ihre Hände verkrampften sich. »Verbinden Sie mich sofort mit diesem Marsalek.«

»Mache ich. Soll ich übrigens den Termin für die Baubesprechung auf morgen 11:30 Uhr legen? Da hätten Sie eine Stunde Luft.«

»Soll ich Ihnen sagen, wo sie sich diese Besprechung im Moment hinstecken können?«

»Nein, ich kann es mir denken. Ich werde Herrn Marsalek für sie suchen.«

Sabine verschwand hinter ihren Schreibtisch und wartete, bis das Telefon läutete.

»Herr Marsalek ist in der Leitung.«

»Welch ein Wunder. Dann stellen Sie ihn endlich durch.«

In der Leitung hörte sie leise Stimmen im Hintergrund und ein dezentes Hüsteln, aber niemand meldete sich. »Hallo?«

»Ah, guten Tag, Frau Rohn. Wie geht es Ihnen?«, fragte Klaus Marsalek höflich.

»Wie es mir geht? Wollen Sie mich auf den Arm nehmen? Lassen wir dieses Geplänkel. Haben Sie etwas zum Verbleib meiner Tochter herausfinden können?«

»Es tut mir leid, nein. Die Dinge, die hier in Bewegung gesetzt wurden, sind außergewöhnlich. Inzwischen sind bereits zwei ihrer Kommilitonen tot. Ermordet. Und heute hat Herr Brandt die Leiche der Kunstprofessorin gefunden, mit der die Gruppe korrespondiert hatte.«

Für Sabine war diese Nachricht, als hätte man ihr ein Messer in den Magen gestoßen. Ihre Hand zitterte. »Wie groß ist die Wahrscheinlichkeit … die Wahrscheinlichkeit, dass Sie meine Tochter lebend finden?«

Stille. Sie sagte mehr aus als tausend Worte der Beschwichtigung.

»Ich verstehe.« Ein durchdringendes Gemisch aus Trauer, Wut und Schmerz bohrte sich in ihr Herz. Sie hatte so starke und belastbare Netzwerke, kannte Menschen, die alles Mögliche für sie tun würden, wenn sie diese darum bat, stand einer der größten Städte Deutschlands vor, und dennoch musste sie hilflos mitansehen, wie jemand nach dem Leben ihrer Tochter griff. Sie hob die Hand vor den Mund. Tränen stiegen ihr wieder in die Augen. Nur mit Mühe konnte sie ein Schluchzen unterdrücken. »Und wie geht es jetzt weiter?«

»Ich verstehe Ihre Verzweiflung.«

»Haben Sie Kinder?«

»Nein.«

»Dann sparen Sie sich diese Worte. Sagen Sie mir lieber, was Sie zu tun gedenken.«

»Das, worum Sie mich gebeten hatten. Ich und Herr Brandt werden Ihre Tochter suchen, und wir werden sie auch finden.«

Sabine vermisste das Wort *lebend* und legte auf.

VI

Die Vatikanischen Gärten, ein grünes Juwel verborgen hinter den alten Mauern des kleinsten Stadtstaats der Welt, sind eine harmonische Oase der Ruhe und Schönheit. Ein wundersames Paradies im Herzen Roms. Lucas liebte es, durch den Duft von Rosen, Chrysanthemen, Pinien, Kiefern und Zypressen zu schlendern, während das Zwitschern der Vögel seine Sinne umhüllte. Er genoss das sanfte Rauschen der Brunnen und das leise Plätschern der Wasserspiele.

Am Morgen hatte er seinen alltäglichen Spaziergang durch die verschlungenen Pfade der Gärten unternommen, doch diesmal plagten ihn Sorgen. Bianchi, mit dem er so vieles teilte, war untergetaucht. Lucas hatte sicherlich schon tausend Mal versucht, ihn telefonisch zu erreichen, aber es blieb vergebens. Als sich dann am Mittag Kardinal Chrisinto bei ihm gemeldet und seinen Besuch angekündigt hatte, ahnte er bereits, dass die

Reise seines Lebens und auch die seines Freundes kein gutes Ende nehmen würden. Nun hatte ihn eine durchdringende Unruhe erfasst, die seine Hände zittern ließ.

Der Kardinal war bekannt für seine unnachgiebige Strenge, seine Macht innerhalb des Vatikans und seinen vergiftenden Einfluss auf den Papst. Womöglich war dies der Grund, warum ihn viele hinter vorgehaltener Hand den *Grauen* nannten. Eine Gestalt, die im Dunkel des Nebels wandelte und seine Klauen in das bohrte, was dieser nicht wollte.

Es klopfte hart an der Tür, und Lucas zuckte wie unter Peitschenhieben zusammen.

Es konnte kein Zufall sein, dass sich der Kardinal gerade jetzt bei ihm angekündigt hatte, und genau dieser Gedanke quälte ihn.

Seit dem Tag, als sein bester Freund begonnen hatte, einem alten Geheimnis, verborgen in den Bibliotheken des Vatikans, nachzugehen, hatte er bereits diesen Geschmack bevorstehender Verderbnis im Mund verspürt. Er erinnerte sich noch sehr gut an die nächtelangen Telefonate mit Bianchi, bei denen dieser ihm von einem mystischen Relikt vorschwärmte. Ein Beweis für die Heerscharen von Engel sei es, hatte Bianchi voller Euphorie behauptet. Die Guten und die Bösen. Alle gleichwertig. Es klang abwegig und bizarr, und doch konnte er all seine Argumente nicht vom Tisch wischen.

Lucas verstand jedoch, was Bianchi beflissentlich ausblendete: Würde Gott nicht existieren und die Engel *Weiß* wie *Schwarz* gleichberechtigt unter den Menschen weilen, dann würde dieses Wissen an den Grundfesten der Kirche rütteln. Und zwar gewaltig. Immer und immer wieder hatte er Bianchi angefleht, die Finger davon zu lassen, ihm versucht zu erklären, dass dies die Kirche niemals akzeptieren würde, doch sein Freund war stur wie ein Esel. Was er sich vornahm, brachte er auch zu Ende. Ohne jegliche Angst.

Wieder klopfte es an der Tür, doch diesmal energischer.

»Ja, verzeiht. Ich komme«, rief Lucas. Seine Beine fühlten sich an, als seien sie mit Blei gefüllt worden. Es waren schwere Schritte, die er tat. Zitternd entriegelte er die Tür und zog sie auf.

Vor ihm stand der Kardinal. Lächelnd, mit den Händen hinter seinem Rücken gefaltet und leicht geneigtem Kopf. Hinter ihm stand ein Mann mit ausdruckslosem Gesicht. An der Kleidung, dunkelblaue Uniform mit der Aufschrift *Guardia Svizzera Pontificia* und eine ebenso dunkelblaue Schirmmütze, erkannte er, dass dieser von der Schweizergarde war.

»Ich freue mich, dich zu sehen, mein Sohn.« Die Worte klangen freundlich, doch im Unterton schwang etwas Lauerndes mit.

Lucas verbeugte sich. »Eure Eminenz.« Er traute sich nicht, in die durchdringenden, blassblauen Augen zu blicken. Sie strahlten die Kälte eines Gebirgsbachs aus. Trotz des gekrümmten Rückgrads wirkte der Kardinal mächtig und unüberwindlich.

»Lass uns eintreten. Was wir zu besprechen haben, ist vertraulich und nicht für alle Ohren bestimmt.«

Lucas gehorchte, trat einen Schritt zur Seite und ließ die Gäste eintreten. Als er die Tür wieder schloss, kam ihm die kurze Vision, dass hier mehr als nur eine Tür zugeschoben wurde; dies war der Sargdeckel, unter dem er in alle Ewigkeit würde ruhen müssen.

Lucas traute sich nicht, zu fragen, warum er besucht wurde. Er hatte Angst, es zu erfahren. Also schwieg er und wartete. Chrisinto schaute sich in aller Seelenruhe im Zimmer um und wählte dann einen Stuhl, in dem er sich umständlich niederließ. Es war ihm anzusehen, dass er Schmerzen dabei hatte, da er sein Gesicht zu einer faltigen Grimasse verzog. Der Gardeoffizier blieb mit verschränkten Armen an der Tür stehen, und

Lucas fühlte sich in der Mitte des Raums verloren wie ein kleines Bündel Elend. Seine Knie waren butterweich und schlotterten. Wie gerne hätte auch er sich gesetzt, traute sich aber nicht. Warum hatte ihm Gott diese Prüfung auferlegt? Warum nur?

»Sicherlich fragst du dich, warum ich dir einen Besuch abstatte. Oder?«

»Nun, ich –«

»Schon gut. Kommen wir zu dem, was mich interessiert. Ich werde dir einige Fragen stellen …« Chrisinto hob den leicht gekrümmten Zeigefinger. »… und ich erwarte ehrliche Antworten. Gott wird dich prüfen. Verstehen wir uns?«

Lucas nickte eifrig.

»Fein. Pater Bianchi ist … oder besser war ihr Freund?«

Lucas schluckte schwer. Hatte er richtig gehört? »War?«, kam es schwächlich über die Lippen.

»Oh, die Nachricht ist noch nicht zu dir vorgedrungen?« Ein dünnes Lächeln umspielte Chrisintos dünne, faltigen Lippen. »Ja, mein Sohn, er ist leider von uns gegangen. Es ist traurig, doch Gottes Hand wird ihn leiten und behüten.«

Lucas wurde es schlecht. Dies war also der Grund, warum er ihn nicht erreichen konnte. »Oh mein Gott«, keuchte Lucas. Er fühlte, wie seine Knie einzusacken drohten.

»Ja, so ist das.« Chrisinto setzte sich auf und beugte sich Lucas leicht entgegen. »Unser lieber Bruder war fehlgeleitet. Er hat anmaßend gehandelt und der kirchlichen Verschwiegenheit getrotzt. Das ist ein unverzeihlicher Frevel, für den ihn Gott sicherlich strafen wird. Ich gehe davon aus, dass du schlauer bist und diesem verblendeten Weg nicht folgen möchtest.«

Es war eine Frage, wohl eingepackt in eine Aussage. Lucas würgte und hielt die Hand an den Bauch. Seine Augen richtete er zu Boden aus Angst, in die des Kardinals schauen zu müssen, die spürbar sein Inneres zu erforschen suchten.

»Also antworte: Bianchi hat Dokumente gefunden und diese aus der Bibliothek entwendet. Was weißt du darüber?«

Das war die Frage, mit der Lucas gerechnet und vor der er so unsagbar große Angst hatte. Er hasste es zu lügen, doch diesmal stand sein Leben auf dem Spiel. »Nichts, Eure Eminenz.«

»Geh in dich, überlege, erinnere dich. Ich stelle meine Fragen ungern ein zweites Mal.«

»Ich habe solche Dokumente nie in der Hand gehalten. Pater Bianchi berichtete nur davon, dass in ihnen ein Tor erwähnt sei, das, aus welchen Gründen auch immer, verborgen bleiben sollte. Mehr weiß ich nicht.« Er versuchte, seinen Kopf aus der Schlinge zu ziehen und hoffte inständig, der Kardinal würde ihm glauben. Doch dessen abfälliges »Pah« glich einem Todesstoß.

»Mehr weißt du nicht?«

»Nein. Bei meinem Leben«, log er diesmal bewusst.

»Hm. Es fällt mir schwer, das zu glauben, mein Sohn. Gute Freunde erzählen sich wichtige Dinge. Sie vertrauen einander.« Er hob den Kopf, und sein ausgemergeltes Gesicht glich einem Totenschädel. »Ich verstehe deine Furcht. Doch nur die Wahrheit kann deine Seele retten und Gott näherbringen. Also frage ich dich noch ein letztes Mal, was weißt du über dieses Dokument?«

Lucas rang nach Luft. Er durfte jetzt nicht weich werden, sonst wäre es um ihn geschehen. Jetzt nicht! »Bei Gott, ich weiß wirklich nicht mehr.« Sein ganzer Körper begann zu vibrieren unter der Last, die er nun verspürte.

»Weiß noch jemand außer dir oder Pater Bianchi etwas von diesem Dokument?«

»Ich denke nein. Er hat auch mir nie verraten, was wirklich darinstand. Ich habe es nie zu Gesicht bekommen. Ich –«

»Beruhige dich. Der Mensch ist nicht vollkommen, sondern voll von Sünde. Das Dunkel wird immer ein Teil von uns sein, aber es gibt Dinge, die im Verborgenen bleiben müssen. Der Mensch erkennt nicht die Trittangeln des Teufels. Was er sieht, ist nur die Oberfläche. Nicht das, was sich dahinter verborgen hält.«

Obwohl sich Chrisintos Worte wie ein väterlicher Rat anhörten, lief Lucas ein kalter Schauer über seinen Rücken.

»Möchtest du eine Beichte ablegen, mein Sohn?«

»Eure Eminenz, verzeiht mir meine Verfehlungen. Bitte lasst –«

»Na, na, na.« Chrisinto schüttelte den Kopf. Seine Augen verengten sich. Mühsam stemmte er sich auf und kam unter Schmerzen zu stehen. Es war offensichtlich, dass es nicht das war, was er hören wollte.

»Nun gut.« Er legte die Hand auf Lucas' Schulter. Kälte ging von ihr aus und eine Last, die ihn zu Boden zu drücken drohte. »Ich werde nun wieder gehen, aber mein Begleiter wird bei dir bleiben, um dir zu helfen, deine Erinnerung aufzufrischen. Gott stehe dir bei, mein Sohn.« Er schlug das Kreuz und verließ den kleinen Raum, in dem die Luft inzwischen zum Schneiden dick geworden war. Es war die Konsistenz des Todes, die Einzug gefunden hatte, in einem Zimmer, in dem sich die göttliche Präsenz so nah angefühlt hatte. Ein Ort der täglichen Zwiesprache zu seinem Herrn, dem er treu sein Leben geschworen hatte. Als sich die Tür wieder schloss und nur er und Chrisintos Begleiter zurückblieben, wusste er, dass er bald alles erzählen würde. Sein Todesurteil war bereits besiegelt. Noch einmal tauchten die Bilder der Vatikanischen Gärten vor seinen Augen auf. Nicht nur ein Ort der Schönheit, sondern auch ein Ort der Stille und spirituellen Kontemplation. Ein Quell der Inspiration und des inneren Friedens. Er wusste, er würde sie nie mehr sehen.

VII

Der Abend legte langsam seine dunklen Schatten über die Stadt, als Alex von einem einsamen Spaziergang zurück zum Hotel Qube kam. Sie hatten auf dem Heidelberger Polizeirevier alles erzählt, was in den Kellern unter der Stadt geschehen war. Als er von seiner Vermutung Kriminalobermeister Steger betreffend berichtete, erntete er nur misstrauische Blicke, was er auch durchaus verstand. Der Fall entwickelte sich von Tag zu Tag zu einem größeren Mysterium. Doch die Leichen sprachen ihre eigene Sprache, wenn auch unhörbar.

Über eine Stunde war er unterwegs gewesen, hatte von der Alten Brücke aus das Schloss bestaunt, war am Neckar entlang geschlendert und hatte versucht, die Puzzleteile zusammenzuführen. Doch noch fehlte das richtige Verbindungsstück, eine Erklärung für das, was um sie herum geschah.

Das Qube hatte eine einladende Bar mit einer Reihe von Hockern, wie es sich gehörte. Der Klang von sanfter Jazzmusik im Hintergrund und das gedämpfte Murmeln der Menschen, die sich in bequemen Clubsesseln zusammenfanden, durchfluteten den atmosphärischen Raum. Der Geruch von *vergessen können* lag in der Luft, gemischt mit dem verführerischen Aroma von erlesenen Spirituosen und frisch gebrühtem Kaffee.

Der hölzerne Tresen erstreckte sich elegant entlang der Wand, mit einem Kaleidoskop von Flaschen, die wie kostbare Schätze auf den Regalen glänzten. In ihren bunten Etiketten spiegelte sich das Versprechen von Geschmack und Genuss wider.

Der Barkeeper, ein Mann mit geschickten Händen und einem Lächeln auf den Lippen, begrüßte Alex mit einem freundlichen Nicken. Seine Finger tanzten über die Flaschen, während er kunstvoll einen Cocktail mixte. Das Klappern der Eiswürfel in den Shakern erzeugte eine rhythmische Melodie.

Alex nahm auf einem der Hocker Platz und schaute sich um. Gäste saßen an den Tischen, in Gesprächen vertieft oder in stiller Kontemplation versunken. Jeder hatte seine eigene Geschichte, seine eigenen Träume und Sorgen. Und Alex hatte *sein* Abenteuer, das ihm wieder einmal aus den Händen zu gleiten schien. Er nickte dem Barkeeper zu und bestellte einen Cognac. Er genoss es, jetzt allein zu sein. Die letzten beiden Tage waren alles andere als ereignislos gewesen. Alex hob das Cognac-Glas und schwenkte die bernsteinfarbene Flüssigkeit, die verführerisch im Licht schimmerte.

»Guten Abend, Herr Brandt.«

Langsam drehte sich Alex zur Stimme. Er schmunzelte überrascht. »Frau Kolzic?«

»Störe ich Sie?«

Sie, stören? Bestimmt nicht. Alex stellte das Glas zurück und gab ihr ein Zeichen, Platz zu nehmen. Ein Hauch von Parfüm lag in der Luft. Betörend und einnehmend. »Womit habe ich die Ehre verdient?«

Kolzic zog einen Hocker zur Seite und lehnte sich an den Tresen. Sie schob sich eine Haarsträhne hinters Ohr.

»Darf ich Sie zu einem Getränk einladen?«, fragte Alex, nachdem er noch keine Antwort erhalten hatte.

Sie zögerte, nickte dann aber. »Ein Glas Weißwein. Trocken. Wenig Säure.«

Weißwein, hm, nichts Hartes – Sie möchte wohl nicht die Kontrolle verlieren. Trocken und wenig Säure – sie weiß, was sie will. Alex winkte dem Barkeeper und bestellte einen Grauburgunder. Gern hätte er sie von Kopf bis Fuß gemustert, aber er wollte sie nicht verärgern. Also blieb er artig. Er ertappte sich, wie sein Interesse wuchs. Seine Schwester hatte womöglich recht mit ihrer Vermutung. *»Wenn du über eine Frau sprichst, die dir im Weg steht, benutzt du unflätige Ausdrücke. Aber ...*

Kriminaloberkommissarin?«, hatte sie gesagt. War er einsam? Ja, unendlich!

»Ich wollte mich mit Ihnen über Ihre Vermutung unterhalten, dass mein Kollege in die Angelegenheit verwickelt sei. Sie wissen, dass es ungeheuerlich wäre, wenn Sie recht behielten.« Ihre Stimme klang weich und doch selbstbewusst.

Alex, nimm dich in Acht. Sie verdreht dir deinen dämlichen Kopf. Er presste die Lippen hart aufeinander, nahm dann sein Glas und stieß mit ihr an. Der Cognac schmeckte wie eine rauchige Zigarre. Er brannte im Hals und benebelte augenblicklich seine Sinne. Hatte er heute schon etwas gegessen? Nein. *Verdammt, ich muss aufpassen.* »Ich sagte nur, dass Herr Steger in irgendeiner Weise in diese Angelegenheit verstrickt ist. Mehr nicht.« *Aber auch nicht weniger.* »Ob er der Mörder der Professorin Burier ist, kann ich nicht sagen, aber einiges spricht dafür. Der evangelische Priester Zimmermann berichtete uns, dass er gesehen hat, wie Steger zusammen mit Burier und einer Studentin dort hinabstieg, und nach einer Weile wieder allein herauskam. Das erscheint mir verdächtig. Oder etwa nicht? Am besten, Sie befragen den Priester selbst. Er –«

»Er wurde am Nachmittag aus dem Neckar gefischt. Kopfschuss. Eine Mutter, die mit ihrem Kind unterwegs war, hat den leblosen Körper im Motor-Yacht-Club unterhalb der Schurmannstraße treiben sehen. Er hatte sich dort zwischen den Booten verfangen, sonst hätten wir ihn nicht so schnell gefunden.«

»Leiche Nummer sieben. Das nenne ich eine muntere Mordserie.« Alex stierte in sein Glas und schwenkte es nachdenklich.

»Das Ermittlungsteam ist auf fünfundzwanzig Kopf aufgestockt worden.«

»Ja, trampeln Sie so laut Sie können umher, damit auch die womöglich letzten Lebenden unter die Erde kommen.« Er schaute auf und bedachte die Kommissarin mit einem vorwurfsvollen Blick.

»Niemand hat uns gefragt. Sie wissen genau wie das läuft.« Kolzic nippte an ihrem Wein. »Es liegt nicht mehr in unserer Hand. Die Mannheimer Kripo hat nun das Sagen. Sie werden sicherlich einige Spezialisten aus dem Umfeld zusammentrommeln.«

»Klar, aber der Beste sitzt hier vor Ihnen.« Er schaute sie mit einem süffisanten Lächeln an. An ihrem Gesichtsausdruck erkannte er aber, dass sie diese Anspielung nicht schicklich fand. »Das meine ich ernst«, setzte er trocken nach.

»Mag sein. Eines ist mir nicht klar: Was ist so besonders an diesen Kellern? Haben Sie darauf eine Antwort?«

Hatte er eine? Ja und nein. Sein letzter Fall hatte ihn gelehrt, niemals arrogant über Dinge zu urteilen, nur weil sie sich der Logik entzogen. Und das Telefonat mit seiner Schwester bestätigte, dass abermals etwas Seltsames geschah. Doch wie sollte er dies erklären, ohne ihr sein ganzes Leben vor die Füße zu schmettern? Sollte er einer Frau, an der er zunehmend Interesse verspürte, offenbaren, was für ein Seelenkrüppel er war? Durfte er davon ausgehen, dass sie verstehen würde, dass er versucht hatte, seine Schwester zu erschießen? *Alex, pass auf.* Wollte er denn überhaupt aufpassen?

Ihr verzaubernder Duft umgab ihn wie eine Wolke des *für dich würde ich alles tun* und weckte seine Sinne auf eine Weise, die er schon so ewig nicht mehr erlebt hatte. Ihre Augen, von einem tiefen Braun, fesselten ihn und ließen ihn in ihrer Tiefe versinken.

Seine Blicke taten nun doch, was er zuvor nicht gewollt hatte. Sie wanderten an ihr herab. Verstohlen. Ihre schlanke Statur verkörperte Anmut und Eleganz, und er konnte nicht anders, als sich von ihrer Präsenz angezogen zu fühlen. Die Welt schien still zu stehen, während er sich mit ihr in einer eigenen kleinen Blase befand. Es war, als ob sie die einzigen beiden Menschen in diesem Moment waren, und die Bar zu ihrem ganz persönlichen Universum wurde.

»Herr Brandt?« Sie neigte ihren hübschen Kopf. *Zu spät. Aufpassen geht nicht mehr.* Er räusperte sich. »Wartet jemand heute … Nacht auf Sie?«

Im selben Moment, als sich diese Worte verselbständigt hatten, durchfuhr es ihn, als wäre ein versengender Blitz durch seinen Körper gerauscht. Was hatte er soeben gesagt? Er biss sich auf die Zunge, schmeckte Blut und hoffte, dass ihn der Schmerz wieder zur Besinnung bringen konnte.

Sie wurde rot im Gesicht. »Flirten Sie mit mir?«

Und ob. Alex versank in ihren Augen, die hinter der Brille einladend funkelten. Er schwieg.

Sie schmunzelte, wobei feine Grübchen auf ihren Wangen erschienen, und wich seinem Blick aus.

»Verzeihen Sie, ich wollte nicht unhöflich sein. Ich …« Alex suchte nach den richtigen Worten. Er wollte ihr sagen, dass es keine plumpe Anmache sein sollte. Doch sein Gehirn fühlte sich an, als wäre es in Watte eingewickelt.

»Nun, solange eine Ermittlung läuft, konzentriere ich mich auf das Wesentliche. Persönliches bleibt außen vor.«

Alex schluckte.

»Aber danach könnten Sie mich ja noch mal zu einem Glas Wein einladen.« Sie lachte, und Alex schmolz wie ein Eisklumpen auf dem erhitzten Kochfeld.

Sie löste sich vom Tresen und gab ihm die Hand. Er hielt sie fest. Sie war warm, angenehm und weich. Ihre Gesichtszüge wurden wieder ernst. »Ich werde jetzt wohl besser gehen.«

Alex näherte sich ihrem Ohr bis auf wenige Zentimeter. »Ich weiß nicht, was an den Kellern so wertvoll sein soll, dass jemand dafür tötet. Hier ein kleines Rätsel: Vatikan – Rodins Höllentor. Könnte es sein, dass es kein gewöhnliches Kunstobjekt ist? Ich werde mir diese Steinplatte im Keller morgen nochmals mit genügend Licht ansehen. Möchten Sie mich begleiten?«

»Ja. Ich hole Sie gegen acht ab.«

Erst jetzt ließ er ihre Hand los.

Kapitel 7

Schnitzeljagd

I

Die ersten Sonnenstrahlen des Tages drangen durch die zart geflorten Vorhänge und erfüllten das Zimmer mit einem sanften goldenen Licht. Alex öffnete die Augen und spürte sofort den dumpfen Schmerz in seinem Kopf. Eine unruhige Nacht hatte ihre Spuren hinterlassen, und er fühlte sich trotz Schlaf müde und abgespannt.

Ein leiser Seufzer entrang sich Alex' Lippen, während er mühsam versuchte, die Fragmente der vergangenen Nacht zu rekonstruieren. Der schwere Duft von Cognac durchdrang noch immer die Luft, hartnäckig in jeder Ecke des Raumes verhaftend. Nach Melanies Abgang hatte er sich in den verheißungsvollen Balsam der Vergessenheit gestürzt, um die Erinnerungen auszulöschen. Doch nun, da der Morgen heraufdämmerte, fühlte er sich erschöpft und ausgezehrt. Eine fade Bitterkeit haftete in seinem Mund.

Mit großer Mühe erhob er sich, seinen schweren Kopf in die Hände gebettet. Welche Abgründe würde dieser neue Tag ihm offenbaren? Weitere Leichen? Gestern Abend war Kolzic in die

Bar gekommen, um ihn nach ihrem Kollegen zu befragen, doch auf seltsame Weise hatten sie beide den roten Faden verloren. Steckte dieser Mann mit den Killern unter einer Decke? Falls ja, musste er sich vor ihm in Acht nehmen. »Verdammt«, brummte er heiser, erhob sich und schleppte sich ins Badezimmer.

Sein Blick fiel auf den Spiegel an der Wand. Er betrachtete sein Haar, das wild in alle Richtungen abstand, und die tiefen Ringe unter seinen Augen. Alex runzelte die Stirn und starrte sich an, als suchte er nach Antworten, die sich tief in seiner Seele befanden.

Seine Gedanken schweiften zu ihr – jener Frau, die seine Gefühlswelt auf den Kopf gestellt hatte. War er wirklich verliebt? Oder fehlte ihm nur der Sex? Die Erinnerungen an ihre kurze, gemeinsame Zeit tanzten wie verschleierte Schatten vor seinen Augen. Ihre strahlenden Augen, ihr bezauberndes Lächeln – all das hatte er zu ertränken versucht. Vergebens.

Für einen Moment schloss Alex die Augen und versuchte, ihre Präsenz in seinem Geist zu spüren, noch einmal ihren Duft wahrzunehmen, sie in sich aufzusaugen. Doch es war vergeblich. Sie war fort, ebenso wie der Zauber, den sie in seinem Leben entfacht hatte. In diesem Moment wurde ihm klar, dass er sich selbst verloren hatte. War es ein gutes Gefühl? Definitiv nein! Er öffnete die Augen, gefolgt von einem müden Lächeln, richtete sich auf und trat unter die Dusche.

Das Frühstück bestand aus einer Flasche stillen Wassers, um das Feuer in ihm zu löschen, sowie drei Tassen Kaffee, in der Hoffnung, die letzten verbliebenen Lebensgeister zu erwecken.

Thomas würde mit Sicherheit noch schlafen. Seine Zunge hatte dieser immer noch nicht im Zaum, aber er hatte an Struktur gewonnen und versuchte tatsächlich, einen Beitrag zu leisten.

Und Klaus? Ein scharfsinniger Kopf, aufmerksam und wachsam. Alex konnte sich ein lautloses Lachen nicht verkneifen. Die

Marotten und Phobien machten ihn irgendwie sympathisch. Er wirkte verletzlich und schwach, doch wer dies glaubte, wurde schnell eines Besseren belehrt. Ob er bereits in den Straßen Heidelbergs umherschweifte?

Alex stand auf, verließ den Frühstücksraum und schritt hinaus ins Freie, um frische Luft zu schnappen. *Also, was haben wir?*, fragte er sich, als er eine breite Straße entlangschlenderte. Der Feind war mit Sicherheit nicht die Kirche als solche, sondern wahrscheinlich nur ein Mann, der die Strippen zog. Der über alles wachte und seine Fäden bis nach Heidelberg hatte. Dieser saß womöglich im Vatikan und hatte großes Interesse, dass etwas im Verborgenen blieb, das die Studenten unwissend ans Licht geführt hatten. »Tja, falscher Ort, falsche Zeit. Verdammtes Karma.« Diese Fäden reichten vermutlich sogar in das Kriminaldezernat von Heidelberg, wie sich an dem Kriminalobermeister Steger zeigte. Aber wie? Hatte diese ominöse Gestalt im Hintergrund ihn eingeschleust? Möglich.

Das Objekt der Begierde war Rodins Höllentor. Ein riesiges Monument künstlerischen Schaffens. Doch was hatte es damit auf sich? Im Vatikan standen alle möglichen Statuen, Kunstwerke und andere Dinge mit Wert. Niemand war dafür ermordet worden, zumindest wahrscheinlich. Die Kirche hatte sie einfach *geliehen*. Auf ewig, versteht sich. Also musste an dem Tor etwas anderes dran sein. Und dass dem so war, hatte er aus dem kurzen Gespräch mit seiner Schwester herausgehört.

Alex blieb stehen und las das Straßenschild: Grüne Meile. *The Green Mile* von Stephen King. Ein begnadeter Erzähler von Horrorgeschichten. Sicherlich hätte er auch sein Vergnügen an diesem Fall gehabt, nur dass dieser tatsächlich geschah und nicht einem literarischen Gehirn entsprang.

Nici die Hexe, schoss es ihm plötzlich in den Kopf. Victoria Coolman, Professorin für Humbug und Hirnkranke an der

Universität in Frankfurt. Warum hatte er nicht schon vorher an sie gedacht? So wissend sie war, so rund und körperlich ausladend schob sie sich durch die Natur des Spirituellen. Sie war der richtige Ansprechpartner, wenn es sich um Themen mit okkultem Hintergrund drehte. Bereits bei seinem letzten Fall hatte er sie konsultiert. Nur leider hatte er ihre Ratschläge ignoriert.

Alex schaute auf die Uhr. Fünfzehn nach sieben. Eigentlich war es zu früh anzurufen. Eigentlich. Er zog sein Handy aus der Tasche und wählte ihre abgespeicherte Nummer.

»Ja?« Die Stimme klang verschlafen.

»Hier Alexander Brandt. Erinnern Sie sich?«

Einige Sekunden Stille, dann ein zögerliches »Ja«.

Alex hatte das Bild von ihr vor Augen, als er sie das letzte Mal gesehen hatte. Untersetzt und fett wie eine Kröte, saß sie auf ihrem Stuhl eingeklemmt. Ihre dunklen, bohrenden Augen und ihre schwarzen, schulterlangen strähnigen Haare gaben ihr etwas Hexenhaftes. Obwohl Alex nicht viel von diesen Themen hielt, mit denen sie sich befasste, mochte er sie und ihre kernige Art. »Ich brauche Ihre Hilfe.«

»Jetzt?« Sie hatte eine rauchige Stimme, als würde sie jeden Morgen mit einer frischgedrehten Havanna-Zigarre aufstehen.

»Ja, jetzt. Ich hoffe, es geht Ihnen gut.«

»Es ging mir schon besser. Wieder aus der Klinik entlassen?

»Ja, sie wollten mich dort nicht mehr ertragen. Sie kennen ja diese Psychologen.« Er lachte. Sie nicht.

»Ich verstehe, dass man Sie dort weghaben wollte.«

»So?«

»Sie haben so etwas psychisch Destabilisierendes an sich, was eine nicht unbedingt positive Ausstrahlung auf ihre Mitmenschen hat. Erinnern Sie sich noch an unseren Freund Dan Forsythe?«

Und ob er sich an ihn erinnern konnte. Am Ende seines letzten Falls wollte er keinen Kontakt mehr zu Alex haben. »Ja, wie geht es ihm?«

»Besser. Er hat sich damals völlig zurückgezogen. Nach dem Kontakt mit Ihnen und Ihren beiden Unsterblichen, hatte er sich in seine Wohnung verkrochen.« Sie schnippte mit dem Finger, was sich anhörte, als hätte ein Sektkorken geknallt. »Ha, er hatte wohl Angst, dass ihm die Mächte, mit denen sie es zu tun hatten, schaden könnten. Aber ich denke, dass wir alle ab und zu Ruhe brauchen, um neue Kraft schöpfen zu können. Sie haben sich ja eine solche Auszeit gegönnt.«

»Ja, so könnte man es auch nennen.«

»Aber Sie haben mich ja nicht angerufen, um über alte Zeiten zu plaudern. Also kommen Sie auf den Punkt. Ich bin noch müde.«

»Ich bin leider nicht im sicheren Hafen des alltäglichen Wahnsinns angekommen. Verlässliche Serienmörder, normale psychisch Kranke und so. Sie wissen, was ich meine.« Alex seufzte. »Seit meinem letzten Fall hält mich die paranormale Absurdität gefangen. Ich weiß nicht, was es ist, aber es haftet neuerdings so etwas an mir, das man auch das Mystik-shit-Syndrom nennen könnte.«

Die Professorin musste herzhaft lachen. Es war ein gurgelndes Geräusch, als würde Geröll von einem Berg herabrollen. »Dieses *Syndrom* ist mir neu. Aber man lernt ja nie aus.«

»Es freut mich, dass ich damit Ihren Tag erhellen durfte. Aber es ist ein Problem. Ich kenne mich mit Psychopaten aus, aber nicht mit übersinnlichen Dingen. Mein Instinkt ist geschult auf die menschlichen Abgründe, doch in der Welt der Mystik fühle ich mich wie ein ausgesetzter Welpe an der Autobahnraststätte. Ich habe einfach keine Antenne dafür. Und das kann mich mein Leben kosten.«

Sie schnaufte laut in den Hörer. »Was wollen Sie jetzt von mir hören? Es gibt im Leben Ereignisse, die man nicht in Worte fassen oder sich erklären kann. ›Schicksal‹ klingt schnöde und abgegriffen, aber vielleicht ist es gerade Ihres, dass Sie mit solchen Phänomenen jetzt konfrontiert werden.«

»Warum ich?«

»Warum nicht Sie?«

Gute Gegenfrage. Alex atmete tief durch. Ein Auto fuhr vorbei, und die Insassen starrten ihn an, als wäre er ein Kuriosum. Sah man ihm diese innere Zerrissenheit bereits an? »Wissen Sie, Professor Coolman, eigentlich geht mir der ganze Mist am Arsch vorbei. Ich werde meinen Job machen wie zuvor. Sich einem … Schicksal beugen, klingt mir doch ein wenig zu fatalistisch. Ich muss aber zugeben, dass sich mein Leben geändert hat und es mir schwerfällt, dies zu akzeptieren.«

»Und?«

»Und jetzt habe ich wieder einen solchen Fall auf dem Tisch. Haben Sie ein wenig Zeit?«

Coolman lachte verächtlich. »Seit wann kümmert es Sie, ob ich Zeit habe? Aber egal. Ich liege ja noch im Bett. Also schießen Sie los.«

Alex erzählte ihr einige Eckpunkte der Geschehnisse. Von den verschwundenen Studenten, vom Überfall im Zug, dem Ereignis in Mannheim und zuletzt vom Fund in Heidelberg. »Alles spitzt sich auf zwei Dinge zu: Auf den Vatikan und auf das Meisterwerk Rodins. Können Sie damit etwas anfangen?«

Es entstand eine lange Pause. Alex hörte sie am Hörer schnaufen. »Das Höllentor also? Ist übrigens ein schöner Name.«

»Darüber kann man streiten.«

»Ja. Nun, ich muss Ihnen recht geben, das alles klingt seltsam. Ich werde mir Gedanken darüber machen und ein wenig recherchieren. Ich melde mich bei Ihnen, sobald ich etwas herausgefunden habe.«

»In Ordnung.« Er legte ohne Verabschiedung auf. Sie hatte ihren Schlaf verdient.

II

Der Petersdom erhob sich majestätisch vor Chrisinto. Hier suchte der Kardinal oft Rat im Gebet, das für ihn einer Zwiesprache mit Gott gleichkam. Chrisinto stieg langsamen Schrittes die Stufen empor, wobei er des Öfteren stehen bleiben musste, um die Schmerzen der giftverpesteten Knie auszuhalten. Als er den Dom betrat, hing der Geruch von Weihrauch schwer in der Luft und vermischte sich mit dem Hauch von altem Stein und Jahrhunderte alten Geheimnissen. Durch das hohe Gewölbe drangen nur vereinzelte Strahlen des spärlichen Lichts der bunt verglasten Fenster. Die Atmosphäre war erfüllt von einer Mischung aus Andacht und rätselhafter Bedrohung, die sich in jedem Winkel verbarg. Die hohen Säulen und kunstvollen Verzierungen streckten sich wie stumme Zeugen vergangener Jahrhunderte in die Höhe, während das Echo der Schritte von Chrisinto leise in den Weiten des Doms verhallte.

Vor der Skulptur der Pietà verharrte er und kniete sich unter lautem Stöhnen auf den kalten Marmorfliesen vor ihr nieder. Er spürte die Kälte, die vom Boden aufstieg. Seine Hände ruhten auf dem Betpult, während er seine Stirn gegen die harte Oberfläche legte. Wie oft würde er in seinem alten Leben noch die Gnade erhalten, hier mit Gott ins Reine zu kommen? Hier, vor einem Meisterwerk des Bildhauers Michelangelo.

Chrisinto erhob sein Haupt und blickte zum Abbild der Jungfrau Maria empor, die in ihrer Schönheit und Reinheit den leblosen Körper Jesu auf ihrem Schoß hielt. Würde ihn Gott ebenso zärtlich in dessen Arme wiegen, wenn er das Zeitliche gesegnet hätte?

Er berührte mit der rechten Hand zuerst die Stirn, dann das Herz, die linke Schulter und schließlich die rechte Schulter, als Zeichen für die Dreifaltigkeit Gottes.

»Pater noster, qui es in caelis, sanctificetur nomen tuum …«

Doch inmitten seiner religiösen Kontemplation spürte er eine unterschwellige Spannung, eine Präsenz, die ihn aufmerksam werden ließ.

»… adveniat regnum tuum; fiat voluntas tua, sicut in caelo, et in terra …«

Schatten schienen sich zu verdichten, als würden sie von unsichtbaren Händen geformt. Gedämpfte und Geheimnisvolle Geräusche drangen an sein Ohr.

»… Panem nostrum cotidianum da nobis hodie; et dimitte nobis debita nostra, sicut et nos dimittimus debitoribus nostris …«

Es folgte eine seltsame Stille. Zum Greifen nah und doch unerreichbar, als ob sie von etwas Dunklem, Unbekanntem durchbrochen wurde. Ein eisiger Hauch streifte sanft sein Gesicht und ließ ihn erbeben.

»… et ne nos inducas in tentationem, sed libera nos a malo. Amen.«

Chrisinto beendete sein Gebet, während sein Verstand von Fragen und Zweifeln umkreist wurde. Warum fühlte er sich hier im Innersten des Vatikans so bedrängt? Warum umzingelte und bedrohte die Dunkelheit seinen Glauben?

Die Spiritualität, die von dieser Skulptur ausging, bedeutete ihm mehr als alles andere, was der Vatikan zu bieten hatte. In seinen Augen verkörperte sie das Mysterium des Glaubens, das Geheimnis des Leidens und die Hoffnung auf Erlösung.

Doch heute war etwas anders. Nicht so wie zuvor. »Erlösung«, kam es leise über seine trockenen Lippen. Suchte er diese? Ja, unbedingt. Sein Leben war gelebt, und seine morschen Knochen erinnerten ihn beständig daran.

Doch vorerst musste er etwas ein für alle Mal vor der Menschheit verbergen oder es vernichten. Das Tor, verbunden mit einer Wette, die sein Gott nicht würde gewinnen können.

»Vater, verzeih mir, aber selbst du scheinst manchmal zu schwach zu sein, für die Verderbnis der Welt.« Chrisinto atmete tief durch. Ein röchelnder Husten folgte, der von den glatten, kalten Wänden verstärkt zurückgeworfen wurde.

»Gib mir ein Zeichen! Lass mich verstehen, dass ich in deinem Sinne agiere.« Die letzten Worte klangen flehend, zitternd und fordernd zugleich.

Mühsam richtete er sich wieder auf und blieb einige Sekunden bewegungsunfähig stehen. Er vernahm ein leises Rascheln, das wie ein Flüstern in den hallenden Gewölben klang. Sein Herz schlug schneller, als er sich langsam umschaute, um die Quelle des Geräuschs ausfindig zu machen. Aber es gab nichts zu sehen, nur die leeren Bänke, die im Halbdunkel ruhten.

»Soll *das* dein Zeichen an mich sein? Bin ich nicht *mehr* wert?«, wisperte er voller Bitternis. Zorn stieg in ihm auf.

»Mit oder ohne deine Erlaubnis werde ich handeln. Es muss sein! Auch wenn du mich missachtest.«

Er nahm das Telefon zur Hand – sie zitterte, und es fiel ihm schwer, es zu halten – und wählte die Nummer der Garde. »In einer Stunde benötige ich einen Helikopter und zwei … getreue Soldaten. Ich muss nach Deutschland.«

Sein Innerstes hatte nicht gefunden, wonach es so sehr dürstete: Absolution. Doch dies würde nichts an seinem Weg ändern.

III

Zurück im Hotel, standen – zu Alex’ Überraschung – Kolzic und Klaus am Eingang und warteten bereits auf ihn. Klaus trug einen hellgrauen Anzug, der wie immer nicht richtig passte und Kolzic eine enge Jeans, weiße Bluse und schwarze Lederjacke darüber.

Alex kniff die Augen zusammen, als er auf sie zuging. Die Sonne blendete seine müden Augen. Es war einer dieser Tage, an denen die Welt sich weigerte, in das düstere Bild zu passen, das er für sie entworfen hatte. Doch das störte ihn wenig. Als Ermittler hatte er sich längst daran gewöhnt, im Schatten zu agieren und die schrecklichsten Seiten der Menschheit zu sehen, auch wenn am Horizont ein kleiner Stern aufstieg, der den Namen Melanie Kolzic trug.

»Gut geschlafen?« Die Kommissarin lächelte ihm entgegen.

»So lala. Das Einschlafen viel mir schwer.« Alex grinste anzüglich. »Wo ist Thomas?«, fragte er an Klaus gewandt.

»Herr Horn hat sich bereit erklärt, Frau Weis zur Gerichtsmedizin zu begleiten, um dort die Leichen zu untersuchen.« Klaus hob einen kleinen Lederbeutel. »Ich habe Handschuhe und Atemmasken besorgt. Frau Kolzic hat zwei Halogenscheinwerfer im Kofferraum. Wir haben nur noch auf Sie gewartet.«

Alex, Kolzic und Klaus saßen im Wagen und fuhren durch die von Verkehr überlasteten Straßen der Stadt. Die Hektik des Alltags drängte sich auf, während sie sich den düsteren Kellern näherten, die ein gut gehütetes Rätsel bargen. Immer wieder bremste sie Baustellen aus, und sie kamen nur langsam voran.

Alex seufzte. »Gut, dass wir nichts Dringenderes zu tun haben, als im Stau zu stehen und über einen finsteren Keller zu spekulieren. Was für ein aufregendes Leben wir doch führen.«

Kolzic lächelte leicht. »Wir alle hätten ja einen anderen Beruf wählen können. Ich könnte mir vorstellen, dass ich auch gern Kinderärztin geworden wäre. Aber mit den Noten hat es dafür gehapert. Was wären Sie gern geworden, Herr Marsalek?«

Klaus blickte verstohlen aus dem Fenster und vermied es, den schmutzigen Blicken der vorbeigehenden Passanten ausgesetzt zu sein. Immer wieder verzog er sein Gesicht, als würde ihm der Anblick mancher Fußgänger Schmerzen bereiten. »Steuerfachberater, schätze ich. Eine saubere Arbeit mit Menschen, die sich eine Beratung leisten können.«

Alex musste laut lachen. »Steuerfachberater?«

»Ja, warum nicht? Zahlen sind rein. Was ist mit Ihnen?«

Ich bin genau das geworden, was ich immer sein wollte: ein verkorkster Jäger, dachte Alex. Sein Lachen erstarb. Als Kind hatte er sich so manchen Beruf für seine Zukunft erwählt, aber diese naiven Pläne waren wie Schneeflocken in einer kalten, stürmischen Nacht zerstoben. Übrig war das geblieben, was er heute tat. Eine Antwort blieb er schuldig.

Schließlich erreichten sie die Heiliggeistkirche. Die Sonne schien trügerisch hell am Himmel, während die Düsternis der Keller sie anzog wie ein schwarzer Strudel. Unter der Stadt Heidelberg lag ein Reich, von denen nur wenige Bürger wussten.

Die Polizei hatte den Tatort abgeriegelt, und zwei als Wachen abgestellte Beamten ließen sie nach dem Vorzeigen der Dienstmarken durch. Der Geruch von Desinfektionsmitteln vermischte sich mit dem muffigen Gestank des Verfalls, während sie die Stufen hinab schritten. Die Kälte drang bis in die

Knochen, als ob der Ort selbst die Wärme und das Leben aus seiner Umgebung gesogen hätte. Die Spuren der jüngsten Tragödie waren markiert, und die Aura des Todes hing wie ein düsterer Schleier in der Luft.

In Keller Nummer eins, wo vor Kurzem zwei leblose Körper gelegen hatten, herrschte nun eine beklemmende Stille. Die Wände hatten sicherlich schon vieles zu sehen bekommen, doch ein Mord an zwei unschuldigen Opfern, könnte für sie neu gewesen sein.

Die Vorstellung, dass hier Leben auf so grausame Weise sinnlos ausgelöscht worden war, hinterließ einen bitteren Geschmack auf der Zunge. Alex blieb vor den Markierungen, mit Kreide aufgebracht, stehen. Dr. Rudolfs und seine kleine Mascha. Was sie wohl dachten, als der Killer mit einer Pistole auf ihre Köpfe gezielt hatte? War es Überraschung gewesen? Unglaube vermischt mit der kindlichen Vorstellung, verschont zu werden? Oder einfach nur faulige Angst, die gelähmt und das Denken blockiert hatte?

Eine Kugel in die Stirn, und alles Denken endete augenblicklich. Jeder Traum, jeder Wunsch platzte dann wie ein Luftballon, in den man eine Nadel steckte. Einfach so. Alex war hart im Nehmen, aber irgendwie berührte ihn diese Sinnlosigkeit dennoch. »Das Rathaus wird wohl neue Leute einstellen müssen.« Die Worte trieften von Sarkasmus, aber es lag Gefühl zwischen ihnen, das er eigentlich nicht zeigen wollte. Ein Eingeständnis, dass er doch nicht so abgebrüht war, wie er sich gern gab.

Sie durchquerten den zweiten Keller, in dem sich nur Unrat befand, durchstiegen die Luke, die Alex mit Thomas geschaffen hatte und endeten in Raum Nummer drei, dem Schauplatz eines weiteren grausamen Verbrechens.

»Konnte der Gerichtsmediziner bereits feststellen, wann die Professorin ermordet wurde?«, fragte Alex.

»Nein, ich hoffe, wir erhalten diese Informationen heute Nachmittag.« Kolzic schaute auf die Markierung auf dem Boden herab. Kleine grell-rote Hütchen waren aufgestellt worden, die mit Bändern verbunden waren. Sie zeigten die verkrümmte Lage der Leiche. »Sie war die Betreuerin der Studenten?«

Alex brummte zustimmend. »Etwas in dieser Art. Professorin Burier. Sie ist extra von Frankreich hier angereist, also muss es bedeutend gewesen sein. Doch das Ende ihres Lebens hat sie sich sicherlich anders vorgestellt.«

Es lag noch immer der süßliche Hauch ihres Parfüms in der Luft, der sich mit dem modrigen Gestank vermischte.

»Ich frage mich, warum man sie hier unten ermordet hat.« Klaus hatte sich eine Atemmaske über Nase und Mund geklemmt und trug Latexhandschuhe. Seine Stimme klang gedämpft. »War sie bereits hier unten und wurde überrascht? Oder wurde sie hierhergeführt, um …?«

»Wir müssen warten, was die Spurensicherung dazu sagt«, erwiderte Kolzic in sachlichem Ton. » Man kann wohl davon ausgehen, dass der Täter ein Mann war.«

Die Stille, die sich in den Kellern ausbreitete, war von einer beklemmenden Schwere erfüllt. Selbst das leiseste Geräusch schien von den Wänden verschluckt zu werden, als ob sie das Grauen der Vergangenheit in sich einsaugten. Die Dunkelheit der Kellergewölbe verbarg mehr als nur die Überreste der Opfer – sie barg die Abgründe der menschlichen Seele und die Wahrheit über das Böse, das in der Welt existierte.

Alex gab ein Zeichen, und sie schritten bedächtig durch die trostlosen Gänge zur letzten Kammer. Ihre Gesichter verrieten die Last, die sie mit sich trugen, und ihre Augen spiegelten die harte Realität wider, der sie sich Tag für Tag stellen mussten. Die Leichen waren entfernt worden, doch der Hauch des Todes blieb bestehen. Der Tatort war ein stummer Zeuge für das Grauen, das hier stattgefunden hatte, und eine Mahnung an die Ermittler, dass das Böse immer noch lauerte, bereit, erneut zuzuschlagen.

Stumm blieben sie einige Zeit vor der riesigen Platte stehen. Dies war also die Blaupause Rodins. Stumm stellte Kolzic ihren Rucksack neben das Kunstwerk, öffnete die Schnallen und holte einen Halogenscheinwerfer heraus. Ihre Augen zuckten geblendet, als sie ihn anschaltete und auf das Kunstwerk richtete. Das grelle Licht offenbarte jede Einzelheit, die der schwache Schein der Handys am Vortag nicht gezeigt hatte. Klaus nestelte in seinem Beutel und holte eine Kamera heraus, die er von Julia hierfür erhalten hatte.

Was sie zu sehen bekamen, zeigte eine komplexe Komposition aus unzähligen Figuren, die in verzweifelten Posen gefangen waren. Die Darstellungen reichten von gefallenen Engeln und verführerischen Dämonen bis hin zu leidenden Menschen. Die Oberfläche des Werks war von einer starken Dynamik geprägt, die durch die tiefen Reliefs und die rauen Texturen erzeugt wurde. Die Figuren auf dem Höllentor waren in unterschiedlichen Posen und Ausdrücken gefangen. Einige wanden sich in quälenden Schmerzen, während andere verzweifelt nach Erlösung oder etwas anderem suchten. Klaus umrundete es, betrachtete jede Einzelheit und nahm Bilder auf. Jedes Mal ertönte ein dumpfes Klicken, das von den Wänden aufgesogen wurde, begleitet von einem grellen Blitz. Plötzlich blieb er stehen und betrachtete eine der Darstellungen. Er legte die Kamera ab und beugte sich tief herab. »Das ist ja interessant.«

Alex kam zu ihm und schaute über dessen Schulter. »Was?«

Klaus zeigte auf zwei der Abbildungen. Die eine glich ein wenig Alex, wirkte jedoch unfertig. Die andere hingegen war deutlich umrissen. »Ich könnte schwören, dass dies …, aber …«

Alex verstand, was Klaus sagen wollte: *... das kann nicht sein.* Wie oft war ihm dieser Gedanke bereits in seinem letzten

Fall in den Kopf gekommen? Und immer wieder hatte er sich geweigert, zu verstehen. Doch diesmal würde er diesen Fehler nicht noch einmal begehen. Auch das Unmögliche hatte eine Wahrscheinlichkeit. »Machen Sie Bilder. Wir vergleichen sie später mit Fotos.«

Klaus schaute ihn an. »Kontaktieren Sie Frau Rohn, um mehr Bilder der Tochter zu erhalten?«

»Mir wäre es lieber, Sie würden das übernehmen.« Alex zwinkerte ihm mit einem Grinsen auf den Lippen zu.

Über eine Stunde untersuchten sie das Kunstwerk und den restlichen Keller, bis sie wieder alles verstaut hatten und den Tatort verließen. Das warme Sonnenlicht und ein strahlend blauer Himmel empfingen sie freundlich, während sich die Stadt unberührt von den finsteren Geschehnissen unterhalb ihrer Oberfläche zeigte. Doch für Alex, Melanie und Klaus blieb der Schatten der grausamen Absurdität allgegenwärtig.

»Wie viel von dem Mist können wir ertragen, bevor wir selbst zu einem Teil davon werden?«, murmelte Kolzic. Ihre Stimme klang, als hätte sie einen Klos im Hals. Ihre Augen blieben auf die vorbeitrottenden Menschen gerichtet.

Klaus antwortete mit einem kühlen Unterton. »Es ist unsere Aufgabe, in dieser Finsternis zu navigieren und das Licht der Gerechtigkeit zu suchen. Doch manchmal frage auch ich mich, wie viel von unserer eigenen Menschlichkeit wir dabei opfern.«

Sie hatten einen Moment der Stille, in dem sie ihre Gedanken sammelten und sich auf die nächste Etappe vorbereiteten.

Alex durchbrach schließlich diese subtile Innenschau. »Genug philosophiert. Wir lieben es doch Monster zu jagen, die in den finsteren Ecken der Welt lauern. Und je mehr wir sehen, desto mehr stumpfen wir eben ab und werden zu dem, was wir nicht sein wollen. Und irgendwann …«

»… werden wir davon verschlungen«, vollendete Kolzic seinen Satz.

IV

Die Sonne senkte sich langsam hinter den schroffen Silhouetten der alten Kirche, als sie vor ihrem Wagen standen. Die langen Schatten der Abenddämmerung zogen sich über die Pflastersteine und verliehen der Szenerie einen Hauch von Mystik. Um sie herum pulsierte das Leben der Stadt. Die Straßen, Gassen und der belebte Marktplatz waren überfüllt von Menschen, die sich langsam aneinander vorbeischoben. Staunende Touristen, Frauen, die versuchten, ihre Kinder im Zaum zu halten, Freunde, die miteinander scherzten und lachten, Liebespaare mit verzückten Gesichtern – sie alle waren Teil eines bunten und lauten Durcheinanders.

Alles schien friedlich und absolut normal. Dennoch spürte Alex ein ungewöhnliches Kribbeln im Genick, eine Ahnung, dass etwas nicht stimmte. Er hatte gelernt, auf seine Instinkte zu vertrauen, und richtete seine Augen scharf auf die pulsierende Menschenmenge. Etwas verbarg sich im Gewusel scheinbarer Normalität, einer Unschuld, die keine war. Alex blickte zu Kolzic und las in ihrem veränderten Gesichtsausdruck, dass auch sie sich nicht wohlfühlte.

Klaus, der schweigsame Dritte im Bunde, beobachtete die Szenerie mit wachsamem Blick. »Wir sollten losfahren.«

Alex nickte, schaute sich um und stieg ein.

Durch die engen Gassen hinab zur Neckarstraße kamen sie nur im Schneckentempo. Ständig kreuzten sie Passanten, die nicht aufpassten oder schlichtweg nicht einsahen, aus dem Weg zu gehen.

»Können Sie nicht die Sirene einschalten?« Alex wollte so schnell wie möglich von dem Präsentierteller eines möglichen Mörders verschwinden. An jeder Ecke oder hinter unschuldig trottenden Menschen konnte jemand mit einer geladenen Waffe stehen, bereit, auf sie zu zielen und abzudrücken. Eingepfercht im Wagen zwischen all den Leuten, tendierte ihre Chance, mit heiler Haut davon zu kommen, gegen Null.

Melanie rieb sich die Augen und unterdrückte ein Gähnen. »Wir sind hier gleich raus. Eine Sirene brauchen wir nicht. Die Leute würden nur aufgeschreckt hin und her rennen, anstatt uns den Weg frei zu machen.«

Plötzlich durchschlug ein Projektil mit einem lauten Knall die Windschutzscheibe. Splitter spritzten in den Innenraum.

»Geben Sie Gas!«, schrie Alex, seinem ersten Impuls gehorchend.

»Geht nicht«, entgegnete Kolzic und bremste abrupt ab. Das Knirschen der Reifen auf dem Asphalt war wie ein düsteres Lied der Gefahr. »Zu viele Leute vor uns.«

Alex riss die Tür auf und ließ sich seitlich aus dem Wagen rollen. Ein zweites Projektil pfiff durch die Luft, und ein blechernes Geräusch ertönte. Alex schaute in den Wagen. Auch die Kommissarin hatte ihn verlassen und kauerte mit gezückter Waffe hinter ihrer Tür. Klaus konnte er nicht sehen. Vermutlich hatte er sich auf den Boden des Innenraums geworfen. »Verdammte Scheiße.« In diesem Moment bereute er es zutiefst, keine Waffe zur Hand zu haben. Angespannt wartete er wie ein aufgeschrecktes Tier, das nicht wusste, wohin es flüchten konnte. Schreie ertönten, Menschen rannten orientierungslos umher, ein Kind weinte laut.

Alex lugte um die Tür, die nur bedingt Schutz bieten konnte. Sich darauf zu verlassen, dass der Killer von seinem Vorhaben ablassen würde, war töricht. Der Pulk von Leuten teilte sich und gab die Sicht auf einen Mann frei, der etwas Glitzerndes in der Hand hielt und auf sie zielte. Alex wusste sofort, wer dort stand: Karl Steger. Mit seinem Oberlippenbart und der dickglasigen Brille, die darüber wie eine Lupe thronte, war er kaum zu verwechseln.

Wieder löste sich ein Schuss, gefolgt von einem Schrei. Aus dem Augenwinkel konnte Alex erkennen, wie Kolzic zu Boden fiel und ihre Pistole über das Kopfsteinpflaster schepperte. Alex stand auf und rannte gebeugt um das Heck des Wagens. *Wie blöd kann man sein?* Er kochte vor Wut über sich selbst. Sein Instinkt hatte ihn gewarnt, und er hatte ihn einfach ignoriert. Hilflos lag Melanie gekrümmt auf der Seite. Alex packte sie an den Beinen und zog sie in die trügerische Sicherheit des Wagens. Die Pistole lag außer Reichweite.

Kolic stöhnte leise. Sie presste die Hand an die Schulter. Zwischen den Fingern quoll Blut hervor. Alex beugte sich tief über sie. »Ich bin da«, wisperte er ihr ins Ohr.

Plötzlich legte sich ein Schatten über sie. Alex schaute auf und blickte in den Lauf einer 9 mm SIG. Die Zeit schien für einen Moment stillzustehen.

Die Stille wurde von einem ohrenbetäubenden Knall durchbrochen, der wie ein peitschender Donnerschlag klang und sich mit einem schneidenden Echo fortsetzte. Alex wusste, was es zu bedeuten hatte, und kniff die Augen zusammen – ein Schuss entfesselt eine explosive Energie, die sich mit rasender Geschwindigkeit durch den Lauf der Waffe bewegt, ein intensives Zischen begleitete den Austritt des Projektils, während sich die Mündungsflamme in einem wilden Wirbel entlädt. Der Klang eines Pistolenschusses ist tief und dröhnend, doch gleichzeitig schrill und durchdringend, er hallt in den Ohren wider und erzeugt eine schmerzhafte Intensität, die alle anderen Geräusche übertönt, und dann … dann ist man tot.

Alex öffnete die Augen wieder. Ein riesiges Loch klaffte in Stegers Kopf, wo zuvor das Auge gesessen hatte. Die Brille baumelte zersplittert und gebrochen an dessen Ohr. Sein Mund war weit aufgerissen. Wie in Zeitlupe gaben dessen Knie nach, die Arme hingen schlaff herab, die Waffe fiel zu Boden und der Körper sackte in sich zusammen.

Das Krankenzimmer war von kaltem Neonlicht hell erleuchtet. Kolzic lag still auf ihrem Krankenbett, von Schläuchen und Kabeln umgeben. Ihre bleiche Haut und die Bandagen an ihrer Schulter verrieten die Schwere der Operation, der sie sich hatte unterziehen müssen. Die sterile Umgebung des Krankenhauses schien im Kontrast zu ihrer Persönlichkeit zu stehen, doch trotz der Schmerzen, die sie sicherlich empfand, war ihre Miene entspannt.

Alex lehnte mit verschränkten Armen am Fenster und starrte in die Dunkelheit. Ein besorgtes Lächeln umspielte seine Lippen, während er in Gedanken versunken war. Was hatte er in dem Augenblick gefühlt, als er sah, wie Melanie Kolzic getroffen zusammenbrach? War es nur die Sorge um eine Kollegin gewesen oder war es mehr? Er konnte nicht leugnen, dass er sich von ihr angezogen fühlte, dass ihr Anblick sein Herz schneller schlagen ließ. Doch in der Tiefe seiner Gedanken lauerten Zweifel und Unsicherheit, die die Klarheit seines Empfindens wie Schatten vernebelten. Liebte er sie? Diese Frage zog seine Gedanken in endlose Schleifen. Vielleicht waren es nur oberflächliche Gefühle, eine flüchtige Anziehung, die von äußerlichen Reizen genährt wurde. »Hm«, brummte Alex. War es ihr Lächeln, das ihn in den Bann zog, oder ihre fesselnde Ausstrahlung? Es schien, als ob er auf der Oberfläche des Ozeans schwamm, von der rauschenden Brandung der Begierde getragen, aber ohne den

Grund zu kennen, der diese Strömung verursachte. Es war ein Gefühl, das eine gewisse Ohnmacht in ihm erzeugte, die er wie die Pest hasste. Die Fragen zermürbten seinen Geist, während er hin- und hergerissen war zwischen den unterschiedlichen Facetten seiner Empfindungen.

»Ist alles in Ordnung?« Klaus saß auf einem Stuhl neben dem Krankenbett – die Hände sicher in den Taschen verborgen.

Alex musste grinsen, als er sich nach ihm umschaute. »Mehr oder weniger, ja. Sie sehen ein wenig verspannt aus. Eigentlich müssten Sie sich in der Reinheit eines Krankenhauses pudelwohl fühlen.«

»Ein Krankenhaus«, begann Klaus mit gedämpfter Stimme, »ist ein Ort der Heilung, zweifellos. Doch zwischen den glänzenden Oberflächen, den steril wirkenden Fluren und den professionell gekleideten Ärzten verbirgt sich eine unsichtbare Gefahr.« Er ließ eine kurze Pause entstehen, bevor er seine Ausführungen fortsetzte. »Es sind die Keime, Viren und Krankheitserreger, die wie unsichtbare Jäger in der Luft lauern, bereit, ihre Beute zu finden. Jeder Atemzug kann eine unsichtbare Ladung dieser mikroskopischen Täter enthalten, die in den Körper eindringen und Krankheiten entfesseln.«

Sein Blick wanderte über die kahlen Wände des Krankenzimmers, während er die Vorstellung der unsichtbaren Feinde weiter entfaltete. »Die Türklinken, die Betten, die Handläufe – sie alle sind wie ein Sammelbecken für Krankheiten. Hände, die in Eile gewaschen oder gar nicht gewaschen werden, übertragen diese schmutzigen Invasoren von einem Ort zum anderen, von einem Menschen zum nächsten.«

Klaus' Stimme wurde dunkler, während er sich auf die erschreckenden Details konzentrierte. »Und dann gibt es noch die Operationssäle, die Herzkatheter-Labore und die Intensivstationen. Dort, wo das Leben an einem seidenen Faden hängt, wo die kleinste Unachtsamkeit katastrophale Folgen haben kann, sind die Mikroorganismen besonders heimtückisch. Es sind die unsichtbaren Tänzer, die auf den Händen der Ärzte und Krankenschwestern ihre Reise antreten, egal wie oft und wie gründlich sie versuchen, diese zu reinigen.« Klaus schüttelte sich.

»Okay, okay, ich verstehe.« Alex löste sich von der Wand und ging langsam zu Kolzics Bett, während Klaus aufstand und eiligst seine Hände desinfizierte. Zum x-ten Mal.

»Es war übrigens ein sauberer Schuss. Ich werde Sie zukünftig *Killer* nennen. Ich wusste nicht, dass Sie die Waffe wieder zurückerhalten hatten.«

Klaus nickte zufrieden. »Wenn ich schieße, dann treffe ich auch. Danke.«

Alex wartete, ob Klaus mehr dazu sagte, doch dieser schwieg sich aus. Er zuckte mit den Schultern und schaute auf das unschuldig ruhige Gesicht von Melanie herab. Sie lag da, als würde sie in aller Seelenruhe schlafen. »Ich denke, wir können gehen. Sie wird schnell wieder auf den Beinen sein. Sie ist zäh.« Es lag Anerkennung in Alex' Stimme.

V

Alex und Klaus traten nebeneinander aus der Krehl Klinik. Frische Luft wehte um ihre Nasen und vertrieb den Geruch sterilisierter Räume.

Thomas saß auf einem Granitblock unweit des Eingangs, stand auf und winkte sie zu sich. »Ist alles okay mit euch?«

»Klar.« Alex konnte sich ein süffisantes Grinsen nicht verkneifen. »Ich habe soeben verstanden, dass wir nur mit knapper Not multiresistenter Keime entkommen sind. Das ist doch ein Grund zu feiern, oder?« Er warf Klaus einen Seitenblick zu, doch dieser schien die Bemerkung beflissentlich zu überhören.

»Ah, ja? Nun, wie auch immer. Ich habe beim Zoo geparkt.«

Alex und Klaus folgten ihm schweigend, jeder in die eigenen Gedanken versunken. Erst als sie im Auto saßen, fragte Alex, was Julia herausgefunden hatte.

Thomas griff nach einer Mappe hinter sich auf der Rückbank und holte einige Blätter heraus. »Ich beginne mal mit Dr. Rudolfs vom Bauamt. Gestorben ist er an einer Kugel, die ihren Weg durch die Schädeldecke sprengte, Splitter mit sich führte, das Gehirn vermanschte und auf der Rückseite wieder austrat. Gehirnmasse war auch dabei.«

»Könnten Sie ihre Beschreibung ein wenig knapper fassen? ›Ein tödlicher Kopfschuss‹ genügt durchaus!«, beschwerte sich Klaus über Thomas' Ausschmückung. »Interessant sind nur Besonderheiten, die Aufschluss über den Täter geben.«

Thomas zog eine enttäuschte Miene, nickte dann aber. »Nun gut. Bei Rudolfs gab es ansonsten keine Auffälligkeiten. Dem zweiten Opfer, seiner Assistentin Mascha Oleskay, erging es nicht anders. Kopfschuss, tot. Knapp genug?«

Als Antwort zog Klaus verdrossen die Stirn.

»Sie hatte Tätowierungen an Armen und Beinen, sowie im Genick. Hier steht in Klammern: seltsame Symbole und Zahlen. Mehr nicht. Ist wohl so ein verrücktes Küken gewesen.«

»Weiter«, drängte Alex.

»Der Professorin Burier hingegen wurde das Genick gebrochen.« Er blätterte weiter. »Halswirbelsäulenfraktur der oberen Halswirbel C1 und C2. Das Knochengewebe war nicht völlig unterbrochen. Rückenmark und die umgebenden Nervenstrukturen waren stark beeinträchtigt.«

»War sie sofort tot?«, wollte Alex wissen, der bereits ahnte, dass dem nicht so war.

»Bingo. Gute Frage. Nein. Sie starb zwischen vierundzwanzig und dreißig Stunden später. Eingeschränkte Atmung, neurologische Defizite, Lähmung und Verlust der Bewegungsfähigkeit. Knacks, und die Dame stirbt langsam vor sich hin.«

»Der Täter scheint nicht zimperlich zu sein.« So abgebrüht Alex auch war, doch der Gedanke, wie sie bewegungsunfähig in der absoluten Schwärze des Kellers lag, jagte ihm einen Schauer über den Rücken.

»Nein. Wirklich nicht. Viel mehr geben die Resultate nicht her. Julia bat mich, dir auszurichten, dass du sie jederzeit deswegen anrufen kannst.«

»Das werde ich. Lasst uns ein wenig umherfahren. Wir müssen herausfinden, ob wir verfolgt werden. Wenn wir sicher sind, suchen wir uns ein ruhiges Plätzchen und schauen die Bilder an, die wir von dem Tor gemacht haben.«

Sie fuhren über eine Stunde kreuz und quer durch die Stadt. Klaus, der auf der Rückbank saß, spähte über die Schulter aus dem Rückfenster, um verdächtige Verfolger ausmachen zu können, doch vergebens. Neben einem Mehrfamilienhaus im Handschuhsheimer Stadtviertel parkten sie.

»Hast du den Laptop dabei, um den ich dich bat?«, fragte Alex.

»Liegt im Handschuhfach vor dir. Ist ein Tablet, mehr konnte ich nicht so schnell auftreiben.«

Alex nahm es heraus und schaltete es ein, während Klaus die Speicherkarte aus der Kamera zog und sie ihm kommentarlos reichte.

»Ich werde jetzt wohl Frau Rohn anrufen und sie bitten, uns aktuelle Bilder ihrer Tochter zu senden.« Es war Klaus' gequältem Gesichtsausdruck anzusehen, dass er dies nur widerwillig tat.

Alex schaute auf die Uhr. Es war viertel vor Mitternacht. Keine günstige Zeit, jemanden anzurufen. »Nur zu, gute Idee.«

Klaus wählte die Nummer, und wenige Augenblicke danach war die Bürgermeisterin bereits am anderen Ende der Leitung.

»Hier Marsalek. Ich habe laut geschaltet. Herr Brandt und Herr Horn sitzen hier bei mir. Ich hoffe ich störe nicht.«

»Stören? Unter anderen Umständen hätte ich dies bejaht. Was haben Sie herausgefunden?«

»Nun, wir haben erste Vermutungen. Was ich benötige, sind Bilder Ihrer Tochter. Es ist leider dringend. Könnten Sie mir diese auf meine Nummer senden?« Klaus gab ihr eine Adresse in Telegram.

»Tue ich. Und mehr haben Sie mir nicht zu sagen?«

»Vorerst nein. Ich danke Ihnen für Ihr Verständnis.« Klaus beendete das Telefonat.

»Wow, die haben Sie ja schnell losbekommen.« Thomas schnippte mit den Fingern.

»Klar, indem er einfach aufgelegt hat. Sie wird jetzt vor Wut toben.« Alex wedelte mit der Hand. »Die Giftschlange hat ein gutes Gedächtnis.«

Klaus stöhnte.

Es dauerte keine Minute, bis die Bilder nach und nach eintrudelten. Mit dem Satz »Sie sind mir eine Erklärung schuldig!« beendete sie die Sendung.

Alex lud derweil die Bilder von der Karte in das Tablet. Danach blätterte er alle durch und selektierte die Aufnahmen. Vorerst interessant waren nur die Ablichtungen des Bildnisses, von dem sie vermuteten, es könne von Liana Rohn stammen. Dann hoben sie das Tablet und Klaus' Mobiltelefon nebeneinander.

»Sapperlot.« Mit geweiteten Augen bestaunte Thomas die Ähnlichkeit. »Das ist doch nicht möglich!«

»Das haben wir auch schon gedacht«, entgegnete Alex und ließ sich in die Lehne fallen. Das ist …«

»… Liana Rohn. Zweifelsohne«, beendete Klaus den Satz. »Und was machen wir nun mit dieser Information?«, fragte Thomas. »Hat hier jemand eine Erklärung parat?«

»Scheiße, nein«, fluchte Alex. »Ein Zufall kann es aus meiner Sicht nicht sein. Wer weiß, womöglich finden wir noch mehr Abbildungen, die von lebenden Personen sind.«

»Oder von solchen, die noch vor Kurzem gelebt haben.« Klaus schaltete sein Telefon aus und steckte es zurück. »Ich kann nachvollziehen, dass Rodin keine Lust hatte, sein Kunstwerk zu behalten. Bestimmt war er zutiefst erleichtert, als die Kirche das Tor in ihre Obhut nahm.

»Wahnsinn. Warum muss ich wieder so einen Fall bekommen?« Alex zog die Brauen zusammen. »Wir werden das Tor nochmals aufsuchen müssen«, flüsterte er bedeutungsvoll.

VI

Die Regentropfen fielen unaufhörlich auf das Metalldach des Wagens, ein dumpfes Trommeln in der düsteren Morgenstimmung. Alex, Thomas und Klaus hatten die Nacht im Wagen verbracht, während Klaus den Vorteil der Rückbank hatte genießen dürfen. Alex und Thomas hatten sich mit den Vordersitzen begnügen müssen, die beide gezwungen hatten, immer wieder unruhig von einer Stellung in die andere zu wechseln. Der Schlaf hatte sie dennoch irgendwann in die Dunkelheit müder Träume gezogen.

Die ersten zarten Strahlen des Morgengrauens begannen, den Himmel zu durchdringen, als Alex erwachte. In seinen Ohren klangen die letzten Worte nach, die ihm die Traumbilder beschert hatten: *»Dreh dich nicht um, Alex«*, hauchte eine Stimme in sein Ohr, geflüstert wie der Hauch der Verderbnis. *»Du bist zu nahe an der Wahrheit.«*

Er schnaubte verächtlich und setzte sich unter Schmerzen auf, die von seiner verrenkten Sitzhaltung kamen. »Scheiße, so weit ist es jetzt schon gekommen. Ich schlafe im Auto mit zwei Männern.« Ein unerträglicher Gestank nach verbrauchter Luft und der Ausdünstung von drei ungewaschenen Pennern füllte den Innenraum des Wagens. Alex ließ sein Seitenfenster herab.

Neben dem Wagen standen zwei Kinder mit aufgespannten Regenschirmen bewaffnet und starrten ihn verwundert an. Alex wusste nicht, wie lange sie bereits dort standen, verstand jedoch, dass Schlafende in einer Blechbüchse ein seltener Anblick sein mussten. Alex' tiefgezogene Augenbrauen und sein mürrischer Blick genügten, die Jungs zu vertreiben. Diese machten auf dem Absatz kehrt und gingen eilig ihres Weges.

Mit der frischen, kühlen Luft wehte Regen in Alex' zerknittertes Gesicht. Der Gedanke an einen kräftigen schwarzen Kaffee kam auf, aber er hinterließ nur einen seltsam unbefriedigenden Geschmack im Mund. Alex verzog sein Gesicht und schaute sich um. Er erinnerte sich an einen Zeitungsartikel, wonach die Pest diese angeblich schönste Stadt Deutschlands in die Tiefe der Hölle hinabgezogen hatte. *Der schwarze Tod* war im sechzehnten Jahrhundert durch die Gassen gefegt und hatte auch nicht vor den Toren herrschaftlicher Anwesen haltgemacht. Die Menschen waren scharenweise gestorben. »Tja, der Tod richtet sich nicht nach Ansehen oder Geld.« Es lag eine Spur Genugtuung in Alex' Stimme. Doch so ganz stimmte es nicht. Die Burgherren hatten an den Frondiensten ihrer Untergebenen verdient und dafür Schutz versprochen. Hatten sie diesen gewährt? Nein. Sie waren einfach auf ihre Landsitze geflohen und hatten die Stadtbewohner der todbringenden Krankheit überlassen. Und jetzt? Ja, die Pest war bezwungen. Sie wurden zwar nicht von blutvergiftenden Bakterien gejagt, sondern von der Kirche höchstpersönlich, was nicht minder gefahrvoll war.

Klaus wurde auf der Rückbank wach, setzte sich umständlich auf und streckte sich. Einige seiner Gelenke knackten unangenehm laut.

»Gut geschlafen?«, fragte Alex und grinste in den Rückspiegel.

»Geschlafen?« Ein Seufzer folgte. »Hätte Herr Horn nicht geschnarcht, wäre es vielleicht möglich gewesen. Davon abgesehen, wollte ich meine einmal eingenommene Schlafstellung nicht ändern. Im Schlaf neigt man dazu, sich unkontrolliert zu bewegen. Und wer weiß, wer hier auf der Rückbank bereits gesessen hat.«

Alex lächelte schwach und schaute zu Thomas, der den Kopf in die Armbeuge gebettet, tief und fest schlief. Es war wohl der Schlaf der Gerechten, ein Geschenk des Gottes der Dummheit.

Plötzlich klingelte das Telefon. »Coolman«, flüsterte Alex, als er auf das Display schaute.

»Guten Morgen, Herr Brandt. Wie geht es Ihnen?«

»Danke, gut«, log Alex. »Haben Sie Neuigkeiten?«

»Ja. Ich habe mein kleines Netzwerk genutzt, um ein wenig mehr über dieses Tor herauszufinden, und ich muss Ihnen zubilligen, dass Sie ein besonderes Händchen für Außergewöhnliches entwickelt haben.« Ein raues, krächzendes Lachen folgte, das ebenso gut von einem altersschwachen Raben kommen konnte.

»Sie haben Humor«, antwortete Alex schmallippig.

»Oh, ja, den habe ich. Aber ich stecke ja auch nicht in Ihrer Haut.« Ihr Lachen ging zu einem verhaltenen Glucksen über und erstarb dann endgültig. »Also zum Thema: Es hat zwei Tore gegeben, und das erste verschwand. Aber das wissen Sie bereits. Für dieses besagte Kunstwerk interessierte sich nicht nur die Kirche, die es letztendlich in Verwahrung nahm, sondern ein

Mann namens Aleister Crowley. Ich weiß nicht, ob Sie schon einmal etwas von diesem Herrn gehört haben?«

»Nein.«

»Nun denn. In esoterischen oder besser gesagt in okkulten Kreisen war und ist er das Sinnbild eines Schwarzmagiers.«

»Lebt er noch?«

»Nein. Er starb 1947 an einer Lungenentzündung.«

»Dann brauche ich mir keine zu großen Gedanken über ihn machen. Er kann nicht derjenige sein, der mir in die Suppe spucken will.«

Coolman quittierte Alex' Aussage mit lautem, unangenehmem Lachen. Alex hob das Handy auf Abstand, bis es wieder abgeflacht war.

»Ich muss dennoch ein wenig von ihm erzählen. Als er starb, verkündete damals die britische Presse: ›Der böseste Mann der Welt ist tot‹. Crowley war besessen von der Suche nach Sinn. Er experimentierte mit allen magischen Systemen, erfand eine eigene Religion und machte alles, was ihm auf diesem Weg recht erschien. Was ihm nachgesagt wurde waren Sodomie, sexuell magische Rituale, rituelle Vergewaltigungen bis hin zu Mord.«

»Nun, so wie ich verstanden habe, ein absolut normaler Psychopath.«

»So könnte man es auch sehen. Viele sahen in ihm den Zauberer der Moderne, andere wiederum den Schwarzmagier, der das Große Tier 666 evozieren wollte. Soviel ich weiß, versuchte er es sogar, aber das sind eben die mit Spannung belebten Überlieferungen, die das Salz in der Suppe ausmachen. Jedenfalls hat er sich sehr für ein spezielles Relikt interessiert, das er in Europa verzweifelt suchte. Er nannte es das *Portal zur Hölle* und sandte seine Jünger aus, es zu finden.«

»Portal zur Hölle? Warum nannte er es nicht einfach auch Höllentor, wenn es sich überhaupt um dasselbe handelt?«

»Sie haben recht. Es könnte sich auch um etwas anderes handeln. Mir fielen nur die zeitliche Parallele und die namentliche Ähnlichkeit auf. Zudem geht aus einer seiner Aufzeichnungen hervor, dass er sich mit Werken eines französischen Künstlers beschäftigte. Raten Sie mal, wer dies war?«

»Hm … mal überlegen. Gehe ich Fehl in der Annahme, wenn ich auf Rodin tippe?«

»Bingo.«

»Hat er das Tor jemals gefunden?«

»Er behauptete es jedenfalls. Das hat aber nichts zu heißen. Er war ein Schaumschläger mit viel Trara.«

Alex schaute aus dem Fenster. Der Regen hatte aufgehört. Die ersten Sonnenstrahlen bohrten sich wie Korkenzieher durch die trübe Wolkendecke. Er hatte schon so viele verkorkste Geschichten bei Vernehmungen gehört, dass er hätte kotzen können. Kranke Idioten, die behaupteten, dass sie absolut unschuldig an ihren Taten seien. Die Hände hätten es auf Befehl eines Dämons oder im Namen Gottes ganz allein getan. Egal, welche Begründungen auch immer gewählt wurden, blieben sie in Alex' Augen nur ein Haufen Seelenmüll, vor dem man die Gesellschaft schützen musste.

»Professor Coolman, gibt es irgendeinen Beweis, dass an dieser Geschichte etwas dran sein könnte?«

»Nein, aber ich wollte Ihnen diese Seiteninformation nicht vorenthalten. Alles kann wichtig sein. Letztendlich bleibt es Ihre Aufgabe, aus den Schnipseln von Mitteilungen die richtigen herauszufischen.«

»Hier noch eine Info für Sie. Wir haben dieses Relikt wahrscheinlich gefunden. Absolut sicher können wir jedoch erst nach einer genauen Untersuchung sein. Jedenfalls befanden sich viele Bildnisse und Figuren, detailliert ausgearbeitet auf dem Stein. Eines könnte meinem Antlitz gleichen, wirkt aber noch unfertig. Es könnte also auch jemand anderes sein. Das andere gleicht auffällig dem Aussehen der verschwundenen Liana Rohn. Haben Sie dazu eine Idee?«

»Ihr Abbild? Auf dem Tor? Sind Sie sicher?«

»Sagen wir mal, einigermaßen sicher.«

Es entstand eine längere Pause.

»Wenn es stimmt …«, hauchte es aus dem Hörer, »dann sollten Sie aufpassen.«

Alex hatte nichts anderes erwartet als eine ernsthafte Warnung. Bereits im Tonfall seiner Schwester hatte er diese Botschaft wahrgenommen. Doch würde er nun die Finger von diesem Fall lassen? Definitiv nicht. »Recherchieren Sie weiter. Ich bin auch für unwichtige Schnipsel dankbar.«

»Ja, das denke ich mir. Sie haben sie auch nötig. Ich wünsche Ihnen viel Glück, Herr Brandt«, verabschiedete sich die Professorin mit traurig mitfühlender Stimme wie beim Eintragen des Namens in eine Kondolenzliste.

VII

Schwere Wolken hingen über der Stadt, als würden sie diese unter ihrem Gewicht zermalmen wollen. Der Wind hatte nachgelassen, und bald würde eine Sintflut über die Hochhäuser herniederbrechen. Die Atmosphäre war von Schwermütigkeit durchzogen, als die Bürgermeisterin den Anruf auf ihrem privaten Telefon entgegennahm.

»Sabine Rohn.« Der Anrufer hatte seine Nummer unterdrückt. Normalerweise nahm sie solche Gespräche prinzipiell nicht an, doch seit Liana verschwunden war, gab es kein *normalerweise* mehr.

»Ich grüße Sie. Mein Anliegen betrifft Ihre *geliebte* Tochter.«

Sabine stockte der Atem. Ein unheilvoller Schauer lief ihr über den Rücken, und ihr Magen verkrampfte sich. Der Fremde hatte das Wort »geliebte« mit einer Spur Gehässigkeit versehen, die unüberhörbar in ihren Ohren haften blieb. Diese Stimme, mit einem ausgeprägten südländischen Akzent, hatte sie noch nie gehört, zumindest konnte sie sich nicht daran erinnern, und sie vergaß selten etwas.

»Sie wollen mit mir über meine Tochter sprechen?«, kam sie sofort zur Sache. Ungeduld brannte in ihr wie ein loderndes Feuer. Alles würde sie tun, und alles würde sie geben, um sie wieder bei sich zu wissen.

»Hören Sie mir genau zu, denn ich werde sie nur dieses eine Mal kontaktieren und Ihnen die Chance geben, die Frucht Ihres Leibes wieder lebend in den Armen zu halten.« Ein röchelnder Husten erklang – rau und tief. »Ihre Tochter ist in paradiesischer Sicherheit. Ihr wurde bislang kein Härchen gekrümmt. Doch kann ich für nichts garantieren, sollten Sie nicht sofort Ihre Nachforschungen einstellen.«

Sabines Hände zitterten, und sie hatte Mühe, den Hörer zu halten. In ihr tobte eine gewaltige Angst, als ihr die schrecklichen Bilder durch den Kopf schossen, was man Liana antun könnte. Sie wollte etwas anbieten, ihr Leben geben für das ihrer Tochter, alles versprechen, was gefordert würde, doch ihre Sprache blieb wortlos. Einem Verbrecher konnte man nicht trauen, egal was man bereit wäre zu zahlen oder zu tun.

»Also, erstens: Rufen Sie die Polizei zurück. Alle Ermittlungen müssen augenblicklich zum Stillstand kommen. Zweitens: Erzählen Sie, dass sich Erpresser gemeldet hätten, die ein Lösegeld forderten. Sie wären bereit, dieses aufzubringen. Dann wird man Ihnen Glauben schenken.«

Die Stimme rasselte, als würde eine Kette durch eine Wanne gezogen. Nach einem unangenehmen Husten folgte lautes Ein-

und Ausatmen. Sabine wartete und schwieg. Wer auch immer am anderen Ende der Leitung sprach, er war nicht gesund.

»Drittens:«, fuhr er fort, »Versuchen Sie nicht, im Geheimen zu agieren. Meine Netzwerke sind weit gestreut. Ich würde es erfahren. Und nun zum letzten Punkt, dem Resultat. Folgen Sie meinen Anweisungen, so wird Ihre Tochter zu gegebener Zeit wieder bei Ihnen sein. Missachten Sie meine Forderung, so werde ich anweisen, dass man sie in der Blüte ihrer Jugend langsam dem Tode heranführt. Und wenn ich sage *langsam*, dann dürfen Sie mir glauben, dass ich es auch so meine. Haben Sie mich klar und deutlich verstanden?«

Sabine versuchte, ihre Stimme zu kontrollieren, um die Angst in ihr nicht durchscheinen zu lassen. »Ja, ich habe Sie verstanden. Absolut. Aber wer sind Sie?« Ihre Frage war von einer Mischung aus Verzweiflung und Entschlossenheit geprägt.

Der Entführer lachte kalt und spöttisch. »Wer ich bin, spielt keine Rolle. Aber ich kann Ihnen versichern, dass Ihre Tochter kein leichtes Schicksal erwartet, wenn Sie nicht gehorchen. Ich werde ihr das Grauen der Hölle offenbaren. Sie wird um Erlösung betteln.«

Pause.

»Und *Sie* werden die Verantwortung dafür tragen müssen!«

Sabine fühlte eine durchdringende Schwäche und musste sich am Tisch stützen. Verzweifelt versuchte sie, einen klaren Gedanken zu finden, doch es fiel ihr schwer, überhaupt noch zu denken. »Ich werde Ihre Anweisungen befolgen«, antwortete sie. Sie nahm tief Luft und ließ sie langsam entweichen. Ein Funken ihrer gewohnten Selbstsicherheit erwachte. »Und nun hören Sie auch mir genau zu. Sollte meiner Tochter etwas zustoßen, so dürfen Sie mir glauben, dass ich alles daran setzen werde, Sie zu finden. Und wenn Sie glauben zu wissen, was Höllenqualen sind, so werde ich Ihre Vorstellungen noch übertreffen, mit dem, was ich *Ihnen* antun werde. Wir haben also einen Deal: Ich halte mich an Ihre Anweisungen – Sie verschonen meine Tochter – und ich werde Sie in Ruhe lassen. Abgemacht?«

Ein Moment der Stille folgte, in der nur noch das schwere Atmen des Fremden zu hören war. Sabine spürte, dass sie einen kleinen Sieg errungen hatte, einen Moment des Zweifels in dem bösartigen Herzen des Entführers. Er hatte die Initiative teilweise eingebüßt.

»Wir haben eine … Abmachung, Signora Rohn.« Das Gespräch war beendet.

Stumm und mit stierem Blick rang sich Sabine ein schwaches Nicken ab. Dieser Anruf hatte sie zutiefst erschüttert. Ihre Tochter war also tatsächlich entführt worden. Sie ballte die Hände zu Fäusten. Aber warum wurde kein Lösegeld gefordert? Das Einzige, das ihr der Entführer aufgetragen hatte, war, dass sie sofort alle Nachforschungen einstellen sollte. Sie eilte zum Fenster, verharrte einige Sekunden, kehrte um, und lief bedächtigen Schrittes zurück zum Schreibtisch. Ihr Herz raste und das Blut pochte mit Paukenschlägen an ihren Schläfen.

Was sie fühlte, war nicht Angst allein, sondern es nagte auch ein gewaltiger Zorn an ihrem Gemüt. Die Wut darüber, dass sie zum einen nichts unternehmen konnte und zum anderen, dass es jemand wagte, sie so offen herauszufordern.

Sie griff zum Hörer. »Verbinden Sie mich mit Herrn Brandt. Aber dalli.«

Ihr Sekretär wagte keine Erwiderung. Nicht einmal eine Minute später erhielt sie ihr Telefonat.

»Frau Rohn?«

»Guten Tag, Herr Brandt. Gewöhnen Sie sich an, Ihre Bürgermeisterin respektvoll zu begrüßen«, fauchte sie in den Hörer.

»Gern, das nächste Mal.«

Sabines Hand zitterte. Sie hasste seinen trockenen Humor und seinen unfreundlichen abgehärteten Charakter, aber dennoch vertraute sie ihm. »Ich hatte soeben einen sehr unangenehmen Anruf.« Sabine versuchte, ihre Stimme zu beherrschen, während sie die Einzelheiten des Gesprächs erläuterte. Als sie zum Ende gekommen war, verlor sie dennoch ihre Selbstbeherrschung. »Er drohte, meine Tochter zu ermorden. Dieses verdammte Schwein drohte mir«, schrie sie ungehalten. »Wenn ich den in die Finger bekomme, dann Gnade ihm Gott.«

»Das ist interessant.«

»Interessant? Ist das alles, was Sie zu sagen haben?«

»Frau Rohn, das klingt nach einem verzweifelten Täter. Wir sind ihm also auf der Spur.«

»Es geht um das Leben meiner –«

»Ich weiß. Und jetzt beruhigen Sie sich! Ich glaube nicht, dass der Anrufer Ihre Tochter in den Händen hält. Es scheint sich etwas anderes dahinter zu verbergen. Dennoch kommt langsam Panik auf, und das ist ein gutes Zeichen.«

Sabine schnaufte abfällig in den Hörer. Was sollte sie auch anderes tun? Es war diese den Hals zuschnürende Hilflosigkeit. Ein schier unerträgliches Ausgeliefertsein.

»Frau Rohn, ich verstehe genau, was Sie jetzt fühlen. Aber glauben Sie mir, der Anruf bestätigt, dass wir der Angelegenheit nah kommen. Also …« Alex' Ton blieb ruhig und entspannt. »Sie pfeifen jetzt das Ermittlungsteam in Heidelberg zurück. Sagen Sie ihnen, dass sie die Füße stillhalten sollen.«

»Sind Sie sicher?«, antwortete Sabine mit einem Hauch von Bitterkeit.

»Ja. Ich verspreche Ihnen, dass wir alles versuchen werden, Ihre Tochter wieder heil zurückzubringen.«

Ein Schauer lief Sabine über den Rücken. Vertrauen war nicht ihre Sache. Besonders nicht, wenn es um etwas so evident

Wichtiges ging. Aber sie hatte keine Wahl. Sie schnaufte einige Male laut und ließ dann ein gebrochenes »Ja« folgen. »Und wo sind Sie gerade? Was haben Sie herausgefunden?«

»Es ist eine zu verdrehte Geschichte, als dass ich sie jetzt erzählen könnte.« Es entstand eine längere Pause. »Vertrauen Sie mir einfach«, setzte Alex nach.

»Ich versuche es. Bitte bringen Sie meine Tochter sicher nach Hause.« Sabine legte auf.

VIII

Julia betrat die kühle Autopsiehalle. Der dumpfe Geruch von Formalin hing in der Luft. Die Heidelberger Pathologie hatte ihr gewährt, Stegers Leiche nochmals genau unter die Lupe zu nehmen. Den Bericht der Untersuchung hatte sie erhalten.

»Guter Schuss«, konstatierte sie gelassen und schnalzte mit der Zunge. Die Kugel hatte sich in das Auge gebohrt, das Gehirn massiv geschädigt und war wieder auf der Rückseite des Schädels ausgetreten. Zur Todesursache gab es nicht viel mehr festzuhalten. Der Körper war mit Tätowierungen übersät. Auffällig war, dass sie denen von Mascha Oleskay, die sie am Tag zuvor auf dem Autopsietisch gesehen hatte, glichen. Die düstere Symbolik faszinierte sie, doch sie hatte keine Zeit, sich näher damit zu befassen.

Sie streifte die Handschuhe ab, wusch die Hände, desinfizierte sie gründlich und griff nach dem Telefon.

»Hallo Alex, ich habe mir gerade die Leiche von dem Kriminalobermeister Steger angeschaut.«

»Ist er tot?«

»Ha ha«, erwiderte sie trocken. »Es war ein Plattschuss. Nicht mehr, nicht weniger. Doch eines ist seltsam. Sein Körper ist über und über mit Tätowierungen bedeckt.« Es stellten sich ihr die

Nackenhaare auf, und ihre Stimme wurde leiser. »Ein Pentagramm auf der Brust mit der Spitze nach unten, zum Beispiel.«

Eine schwere Stille stand plötzlich zwischen ihnen.

»Und ...«, ihr Tonfall wurde eindringlich. »Auf seinem Nacken war die Zahl 666 eintätowiert. Genauso wie bei Mascha Oleskay.«

Alex pfiff in den Hörer. »Wow, beide tragen diese Zahl im Nacken?«

»Ja. Kannst du damit etwas anfangen?«

»Verdammt, ja«, antwortete er zögerlich und legte auf.

IX

Alex, Klaus und Thomas beschlossen, das Auto stehen zu lassen. Zwar waren sie bislang nicht entdeckt worden, doch die Möglichkeit bestand, dass die Kidnapper bereits wussten, mit welchem Wagen sie unterwegs waren. Die Heiliggeistkirche befand sich nur einen Steinwurf weit entfernt, doch konnte selbst eine so kurze Strecke tödlich enden. Sie liefen schweigend vom Hölderlinweg über die Alte Brücke zur Kirche. Dank der frühen Morgenstunde waren nicht viele Menschen unterwegs. Lieferanten, die Waren für die vielen Geschäfte und Restaurants anfuhren, Geschäftsleute, die im schnellen Schritt durch die Straßen eilten und Studenten, die sich verschlafen auf dem Weg zur Universität befanden. Also keine dunklen Gestalten, die Böses im Schilde führten. Alles blieb im Bereich der Normalität.

»Thomas, du kommst nicht mit runter. Bleib in der Nähe. Hab' ein Auge auf alle, die in die Kirche gehen.« Alex wollte nicht überrascht werden oder eingeschlossen in den Untergrund.

Thomas stöhnte enttäuscht. »Warum ich?«

Weil du ein Idiot bist?, dachte Alex, biss sich aber auf die Zunge. »Du bist so etwas wie unser Ass im Ärmel. Wenn jemand versucht, uns zu folgen, dann schlag Alarm. Du bist im Moment die wichtigste Person.«

Die Wortwahl hatte Erfolg, was sich an einem anerkennenden Lächeln auf Thomas' Lippen zeigte. »Und wo soll –«

»Am besten in der Kirche. Verkriech dich in eine Ecke. Versuche, nicht gesehen zu werden oder aufzufallen. Nimm ein Gesangsbuch und blättere darin. Falte deine Hände und bete. Tu, was du willst. Wichtig ist, dass du die Luke zum Keller im Auge behältst.«

Die Luke zu den Kellern wurde von zwei Polizisten bewacht, die Alex und Klaus durchließen, nachdem sie ihre Ausweise vorgezeigt hatten. Bevor sie hinabstiegen, schaute Alex über seine Schulter. Thomas hatte sich brav ein Gesangsbuch geschnappt und sich auf eine der hinteren Sitzreihen in der Kirche verkrochen. Alex konnte nur hoffen, dass er dort nicht einschlafen, sondern achtsam bleiben würde.

Klaus war wie immer gut gerüstet. Schutzmaßnahmen, die ihm das Leben im Unrat erträglicher gestalteten. Latexhandschuhe, Atemschutz und Kunststoffüberzieher für die Schuhe. Alex konnte sich ein fades Lächeln nicht verkneifen. Er fragte sich, woher dieser die Schuhschützer bekommen konnte, behielt seine Gedanken jedoch für sich.

Im Kellerraum angekommen, ließen Sie den kalten Strahl ihrer mitgebrachten Taschenlampen über das Höllentor schweifen. Zentimeter für Zentimeter. Die Abbildung, die dem Konterfeil von Liana glich, hatten sie schnell gefunden. Alex beugte sich über das Tor und berührte das Gesicht, aber nichts geschah.

»Was wollen wir heute hier tun?«, fragte Klaus.

»Ich weiß es nicht. Irgendwie hoffe ich auf die richtige Eingebung.« Alex schüttelte den Kopf. »So etwas wie: Sesam, öffne dich.«

»Seltsam.« Klaus kam näher an das Kunstwerk.

Alex schaute zu ihm auf.

Klaus' Augen starrten konzentriert auf eine Stelle, die vom Lichtkegel beschienen wurde. » Mein Gott. Wie kann das sein? Schauen Sie selbst.«

Alex verstand nicht sofort, was Klaus entdeckt hatte, doch als er genau hinsah, blieb ihm der Mund offen stehen. »Wow, jemand muss hier gearbeitet haben. Jetzt sieht es eindeutig nach mir aus.«

»Wie ist das möglich?«

»Es gibt mehrere Möglichkeiten. Entweder hat sich jemand, es muss ein begnadeter Künstler sein, an den Polizisten vorbeigeschlichen, um mich hier zu verewigen. Oder das Tor hat dies voller liebreizender Magie selbst getan. Sagen Sie mir, welche der beiden Optionen wahrscheinlicher klingt.«

»Gibt es noch eine dritte Möglichkeit?« Die Frage kam gebrochen.

»Mir fällt keine ein.«

»Interessant.«

»Danke. Ich werde nach oben gehen und jemanden anrufen. Bleiben Sie hier und … bewachen Sie das verdammte Tor.«

»Wie bitte? Sie wollen mich allein zurücklassen?«

Alex antwortete nicht.

X

Alex stolperte mürrisch aus der Kirche, die Hände tief in den Taschen vergraben. Der Himmel über ihm war noch immer von grauen Wolken verhangen, als würde das Wetter seinen düsteren Gemütszustand reflektieren wollen. Mit jedem Schritt, den er in die belebte Fußgängerzone setzte, wurde er von einem

Strudel aus Geräuschen und Bewegungen umhüllt. Ein Meer von Menschen tummelte sich in den engen Straßen, die sich wie ein Labyrinth vor ihm erstreckten. Das Gewusel der Passanten, das Klappern der Absätze auf dem Pflaster und das leise Gemurmel von Gesprächen vermischten sich zu einer Kakophonie, die ihm in den Ohren dröhnte. Kinderlachen und das fröhliche Geplapper von Paaren verloren sich in den Wellen des Lärms, der von allen Seiten auf ihn einprasselte.

Die Luft war erfüllt von den unterschiedlichsten Gerüchen: frisch gebrühter Kaffee aus den Lokalen, der süßliche Duft von frisch gebackenem Brot aus der Bäckerei und der verlockende Hauch von Parfüm, der ihm in die Nase stieg. Doch all diese angenehmen Aromen wurden von einem unangenehmen Gemisch aus Abgasen, Straßenstaub und dem Gestank des nahen Müllcontainers überschattet.

Alex blickte um sich und konnte kaum den Überblick behalten. Überall hasteten die Menschen vorbei, mit Einkaufstüten beladen oder aneinandergereiht wie Ameisen in einer endlosen Kolonne. Ein ständiges Gedränge, das seine schlechte Laune nur noch verstärkte. Er konnte das hektische Treiben der Kaufwütigen kaum ertragen, die scheinbar mit leerem Blick und gehetztem Schritt von Schaufenster zu Schaufenster eilten, als würden sie nach etwas suchen, das sie niemals finden sollten.

Inmitten all des Trubels sah Alex vereinzelte Gesichter, die aus der Masse hervorstachen. Ein älteres Ehepaar, eng umschlungen, schlenderte gemächlich und mit einem warmen Lächeln auf den Lippen dahin. Eine Gruppe von Jugendlichen lachte lautstark und schien die Sorgen der Welt vergessen zu haben. Doch selbst diese kleinen Augenblicke der Freude konnten seine Stimmung nicht erhellen. Die Fußgängerzone pulsierte vor Leben, und Alex fühlte sich wie ein Fremdkörper in diesem gewaltigen Organismus aus Menschen, Lärm und Hektik. Gehörte er überhaupt noch in dieses Leben? Oder hatte er seine Daseinsberechtigung verwirkt, an dem Tag, an dem er die Warnungen des seltsamen Paars aus seinem letzten Fall voller arroganter Überheblichkeit ignoriert hatte?

Müde drückte sich Alex in eine kleine Nische neben der Kirche, griff nach seinem Telefon und wählte Sarahs Nummer. Sie nahm ab.

»Hallo Sarah, ich bin es, Alex.«

»Bruderherzchen, ich weiß, dass du es bist. Zum einen steht dein Name auf dem Display, und zum anderen habe ich bereits mit deinem Anruf gerechnet.« Ihre Stimme klang ernst und gefasst. Nicht wie sonst.

»Ist bei dir alles in Ordnung?«, fragte Alex, dem dies nicht entgangen war.

»Ja, bei mir schon.«

Alex fuhr sich durch die Haare. Sie fühlten sich fettig und zerzaust an. Sicherlich gab er das perfekte Bild eines Obdachlosen ab. Die Nacht in einem Auto zu verbringen, hatte seine Spuren hinterlassen. »Ich habe dir doch von dem Tor erzählt.«

»Ja, und ich habe dir gesagt, du sollst einen Bogen darum machen«, erwiderte Sarah in zornigem Ton. »Das Ding ist gefährlich.«

Verdammt, ja! Pissen kann auch gefährlich sein, wenn man am Abgrund einer Klippe steht. Alex atmete einige Male tief durch. Er wollte seinen Frust nicht an der Person auslassen, die er liebte. »Sarah, ich brauche deinen Rat, keine Schelte.«

»Dann verstehe endlich, dass es Dinge gibt, von denen du die Finger lassen solltest. Denk nur, was dir dein letzter Fall eingebracht hat!«

Eine Schwester, die in regelmäßigen Abständen Menschen töten muss, um nicht zu zerfallen. Es war ein Treppenwitz, den er nie mehr loswerden würde. Der Preis seiner Ignoranz war *sie*, die einzige Person, der er vertraute, der er sich nah fühlte, und für die er sein Leben geben würde.

»Alex, ich möchte nicht, dass dir so etwas noch mal passiert. Dieses Tor ist nicht so einfach zu erklären, aber eines darfst du mir glauben, es birgt eine ungeheuerliche Gefahr. Obwohl ich noch nicht viel in Erfahrung bringen konnte, fühle ich, dass nichts Gutes damit verbunden ist.«

Alex brummte leise in den Hörer. War etwas Böses mit dem Tor verbunden? Ebenso konnte er sich fragen, ob an einem Messer etwas Dunkles und Verruchtes haftete. Es konnte Gutes tun. Es konnte verwendet werden, um köstliche Mahlzeiten zu zerkleinern, präzise Schnitte in feinster Handarbeit auszuführen oder Hindernisse zu durchtrennen, die im Weg standen. Es symbolisierte handwerkliches Geschick, Kreativität und die Fähigkeit, die Welt zu formen.

Doch in den dunkelsten Ecken des menschlichen Daseins konnte ein Messer auch zu bösen Dingen genutzt werden. Es konnte zum Werkzeug des Todes werden, in falschen Händen zu schrecklichen Verletzungen und unermesslichem Leid führen. Ein einziger Schnitt konnte ein unschuldiges Leben beenden, Hoffnungen und Träume zerstören. Ein Messer konnte zur Waffe des Terrors werden, ein Symbol der Zerstörung und Gewalt.

Alex spürte, wie sich ein zwiespältiges Gefühl in ihm ausbreitete. Er fühlte die scharfe Klinge dieses Messers in seinen Gedanken, wie sie zwischen den Möglichkeiten des Guten und des Bösen balancierte. Eine scharfe Schneide konnte zum Werkzeug der Rettung oder der Vernichtung werden, je nach den Absichten und Entscheidungen desjenigen, der sie führte.

Die dualistische Natur dieses Gegenstands warf Fragen auf, die in Alex' Verstand kreisten. Wie konnte ein so simples Ding solch unterschiedliche Zwecke erfüllen? Lag die Schuld in der

Natur des Messers selbst oder war es allein der Mensch, der über dessen Einsatz entschied? Wer trug die Verantwortung für die Konsequenzen?

Ein schwerer Seufzer entrang sich Alex' Brust. »Scheiße, ein Messer muss nicht per se ungut sein!«

»Wie bitte?«, fragte seine Schwester überrascht.

»Ach. Schon gut. Ich meinte das Tor. Was ich dir erzählen wollte, ist, dass sich jetzt ein Abbild von mir darauf befindet. An der besagten Stelle war gestern noch etwas Verschwommenes, das mir ein wenig glich.«

Stille. Alex hörte geradezu, wie intensiv seine Schwester nachdachte.

»Hast du eine Idee, was das bedeuten könnte?« Alex fuhr ein Frösteln über den Rücken. Im Grunde wusste er die Antwort bereits.

»Bruderherzchen. Lass die –«

»Finger davon. Ich weiß. Aber ich kann es nicht. Wenn ich nicht herausfinde, was es damit auf sich hat, dann sterben weitere Menschen. Unschuldige Personen, die nichtsahnend in ein altes Geheimnis getappt sind und womöglich noch tappen werden.«

»Lass mich herausfinden, was es damit auf sich hat, bevor du etwas tust, was nicht Rückgängig zu machen ist. Es könnte deine Seele verbrennen.«

Wenn ich überhaupt noch eine hab. Alex nickte. Sein Blick verlor sich in der Menge der Menschen, die an ihm vorbeischritten. »Sarah, ich liebe dich.« Er beendete das Gespräch. Es gab nur einen Weg herauszufinden, um was es sich handelte. Nur einen einzigen Weg!

XI

Alex hatte ein fürchterliches Grummeln im Bauch. Es war ein untrügliches Anzeichen dafür, dass er wieder bereit war, ein hohes Risiko einzugehen. Er durchschritt festen Schrittes die Kirche, schaute kurz zu Thomas, der artig auf der Bank saß und ihm entgegenblickte, nickte ihm zu und stieg in den Keller hinab.

»Haben Sie sich Klarheit verschaffen können?«, fragte ihn Klaus, der mit seiner weißen Atemmaske, den braun-gelben Latexhandschuhen und den knallroten Schuh-Überziehern ein skurriles Bild abgab. Es fehlte nur noch eine grüne Zipfelmütze, und man hätte ihn mit einem überdimensionierten Gartenzwerg verwechselt.

»Klarheit? Pf.« Alex bedachte Klaus mit einem skeptischen Blick. »Ich weiß, was ich zu tun habe, ohne das Resultat zu kennen. Das kommt einem Akt des Harakiris gleich. Nicht unbedingt klug. Oder?«

Alex stand vor dem imposanten Tor, von dem er wusste, dass es nicht nur ein gewöhnliches Kunstwerk war. Bedächtig kniete er sich daneben. Als Ermittler hatte er schon viele gruselige Orte besucht, aber dieses Tor hatte etwas Unheimliches an sich, das ihn zögern ließ. Er spürte eine ungewöhnliche Anspannung. Etwas an diesem Ort war anders, und sein Instinkt sagte ihm, dass er es nicht unterschätzen sollte.

Nach einem kurzen Moment des Zögerns entschloss sich Alex schließlich, das Abbild auf dem Tor, das ihn hervorragend beschrieb, zu berühren. Er streckte langsam die Hand aus und legte sie vorsichtig auf die kühle Oberfläche. Augenblicklich durchzuckte ihn ein gewaltiger Blitz, der aus dem Nichts zu kommen schien. Ein blendend helles Licht umhüllte Alex, und seine Sinne wurden schwammig. Es fühlte sich an, als ob die

Zeit stillstand und sein Körper schwerelos durch die Dunkelheit trieb. Die Welt um ihn herum verlor sich in einem undurchsichtigen Nebel, der seine Gedanken verschlang.

Panik ergriff ihn. Die Angst, die Besinnung zu verlieren, war erdrückend greifbar. Doch Alex kämpfte gegen diese Schwäche an und versuchte, sich zu sammeln.

Der absurde Gedanke, er könne durch eine Explosion ums Leben gekommen sein, kam auf. Er zwickte sich fest in den Unterarm. Es folgte ein erwartungsgemäß durchdringender Schmerz. »Scheiße!«, fluchte er laut. Tot konnte er nicht sein.

»Ha, Alexander Brandt, wie er leibt und lebt.« Aus dem Nebel erklang eine angenehm wohlklingende Stimme. »Immer für eine Überraschung gut.« Es schwang eine amüsierte Gelassenheit mit, die Alex verärgerte. Tot sein wäre eines, aber dass sich jemand über ihn lustig machen wollte, empfand er als respektlos.

Der Vorhang aus flüsterndem Dunst teilte sich, als ob die Hände des Schicksals ihn auseinanderzogen, und enthüllte eine Silhouette, die sich in ihrer imposanten Gestalt aus dem feuchten Grau herauszeichnete. Ein Hauch von Mysterium umspielte das verwaschene Bild, das so groß und muskulös erschien wie eine von Michelangelo gemeißelte Skulptur. Es war eine Figur, die sich in ihrer mächtigen Aura nicht durch menschliche Maßstäbe messen ließ.

Alex stockte der Atem. Sein Ärger verschwand im gleichen Maße wie die milchige Wand.

Es erschien, als würde der Nebel nicht bloß vom Wind verweht, sondern von einem unsichtbaren Mahlstrom ergriffen, der ihn hinab in den hungrigen Schlund der Erde zog.

Als er sich endgültig verzogen hatte, enthüllte er ein Szenario, das so absurd war, dass es das Surreale ankratzte. Vor Alex stand kein geringerer als ein Engel, seine Erscheinung majestätisch, und doch auf eine Weise, die das Bild traditioneller Engel verhöhnte.

Die gewaltigen Flügel, die sich hinter der Gestalt ausbreiteten, waren nicht von dem reinen Weiß, das man aus den heiligen Schriften und den kindlichen Vorstellungen von himmlischen Boten kannte. Nein, sie waren schwarz. Ein so tiefes und undurchdringliches Schwarz, dass es das Licht um es herum zu verschlingen schien. Sie waren das Bildnis des Abgrunds selbst, ein Echo aus den dunkelsten Ecken des Universums.

»Wow«, hauchte Alex. Die Augen weit aufgerissen, starrte er das Wesen an. Er hatte geglaubt, nichts könne ihn mehr überraschen, aber diese ungewöhnliche Erscheinung raubte ihm für einen kurzen Augenblick den Atem. Der Engel vor ihm war ein Paradoxon, eine Verkörperung der Finsternis in Gestalt eines Lichtwesens.

Die Figur, die nun in all ihrer unirdischen Pracht zu sehen war, besaß eine erhabene, unantastbare Erscheinung. Seine Flügel, die sich wie ein alles aufsaugender Baldachin hinter ihm spannten, waren von einer solchen Schönheit, dass sie das bloße menschliche Vorstellungsvermögen überstiegen. Ein süffisantes Lächeln umspielte die Lippen des Wesens, verhöhnend und anerkennend zugleich.

So also sieht ein Engel aus?, fragte er sich. War er etwa doch gestorben? Hatte man auch im Tod Schmerzen zu erleiden? Er schüttelte den Kopf, und sein morbider Humor zog ihm ein spöttisches Grinsen über das Gesicht.

Alex stand auf. Ein Teil von ihm fragte voller Neugierde, was der Engel in seiner nächsten Bewegung enthüllen würde. Ein anderer Teil jedoch – ein Splitter, der in den dunkelsten Ecken seiner Seele wohnte – fürchtete die Antwort. Es war ein düsteres Rätsel, das sich wohl bald lösen würde.

»Ich habe schon von dir gehört, was viel zu bedeuten hat.« Der Engel verschränkte die Arme. Die Bizepse wölbten sich bedenklich.

»Es hört sich so an, als müsste ich mich deswegen geehrt fühlen«, erwiderte Alex trotzig.

»Das bleibt dir überlassen.« Der Engel zwinkerte.

Einige Sekunden, die sich endlos anfühlten, brachte Alex keinen Ton hervor. Angespannt suchte er nach Erklärungen. Sein Gegenüber wirkte indes bis in die letzte Sehne entspannt.

»Schwarze Flügel?« Alex' Stimme brach die Stille. Ein krachendes Lachen hallte durch die Luft, als er seinen Sarkasmus wiederfand. So abgebrüht Alex war, fiel es ihm dennoch unendlich schwer dem Blick des Wesens standzuhalten. Es war eine Auseinandersetzung zwischen dem Übernatürlichen und dem Rationalen, zwischen Glaube und Skepsis. Tief in seiner Seele, dort, wo die Ratio einen Kampf gegen das Unerklärliche führte, fühlte er ein prickelndes Unbehagen. Der Anblick war so furchteinflößend wie faszinierend zugleich. »Bin ich gestorben?«

»Nein, Alex. Mach dir keine Sorgen. Der Abschied von deiner *geliebten* Welt ist noch nicht gekommen.«

Alex stockte bei der Betonung der Worte. Spürte das Wesen etwa, was er empfand? »Geliebten Welt? Ha.« Alex musste grinsen. »Ich muss zugeben, dass ich ein wenig überrascht bin. Mit … einer Gestalt wie die deiner, habe ich nicht gerechnet. Ich nehme an, dass du so etwas wie ein Engel bist, obwohl ich dachte, dass diese Wesen weiße Flügel haben.«

Die Kreatur löste die Arme und stemmte sie in die Hüfte. Ihren Kopf leicht geneigt, schaute sie amüsiert auf Alex herab. »Engel? Da muss ich dich enttäuschen. Nur, weil ich Flügel habe, bin ich noch lange kein Engel.«

»Sondern?«

»Ich bin ein Dämon.«

»Interessant. Dann stehe ich hier wohl …« Alex' Blick fiel auf das Tor. »an der Schwelle zur Hölle?«

»Auch in diesem Punkt irrst du dich. Du stehst an der Schwelle zum Paradies.«

»Ach.« Alex fühlte sich hin- und hergerissen. Es klang so abwegig, dass sich sein Inneres mit aller Kraft sträubte, dies zu glauben. Und doch musste er anerkennen, dass es keine gewöhnliche Situation war, in der er sich befand. Es kam nicht alle Tage vor, dass er einem solchen Wesen begegnete.

»Ich verstehe deinen Zweifel, aber ich habe keinen Grund, dich anzulügen.«

»Wie dem auch sei. Was wird jetzt geschehen? Was soll ich tun? Warum bist du hier, um mit mir zu reden?« Die Fragen sprudelten geradezu aus Alex heraus.

»Du bist hier, weil das Tor auf dich wartet. Du kannst die Pforte durchschreiten. Wenn du willst.« Der Dämon runzelte die Stirn, und seine Stimme wurde ernst. »Aber ich muss dich warnen.«

»Mich warnen? Wovor?«

Der Dämon umrundete die Platte und blieb vor Alex stehen. Seine Augen waren tiefschwarz wie seine Flügel. »Dieses Tor, von Menschenhand erschaffen, ist mehr als nur ein banales Kunstwerk. Es ist ein reales Tor, geschaffen aus der Eitelkeit der Unvernunft, basierend auf einer unwürdigen Wette.«

Alex hatte das tiefe Bedürfnis, einen Schritt zu weichen, tat es aber nicht. Er wollte nicht zeigen, dass er zutiefst verunsichert war und nicht verstand, was um ihn herum vor sich ging. »Du sagtest doch, dass es hier zum Paradies geht, oder? Ich stelle mir darunter etwas Schönes vor. Zum Beispiel die köstlichsten Speisen im Überfluss. Keine Psychopathen, die herumrennen und Menschen abschlachten. Berge und Strände in Hülle und

Fülle. Alles, was das Herz begehrt. Ein paar liebliche Frauen natürlich auch.«

»Witzig, witzig, Alex. Wenn wir mehr Zeit hätten, könnten wir über deine irrige Annahme ausgelassen lachen. Ich beschreibe dir den Garten Edens: Er befreit dich von allen Schmerzen. Es gibt nichts mehr, worum du dir Gedanken machen müsstest. Das stimmt. Es ist die Fahrkarte zur Sorglosigkeit. Klingt das gut für dich?«

»Naja, spontan fällt mir nichts dazu ein, was daran schlecht sein sollte. Also hat es einen Haken?«

»Kein Haken, kein doppelter Boden, kein Trick. Es ist so, wie ich es dir beschrieben habe. Du musst dich dort um nichts mehr sorgen. Das Denken kannst du an der Garderobe ablegen. Einfach nur sein.«

»Hm«, brummte Alex nachdenklich. »Ich darf nicht mehr denken?«

»Genau. Wozu auch? Es gibt ja keine Probleme zu lösen, keine Nahrung zu suchen, alles ist gegeben. Genau das ist das Paradies.«

Alex' Blick verdüsterte sich. Er begann zu verstehen, was ihm der Dämon sagen wollte. »Demnach lebt man dort wie ein Tier. Fressen, saufen, furzen. Ist das der Haken?«

Ein karges Schmunzeln zeigte sich auf den wulstigen Lippen des Dämons. »Dachte ich es mir doch. Du bist nicht dumm. Du hast das *beinahe* unsichtbare Häkchen erkannt. Aber es ist dein freier Wille, der dich entscheiden lässt, wo du lieber sein möchtest. Hier in dieser verrückten Welt oder im Paradies, befreit von den Nöten, die es hier zuhauf gibt.«

»Demnach befinde ich mich hier in der Hölle?«

»So könnte man es durchaus betrachten.«

Alex lachte voller Bitternis. Die Worte des Dämons klangen nach der absoluten Wahrheit, da er das Gesagte schon immer so empfunden hatte. Hier auf Erden war alles verrucht, verlogen und verdorben. Und jetzt, als man ihm den perfekt erscheinenden Ausweg in das göttliche Eden offerierte, kam keinerlei Verlangen auf, durch dieses verfluchte Tor zu schreiten und alles hinter sich zu lassen. »Du erwähntest eine Wette. Darf ich mehr darüber erfahren?«

»Es ist ein so dummer Wettkampf, dass er vom Menschen hätte kommen können. Doch dem ist nicht so.« Der Dämon schüttelte seinen großen, schweren Kopf. Dunkle, bis zu den Schultern herabhängende Haare, schwangen hin und her. »Als Rodin dieses Tor erschuf, erdachten sich einige Engel – sie haben übrigens weiße Flügel – eine alberne Wette in dem Glauben, sie könnten uns damit zeigen, wie schlecht wir Dämonen seien. Sie waren der Meinung, dass jeder, der das Tor zum Paradies durchschreiten würde, diesen Ort des *himmlischen Friedens*, wie sie es nannten, niemals freiwillig verlassen würde. Wie überheblich und arrogant!«

»Ihr habt in dieses blöde Spiel eingewilligt?«

»Ja, haben wir.« Im Antlitz des Dämons war zu sehen, dass er nicht viel davon hielt. Er zuckte mit den Schultern. »Wir waren der Meinung, dass sich kein menschliches Wesen wirklich in dieser stumpfsinnigen und entwicklungsfreien Welt wohlfühlen würde. Wir glaubten, dass jeder, der dort Einlass fand, früher oder später wieder herauskäme.« Er seufzte tief und laut.

»Dem war nicht so?«

»Nein. Die Engel waren schlau. Sie verbanden den Austritt mit dem Tod. Engel sind Schlitzohren, musst du wissen. Wer also würde zurückkommen wollen, in der Gewissheit, danach sofort sterben zu müssen?«

Alex konnte sich ein hämisches Grinsen nicht verkneifen. Ja, Engel schienen es faustdick hinter den Ohren zu haben. Im Grunde wunderte es ihn nicht. Die Kirche war keinen Deut besser. Sie klauten sich zusammen, was nicht in irgendeiner Weise unbeweglich war, und nannten es danach Leihgaben. Warum sollten Engel also besser sein? »Da hättet ihr Dämonen mehr aufpassen müssen. Ungünstig für eure Position ist auch, dass die meisten Menschen nicht zurück in eine Welt spazieren werden, von der sie bereits wissen, dass sie dort nur Schmerz, Entbehrung, Perversion und Kampf erwartet.« *Außer womöglich ich*, dachte er im Stillen.

»Im Paradies hast du keine Verantwortung. Du bist. Das ist alles. Stelle dir doch nur einmal vor, du könntest dich nicht entwickeln. Stelle dir vor, du müsstest immer und ewig in diesem Zustand verharren. Einem gedankenlosen Tier gleich, durch die Glückseligkeit zu tapsen.«

»Klingt doch gar nicht so übel.«

»Ist es aber. Wir Dämonen bieten den Menschen eine gewaltige Chance. Ja, sie müssen leiden. Ja, der Schmerz vermag ihnen mitunter die Seele zu verbrennen. Wir wissen, dass es hier keine gnadenvolle Zeit zu erwerben gibt. Das Leben in dieser Welt ist kein Wandeln durch einen Rosengarten, sondern ein Staksen über die kantigen Felsen der Erkenntnis. Aber bedenke, dass dadurch Wachstum angeregt wird. Körperlich, was nicht wichtig ist, sondern mental oder geistig. Frage dich selbst: Waren es nicht die qualvollen Niederlagen, nicht die Erfahrungen des Scheiterns oder der Moment, an dem du glaubtest, es gäbe kein Weiter mehr, die dich am meisten prägten?« Wieder zwinkerte ihm der Dämon zu.

Alex quittierte dies mit einem sofortigen Gegenzwinkern. »Ja, das waren sie, verdammt!« Er bedachte den Dämon mit einem scheelen Blick. Wie gern hätte er auf so manche Erfahrung verzichtet, und es gab viel, was er lieber nicht hätte sehen wollen. Aber er hatte sich damit abgefunden, in einem Tümpel menschlichen Unrats leben zu müssen, und da gehörten schmutzige Bilder dazu. Er wusste, dass es keinen Ausweg gab, es sei denn, er würde sich eine Pistole an die Schläfe setzen und abdrücken.

Jetzt, wo man ihm ein Leben ohne Schmerz anbot, zögerte er dennoch. Sein Gesicht war von den Jahren des Leidens und der Abgebrühtheit gezeichnet, während er über das Paradies nachdachte – diesen vermeintlichen Ort der Unschuld und Freude. Er konnte sich nur allzu gut vorstellen, wie es wäre, im Paradies zu leben. Keine Ermittlungen, keine Verbrechen, keine schlaflosen Nächte, in denen er verzweifelt nach Antworten suchte. Stattdessen einfach vor sich hinleben, ohne die Last des Wissens, ohne die Mühen des Lernens. Eine endlose Existenz, gefüllt mit kostenlosem Essen und Trinken, umgeben von reiner Glückseligkeit. Es klang verführerisch, verlockend sogar.

Doch dann blitzte ein Gedanke in seinem düsteren Verstand auf, der alle vermeintliche Paradiesvorstellungen infrage stellte, und dieser Gedanke hatte einen Namen: Melanie Kolzic. Ihre Augen hatten eine Tiefe, die in ihm einen seltsamen Sehnsuchtsreiz weckte. Er wollte sie besser kennenlernen, ihre Geheimnisse entdecken und ihre Seele erforschen. Und er wusste, dass dies im Paradies niemals möglich sein würde.

Die Vorstellung, dass er in der Hölle leben könnte, mit all ihrem Schmerz und den Qualen, schlich sich in seine Gedanken. Aber hier lag auch die Möglichkeit, die Liebe zu finden. In den dunkelsten Ecken der Welt, wo das Böse lauerte, existierten auch die Chancen auf wahre Begegnungen, auf aufrichtige Verbindungen, die die Seele entzünden konnten.

Die Wahl zwischen Paradies und Hölle war weitaus mehr als nur eine Frage des Ortes.

Vielleicht lag das *wahre* Paradies darin, den Kampf zu wählen, das Dunkle zu durchdringen und die Möglichkeit zu haben, das Licht zu finden – selbst wenn es bedeutete, sich den Qualen der Hölle zu stellen. In dieser Welt des Mühsals, in der er zu Hause war, konnte er seine eigene Geschichte schreiben, geprägt von Schatten und Geheimnissen.

»Scheiße!« Alex senkte den Blick und fuhr sich durch die Haare.

»Nun? Paradies oder Hölle?« Der Dämon nickte in Richtung Tor.

Für einen kurzen Moment dachte Alex noch mal nach, für was er sich entscheiden sollte, doch in der Tiefe seiner Seele hatte er sich schon lange für eine der beiden Seiten entschieden. Wahrscheinlich bereits bei seiner Geburt. »Ich bleibe«, kam es trocken aus seinem Hals. Er würde das Feuer betreten, um der Glut der Leidenschaft zu begegnen. Dort, in den Abgründen der menschlichen Existenz, hoffte er das zu finden, wonach sein düsteres Herz verlangte – eine Liebe, die stark genug war, um selbst das schlimmste Dunkel zu überwinden.

»Sicher?«

Alex lachte. »Nun, du hast eine sehr nette Art, einem das Paradies zu versalzen.« Auf dem Antlitz des Dämons erschien ein gütiges Lächeln, etwas, das er eher einem schneeweißen Engel zugeordnet hätte.

»Es ist eine gute Entscheidung. Auch wenn man es uns nicht zutraut, so ändert es nichts daran, dass wir an die Menschen glauben. Ich weiß, dass dies seltsam für dich klingen mag, aber wir sind nicht die Bösen, für die uns eure Kirchen abstempeln.«

»Dann sind die Engel die Bösen?«

»Nein. Auch nicht. Sie geben Halt, wenn die Not so groß wird, dass man glaubt, sie nicht mehr ertragen zu können. Engel trösten, leisten Beistand und führen den Irrenden wieder zurück auf seinen Pfad, wenn er darum bittet.«

»Zurück auf den Pfad, von dem ihr ihn weggelockt habt?« Alex schüttelte den Kopf. Es klang zu einfach. Diese Worte hätte er auch in einem Roman eines weltentrückten Autors lesen können. Seine Großmutter hatte immer einen Spruch parat gehabt, wenn sie vor niederschmetternden Herausforderungen stand: *Und wenn du glaubst, es geht nicht mehr, kommt von irgendwo ein Lichtlein her.* Stimmte dies wirklich? Wie viele Leichen hatte er sich anschauen müssen, deren Augen so intensiv nach Rettung flehten. Nach Erlösung, die aber erst durch den finalen Tod kam. Hatten diese einfach vergessen, die Engel um Hilfe zu bitten? »Pah!«

»Alex, das Leben ist oft grausam und erscheint ungerecht«, erklärte der Dämon, als habe er Alex' Zweifel lesen können. »Doch es ist der Wechsel von Schwarz und Weiß, Gut und Böse, Freud und Pein. Das musivische Pflaster des Lebens lässt wachsen.«

»Dann müsstet ihr euch doch mit den Engeln prächtig verstehen. Der eine haut einem in die Fresse, damit der andere wieder den Verband anlegen kann. Teamwork der höchsten Ordnung. Wow.« Alex blickte in die unergründlichen Augen des Dämons. »Eine Frage interessiert mich dennoch: Warum seid ihr mit einer so blöden Wette gegeneinander angetreten? Langeweile?«

Der Dämon vollführte eine komplizierte Verbeugung. »Gute Frage. Ich fürchtete bereits, du würdest sie nicht stellen. Auch wenn wir uns gegenseitig die … sagen wir mal, Bälle zuwerfen, heißt das noch lange nicht, dass wir ein Team sind und die gleiche Meinung miteinander teilen. Es ist eher eine Art Respekt, den wir voreinander haben. Wir sind eben keine Götter.« Es ertönte ein schallendes Lachen, das von den Wänden des Kellers dumpf zurückgeworfen wurde.

»Schön, dass dich meine Frage belustigt.«

»Ach Alex, sei kein Griesgram.«

»Haha. So wie ich es sehe, haben eure Widersacher die Wette somit gewonnen. Oder?«

»Wie gesagt, die Engel sind schlau, wir aber auch! Die Wette hat kein zeitliches Limit. Es muss nur ein einziger hineingehen, mit dem Wissen, dass er nach Austritt sein Leben verwirkt. Alle anderen in dem Paradies Festgehaltenen können dann unbeschadet zurück. Wenn sie wollen, versteht sich. Wir haben also Zeit.«

»Nicht dumm«, gestand Alex. »Bekam jeder, der das Tor betreten hat, diese *ausführliche* Erklärung?«

»Nein, Alex. Manche haben die Ruhe dort gesucht, andere sind einfach nur vor ihrer schweren Last geflohen. Und einige wenige wurden durchgestoßen, ohne dass sie es wollten.«

»Was ist mit Liana Rohn?«

»Sie gehört zu den Letzteren.«

Alex stöhnte bei dem Gedanken, dies der Bürgermeisterin erklären zu sollen.

Der Dämon grinste ihn verschmitzt an. »Tja, Alex, nichts ist einfach. Ich habe dir alles genau erklärt. Nicht ohne Hintergedanken versteht sich.«

Ein dichter Nebel kam wieder auf, der den Raum mit einer dicken, undurchsichtigen Suppe flutete. Eine drückende Stille lastete in der verbrauchten, feuchten Luft, während er nur noch die Umrisse der finsteren Gestalt wahrnahm. Die Dunstschwaden umgaben ihn immer dichter, und seine Sinne wurden vom Schwindel ergriffen. Er kämpfte gegen die Ohnmacht an. Noch hatte er so viele Fragen. Sein Bewusstsein schwand dahin, als wäre es von unsichtbaren Händen ergriffen worden. Die Welt um ihn herum verschwamm zu einem undefinierbaren Chaos aus Schatten und wirbelndem Nebel. Seine Augen schlossen sich schwer. Die Grenzen zwischen Traum und Realität verschwammen, während er in den tiefen Abgrund der Bewusstlosigkeit hinabglitt.

Kapitel 8

Die Hölle auf Erden

I

Alex und Klaus standen in der gleißenden Mittagssonne neben der imposanten Kirche, während die Gassen von neugierigen Touristen bevölkert waren. Klaus' Blick war voller Fragen, doch Alex war noch nicht bereit, von dem zu erzählen, was er gerade erlebt hatte. Wichtigeres stand an, das es zu erledigen galt. Es gab nur eine Person, die ihm jetzt einen Rat geben konnte: seine Schwester. Er drehte sich von Klaus ab, als er sein Handy aus der Tasche zog und ihre Nummer wählte.

Es dauerte nur einen Moment, dann hörte er ihre vertraute Stimme am anderen Ende der Leitung.

»Hey, Alex, wie geht es dir?«, begrüßte sie ihn mit ernster Stimme.

Alex schnaubte leicht und erwiderte in seinem gewohnt beißenden Tonfall: »Fantastisch! Was gibt es Schöneres, als sich einen mit mystischer Gülle gefüllten Eimer überzugießen?« Seine Schwester kannte seinen schwarzen Humor nur allzu gut.

»Ich habe mit deinem Anruf gerechnet, Bruderherzchen.«

Alex seufzte und fand sich kurzzeitig in Gedanken verloren. Das Erlebte vor dem Tor, seine Gefühle für die Kriminaloberkommissarin, die plötzlich in ihm entbrannt waren, Liana Rohn, die in einer Falle festsaß. All das flutete seinen Verstand. Alex atmete tief durch. Er zog die Brauen zusammen, sah sich um und räusperte sich. »Ich kann mir gut denken, dass du darauf gewartet hast«, flüsterte er bedeutungsvoll.

»Alex, du musst auf dich aufpassen. Du weißt, wie gefährlich es werden kann, wenn du zu tief in diese … Welten vordringst.«

Ein Hauch von Unsicherheit schlich sich in Alex' Stimme. »Mach dir keine Sorgen. Ich werde vorsichtig sein. Jetzt aber benötige ich deinen Rat und womöglich auch deine Hilfe. Rate mal, mit wem ich soeben eine …« Alex schaute sich nochmals verstohlen um. Alles schien normal zu sein. «… tiefgründige Unterhaltung gepflegt habe?

»Mit Gott?«

»Ha, nein. Aber bei ihm wollte mich ein Killer abliefern. Als wiederzubelebendes Paket.«

»Meinst du, du wärst dann zu Gott gekommen?«

Alex überlegte, als wäre dies eine ernstzunehmende Frage. »Ich denke schon. Gott muss mich irgendwie lieben, sonst wäre ich nicht mehr hier. Vielleicht mag er Seelenjunkies wie mich.«

Sarah musste herzhaft lachen, und Alex ertappte sich dabei, wie sehr er dies beim letzten Telefonat vermisst hatte.

»Ja, das kann natürlich sein. Also verrate mir doch, mit wem du dich unterhalten hast.«

»Mit einem *Dämon*.« Alex hauchte las letzte Wort in den Hörer.

»Was wollte er von dir?« Sarahs Stimme blieb gefasst und ernst, so als wäre das soeben Gesagte das Natürlichste der Welt.

»Du wunderst dich nicht?«

»Sollte ich?«

»Ja, verdammt. Unser Vater würde sich wundern, denke ich.«

»Aber auch nur, weil er davon ausgeht, dass *er* der einzige Dämon ist.« Sie lachte wieder und riss Alex für einen kurzen Moment mit sich.

»Wo du recht hast, hast du recht.« Vater war ein Teufel in Menschengestalt. Mit ihm hatte Alex abgeschlossen. Er wurde wieder ernst. Alex erzählte von seiner Begegnung und von dem, was er erfahren hatte. Sarah indes schwieg und ließ ihn reden. Alles klang so absurd und verdreht, dass sich Alex beim Erzählen selbst fragte, ob er nicht einfach geträumt hatte. »Ehrlich, Sarah, so hat es sich zugetragen. Es sei denn, ich wäre Halluzinationen erlegen gewesen. Aber wer weiß?«

»Brüderchen, ich glaube dir. Ich fühle, dass es so war. Was willst du jetzt tun?«

Die Ernsthaftigkeit, mit der sie ihn das fragte, ließ Alex frösteln. Er rieb sich die Augen, schaute sich um und schwieg. Er musste sich eingestehen, dass er vor einer meterdicken Wand stand, durch die er hindurch musste, ohne zu wissen wie. Das Problem ließ sich nicht einfach lösen. Wenn das stimmte, was der Dämon gesagt hatte, müsste er sich eingestehen, dass Liana Rohn verloren war. »Sarah, ich weiß nicht, was ich tun soll.«

»Ist dir aufgefallen, dass du dir inzwischen öfters einen Rat bei mir holst? Früher war es umgekehrt.«

Alex nickte stumm. Sie hatte recht. Seit dem Kontakt mit dem unsterblichen Paar hatte sein logisches Denken einen Sprung bekommen.

Eine Wolke schob sich vor die Sonne, und ein dunkler Schatten hüllte die Gasse schlagartig in Dunkelheit. Alex schaute nach Klaus. Dieser stand nur wenige Meter entfernt, seinen Blick auf Alex gerichtet. Sicherlich würde er ihn mit Fragen bombardieren.

»Hör jetzt genau zu, Bruderherzchen. Ich habe mit Amanemhet und Hasobek gesprochen. Sie wissen viel, was es so in der Welt des Unerklärlichen gibt. Es kann also gut sein, dass du bald Besuch bekommst.«

»Wie bitte? Bist du verrückt geworden, mir die beiden auf den Hals zu hetzen?«

»Alex, wenn dir jemand bei dieser Aufgabe helfen kann, dann nur sie. Dämonen und Engel gibt es, auch wenn sich viele über solche Wesen lustig machen oder sie ignorieren. Es sind aber keine Wesen der christlichen Kirche, sondern sie tauchen in allen Mysterienkulten auf. Weder mit den einen noch mit den anderen ist zu spaßen.«

Alex antwortete nichts darauf, doch die Erinnerung an die Größe des Dämons und dessen muskulösen Statur, ließ ihn nicht daran zweifeln, was seine Schwester sagte.

»Es gibt viele Wesen, und einige davon sind gefährlich. Es ist nicht so, dass es das absolut Böse gibt, aber genauso wenig existiert das absolut Gute. Wir beide sind mit diesen Welten in Berührung gekommen. Ich tiefer als du, aber auch dich wird es niemals wieder loslassen, solange du lebst. Und genau aus diesem Grund ist Vorsicht geboten. Es gibt eben Dinge und Wesen, von denen man sich einfach fernhalten sollte. Das ist mit Menschen nicht anders.«

Alex verzog leicht seine Nase. Zweifellos existierten Individuen, mit denen es besser wäre, niemals in Berührung zu kommen. Und sollte das Schicksal einen dennoch in die Nähe führen, wäre es ratsam, so schnell wie möglich die Flucht zu ergreifen. Denn Psychopathen waren jene unvorhersehbaren Geschöpfe, deren Gemüt mitunter durch einen winzigen Auslöser, belanglos oder unabsichtlich, in einen tödlichen Wahn umschlagen konnte. Ein leichtes Fingerknippen, eine falsche Antwort, ein Lächeln, das sie als Einladung interpretierten, der unpassende

Moment oder gar der falsche Ort – es bedurfte nur dessen, um ihre dämonische Metamorphose heraufzubeschwören.

Alex erinnerte sich an einen Fall, bei dem er sich nach der Verhaftung eines Serienmörders mit diesem unterhielt. Auf die Frage, wie er sich seine Opfer ausgesucht hatte, zuckte dieser nur lächelnd seine Schulter. »*Sie waren da, als ich Lust hatte. Genügt das nicht?*«, hatte er ihm damals geantwortet. In einem anderen Fall schoss der Beifahrer eines Vans mit einer abgesägten Schrotflinte in das stehende Auto neben ihm. Er traf die Fahrerin mitten ins Gesicht, das sich in eine breiige, unkenntliche Masse verwandelte. Er hatte sich provoziert gefühlt, weil sie sein Lächeln nicht erwidert hatte. Alex schüttelte sich angewidert. Wie sollte man solchen Irren begegnen? Am besten gar nicht. Es sei denn, man hatte den Job, sie zu jagen.

Halleluja, was für ein schönes Leben, dachte er. »Wann?«

»Bald.«

Das Gespräch endete, und Alex steckte sein Handy wieder in die Tasche. Die Wolke hatte sich verzogen und über die anderen Dächer verkrochen. Alex trottete zu Klaus. Auf einmal hatte er eine Menge Zeit. Bis zu *diesem* bevorstehenden Treffen könnte er nichts anderes tun, als darauf zu achten, dass ihm niemand das Licht ausblies.

»Ich werde Frau Kolzic einen Besuch abstatten.« Alex blickte geschäftig zur Seite.

»So?«

»Tja, aus Höflichkeit.«

»Verstehe.« Klaus Mundwinkel verzogen sich zu einem leichten Lächeln. »Ich werde Herrn Spohl bitten, uns anonym Zimmer in einem anderen Hotel zu besorgen. Eine weitere Nacht im Auto kommt für mich nicht infrage. Ich benötige eine Dusche und ein sauberes Bett.« Er räusperte sich. »Halten Sie es für eine gute Idee, Herrn Horn in der Kirche zurückzulassen?«

»Ich denke, er verdient es, dort müde, hungrig und ungewaschen zu kauern. Irgendwie befriedigt mich dieser Gedanke. Aber bringen wird es wohl nicht viel. Nehmen Sie ihn mit und senden Sie mir später die Adresse des Hotels.«

II

Für Alex war *Romantik* gewöhnlich nicht mehr als eine hohle Phrase, die als Alibi für den Ausnahmezustand eines verliebten Geistes herhalten musste. Denn verliebte Geister waren bekanntlich kurzsichtig, naiv und völlig der Kontrolle beraubt. Ein Zustand, der wahrlich nichts Gesundes an sich hatte. Doch heute trug auch er jene rosarote Brille, deren getönte Gläser selbst der Mülltonne einen Hauch von Glanz und erhabener Schönheit verliehen. Alex saß im Taxi, während es durch die Straßen entlang des Flusses trödelte. Auf der Neckarwiese tummelten sich Studenten, die ihre Lektüre lasen oder sich miteinander unterhielten, Sportler, die auf der Promenade joggten, Ruderer, die ihre kleinen Boote auf das nasse Element zogen und Mütter, die miteinander schwatzten, während sie ihre Kinder in den Wägen schaukelten oder beim Spielen beobachteten. Obwohl Alex nichts im Griff hatte, nicht wusste, wie er den Fall lösen sollte und was das ägyptische Paar ihm vorschlagen würde, fühlte er sich dennoch irgendwie leicht. Es war ein heller Tag geworden, als er sich auf den Weg zur Krehl-Klinik machte, um die Kommissarin zu besuchen. Er hatte ein Gefühl der Sorge und der Verbindung zu ihr entwickelt, das er nicht ignorieren konnte.

Direkt neben dem Heidelberger Zoo gelegen, hatte das Klinikum eine angenehme und positive Ausstrahlung, die sich im Inneren jedoch schnell verlor.

Nachdem er am Eingang die Zimmernummer erfahren hatte und nun dem Labyrinth von Fluren folgte, spürte er eine seltsame Spannung in der Luft. Irgendetwas stimmte nicht. Alex beschleunigte seinen Gang. Er ignorierte die fragenden Blicke, die sich nach ihm richteten, und schob jeden aus dem Weg, der nicht schnell genug zur Seite trat. Schwer atmend riss er die Zimmertür der Kommissarin auf und blieb in der Tür stehen. Die Kommissarin war allein. Kein Killer und keine unmittelbare Gefahr. Sie saß mit dem Rücken zu ihm auf der Bettkante und schien ihn nicht bemerkt zu haben.

Als Alex eintrat, sah er, wie sie sich eine Nadel aus dem Arm zog und auf den Nachttisch legte.

»Was soll das?«, fuhr er sie an. Er schnappte nach Luft. An ihrem entsetzten Blick erkannte er, dass sie nicht damit gerechnet hatte, erwischt zu werden. Dennoch antwortete sie mit ruhigem Ton. »Ich gehe.«

»Aber Sie sind noch nicht –«

»Ich bin wieder voll einsatzfähig. Punkt.« Sie stand auf, verzog kurz unter Schmerzen ihr Gesicht und lief festen Schrittes zum Schrank. Dort packte sie eine Tasche, und entnahm ihr Kleidungsstücke. »Es wäre mir recht, wenn Sie mich allein lassen könnten, bis ich mich umgezogen habe.« Sie bedachte Alex mit einem strengen Seitenblick.

Alex schluckte. *Stures Stück.* »Ich warte vor der Tür.«

Keine fünf Minuten später kam sie in den Gang. »Nehmen Sie meine Hand. Wir schlendern hier raus, als wären wir Besucher. Dumme Diskussionen mit einem Arzt möchte ich mir ersparen.«

Alex zögerte. »Sind Sie sicher, dass Sie gehen wollen? Die Schusswunde ist –«

Sie wandte sich ihm ruckartig zu, griff in seinen Nacken und presste ihre Lippen auf die seinen. Eine Ärztin, mit zwei Schwestern im Schlepptau, ging in Gespräche vertieft an Alex und Kolzic vorbei, ohne sie zu beachten. Alex zog es regelrecht den Boden unter den Füßen weg, und er genoss diesem Moment der Intimität über alle Maßen. Für ihn lag eine gewisse Dringlichkeit in dem Kuss, als ob es der letzte Tag seines Lebens wäre.

Melanie Kolzic wich nur wenige Zentimeter zurück. Weit genug, dass sie sich tief in die Augen blicken konnten, aber nah genug, um zu signalisieren, dass der Wunsch nach mehr vorhanden war. Ihr Atem vereinte sich. Alex hielt sie fest. Ihm wurde in diesem Augenblick bewusst, wie sehr er sich nach dieser Nähe gesehnt hatte.

War es Liebe, die er verspürte? Oder war es nur der verzweifelte Wunsch nach Halt in einer Welt, die so von Dunkelheit und Verderben geprägt war? Alex war ein Mann, der zu oft den Tod und das Leid gesehen hatte, und in ihr fand er einen vorübergehenden Zufluchtsort, einen Hauch von Licht in seiner düsteren Existenz.

Die Welt schien stillzustehen, während sie sich ein weiteres Mal küssten und ihre Lippen sanft voneinander lösten. Es war ein kurzer Moment, der wie eine Ewigkeit zu dauern schien. Alex konnte das zarte Lächeln auf ihrem Gesicht sehen, das ihm zeigte, dass sie dasselbe Glück empfand.

»Oh.« Kolzic schaute sich verwirrt um. Niemand schien sie beobachtet zu haben. »Das war … überraschend.«

Alex schmunzelte. »Ja. Ich würde das gern fortsetzen.«

Sie schob sich ein Haar aus dem Gesicht. Eine leichte Röte zeigte sich auf ihren Wangen. »Später … gern.«

Alex nahm wieder ihre Hand, und sie schlenderten ins Freie. Ein Glücksgefühl erfüllte ihn in diesem Augenblick. Er fühlte sich lebendig, während er die Wärme ihrer Hand wie einen Strom voller Energie wahrnahm.

»Ich denke, wir können das höfliche Sie zur Seite legen.« Melanie zwinkerte ihm zu.

»Unbedingt! Lass uns doch noch ein wenig Hand in Hand umherlaufen. Ich möchte noch etwas mit dir besprechen.« Alex' Stimme wurde leise. »Es gibt da etwas, das ich dir sagen muss.«

Melanies Miene verdüsterte sich augenblicklich. Sie blieb abrupt stehen.

Alex verstand im ersten Augenblick nicht, warum sie so heftig reagierte, doch als er ihr in die Augen schaute und ein undefinierbares Blitzen darin erkannte, zuckte er zusammen. »Nein, nicht was du denkst. Ich bin … zu haben. Es geht um unseren Fall.« Alex rang nach den passenden Worten. Wie konnte er die Wahrheit enthüllen, dass hinter diesen zahlreichen grausamen Morden ein geheimnisvolles Rätsel voller Mystik verborgen lag, ohne dabei den Anschein des Wahnsinns zu erwecken? Ein schwerer Seufzer entrang sich seiner Brust. Die Antwort war klar: Er konnte es nicht. Stattdessen musste er seine Erklärungen verschlüsseln, sodass sie den Anschein von Logik und Vernunft wahrten. »Der Schlüssel zu all dem Irrsinn liegt im Tor selbst, das sich unter der Heiliggeistkirche befindet. Ich muss noch auf einen Anruf warten. Erst dann weiß ich, was getan werden muss. Wer weiß, womöglich muss ich dann nochmals in den Keller.«

»Lasst uns keine Zeit verlieren«, antwortete sie entschlossen.

»Melanie, ich möchte nicht, dass du mich begleitest. Es kann wirklich gefährlich werden.«

Melanie neigte ihren Kopf. Die Augenbrauen tief zusammengezogen, musterte sie Alex. Sie musste nichts sagen. Alex verstand auch so.

»Verstehe. Dann eben zusammen.«

III

In den Gassen von Heidelberg, umhüllt von einem Hauch geheimnisvoller Atmosphäre, schritt Kardinal Chrisinto mit seinen beiden Wächtern, unauffällig gekleidet, durch die schmale Straße. Ihr Ziel war die Alte Brücke, die ihnen den Weg zu jener Kirche weisen würde, in der sich das Tor zum Paradies verbarg. Für die arglosen Passanten, die die Straßen bevölkerten, war er nur ein weiteres Gesicht in der Menge.

Tiefe Falten durchzogen Chrisintos angespanntes graues Antlitz. Wo er sich bewegte, wichen die Fußgänger aus und ließen ihn unbehelligt vorbeischreiten. Eine dunkle Aura strahlte von ihm ab wie der Schatten eines furchteinflößenden Seelenfressers.

Chrisintos Gedanken lasteten schwer. Er hasste es, wenn er sich nicht auf seine Leute verlassen konnte, aber irgendwie genossen diese Ermittler himmlischen Beistand. »Schutzengel«, spottete er voller Verachtung. Doch heute würde er diesem Spuk ein für alle Mal ein Ende bereiten, von dem er sich persönlich überzeugen musste.

Er hatte nicht vor, seine Hände schmutzig zu machen. Dafür hatte er zwei dafür bestens ausgebildete *Schattenwächter*, wie er sie gern nannte, bei sich. Sie waren durchtrainiert, absolut loyal und verschwiegen. Auch Jan Jomistro würde hier sein. Doch nach diesem Finale würde er ihn nicht mehr benötigen. Er sollte büßen für sein Versagen und auf ewig in der Verdammnis schmoren.

Chrisinto vernahm das leise Flüstern der Finsternis, während er die steinernen Stufen der Kirche mit bedächtigen Schritten emporstieg. Hinter dem massiven Eingang barg sich das Tor zum Paradies, ein Portal von solch ungeheurer Macht, dass es in der Lage war, die Welt in ihren Grundfesten zu erschüttern und selbst die festen Pfeiler der Kirche ins Wanken zu bringen.

Mit einem Hauch von Ehrfurcht trat er ein in die kühle Dunkelheit des sakralen Raumes. Der Duft von Weihrauch umhüllte ihn wie ein heiliger Schleier, der ihm Trost und Bedeutung verlieh. Langsam benetzte er zwei Finger in dem Becken, das nahe den vordersten Sitzreihen aufgestellt war, mit dem segnenden Weihwasser und vollzog mit gebührender Andacht das Kreuzzeichen auf seiner Brust. »Die Taufe, die Reinigung von Sünden und die Nähe zu Gott«, murmelte er. *Sünden?* Der Mensch war damit von Geburt an behaftet.

Ohne Eile schaute er sich um. Da und dort standen Touristen, die das Bauwerk mit ihren vielen Verzierungen, Statuen und Gemälden betrachteten. In den Reihen saßen oder knieten wenige Gläubige, schauten umher oder beteten. Neben dem Eingang zu den Kellern entdeckte er zwei Polizisten, die diesen bewachten. Hier ein Gemetzel auszurichten, würde zu schnell die Aufmerksamkeit auf sie ziehen. Also musste man bedacht vorgehen.

Mit dem von Gicht gezeichneten Zeigefinger, winkte er einen seiner Schattenwächter zu sich. »Tötet die beiden Polizisten. Achtet aber darauf, dass es möglichst unauffällig geschieht.«

»Kardinal, einfach ermorden? Wirklich?«, fragte dieser.

»Ja«, antwortete Chrisinto ruhig. »Gott fordert manchmal Opfer, mein Sohn. Und …« Seine Stimme gewann an Schärfe. »… Gott entschuldigt weder Fehler noch dumme Fragen.«

IV

Alex saß in einem dunklen Büro der Heidelberger Kriminalpolizei. Melanie war in einen abgesicherten Raum verschwunden, um für Alex eine Pistole zu holen. Sie wussten beide, dass der Besuch des Tors diesmal besonders gefährlich werden würde.

Gelangweilt klopfte Alex mit einem Kugelschreiber auf den Schreibtisch und schaute gedankenverloren aus dem Fenster. Bald würde sich das ägyptische Paar bei ihm melden. Seine Gefühle diesen beiden Kreaturen gegenüber waren nicht einfach zu erklären. Er verabscheute sie zutiefst, weil sie seine Schwester einem Ritual unterzogen hatten, wodurch diese zwar unendlich alt werden konnte, dafür aber einem Fluch unterlag. Einem Fluch, der sie zum Töten zwang. Es war eine abscheuliche Vorstellung, dass dies gerade dem Menschen widerfahren war, den er am meisten liebte. Auf der anderen Seite musste er gestehen, dass ihn Hasobek und Amanemhet gewarnt hatten. Und letztendlich war es die Schuld seiner eigenen Ignoranz, dass dies alles geschehen war. Hasste er die beiden? Er müsste es, da auch sie diesem Fluch gehorchen mussten. Mörder würden niemals seine Freunde werden können.

Alex schaukelte auf seinem Stuhl und kaute auf dem Kugelschreiber. Lichter gingen in dem gegenüberliegenden Gebäude an. Die Dunkelheit der Nacht begann, sich ihr Reich zu erobern.

Der Gedanke, dass all die Menschen, die nun sicher in den eigenen vier Wänden weilten, gemeinsam aßen und lachten, sich Dinge erzählten, was am Tage passiert war, ließ Alex frösteln. Sie ahnten nicht, was sich alles auf den Straßen herumtrieb. Sie lasen womöglich die Nachrichten von abscheulichen Taten, verdammten diese oder fürchteten sich davor, aber mehr eben auch nicht.

Das billige Plastik des Kugelschreibers knackste leise. Verkehrsgeräusche drangen durch das gekippte Fenster. Laut ratternde Motorräder, gelegentliches Hupen, Fahrzeuge, die hin und her fuhren, jedes auf dem Weg irgendwohin.

Das Handy klingelte und riss ihn aus seinen Gedanken. Der Kugelschreiber zerbrach. Alex warf ihn achtlos auf den Schreibtisch und nahm das Telefonat an.

Am anderen Ende der Leitung erklang eine wohltuend klare Stimme. »Guten Abend, Herr Brandt.« Es war Hasobek, und ihre Worte drangen in sein Innerstes wie ein eindringliches Echo vergangener Ereignisse, das er niemals würde vergessen können.

Alex unterbrach seine Schaukelpartie abrupt und nahm eine steife, aufrechte Haltung ein. Ein jäher Krampf durchzog seinen gesamten Körper. Vor seinem geistigen Auge erwachten die Bilder seines letzten Falls zum Leben. Doch nicht nur das, er konnte die Pein von damals erneut spüren, jenen quälenden Schmerz, als er mit seiner Schwester im Arm, die eiskalte Mündung einer Pistole an ihre Schläfe gepresst hatte. Ein verächtliches Schnauben entrang sich seinen Lippen, gefolgt von einem gebrochenen »Guten Abend.«

»Zugegebenermaßen hatten wir nicht im Geringsten damit gerechnet, dass sich unsere Pfade nochmals miteinander verschmelzen würden. Und dennoch geschieht es, als ob das Schicksal uns auf rätselhafte Weise verbinden möchte«, offenbarte sie mit einer Spur von Verblüffung in ihrer Stimme.

Es war in der Tat eigenartig. Doch noch absurder erschien Alex die Tatsache, dass er nun auf ihre Hilfe angewiesen. Eine derart absurde Wendung konnte nur dem kranken Geist göttlicher Fügung entspringen. Es gab so vieles, was Alex der Person am anderen Ende der Leitung entgegenschleudern wollte, doch er zwang sich zum Schweigen, um die instabile Balance des Augenblicks nicht zu gefährden.

»Ihre Schwester berichtete uns von ihrem gegenwärtigen Dilemma. Können Sie mir ein wenig mehr dazu sagen?«

»Ja. Natürlich.« Alex stand auf und stellte sich an das Fenster. Er musste sich sammeln und die Situation so sehen, wie sie war: Er benötigte gewaltige Unterstützung, und er durfte nicht zimperlich mit dem *Woher* umgehen. »Nun, Sie haben bereits erfahren, dass es um Rodins Höllentor geht? Eine Pforte, die ein gewisses Eigenleben besitzt.«

»Ja.«

»Es ist aus einer Wette entstanden …« Alex stockte. Zu abwegig klangen in ihm seine noch unausgesprochenen Worte: einer Wette zwischen Engeln und Dämonen. Und doch war es so. Oder etwa nicht? Alex schürzte die Lippen. »Es ist eine Wette zwischen Engeln und Dämonen.« Es war gesagt.

»Weiter.« Ihre Stimme klang nicht überrascht oder ablehnend zu dem, was er soeben gesagt hatte.

»Wer reingeht, landet im Paradies. Kommt keiner raus, gewinnen die Engel. Wenn der erste wieder rausgeht, stirbt er. Dann gewinnen die Dämonen. Das ist die Kurzfassung. Können Sie damit etwas anfangen?«

Eine eigenartige Ruhe kehrte ein. Im Hintergrund hörte er, wie Hasobek mit jemandem tuschelte. Wahrscheinlich erzählte sie ihrem Mann das soeben von ihm Gehörte. Alex wartete. Mehr konnte er auch nicht tun.

Erst nach mehreren Minuten meldete sich Hasobek zurück. »Herr Brandt?«

»Ja, ich bin noch dran.«

»Wir haben eine Idee, wie wir Ihnen helfen können. Dazu müssen wir uns mit Ihnen vor dem Tor treffen.«

Alex presste die Lippen hart aufeinander. Seine Zähne knirschten. Die Idee, sich mit dem Paar zu treffen, war schon schlimm genug, doch dies vor dem magischen Tor zu tun, erschreckte ihn zutiefst. Was könnte es für ihn bedeuten und was für Liana Rohn? Gab es wirklich eine Lösung? Wollten sie ihm helfen oder ging es dabei um etwas anderes? Bar der Antworten, rang Alex mit sich. Wieder war er gebunden an ein Mysterium, das er weder verstand noch etwas dagegen tun konnte. Er hasste dieses Gefühl des Ausgeliefertseins zutiefst.

Alex seufzte. Hatte er eine Wahl? Diese Frage kannte nur eine Antwort: Nein. »Gut. Wann können Sie dort sein?«

»In etwa einer Stunde.«

Überrascht zog Alex die Augenbrauen hoch. »In einer Stunde? So schnell? Haben Sie damit gerechnet?«

»Nennen wir es *Intuition*.« Diesmal lag Belustigung in ihrer Stimme. »Wir kommen von einer Nil-Reise und gastieren in Frankfurt. Sie wissen ja, dass wir uns hier gut auskennen.«

Und ob er das tat. Diese Anspielung war nicht nötig gewesen. »Was haben Sie in Ägypten gemacht? Hat die hohe Gesellschaft ihren Stammsitz besucht? Oder Herzen armer Opfer geraubt?«, fragte er mit Ärger in der Stimme.

»Wie ich sehe, haben Sie Ihren Humor nicht verloren«, konstatierte Hasobek. »Aber um Ihre Frage zu beantworten, ja, wir haben das eine oder andere besucht. Als wir dort lebten, betrieben die Bauern eine Bewässerungswirtschaft, in der die Überschwemmungen des Nils dem Anbau dienten. Die Bauern standen an der untersten Stufe dieser hierarchischen Gesellschaft. Ihr Wert wurde an dem bemessen, was sie erzeugen konnten, und sie fristeten ein hartes und karges Dasein.«

»Warum erzählen Sie mir das?«

»Unterbrechen Sie mich nicht, dann erfahren Sie es. Ich war eines von sieben Kindern einer Bauernfamilie. Schulbildung wurde einem nicht gegönnt, dafür aber zwölf Stunden Arbeit am Tag. Mit nicht einmal sechzehn brachte mich mein Vater an den Hof des Pharaos. Das Leben dort war anfangs eine grausame Angelegenheit, zumal ich nur eine Aufgabe hatte, den Herrn mit meinem Körper zu vergnügen. Erst als ich meinen Mann kennenlernte, begann für mich die Freiheit. Es war also nicht die *hohe Gesellschaft, die ihren Stammsitz besucht hat*, sondern Menschen, die keine gute Vergangenheit dort hatten.«

Alex räusperte sich. »Ich wollte Sie nicht beleidigen.«

»Gut. Dann sehen wir uns bald.«

V

Die Nacht hüllte die Szenerie in ein undurchdringliches Schwarz, das nur von den schwachen Schimmern einiger vereinzelter Laternen durchbrochen wurde. Im Schatten der Nacht wirkte die Kirche gewaltig und gespenstisch zugleich. Wolken zogen ruhelos am fahlen Licht des Monds vorbei. Alex und Melanie standen vor der verschlossenen Pforte zur Kirche. Sie klopften einige Male an dem Tor, doch niemand reagierte.

»Es sind doch zwei Polizisten abgestellt, oder? Wurden sie wieder abgerufen?«

Melanie schüttelte nachdenklich den Kopf. »Nein, bestimmt nicht. Soll ich im Präsidium anrufen?«

Alex winkte ab. »Dazu haben wir jetzt keine Zeit. Und wer weiß, vielleicht ist es auch gut so. Wir müssen irgendwie reinkommen.«

Die Dunkelheit schien sich um sie herum zu verdichten, als ob sie die Schatten in ihren eigenen Seelen einfangen würde. Ein morbider Hauch lag in der Luft, verstärkt durch Gerüche der angrenzenden Gastronomien.

Alex schaute sich verstohlen um. Niemand war zu sehen. »Wir haben Pistolen.« Er zeigte auf das Schloss.

»Hm …« Ein süffisantes Lächeln flutete ihr Gesicht. »Ich habe da noch ein paar Tricks auf Lager.« Sie lachte kurz. »Wie wäre es, wenn du Schmiere stehst, und ich mich um den Rest Kümmere?« Spitzbübisch hob sie ihre kleine Nase, was ihr etwas besonders Reizvolles verlieh.

Hätte sich Alex nicht bereits in sie verliebt, wäre spätestens jetzt der Zeitpunkt dafür gekommen. »Du willst als Kriminaloberkommissarin einbrechen?«

»Ist besser, als mit einer Pistole auf ein Schloss zu schießen«, antwortete sie ernst. Sie zwinkerte ihm zu, drehte sich zur Tür, nestelte etwas aus ihrer Tasche und machte sich ans Werk.

Alex übernahm den ihm zugewiesenen Job: Er gab ihr Rückendeckung.

Ein betrunkener Mann torkelte die Straße entlang, lallte einige unverständliche Worte und zog weiter. Ein junges Pärchen schlenderte Hand in Hand zu einem Lokal an der Ecke.

Alex hörte ein metallisches Knacken und das Quietschen einer schweren Tür.

»Komm!«

Sie hatte es tatsächlich geschafft.

Die Kirche lag in absoluter Dunkelheit, nur durchbrochen von den spärlichen Lichtstrahlen, die durch die bunten Glasfenster drangen und vom Boden aufgesaugt wurden. Die Stille wurde durch den dumpfen Klang ihrer Schritte auf dem steinernen Boden gebrochen. Das düstere Ambiente verstärkte die Anspannung, als sie die offenstehende Luke erreicht hatten.

Alex' Herz begann schneller zu schlagen, als er sich vorstellte, was sich in der Dunkelheit unter ihnen verborgen halten könnte. War es möglich, dass sich jemand dort unten versteckte und auf sie wartete? War das ägyptische Paar bereits eingetroffen? Die verschlossene Tür zur Kirche sprach dagegen, aber was hatte dies schon zu bedeuten. Unsterbliche Kreaturen konnten womöglich durch dicke Wände gehen.

Alex blickte kurz zu Melanie, die angespannt neben ihm stand, und ihre Dienstpistole schussbereit in der Hand hielt. Er war kein Freund von Waffen, doch in dieser Situation musste er gestehen, dass eine Pistole besser war als eine Faust. Angeblich soll El Capone einst gesagt haben: »*Man kommt viel weiter mit einem freundlichen Wort und einer Pistole als mit einem freundlichen Wort allein.*« Dem konnte er jetzt nur beipflichten.

Alex zog die HK MP5, die er von Melanie erhalten hatte, lud sie durch und hielt sie fest in der Hand. Es war ein kleiner Trost in dieser ungewissen Situation. Mit jedem Atemzug wurde seine Spannung größer, während er sich darauf vorbereitete, in die Abgründe des Kellers hinabzusteigen. Jedes Geräusch verstärkte den Verdacht, dass sie nicht allein waren.

Die Kirche selbst schien sein Misstrauen zu teilen. Die hohen Gewölbedecken und die verzierten Säulen wirkten wie stumme Zeugen vergangener Geschehnisse. Die Schatten, die sich an den Wänden bewegten, schienen lebendig zu werden, und Alex fragte sich, ob sie ihm etwas mitteilen wollten.

Er atmete tief durch und trat vorsichtig auf die erste Stufe der steinernen Treppe. Der Geruch von feuchter Erde und Moder stieg ihm in die Nase, während er langsam hinabstieg. Seine Augen kämpften gegen das Fehlen jeglichen Lichts an. Er knipste seine Taschenlampe ein, und ein schmaler Lichtkegel erhellte spärlich die Stufen, die weiter hinabführten.

Die Zeit schien stillzustehen. Jedes Geräusch, sei es ein knarzendes Brett oder das Rascheln von etwas Unbekanntem, ließ seinen Atem stocken. Immer wieder blieben sie stehen, um in das kleine Labyrinth von Kellern hineinzulauschen, und immer wieder schauten sie sich stumm in die Augen, bevor sie es wagten, weiter vorzudringen.

Alex blieb abrupt stehen. Aus der Ferne drang ein gedämpftes Flüstern zu ihnen. Nun wussten sie, dass noch jemand da war. Der Eingang des Raums, in dem das Tor lag, befand sich keine zehn Schritte entfernt. Alex schaltete seine Taschenlampe aus und wartete. Doch es war kein Laut mehr zu hören.

Waren sie bemerkt worden? Warteten Killer auf sie, um deren Vorhaben abzuschließen? Alex stellten sich die Nackenhaare auf. In seinen Augen war es nicht weiter tragisch, würde er mit einer Kugel im Hirn auf den Boden krachen, doch jetzt war es anders. Melanie war bei ihm. *Das kommt davon, wenn man sich verliebt*, dachte er und schlich einige Schritte näher zum Eingang. Im Nacken spürte er Melanies Hauch.

Plötzlich erschallte ein Poltern hinter seinem Rücken, und ein grelles Licht richtete sich auf sie. »Scheiße«, kam es aus Alex herausgeschossen. Das Spiel hatte begonnen, und die Karten *Du kommst aus dem Gefängnis frei* waren ungleich verteilt.

»Fermatevi e abbassate le armi!« Es war eine rauchige Männerstimme. Alex verstand zwar nicht, was diese gesagt hatte, aber es bedurfte keiner großen Fantasie, um es zu erahnen. Ohne sich umzudrehen, beugte er sich langsam nach vorn, legte die Pistole auf den Boden und richtete sich ebenso langsam wieder auf.

»Bene, ora alzi le mani in modo che possa vederle!« Die Stimme klang zufrieden. Alex schaute sich zu Melanie um.

Sie fuhr herum und wollte losrennen, als sich plötzlich eine Gestalt aus dem Dunkel der Ecke schälte und ihr den Knauf einer Pistole auf die Schläfe schlug. Melanie brach zusammen wie ein Sack Kartoffeln. Alex' Muskeln spannten sich voller Zorn, doch sie entspannten sich ebenso schnell, als sich der Lauf der Pistole auf seine Stirn richtete.

»Andiamo!«

Eins zu null für euch Halunken, aber das Spiel ist noch nicht vorbei. Alex blickte auf Melanie herab. Sie stöhnte leise. Dann drehte er sich um und betrat den Keller, in dem sich das Tor befand.

Zwei weitere Lichtkegel leuchteten auf. Vor ihm stand ein durchtrainierter Mann in den Dreißigern, schwarz gekleidet, braungebranntes Gesicht, Pistole in der Hand, und daneben ein dürres Klappergestell – hochgewachsen, leicht gebeugt, mit einem faltenreichen, verbissenen Grinsen. Sein stechender Blick hatte etwas Durchdringendes.

»Willkommen. Heute wird mein Glückstag. Dio è sempre con noi. Sind Sie nicht einer der Ermittler, die dieses prachtvolle Kunstwerk aufgedeckt haben? Oder sind Sie einer dieser Sektenanhänger, die glauben, es gäbe so etwas wie Okkultismus?« Er zeigte auf das Tor.

Das Spiel eröffnete die nächste Runde.

Es ging nicht nur um das Leben der Studentin, deren Mutter über Alex herfallen würde, käme er ohne sie wieder zurück. Auch drehte es sich nicht mehr nur um ihr eigenes Leben, das im Augenblick keinen Cent wert war. Sondern es bekam eine neue Dimension: Es glich einer Wette, in der sie alle Marionetten waren, die wegen eines höheren Willens an dünnen Fäden zappelten. Alex verstand nicht, warum dies alles geschah, auch kannte er nicht seine Rolle in dieser Groteske, aber er ahnte, dass sich für ihn durch die Begegnung mit dem *Unbegreifbaren* alles geändert hatte. Und heute würde er Statist in einer göttlichen Komödie werden, deren Ausgang er noch nicht kannte.

»Hat es Ihnen die Stimme verschlagen?« Der Fremde kam einen Schritt auf Alex zu und musterte ihn von Kopf bis Fuß.

Jetzt war die Gelegenheit gekommen, endlich etwas Licht in die Geschehnisse der letzten Tage zu bringen. Wenn auch zu einem hohen Preis.

Alex versuchte, so entspannt wie möglich zu wirken. »Ich bin hier der Kellermeister von Heidelberg, und wer sind Sie?« Es war nicht die beste Situation, jemanden mit frechen Sprüchen herauszufordern, zumal Pistolen auf ihn gerichtet waren, aber sich demütig fügen, kam nicht infrage. Er musste Zeit gewinnen.

Dem Lachen des Fremden folgte ein gurgelnder Husten. »Buono, ich sehe, Sie haben Humor. Kellermeister … ha.« Er rieb sich die Augen und unterdrückte ein Gähnen. »Es war ein langer Tag. Beantworten Sie meine Fragen: Sind Sie einer dieser Sünder, die mir und der Kirche das Leben unnötig schwer machen?«

Alex atmete tief durch. Es war eine ausweglose Lage, in der er sich befand. Zwei Pistolen auf ihn gerichtet, ließen nicht viel Handlungsspielraum. »Ermittler ja, Okkultist nein. Ich gehe davon aus, dass Sie mich nun töten werden, oder?«

»Vielleicht, vielleicht auch nicht. Wir werden gemeinsam sehen, wie wir diese unschöne Situation meistern können.«

Alex kannte diese abgedroschenen Floskeln, die wie hoffnungsspendende Angebote klingen sollten, aber keine waren. Sicherlich wollte der Unbekannte herausfinden, was er bisher in Erfahrung bringen konnte. Womöglich auch, wer noch davon wusste. Und dann würde man sich seiner entledigen. Die Werkzeuge hierfür hielten sie bereits in den Händen. »Wenn wir schon so nett miteinander reden, könnten Sie mir erklären, wer Sie sind und warum Sie dieses Interesse an so einem wertlosen Stein auf dem Boden haben.«

In dem verzerrten Gesicht des Fremden lag lauernde Neugierde. Alex hatte seine Frage wahrheitsgemäß beantwortet und hoffte nun zumindest auf Antworten. Aber sein Gegenüber rang noch mit sich, was dessen bohrender Blick offenbarte. Es lag ein unheilvolles Schweigen im Raum.

Der Fremde drehte sich plötzlich um und ging zum Fußende des Portals. »Dies ist kein wertloser Stein. Aber da sage ich Ihnen nichts Neues.« Sein röchelnder Atem klang nach einer ausgemusterten Maschine, die in nicht allzu ferner Zukunft ihren Geist aufgeben würde. »Chrisinto ist der Name, der mir vom Herrn zugewiesen wurde. Ich bin Sein auserwählter Diener, bestimmt, die Unantastbarkeit Seiner Göttlichkeit zu schützen.« Er deutete mit einer entweihenden Geste auf das schwere Tor. »Rodins Kunstwerk wurde einst *beseelt* und diente einer dummen Idee. Rodin selbst war durchdrungen von tiefer Furcht, als ihm Unbegreifliches widerfuhr. So fand er seinen Weg zur Kirche, und das Tor fand seinen Weg in diese Kammer.«

Alex lachte leise. »Warum hat man dieses *Kunstwerk* nicht in den Vatikan geschafft? Ist das nicht die übliche Ruhestätte für die Beute eurer heiligen Raubzüge?«

Chrisinto verzog das Gesicht zu einer grimassenhaften Fratze, und seine Stimme nahm einen dunkleren Klang an. »Was die Kirche an sich nimmt, hat ihr schon immer gehört, nur damit wir uns klar verstehen.« Er knurrte die Worte mehr, als dass er sie sprach. »An der Erschaffung dieses Tores waren nicht nur himmlische Wesen beteiligt. Dämonen haben ebenfalls ihre schmutzigen Finger danach ausgestreckt. Und solche Entitäten sollten nie den Boden unseres geheiligten Gartens entweihen dürfen.« Sein Blick fiel auf eine dunkelbraune Tasche, die neben dem Stein stand. »Und heute werden wir dieses Tor ein für alle Mal schließen. Mit Dynamit.«

Das war also der Plan. Langsam setzten sich die Puzzleteile zusammen. Die Kirche hatte Angst, dass die Engel ihre Wette verlieren würden, und ihr war jedes Mittel recht, dies zu vereiteln. Morde wurden auf diesem Weg vermutlich nur als geringfügiger Kollateralschaden betrachtet.

»Beseelt? Von wem?«

»Von unseren *Engeln.*«

»Engel können dumme Ideen hegen?«

»Auch Engel können irren!« Chrisinto warf Alex einen giftigen Blick entgegen. »Wer weiß noch von dem Tor?« Es lag eine unterschwellige Schärfe in seiner Stimme, die ein Ausweichen nicht mehr dulden würde.

Alex fühlte, dass die Sandkörnchen seiner Lebensuhr langsam ausgingen. Noch ein, zwei Fragen und der Vorhang würde fallen. Das Dynamit würde an das Tor gelegt, mit einem Zeitzünder versehen, und die drei Gestalten würden in aller Seelenruhe von dannen ziehen. Mit absoluter Sicherheit würde man Melanie und ihn nicht mitnehmen. *Kawumm* und alles wäre vorbei. »Meine Kollegen wissen alles. Die Polizei wird Sie finden. Da bin ich sicher.«

»So?« Eine piepsige Männerstimme ertönte vom Eingang. Alex hatte sie schon einmal gehört. Mit weit aufgerissenen Augen fuhr er herum. »Pfarrer Martin?«

Ein hämisches Grinsen lag auf den Lippen des Mannes, den er bereits bei seinem ersten Besuch dieser Unterwelt kennengelernt hatte. Das Verhältnis von Cowboys und Indianer verschlechterte sich weiter.

»Meine rechte Hand, Jan Jomistro«, kam es mit einem leicht säuerlichen Unterton von Chrisinto. »Leider konnte er seine Aufgaben nicht ganz zu meiner Zufriedenheit erledigen, aber ich denke, dass er alles wiedergutmachen wird. Dio sarà al suo fianco.«

Jomistro schob seine Hornbrille die Nase hoch. Seine Augen funkelten vor sadistischer Freude, als seine Hand mit einer schallenden Wucht gegen Alex' Gesicht krachte.

Die Gewalt des Schlages ließ Alex taumeln, aber er fing sich schnell wieder. Er spuckte einen Blutstropfen aus, sein zynisches Grinsen unverändert. »Sie haben wirklich eine einnehmende Persönlichkeit,« bemerkte Alex, während er sich den Mund abwischte.

Jomistro lachte, ein Klang, der gleichzeitig schneidend und amüsiert war. »Oh, ich bin noch lange nicht fertig. Ich habe etwas ganz Besonderes für Sie.« Mit einer theatralischen Geste zog er ein Skalpell aus der Innentasche seines Mantels. Das scharfe, glänzende Metall reflektierte das spärliche Licht im Raum. Er schwang es vor Alex‘ Gesicht hin und her, so als würde er die Luft zerschneiden wollen. »Ich könnte Ihnen eine ganz neue Identität geben? Ein kleiner Schnitt hier, ein weiterer da, und es entsteht ein Meisterwerk der plastischen Chirurgie ohne die lästigen Arztkosten.«

Alex betrachtete das Skalpell und dann Jomistros Augen, die ihn hinter den dicken Gläsern wie zwei aufgedunsene Murmeln anstarrten. Sie waren voller Abgründe, die er nicht erkunden wollte. »Verstehe, ein Schnitzkurs. Nur, dass ich das unfreiwillige Modell bin. Hätte ich das gewusst, hätte ich mich zuvor ordentlich rasiert.«

Jomistro drückte das Skalpell ein Stück näher an Alex‘ Gesicht. »Oh, eine Rasur ist nicht erforderlich. Das erledige ich nebenher mit. Ich verspreche Ihnen Schmerzen, die Sie sich in Ihren kühnsten Träumen nicht vorstellen könnten. Und wenn ich fertig bin, werde ich mir Ihre kleine Kollegin vornehmen. Sie wird quieken vor Freude.«

In diesem Moment befürchtete Alex, zu weit gegangen zu sein. Jomistros schräges Lächeln und das Skalpell in seiner Hand waren eine furchteinflößende Kombination. Er hielt den Atem an.

»Halt!« Chrisinto fuhr mit schroffer Stimme dazwischen. »Ich denke, die beiden haben einen Platz im Paradies verdient. Und danach werden wir dieses Portal ein für alle Mal zerstören. Dann haben die Engel gewonnen und mit ihnen die Kirche. Die Hölle wird bluten!«

Alex wandte sich wieder Chrisinto zu. Die Situation schien ausweglos zu sein. Kein Vor und auch kein Zurück. Wie ein dummer, naiver Junge stand er nun da, der die Wahl zwischen einer Kugel, einem Skalpell und dem Verrotten in einem langweiligen Paradies hatte.

Ein hintergründiges Schmunzeln umspielte Chrisintos dünnen Lippen. »Legt zuerst die Frau auf das Tor, und dann packt ihr euch diesen Narren und stellt ihn ebenfalls darauf!!«

Alex Schluckte. Es war also so weit. Er hatte mit vielen Arten seines Ablebens gerechnet, doch mit einem Schubs in ein langweiliges Reich beileibe nicht.

Chrisintos Blick wanderte zur Platte, die unschuldig im Dunkel des Raums lag. Plötzlich hob er die Hand. Sein Blick veränderte sich. Irgendetwas stimmte nicht. Irgendetwas schien seine Aufmerksamkeit in den Bann gezogen zu haben. Mit einer Bewegung, die so leicht war, dass sie fast einem Raubvogel im Sturzflug glich, beugte er sich zum Tor hin. Ein Röcheln entrang sich seiner Kehle. Er stockte. Seine Augen weiteten sich in ungläubigem Erstaunen, dann zogen sie sich wieder zusammen, als würde das pure Entsetzen sie von innen nach außen stülpen. Es verstrichen Sekunden einer unsagbar schweren Stille. »Das …« Er richtete den Lichtstrahl seiner Taschenlampe auf das Tor.

Alex folgte seinem Blick und verstand sofort. Nicht nur sein eigenes Abbild, und inzwischen auch das von Melanie war darauf zu finden, sondern zusätzlich das von zwei weiteren Gesichtern, die er nur zu gut kannte: Amanemhet und Hasobek.

»In nome di Dio, wer soll das sein?«

So prekär die Situation auch war, so hatte sie durchaus eine humorvolle Komponente. Alex musste lachen. Amanemhet und Hasobek waren also tatsächlich auf dem Weg hierher. Es würde eine Überraschung der besonderen Art geben, wenn sie den Killern gegenüberstanden. Alex hoffte, dass man ihn lange genug am Leben lassen würde, damit er dieses Schauspiel noch beobachten durfte.

»Oh, Sie finden das also lustig?« Jomistros Stimme erfüllte den Raum mit eiskalter Boshaftigkeit.

Bevor Alex antworten konnte, stieß dieser das Skalpell mit einer schnellen, präzisen Bewegung in Alex' Oberarm. *Ratsch.* Ein stechender Schmerz durchflutete Alex' Körper, als ob tausend Nadeln in seine Nervenbahnen eingedrungen wären. Die Klinge glitt durch Haut und Muskeln, als wären sie Butter, und hinterließ ein unverkennbares Gefühl der Verletzlichkeit.

Jomistro zog das Skalpell nur langsam wieder heraus, und schmatzte dabei genüsslich.

Alex' Körper zuckte vor Schmerz, und für einen Moment drohte ihm, schwarz vor Augen zu werden. Sein Oberkörper sackte kurz zusammen, seine Beine drohten, den Dienst zu versagen. Der Magen verkrampfte sich. Nur mit Mühe richtete er sich wieder auf. Jomistros Augen glänzten vor perverser Freude. Trotz des pochenden Schmerzes in seinem Arm, warf ihm Alex einen Blick mit unmissverständlicher Botschaft zu: Du kannst mich töten, aber brechen wirst du mich nicht!

Jomistro schien die stillschweigende Herausforderung anzunehmen. Sein sarkastisches Lächeln wich einer angespannten Erwartung, als ob er gerade die ersten Noten eines lang erwarteten Konzerts gehört hatte. »Sie sind wirklich zäh. Das macht das Ganze nur umso interessanter.«

»Sie wissen, was man über Schmerz sagt: Er ist der beste Lehrer.« Alex' Stimme zitterte leicht, aber seine Stärke war ungebrochen.

»Stopp. Hier gibt es nichts zu lachen. Wissen Sie, wer die beiden sind?« Chrisinto wandte sich dem Tor zu. Seine Hand zitterte, und der Lichtstrahl auf dem Tor zuckte hin und her.

Alex stöhnte, doch trotz aller Pein, grinste er Chrisinto an. »Überrascht?«

Aus dem Augenwinkel sah Alex, dass Jomistro wieder ausholte, aber Chrisinto hob die Hand.

»Erst will ich wissen, was das zu bedeuten hat«, kam es gepresst über seine bebenden Lippen.

Alex tastete nach der Wunde am Arm. Sie war nass. »Seien Sie doch nicht so ungeduldig. Wenn ich jetzt alles erzähle, wird es doch keine Überraschung.«

»Sie kleines, gottverdammtes Subjekt«, schrie Chrisinto diesmal voller Wut.

Alex verstand, dass er es mit einem Psychopathen zu tun hatte, dem ein Menschenleben nicht mehr bedeutete als das von lästigen Eintagsfliegen. Klatsch und weg. Selbst legte er jedoch nicht die Hand an, für schmutzige Arbeit hatte er seine treuen Vasallen. Unter dem Mantel göttlicher Erfordernisse, behielt er ein reines Gewissen. Eine Selbstlüge, die bei all diesen Idioten als Basis grausamster Taten diente. Diese legitimierte, jegliche Entscheidungen zu treffen, ohne dafür die Verantwortung tragen zu müssen. Selbstgerecht, gefühllos und unnachgiebig. Ein krankes Hirn passte in jede Kleidung, auch in die eines Geistlichen. Womöglich sogar besonders.

»Sie erinnern mich an jemanden, den ich sehr gut kenne.« Alex schaute zu Chrisinto auf. Ihre Blicke trafen sich und verharrten so einige Sekunden.

»So?«

»Ja, an meinen Vater.«

»Wie schmeichelhaft.«

»Nein, bestimmt nicht. Er ist ein selbstgerechtes Arschloch und besitzt dieselben kranken Züge wie Sie.«

Unter der blassen Haut Chrisintos zeigten sich rötliche Flecken. Er fletschte die Zähne.

Alex stand in einem Raum, der weniger an einen Ort des Todes und mehr an die Kulisse eines düsteren Dramas erinnerte. In Sekunden würde der Fremde den Befehl geben, ihn zu töten. Sein Herzschlag hämmerte in den Ohren, der Schweiß sammelte sich unter dem Hemdkragen und das Blut rann ihm durch die Finger, die sich an den verletzten Arm krallten. Doch seine Miene verriet nichts von seiner Panik vor der Ausweglosigkeit. Er wusste, dass er in einem heiklen Spiel gefangen war, einem Spiel, in dem die Zeit nicht sein Freund, sondern sein gnadenloser Feind war.

Alex fixierte sein Gegenüber. »Wissen Sie«, begann er, seine Stimme getränkt in Sarkasmus, »es ist wirklich interessant, wie viel ein Mensch in den letzten Momenten seines Lebens über sich selbst erfährt. Haben Sie jemals darüber nachgedacht?«

Chrisinto schien für einen Moment irritiert, vielleicht sogar amüsiert. Genau das hatte Alex beabsichtigt.

»Ach, philosophieren wir jetzt? Ist das Ihre letzte große Erkenntnis?«

»Oh, das ist nur die Spitze des Eisbergs, glauben Sie mir. Aber während wir hier so nett plaudern, kann ich nicht umhin, mich zu fragen: Was treibt einen Mann Gottes, so kalt zu töten? Ich dachte, das wäre eine Sünde.«

Chrisinto zögerte. Und in diesem unfreiwilligen Innehalten, in diesem winzigen Moment des Zweifels, sah Alex seine Chance. Er wusste, er hatte einen Nerv getroffen, eine Sekunde geschaffen, in der die Zeit stillzustehen schien. »Na kommen Sie schon, teilen Sie Ihre tiefgründigen Lebensweisheiten mit mir. Ich bin ganz Ohr, und wie es aussieht, habe ich im Moment ja nicht viel anderes, als meinen letzten Atemzug zu planen.«

Sein Gegenüber musterte Alex erneut, als versuche er, die Wahrheit in den labyrinthischen Windungen seiner Worte zu finden. Und während er das tat, arbeitete Alex' Verstand fieberhaft. Er zählte die Sekunden, rechnete die Zeit um, die er gewonnen hatte, während er Möglichkeiten und Strategien durchging, um aus dieser lebensbedrohlichen Falle zu entkommen. Denn in diesem adrenalingetränkten, schicksalhaften Augenblick war jede gewonnene Sekunde ein Triumph, ein kleiner Sieg im Angesicht des Todes. »Ach noch etwas. Ich habe mit den Dämonen gesprochen und weiß genau, warum Sie das Tor vernichten wollen. «

»Tu infedele! Warum sollten diese Wesen mit *Ihnen* reden? Sie sind nur *Dreck*!«

»Interessant, nicht wahr? Man könnte meinen, wer erst einmal den Fuß in euer sakrosanktes Refugium gesetzt hat, der würde nie wieder gehen wollen. Immerhin preist ihr es als himmlische Idylle an – ein veritables Paradies, wo Milch und Honig in Strömen fließen. Darf ich Ihnen verraten, warum jemand trotzdem fliehen könnte?« Alex' Worte schwangen mit der Präzision einer Klinge durch die Luft.

Chrisinto schien wie erstarrt. Seine Augen waren zwei dunkle Abgründe der Antizipation.

»Weil sogar ein Narr schlussendlich begreifen würde, dass euer *Paradies* nichts weiter als ein kafkaesker Alptraum ist. Ein Ort unerträglicher Monotonie, gänzlich ohne freien Willen. Selbst eure Aushängeschilder, Adam und Eva, sind ihm entflohen, nicht wahr?« Alex zwinkerte ihm zu. »Ist es das, vor dem die Kirche sich fürchtet? Dass sie am Ende die Wette verliert?«

Chrisinto wirkte, als hätte man ihm den Boden unter den Füßen weggezogen. Ein hässlicher Hustenanfall ergriff ihn und schüttelte seinen mageren Körper wie ein Herbstbaum im Wind. Mit Mühe richtete er sich wieder auf. »Diejenigen, die in der Geborgenheit des Herrn verweilen, erleben keine Langeweile. Sie sind im Einklang mit der göttlichen Ordnung.« Sein Gesicht verzerrte sich, und in diesem Moment spiegelte es die Abgründe einer finsteren Seele.

Doch in seinen Augen konnte Alex erkennen, dass seine Worte einen Nerv getroffen hatten. Ein Funke der Unsicherheit, vielleicht sogar der Furcht. Ein Zeugnis des nahenden Schreckens, vielleicht aber auch ein Zeugnis der Wahrheit, die er sich nicht eingestehen wollte.

»Sie, mein Freund, sind ein Blasphemiker. Ich werde dafür sorgen, dass Ihre gotteslästerliche Zunge ausgerissen wird.« Chrisinto nickte seinen Untergebenen fast unmerklich zu. Es war, als hätte er das Todesurteil unterzeichnet. Das letzte Sandkorn der Lebensuhr schien in Zeitlupe nach unten zu gleiten, im freien Fall dem Ende der bereits verstrichenen Zeit entgegen.

Doch dann – eine Dissonanz in der erwarteten Symphonie des Schicksals.

»Guten Abend!«, hallten plötzlich zwei Stimmen wie aus einer anderen Welt durch den Raum.

Alex' Herz schlug bis zum Hals. Die Stimmen waren ihm so vertraut wie sein eigenes Spiegelbild. In diesem Augenblick, in dieser alles entscheidenden Sekunde, klangen sie wie der Chor der himmlischen Heerscharen: Amanemhet und Hasobek.

Mit einem Ruck wandte Alex sich zu ihnen um. Wie lange sie dort schon standen, im Zwielicht des Eingangs, ließ sich nur erahnen. Sie schienen die Szenerie mit einer stoischen Ruhe zu beobachten, als würden sie über das Schauspiel des Lebens und des Todes urteilen.

Diese Ankunft schuf eine elektrische Spannung, eine Disruption im Raum, die alles veränderte, ohne ein weiteres Wort. Und in ihren Augen, den Fenstern zu den Seelen, lag die unerklärliche Gewissheit, dass der Vorhang für den nächsten Akt des Dramas nun endlich aufgezogen werden würde.

Die Luft in dem Raum verdichtete sich plötzlich, als ob die Atmosphäre selbst in gespannter Erwartung verharrte. Jomistro und seine beiden Kumpane hoben ihre Waffen, die Läufe zitterten nicht, und zielten eiskalt auf die beiden Neuankömmlinge. Chrisinto, bislang der Unerschütterliche, schien plötzlich wie ein sterbliches Wesen. Sein Atem rasselte wie das Zischen einer entgleisten Dampflok, und seine Augen – die sonst nur Verachtung oder Überlegenheit ausstrahlten – waren nun von einem unerwarteten Schimmer der Furcht getrübt.

Alex nutzte die Chance. Jeder hatte in diesem Augenblick das Interesse an ihm verloren. Obwohl jeder Muskel in seinem Körper gegen den scharfen Schmerz rebellierte, zwang er sich, zu Boden zu gleiten. Er robbte, halb kriechend, halb kollabierend, zu Melanie. Behutsam zog er sie an sich, ihre Körperlichkeit war ein fragiler Kontrast zur Gewalt, die den Raum erfüllte. Sie stöhnte leise. Sie lebte. Und in diesem Moment war das die einzige Wahrheit, die zählte.

Das Schicksalsbrett war nun für neue Spieler freigegeben, ein düsteres Schachspiel, in dem Tod und Leben die Hauptfiguren waren. Alex wusste, dass er nur noch der Zuschauer in diesem morbiden Turnier sein konnte. Aber in seinem Inneren wuchs die Ahnung, dass das Endergebnis nicht mehr allein in den Händen der Sterblichen lag.

Amanemhet und Hasobek, zwei enigmatische Figuren, verurteilt zu einer Existenz jenseits der Sterblichkeit, waren in Alex' letzten Fall wie Gespenster durch seine Psyche gegeistert und hatten fast den Mann in ihm zertrümmert. Es war diesen beiden Unsterblichen zu verdanken – oder vielleicht zu verfluchen –, dass seine Schwester nun auch jenseits des natürlichen Lebenszyklus stand. Aber diese Unsterblichkeit war mit einem teuflischen Unheil belegt.

Wie oft hatte Alex diese beiden verwünscht, wie oft verdammt für die unfassbare Last, die sie auf seine und seiner Schwester Schultern geladen hatten. Und doch, als er sie jetzt sah, spürte er eine seltsame, beinahe befreiende Euphorie. Sie standen da, so selbstsicher, die Arme locker umeinander geschlungen, ihre Präsenz ein Trotz gegen die Welt und gegen das Schicksal selbst. Für einen Augenblick verblasste sein Hass, übertüncht von der paradoxen Freude, sie in diesem infernalischen Moment vor sich zu haben. Und es war, als hätte das Schicksal selbst eine neue Karte in das blutgetränkte Spektakel geworfen.

»Wer zum Teufel seid ihr?«, brüllte Chrisinto, dessen Stimme zwischen Wut und Panik fluktuierte.

»Ah, eine Frage für die Ewigkeit, die wir nicht an diesem jämmerlichen Ort entwirren können«, entgegnete Hasobek, während sie ihren Kopf in einer majestätischen Geste neigte. Ihre Stimme schwebte durch die Luft, als küsse sie den Schall selbst.

Alex hätte beinahe laut losgelacht. So scharfsinnig war Hasobeks Bemerkung, so präzise und unerbittlich wahr. Aber er hielt sich zurück, fast als ob die Szene seine gesamte Konzentration erforderte.

Dann löste sich Hasobek aus der engen Umarmung von Amanemhet, der sie mit einem unausgesprochenen Verständnis gehen ließ. Sie schritt mit der Eleganz eines Raubtiers auf Chrisinto zu. »Ich würde vorschlagen, dass Sie sich nicht weiter in Dinge einmischen, die Ihre Auffassung von Gut und Böse sprengen könnten. Nehmen Sie Ihr Gefolge und entfernen Sie sich. Dieses Tor ist nicht Ihr Problem.« Das Lächeln, das ihre Worte begleitete, war das einer Königin, die ihre Macht nicht zur Schau stellen musste: vollkommene Selbstsicherheit eingebettet in unanfechtbarer Würde.

»Ihr Narren«, fauchte Chrisinto voller Wut. Doch es schwang mehr in seiner Stimme als nur Zorn, sie wurde von einer tiefen, unbenennbaren Angst untergraben. Hasobeks Worte waren wie ein Urteil, und sicherlich hatte Chrisinto begriffen, dass er in einer Geschichte gefangen wurde, die weit älter war als er selbst – und ungleich gefährlicher.

»Qui solo Dio comanda«, krächzte Chrisinto.

»Oh, mit Ihrem Gott haben wir wenig zu tun.«

»Silenciosa, legt euch zu den anderen, sonst –«

»Sonst?« Das Lächeln in Hasobeks Gesicht verflüchtigte sich. Sie blickte zu ihrem Mann und schüttelte den Kopf. »Menschen sind und bleiben arrogant und dumm. Zumindest die meisten. Ich fürchte, wir werden nicht auf die nötige Vernunft stoßen.«

Mit gefurchter Stirn starrte Chrisinto die beiden an. Sein Gesicht war trotz der roten Flecken leichenblass. Seine Hände zuckten, und Alex hatte den Eindruck, er würde bald zusammensacken wie ein klapperndes Skelett.

»Sparate ai malvagi! Jetzt sofort!«

Das Donnern der Schüsse vermischte sich mit dem schaurigen Echo der unterirdischen Katakomben. Alex warf sich über Melanie, als wären seine Muskeln und Knochen ein Schild gegen die tödlichen Geschosse, doch seinen Blick konnte er von dem Geschehen um ihn her nicht abwenden. Projektile bohrten sich durch Amanemhet und Hasobek, die im Gegenlicht wie Skulpturen wirkten. Statt zu fallen, blieben sie unbeeindruckt stehen. Unerschütterlich, als sei der Kugelregen für sie nicht mehr als ein Sommerregen.

Mit einer anmutigen Bewegung zog Amanemhet einen Dolch. Im diffusen Licht der Taschenlampen glich die Klinge einem Silberstreif. Ohne ein Wort zu verlieren, drehte er sich zu Jomistro und stach zu, schnell und tödlich. Ebenso schicksalhaft folgten die Wächter Chrisintos. In ihren Augen flackerte dasselbe staunende Unverständnis, das Alex einst selbst empfunden hatte – der Moment, als ihm klar geworden war, dass diese Wesen unverwundbar waren, und sein ganzes arrogantes Weltbild zu Asche zerfiel.

Amanemhet wandte sich Chrisinto zu, der, festgefroren in einer Mischung aus Angst und Verachtung, stumm dastand.

»Und nun zu Ihnen. Sollten Sie recht behalten und Ihr Paradies existieren, dann dürfen Sie es für alle Zeiten genießen.«

»Amen«, fügt Hasobek hinzu, ihre Stimme klang wie der Nachhall einer längst vergangenen Epoche.

Chrisinto zittert nun am ganzen Körper, als wäre er ein Blatt im Sturm. »Wer seid ihr?«, haucht er, die Worte kaum mehr als ein gebrochenes Flüstern. Doch eine Antwort bleibt aus.

Amanemhet und Hasobek positionierten Chrisinto zwischen sich. Als eine unheilvolle Triade traten sie auf das modellierte Tor.

Ein Hauch von Verwesung und modrigem Moos hing in der Luft und mischte sich mit einem undefinierbaren, süßlichen Duft. Es war ein Geruch, der Alex unbehaglich werden ließ, als ob er eine Ahnung von Gefahr witterte. Das Aroma schien von einer anderen Welt zu kommen, von einer düsteren Dimension, die jenseits menschlicher Vorstellungskraft lag. Es war, als ob der Raum um das Tor herum von einem unsichtbaren Nebel durchdrungen wäre, der unheimliche Düfte freisetzte.

Die Stille wurde plötzlich von einem sanften, aber durchdringenden Flüstern gebrochen, das aus dem Inneren des Tores zu kommen schien. Es war ein verstörendes Gemurmel, das kaum zu verstehen war, aber Alex spürte, wie es sich in seinem Inneren festsetzte. Es war, als ob die Worte eine geheime Botschaft übermittelten, eine Warnung vor dem, was jenseits des Portals lauerte.

Die Körper des ägyptischen Paars und Chrisintos wurden transparent und lösten sich innerhalb weniger Sekunden auf. Ein markerschütternder Schrei, der aus tiefster Verzweiflung zu stammen schien, drang aus dem Inneren des Tors: Chrisinto. Der Schrei endete abrupt und wurde von einem tiefen, bedrohlichen Schweigen verschluckt.

Das Spiel näherte sich dem Ende.

Alex, der die ganze Szenerie mit angehaltenem Atem beobachtet hatte, spürte, wie eine Gänsehaut über seinen Rücken kroch. Die Gerüche und Klänge hatten ihn in den Bann gezogen, und er wusste, dass er dem Geheimnis dieses Tors niemals auf den Grund gehen würde. Er hatte gelernt: Es gab Dinge, denen man aus dem Weg gehen musste.

VI

Der Keller war ein Panorama der Finsternis, nur notdürftig beleuchtet durch zufällig herumliegende Taschenlampen, die wie verlorene Seelen in der Dunkelheit flackerten. Die Raumluft trug den abstoßenden Duft des Todes, konserviert durch die Feuchtigkeit an den Wänden. Drei menschliche Hüllen, ihrer Existenz beraubt, lagen da wie perverse Kunstobjekte. Ein Setting, das wohl eher an die Kulissen eines Horrorfilms als an ein Liebesnest erinnerte. Und doch …

Alex fand sich in einer untypischen Pose der Zärtlichkeit wieder, hielt Melanie in seinen Armen, als ob er eine zerbrechliche Skulptur aus purem Elfenbein schützen würde. Sie war aus der Welt gerissen worden durch einen brutalen Schlag. Aber jetzt kehrte sie zurück, durchquerte die Schwelle zwischen Bewusstlosigkeit und Realität. Als sie die Augen aufschlug, zogen sich ihre Pupillen zusammen, als ob sie die Dunkelheit der Umgebung filtern würden. Sie fokussierten sich auf Alex, und ein ephemeres Lächeln glitt über ihr Gesicht, sanft wie ein Hauch. In diesem Moment schien sie ihm zu sagen: *Ich wusste, dass du es sein würdest, der mich beschützt.*

Alex spürte, wie die eisige Rüstung seiner ständigen Anspannung begann, in einer Welle der Erleichterung zu schmelzen. Es war, als ob in diesem finsteren Untergrund ein Sonnenstrahl eingebrochen wäre, ein kurzes Aufflackern von etwas, das trotz der Umstände auf Liebe und Hoffnung hindeutete. Ein zarter Kontrast in einer Welt, die sich ansonsten nur durch Grausamkeit und Rätsel definierte.

»Willkommen zurück«, flüsterte er, seine Stimme von einer Mischung aus Besorgnis und Zärtlichkeit erfüllt. Er strich sanft eine Strähne ihres dunklen Haares aus ihrem Gesicht und betrachtete sie voller Sorge. Melanie lächelte noch breiter und drückte sich enger an ihn.

Plötzlich ging ein Ruck durch ihren Körper. »Die Killer?«

»Tot.«

»Alle?«

»Ja. Wir sind allein.«

»Oh.«

Alex wollte nicht länger zurückhalten, was er für Melanie empfand. Die Zeit war zu knapp und die Gefahr zu groß, um seine Gefühle weiterhin zu verbergen. Er beugte sich langsam vor und legte seine Lippen sanft auf die ihren. Es war ein Kuss, der die Zeit anhielt und die Schatten, die den Keller einhüllten, für einen Moment unbedeutend machte. Sie waren nicht nur zwei Menschen, die sich küssten; sie waren zwei Seelen, die in einer Oase der Zärtlichkeit verweilten, fern von der Dunkelheit und den Rätseln, die sie umgaben. Schließlich lösten sie sich voneinander, und die Realität schlich sich wieder in ihre kleine, hervorgebrachte Welt.

Alex sah sie an. »Ich …« Seine Stimme stockte, abgefangen von einer Schlucht der Unsicherheit. Er war kein Mann großer Worte, doch jetzt schienen ihm selbst die einfachsten zu fehlen. Es war, als müsse er sie aus einem tiefen Brunnen hervorholen. »Ich …« Er schluckte die Worte fast so schnell wieder hinunter, wie sie gekommen waren.

Ein leichtes Schmunzeln umspielte Melanies Lippen, während ihr Finger liebevoll seine Nase strich. »Ich dich auch«, sagte sie, und diese simplen Worte wirkten wie ein Zauber, der die Schwere der unausgesprochenen Gefühle zerschnitt und Raum schuf für das, was zwischen ihnen in der Luft hing: ein Band, stärker als jede Finsternis, die sie umgab.

Alex bemerkte plötzlich, wie sich ein Nebel fein und bedächtig über den Steinboden schlich. Der Schleier war so subtil, dass man glauben könnte, er sei ein Streich der Imagination, eine Laune der Sinne. Doch dann begann das Tor plötzlich zu vibrieren, und ein schriller Ton durchschnitt die drückende Atmosphäre wie ein Skalpell durch Fleisch.

Alex hob den Blick, seine Augen weiteten sich. Vor ihm, im Zentrum des vibrierenden Tores, materialisierten sich die Silhouetten von Amanemhet und Hasobek. Ihre Gestalten waren unwirklich, ein verzerrtes Echo der Physis, transparent wie von Geistern. In dieser schattenhaften Halbwelt erschienen sie fast als verzerrte Projektionen, zwei Wesen, die den Gesetzen der Physik spotteten. Eng umschlungen standen sie da, ein unvergängliches Paar, das Jahrtausende überdauert hatte.

»Schau, meine Liebe«, flüsterte Amanemhet mit einer Stimme, die trotz ihres ätherischen Klangs eine bestechende Klarheit besaß. »Sie sind genauso verloren, wie wir es einst waren.«

Hasobek musterte Alex und Melanie. Ihre Augen zeigten keine Regung, und dennoch war die Intensität ihrer Blicke beinahe physisch spürbar. »Verloren, ja, aber sie können noch gerettet werden.« Ihre Stimme klang kühl und distanziert wie ein Eiszapfen im Wind.

»Herr Brandt, das Leben ist nicht mehr als eine Leihgabe, und wir sind nun bereit, unsere zurückzugeben. Die Ersten, die aus dem Paradies fliehen, zahlen den Zoll mit ihrem Leben. Aber das wissen Sie ja. Das ewige Leben ist nicht so glamourös, wie man es sich vorstellt. Für uns wurde es ein unendlicher Zyklus des Verlangens nach Vergänglichkeit. Wir waren paradoxerweise durch unsere Unsterblichkeit verflucht.« Ihr Blick wanderte zu Amanemhet, der mit einem Gesichtsausdruck reagierte, der nur ein Hauch von Sentimentalität verriet. Hasobek drückte ihm einen flüchtigen Kuss auf die Wange und wendete sich wieder an Alex. »Das Tor wird nicht lange offen bleiben. Wer sich uns anschließen will, wird das bald tun. Ohne weiteren Aufpreis, sozusagen.«

Alex verspürte den Drang, etwas zu erwidern, aber bevor er seine Gedanken in Worte fassen konnte, verblassten die Silhouetten von Amanemhet und Hasobek, als wären sie nie mehr als Schatten gewesen. Der Raum war wieder von einer gespenstischen Stille erfüllt, als hätte sich die Schwelle zwischen Leben und Tod für einen Moment geöffnet und dann wieder geschlossen. Und alles, was blieb, war das Echo dieser Begegnung in den Tiefen seiner Seele.

Nur Augenblicke später materialisierte sich eine neue Figur aus dem wabernden Tor. Im krassen Gegensatz zum ägyptischen Duo gewann diese Gestalt rasch an Substanz. Sie blickte sich schweigend und eingeschüchtert im kellerartigen Abgrund um, unfähig, sich zu bewegen. Ihre Augen waren ein Wirbelsturm aus Verwirrung, Ungläubigkeit und einer Spur von Erleichterung. Ihre Bewegungen erinnerten an Astronauten, die gerade auf einer außerirdischen Oberfläche gelandet waren.

Und da war sie – Liana, die Tochter der Bürgermeisterin. Alex spürte, wie die Anspannung aus seinen Schultern wich. Hätte sie gefehlt, wäre er vermutlich das Opfer des mütterlichen Rachefeldzugs geworden. Er konnte sich förmlich vorstellen, wie die Bürgermeisterin ihre metaphorischen Krallen in seinen Hals gebohrt hätte.

»Willkommen zurück, Liana. Willkommen auf unserer wundervollen Erde«, sagte Alex, die Ironie in seiner Stimme dick wie zäher Nebel. *So dunkel sie auch sein mag*, dachte Alex.

Er konnte ein trockenes Lachen nicht unterdrücken. »Es ist, als hätte jemand einen Schleier des Glücks über uns alle geworfen, oder?« Er konnte sich diesen bissigen Kommentar nicht verkneifen. »Nicht wahr, Inspektorin? Fast könnte man denken, wir sind Figuren in einem mysteriösen Theaterstück, das jetzt seinen Höhepunkt erreicht. Selbst die Tochter der Bürgermeisterin ist aus den Klauen des Todes zurückgekehrt wie in einem schlechten Drehbuch.«

Melanie lächelte. »Sei froh, Alex.«

»Bin ich auch. Es fehlt jetzt nur noch der Oberkitsch, so eine Art brillanter Schlussakt.«

»Zum Beispiel?«

Alex' Blick wies zum Eingang. »Es fehlt nur noch, dass Klaus und Thomas hereinspaziert kommen und uns Erfrischungen anbieten. Vielleicht einen Tee? Oder ein Gläschen Champagner zur Feier des Tages. Klaus, mit lila Latexhandschuhen und roten Schuhüberstreifern, und Thomas mit seinem dümmlichen Grinsen.«

Kaum hatte er es ausgesprochen, knirschte es vom Eingang her, und Klaus kame herein. Handschuhe trug er keine, und statt rote, trug er blaue Schuhüberstreifern, wie um jede Spur ägyptischen Staubs zu bewahren.

»Habe ich da Tee gehört?« Thomas folgte ihm mit einem breiten Grinsen im Gesicht.

Alex und Melanie tauschten einen Blick aus, der eine Mischung aus Unglauben und heiterer Resignation war. »Ich sollte wirklich aufhören, solche Dinge zu sagen. Es ist, als wäre das Universum heute besonders aufmerksam.«

VII

Das Besprechungszimmer war mit hellem, kaltem Licht beleuchtet, das die ernsten Gesichter der Anwesenden in allen Einzelheiten entlarvte. Alex saß zusammen mit seinen Kollegen Klaus und Thomas am Tisch, während die Bürgermeisterin, Sabine Rohn, ihnen gegenüber Platz nahm.

Die Spannung lag förmlich in der Luft, als sie das Wort ergriff. »Ich möchte Ihnen allen meinen aufrichtigen Dank aussprechen«, begann sie mit einer gefassten Stimme. »Es gab zwar eine schreckliche Spur von Chaos und Leichen …« Sie blickte streng in die Runde. »… was durchaus noch einiger Erklärung bedarf …« Ihr Kinn schob sich nach vorn, wie eine kampfbereite Fregatte, die ihre Kanonen ausrichtete. »… aber, Sie haben meine Tochter gerettet, und das verzeiht alles. Selbst wenn Sie dafür eine ganze Stadt hätten auslöschen müssen.« Sabine Rohn nickte entschlossen. »Das bleibt natürlich unter uns.«

Obwohl die Bürgermeisterin keine Miene verzog, konnte Alex dennoch Erleichterung in ihren Augen erkennen. Sie war eben ein harter Brocken, und Gefühlswallungen waren nicht ihre Stärke.

»Keine Sorge, Frau Bürgermeisterin«, erwiderte Alex. »Wir schweigen wie ein Grab. Sie wissen doch, dass wir die Besten sind. Herr Marsalek ist ein hervorragender Ermittler, und Thomas …« Er schaute zu Thomas, der steif am Tisch saß. Ihre Blicke trafen sich, und Alex glaubte in Thomas' Augen zu lesen, dass er mit einem Tadel oder etwas Negativem rechnete. Das war auch gut so. »… gibt mir Hoffnung, dass auch er ein wirklich guter Ermittler wird. Er hat gute Arbeit geleistet.«

Ein kurzes Lachen entwich ihm, während er seinen überraschten Blick auffing.

Die Bürgermeisterin reagierte mit einem schmalen Lächeln. »Die Besten? Nun, wir wollen es mal so stehen lassen. Ich bin froh, dass Sie Ihre Arbeit so effektiv erledigt haben. Meine Tochter ist in Sicherheit, und dafür bin ich Ihnen allen zutiefst dankbar. Leider muss ich Sie jetzt verlassen.«

»Darf ich Sie noch etwas fragen?« Es gab noch etwas, was Alex brennend interessierte.

»In einer halben Stunde in meinem Büro.«

Mit diesen Worten stand die Bürgermeisterin auf und ging. Alex, Klaus und Thomas blieben zurück, ihre Gedanken noch immer von der Anspannung der vergangenen Tage durchdrungen.

Thomas legte Alex mitleidig die Hand auf die Schulter. »Ich wünsche dir viel Glück mit Frau Rohn. Wenn ich irgendetwas –«

»Ist schon gut. Sie hat zurückbekommen, was sie wollte. Also wird sie geschmeidig bleiben.« *Hoffe ich jedenfalls.*

»Hervorragende Arbeit,« flüsterte Sabines Sekretär diskret, als Alex das Vorzimmer der Bürgermeisterin betrat. Er winkte Alex durch die massive Tür zum Büro, die sich mit einer gewichtigen Schwere schloss, als wäre sie das Tor zu einem anderen Universum.

Alex blieb bei der Tür stehen, die Hände in den Hosentaschen, und Sabine Rohn saß hinter ihrem beeindruckenden Schreibtisch, auf dem ein silberner Brieföffner in der Sonne glänzte.

Ein mittelalterliches Werkzeug in einer modernen Welt, dachte Alex. *Ganz wie die Dame selbst.*

»Setzen Sie sich.« Sabines Stimme klang weicher als erwartet, aber ihr Gesichtsausdruck war ein unbewegtes Meer aus Autorität. »Was brennt Ihnen also auf der Seele?«

»Ah, nichts wie die Warmherzigkeit der Bürokratie«, sagte Alex, während er sich mit gekreuzten Beinen hinsetzte und sich lässig zurücklehnte. »Einladend wie ein knisterndes Feuer in einem gotischen Roman.«

»Ich habe wenig Zeit, Herr Brandt. Machen Sie es sich nicht allzu bequem.« Sabines Stimme schärfte sich.

»Schade.« Alex atmete theatralisch aus. »Ich hatte mir mehr erwartet. Vielleicht einen Empfang mit Lametta und knallenden Sektkorken. Schließlich haben wir Ihr Wertvollstes unter Lebensgefahr zurückgebracht. Und dann hätte ich gern gewusst, was Ihre Tochter über das Paradies zu sagen hat. Insbesondere, wie sie an Rodins Höllentor geraten ist. Ein Kunstwerk, das schon länger unter uns weilt und für viele Wissenschaftler ein enigmatisches Rätsel darstellt. Es fällt mir schwer zu glauben, dass ein paar Studenten eine Besonderheit entdeckten, das allen anderen anscheinend nicht aufgefallen war.«

Die Luft im Raum verdichtete sich, als wäre sie mit unsichtbaren Spannungen geladen. Die Bürgermeisterin straffte die Schultern und bohrte ihre Augen in Alex. »Was ich jetzt sage, verlässt nicht diesen Raum. Sind wir uns einig?«

Alex nickte, seine Aufmerksamkeit jetzt vollkommen auf sie gerichtet.

Sie faltete ihre Hände und beugte sich vor. »Erstens, ich schulde Ihnen tatsächlich Dankbarkeit. Ihr Vorgehen mag wie das eines Elefanten im Porzellanladen gewesen sein, aber es war dennoch effektiv. Ich werde überlegen, wie ich Ihnen und Ihrem Team danken kann. Und dann sind wir quitt. Keine Schulden, keine weiteren Gefälligkeiten.«

Alex lächelte breit. »Ah, die eiserne Lady schmilzt. Was für ein seltener Anblick.«

Sabine ignorierte den Kommentar. »Zu Ihrer zweiten Frage, meine Tochter hat wenig erzählt, und das ist gut so. Manche Türen sollten geschlossen bleiben, Herr Brandt, sowohl in der

Kunst als auch in der Realität. Glauben Sie mir, manchmal ist die Wahrheit gefährlicher als jede Fiktion.«

Alex nickte. »Gut, dann warten wir auf den nächsten Akt in diesem faszinierenden Drama. Wann darf ich mich mit Liana unterhalten?«

Mit einer kaum wahrnehmbaren Bewegung hob Sabine ihren silbernen Brieföffner auf. »Ich hoffe für uns alle, dass es keinen nächsten Akt gibt. Wenn es meine Tochter möchte, wird sie sich bei Ihnen melden. Falls nicht, dann haben Sie das zu akzeptieren. Habe ich mich klar und deutlich ausgedrückt?«

Alex erhob sich und verließ das Büro, nicht ohne einen letzten, bewussten Blick auf den silbernen Brieföffner zu werfen. Die Dinge waren noch lange nicht vorbei, aber für jetzt hatten sie eine Pause verdient, ein seltenes Innehalten in einem Leben, das sonst nur aus unaufhörlicher Bewegung bestand.

VIII

Alex schlenderte gemächlich am Ufer des Mains, während die Sonne ihre warmen Strahlen auf sein Gesicht schickte. Eine sanfte Brise strich durch seine Haare und ließ die leichten Wolken am Himmel ihre tanzende Reise fortsetzen. Das lebhafte Treiben der Menschen um ihn herum füllte die Luft mit einer lebendigen Energie.

Auf den Bänken saßen Menschen und unterhielten sich angeregt, während Kinder voller Freude herumsprangen und spielten. Verliebte flanierten Hand in Hand, ihre Zuneigung wie ein unsichtbares Band zwischen ihnen. Der Main lag ruhig da, seine Oberfläche von den Sonnenstrahlen geküsst, und glitzerte wie tausend funkelnde Diamanten. Liebe lag in der Luft – süß wie ein Versprechen, doch durchtränkt vom leisen Flüstern des Todes.

Die Umgebung konnte nicht vollständig seine Gedanken abschirmen, die immer wieder zu dem ungewöhnlichen Fall zurückkehrten, den er gerade abgeschlossen hatte. Die dunkle Seite der Menschheit hatte wieder einmal ihre hässliche Fratze gezeigt. Aber es gab Fragen, die unbeantwortet blieben und ein Gefühl der Unruhe in ihm hinterließen. Gab es ein Leben nach dem Tod? Was würde aus Amanemhet und Hasobek werden? Wären sie auch weiterhin in Liebe miteinander vereint?

Alex seufzte. Während er den Main entlang spazierte, waren seine Gedanken auch bei Melanie. Er hatte sich mit ihr für das Wochenende verabredet. Es war ein Schritt in eine neue Richtung, die Möglichkeit einer gemeinsamen Zukunft. Vielleicht.

Ein leichtes Lächeln huschte über sein Gesicht, als Melanie in seinen Gedanken auftauchte. Sie war nicht nur klug, sondern besaß eine Form von Intelligenz, die sich nicht allein in Worten, sondern auch in ihrer Einfühlung und ihrem Mut manifestierte. Stark, ja, aber nicht nur in der physischen Präsenz, die sie in jeden Raum mit sich brachte, sondern auch in ihrer Unerschrockenheit, der unüberwindlichen Energie, die sie ausstrahlte.

Furchtlos, das war sie ohne Zweifel. Doch es war nicht die Abwesenheit von Angst, sondern die Entscheidung, sich ihr zu stellen, sie zu besiegen. Eine echte Kriegerin des Lichts in einer trüben Welt. Es machte sie zu einer Partnerin, wie er sie sich nie zu wünschen gewagt hätte – einer Gefährtin, die in der Lage war, nicht nur Verbrechen zu lösen, sondern auch die komplizierten Rätsel seiner eigenen Seele.

Und dann war da noch das Unsagbare, jenes schwer fassbare Etwas, das sich in den Momenten der Stille zwischen ihnen breitmachte, die Feinheiten ihrer Gesten, der unerklärliche Zauber, der in ihren Augen glänzte.

Während er so in Gedanken verloren dastand, spiegelte sich das Licht auf dem Wasser in seinem Innersten wider. Die Welt hatte immer noch ihre dunklen Ecken, ihre ungelösten Rätsel und ihre teuflischen Geheimnisse. Aber im Angesicht dieses kurzen Augenblicks der Reflexion fand Alex etwas, das ihm schon so lange entgangen war: ein Stück Frieden, ein Hauch von Wärme und Liebe.

Das Telefon durchschnitt seine Gedanken mit einem schrillen Klingeln. Alex zögerte einen Moment und blickte auf das Display. Es war Sarah, und er hatte bereits auf ihren Anruf gewartet. Eine Welle der Erleichterung durchströmte ihn bei dem lieblichen Klang ihrer Stimme.

»Na, Bruderherzchen? Fall gelöst?«

»Gerade mal so. Es war knapp.«

»Ja, das glaube ich dir. Aber du bist eben der Beste.«

»Ich weiß. Hab's der Bürgermeisterin auch gesagt. Ich bin mal gespannt, wie lange sie sich daran erinnert.«

»Bestimmt ewig. Immerhin hast du ihre Tochter aus den Fängen des Paradieses gerettet.«

Alex musste schmunzeln. Er blieb stehen und schaute auf den gemütlich dahinfließenden Fluss. »Die Hexe vergisst schnell, was sie vergessen will. Glaub mir. Was ist eigentlich aus der Wette geworden?«

»Na was wohl. Die Dämonen haben gewonnen. Ich soll dir übrigens einen netten *Gruß aus der Unterwelt* ausrichten.« Sarah lachte wie ein kleines Kind. Ohne Rückhalt und voll diebischer Freude.

»Oh, wie nett. Ich hoffe, dass dies nicht bedeutet, dass man mir aus lauter dämonischer Güte mehr Lasten und Schmerzen aufzwingt. Für mein Wachstum sozusagen. Und was die Engel angeht, hoffe ich, dass sie mir verzeihen.«

»Sei unbesorgt. Die Engel sind nicht böse deswegen. Sie sind eben Engel. Sie freuen sich, dass wenigstens einige im Paradies bleiben konnten. Warum auch immer.«

Alex spürte eine Mischung aus Verwirrung und Erleichterung in Sarahs Worten. Es war eine seltsame Wendung des Schicksals, die er kaum begreifen konnte.

»Engel sind schon komische Wesen. Dämonen auch«, bemerkte Alex.

»Diese Wesen haben ihre eigenen Gesetze, ihre eigene Wahrheit. Es gibt mehr als das, was wir sehen können. Es ist die Freude über das, was noch bleibt, und sie ist stärker als der Schmerz über das, was verloren geht. Wer weiß?«

Alex konnte die Weisheit in ihren Worten spüren. Sie war immer diejenige gewesen, die das Gute in allem sah, die Licht in die dunkelsten Zeiten brachte. Selbst jetzt. »Ich danke dir, Sarah. Du hast mir unendlich geholfen. Ohne Amanemhet und Hasobek hättest du mich auf meiner Beerdigung besuchen dürfen. Trotz allem, was passiert ist, bin ich den beiden zu Dank verpflichtet.

Ein Moment der Stille legte sich zwischen ihnen, gefüllt von der bedrückenden Atmosphäre, dass sie ihr Leben gegeben hatten. Der Fluss schmatzte und strudelte um die bemoosten Pfähle eines Stegs.

»Du bist immer in meinem Herzen, mein Brüderchen. Und ich werde dir immer beistehen. So wie du auch mir. Jetzt genieße den Tag, ruhe dich einfach ein wenig aus und suche dir eine Frau.«

Alex lachte. *Vielleicht habe ich sie ja bereits gefunden.*

Epilog

Alex schloss die Tür hinter sich und atmete tief ein. Der Geruch seines Zuhauses traf ihn – eine Mischung aus alten Büchern, Ledermöbeln und einem Hauch von Kaffee – und doch war alles anders, als hätte eine unsichtbare Hand die Atmosphäre mit einem Zauber von Leichtigkeit und Wärme durchwoben.

Das Leben ist seltsam, dachte er. Es hatte seine Intrigen, seine Abgründe und seine widersprüchlichen Facetten. Aber heute, heute fühlte es sich an, als hätte sich das Gewebe der Existenz zu einer melodiösen Symphonie verdichtet. Er hatte sich seit einer Ewigkeit nicht mehr so gefühlt. Oder hatte er überhaupt jemals so empfunden?

Sein Gesicht trug ein zufriedenes Schmunzeln, als wäre es mit einer unsichtbaren Feder gezeichnet. In seinem Kopf schwirrte ein Lied herum, unbeständig, und doch fest verankert: »Lover« von Taylor Swift. Er konnte nicht umhin, die Melodie zu summen, seine Stimme ein leises Echo der Euphorie, die durch seine Adern strömte.

Er ließ seinen Mantel über den Sessel gleiten und schlenderte durch den Raum. Jedes Möbelstück, jedes Buch, sogar die Unordnung, die er normalerweise bemängeln würde, schienen Teil eines größeren, schöneren Ganzen zu sein. Es war, als hätten die Konturen der Welt, die er kannte, sich mit einem strahlenderen Licht gefüllt. Ein rauschendes Glücksgefühl schien sich über ihm zu ergießen, ein Geysir der Freude, der alles in seinem Leben zu beleuchten schien. In diesem Augenblick, in dieser perfekten Harmonie von Raum und Zeit, gab es für Alex nur eine einzige Wahrheit, die zählte: die schlichte, unveränderliche Tatsache, dass er verliebt war.

Alex durchquerte das Wohnzimmer, sein Herz leicht wie eine Feder, seine Lippen ein stiller Ausdruck der Freude, die in ihm brodelte. Er summte die Melodie, die noch immer in ihm festsaß. Doch als er die Schwelle zu seinem Schlafzimmer überschritt, erstarb die Musik in seiner Kehle, wie von einer unsichtbaren Hand erstickt.

Die Dunkelheit im Raum war dicht, fast palpabel, als hätte sie eine physische Konsistenz. Die Rollläden waren heruntergelassen, ein Bollwerk gegen das Licht der Außenwelt. Ein ungewöhnlicher Geruch, Weihrauch gemischt mit etwas anderem, füllte die Luft. Ein Aroma, das hier keinen Platz hatte.

Mit einem Klick brach das Licht die Finsternis. Er zögerte, seine Augen suchten den Raum ab. Laken und Kissen, die eigentlich seinen Schlafplatz markierten, lagen zerknüllt neben dem Schrank. Ein Kuvert befand sich sorgfältig platziert auf dem Überzieher des Bettes. Daneben auf dem Nachttisch, ein kleines metallisches Gefäß, gefüllt mit Asche.

Alex sank auf die Knie, auf die Hände gestützt, und spähte unter das Bett. Es gab nichts zu sehen. Aber die kindliche Erinnerung an ein Monster, das in seiner Fantasie dort lauerte, ließ ihn einen Moment lang innehalten.

Er richtete sich auf, nahm das Kuvert und brach das aufgebrachte Siegel. Darin fand er ein Stück Holz, sorgfältig geschnitzt, und ein zusammengefaltetes Schreiben. Für einen Moment stand er an der Schwelle zweier Welten: einer, in der er einfach Alex war, verliebt und glücklich; und einer anderen, in der er sich wieder zurückgeworfen fühlte, in die Sphäre einer mystischen Dunkelheit. Er entfaltete das Papier, und seine Augen wanderten über die Handschrift.

Lieber Herr Brandt,

Sie haben einen unverzeihlichen Fehler begangen. Es gibt ein Wesen, aus den Schatten einer Ära gefallen, die älter ist als die menschliche Vorstellungskraft. Jeder, der mit ihm in Berührung kommt, wird zu Asche. Das Tor, das Sie so leichtfertig geschlossen haben, war unsere letzte Hoffnung, dieses Übel ein für alle Mal auszulöschen. Ihre Intervention – und die der Kirche – hat nicht nur das Tor versiegelt, sondern auch die Schrecken freigesetzt, die nun unweigerlich über uns alle hereinbrechen werden.

Ein gutgemeinter Rat, so unheilvoll er auch klingen mag: Die Kirche ist ein Ort der dunkelsten Rituale, ein Tempel, in dem das Licht der Wahrheit nur selten eindringt. Meiden Sie diese Räume wie die Pest.

Ihre zukünftigen Nächte mögen voller Sterne sein, doch seien Sie gewarnt: In einigen dieser Sterne brennen Dämonen.

In tiefer Besorgnis,

Das Große Tier 666

Die Luft im Zimmer schien sich zu verdichten, als wäre sie mit den ungesagten Worten zwischen den Zeilen des Briefs gesättigt. Alex ließ das Schreiben sinken, und es fühlte sich an, als ob er ein Stück dunkler Materie in den Händen hielt, das Fragment einer kosmischen Gefahr, die sich jenseits des menschlichen Verständnisses befand.

Für einen Moment erkannte er die dünne Linie, die die Welt der Rationalität von der der tiefsten Mystik trennte. Er befand sich in einem Drama, das so alt war wie die Menschheit selbst, vielleicht sogar älter. Und doch, da war eine Unruhe in ihm, eine wachsende Besorgnis, die weit über das hinausging, was er bis jetzt kannte oder verstehen konnte.

Alex fühlte, wie seine innere Leichtigkeit, diese euphorische Seifenblase des Glücks, von der Schwere der Worte durchbohrt wurde. Sein Hochgefühl, so überschäumend wie Champagner in einem prächtigen Kristallglas, entwischte durch die feinen Risse des Realitätsgeflechts, um Platz für eine Ahnung von Dunkelheit und Schrecken zu machen. Er konnte die Kulissen wechseln hören, das Set für den nächsten Akt seines Lebens, ein Akt, der weniger einem romantischen Tête-à-tête als einem gotischen Horrorstück glich.

Und Action, dachte er zynisch, als er den Brief beiseitelegte. Es fühlte sich an, als ob sein Schlafzimmer plötzlich die Kulisse für einen Film von David Lynch geworden war, wo die Grenzen zwischen dem Möglichen und dem Unmöglichen so fließend waren wie Quecksilber auf einer schiefen Ebene.

Am liebsten hätte er seine Verwirrung und Wut in einem Donnerschlag der Empörung in die Welt geschrien. Er hätte die Wände seines Zimmers mit der rohen Energie seines Ärgers bemalen wollen.

Letztendlich entfuhr ihm schließlich nur ein einziges Wort, in dem sich die gesamte Bandbreite seiner Emotionen kristallisierte. Ein Wort, das gleichzeitig Frage und Antwort war, das den Stachel der Ironie trug und doch auch ein leises Echo der Furcht, die ihn nun umgab wie Nebelschwaden einen verlassenen Friedhof: »Scheiße.«

Ralph Llewellyn wurde in Colorado/USA geboren und lebt heute in Heidelberg.

Sein Weg führte ihn über ein Studium in Karlsruhe zu seiner wahren Leidenschaft: dem Schreiben.

Nach mehreren Fachbüchern entfaltete sich sein erzählerisches Talent in einer beeindruckenden Reihe von Romanen – Geschichten voller Magie, Abenteuer, Romance und Mysterien.

Doch über Worte und Seiten hinaus gibt es eine tiefere Botschaft, die Ralph Llewellyn am Herzen liegt:

> Jeder Mensch ist gleich – unabhängig von Herkunft, Aussehen, Religion oder Hautfarbe. Was wirklich zählt, ist ein aufrichtiges Herz, Offenheit und der respektvolle Umgang mit anderen und ihren Ansichten.

»Das Leben ist eine Reise – manchmal atemberaubend und voller Wunder, manchmal schmerzhaft und voller Prüfungen. Doch egal, welchen Weg wir gehen: Es zählt der Moment, das Hier und Jetzt.

Lasst uns offen sein für das Neue, für Toleranz und Mitgefühl. Lasst uns unser Herz am rechten Fleck tragen, für unsere Werte einstehen – mit Liebe, Geduld und der unerschütterlichen Kraft, das Gute in der Welt zu erkennen und zu bewahren.

Denn die wahre Essenz des Lebens offenbart sich durch Erfahrung, durch Sinn – und durch Menschlichkeit.«

Ralph Llewellyn

Band 1 der Reihe
ALEX BRANDT

Ralph Llewellyn
ALEX BRANDT
Blutige Herzen
464 Seiten, 148 x 210 mm
ISBN 978-3-69061-100-8
DE: 16,- € | AT: 16,- €

RALPH LLEWELLYN

Danke, dass du mein Buch gelesen hast!
Wenn dich diese Geschichte berührt, inspiriert oder zum Nachdenken gebracht hat, würde ich mich riesig über dein Feedback freuen.

Über eine Rezension würde ich mich besonders freuen.
Sie hilft nicht nur mir, sondern auch anderen Lesern, dieses Buch zu entdecken. Schreib deine Gedanken auf Amazon, Thalia oder wo du dein Buch gekauft hast. Ich jedenfalls freue mich sehr über Deine Meinung.

Folge mir gerne auf Social Media, wenn Du möchtest!
Bleibe so auf dem Laufenden über neue Projekte, exklusive Einblicke und Hintergrundgeschichten:

- **Instagram:** @autorllewellyn
- **Facebook:** https://www.facebook.com/Llewellyn.Autor
- **Homepage:** www.llewellyn.de
- **E-Mail:** autor@llewellyn.de

Dein Support bedeutet mir viel
Mit herzlichen Grüßen,
Ralph Llewellyn